WILDWUCHS
GESCHICHTENSAMMLUNG

Katja

Herstellung und Verlag:
Books on Demand GmbH, Norderstedt
ISBN 978-3-8391-0438-5

INHALT

Sühne

Wir folgen ihm – ihm, dessen Gesicht noch niemand sah. Er trägt eine Laterne. Aus der weißen Kerze wachsen feine Nasen aus klebrigem Wachs, die Rotze des Feuers. Es geht nur bergab. Wir gehen schweigend. Still und friedlich wie Lämmer. Wieso wir mitgehen? Weil wir gesehen haben. Die Schuld, das Verwerfliche unserer Tat. Wir haben es alle verdient, das wissen wir, deshalb stapfen und stolpern wir ihm nach, durch die Nacht, immer abwärts über den glitschigen Pfad. Er bleibt stehen, dreht sich und zeigt uns das schwarze Nichts unter seiner Kapuze, die Stelle an der Mund, Nase und Augen sein sollten. Er fragt, ob jemand umkehren wolle. Niemand. Wir gehen weiter.

„Wieso hast du das getan?", hatte sie gefragt. „Warum hast du das nur getan?" Mein Schweigen. Das Unaussprechliche. Der vor mir hat sich in die Hosen gemacht. Später kniet er im Dreck vor dem gesichtslosen Mann. Winselt. Fleht um sein sofortiges Ende. Fordert unter Tränen die Befreiung von seinen

5

Gedanken. Der Gesichtslose lässt ihn zurück, am Wegrand, erbarmungslos, kaltblütig.

Am Boden liegt ein Schädel, blank genagt von den Tieren. Ohne Skelett. Er wird unter unseren Schritten zermahlen zu Mehl. Je tiefer wir steigen, desto größer wird die Hitze, wir schwitzen und lassen nach und nach unsere Kleidung zurück. Die Ratten, vereinzelt, sie beißen nicht tief unter die Haut. Von hinten höre ich einen Mann laut beten. Monotones Gemurmel: „Ich glaube an Gott den Allmächtigen, den Schöpfer von Himmel und Erde." Ein anderer schreit den Betenden zusammen: „Halts Maul, Gott ist für die Guten, nicht für uns."

Einer gibt mir einen glimmenden Stummel. Das Zigarettenpapier ist nass von seinem Speichel. Dann Lichter aus einem Abgrund. Leuchtfeuer. Verführerische Tiefe. Anziehend. Lockend. Es wäre ein leichtes zu springen. Hoffnung hält uns zurück. Wir marschieren weiter. Barfuss. Hoffnung, sinnlose Hoffnung. Auf ein milderes Ende. Begrifflose, leere Worthülse. Wert sie zu vergessen für immer.

Impulsives Hoffen aus den Eingeweiden, die keinen vernünftigen Gedanken kennen. Rechts eine Leiche. Die Haut bewegt sich, wahrscheinlich von Maden und Würmern, die sich nicht darum kümmern, ob das Fleisch, das sie fressen, frisch oder morsch ist. Der Duft, der fade Geruch, der süße Gestank der Verwesung. Es steigt Neid auf, für den wurmstichigen Kadaver. Er hat es geschafft. Ruhe für ihn. Ruhe vor dem Gedanken, der ins Gehirn schneidet mit rostigen Klingen.

Dann die Sümpfe. Morastig. Wir stapfen im Schlamm. Im lauwarmen Wasser. Blutegel. Einer an meiner Wade. Obschon ich mein Blut verachte für das Leben, das es durch meine Venen trägt, reiße ich das Tier von meiner Haut. Blut fließt bis an den Knöchel. Mein Herz schlägt dumm in der Brust, unerreichbar für den gebieterischen Schrei der Vernunft, das Pochen abzustellen. Das einzig Verlässliche am Körper. Die Füße. Mit jedem Schritt streben sie dem Ziel entgegen, der möglichen Chance. Einer von uns trägt, ansonsten nackt, Stiefel, als hätten seine Füße Zukunft.

Rast in der Kloake. Die Wiege ekligen schmierigen Lebens. Klebrige Fruchtbarkeit überall, legt sich auf unsere Haut. Das Beet für Bakterien und Viren. Ich habe alles gehabt. Das Leben hat mir nichts verwehrt. All die Jahre des Glücks. Erst jetzt wird mir bewusst, welchen Reichtum ich lebte. Die Made im Speck. Der treue Ofen der Zufriedenheit. Liebe, Leid, Lust. Worte wie viele mehr, gemästet mit Bedeutung für mich. Es geht weiter bergab. Die Särge aus billigen Holz neben dem Pfad, aufgerichtet zu Pyramiden. Hunderte. „Wir gehören nicht zu denen, die sterben dürfen. Das sind Betten für die anderen", sagt einer.

Ihren schlanken Hals mit den hochgesteckten Haaren. Die kleinen wohlgeformten Ohren. Ihr Mund mit den vollen Lippen. Stete Quelle verbaler Glückseligkeit. Die weißen Zähne. Die Augen, funkelnde Perlen voll Licht und Freude. Ihre Brüste locken meine Hände. Ihr Lachen wie Musik. Ich sehe sie, wie sie sich schön macht vor dem Spiegel für den Abend. Unterwäsche, die ich nicht vergesse, selbst wenn sie angekleidet ist. Der Stich in der Brust weil ein anderer sie für Augenblicke beim Tanzen berühren darf. Die letzte

Nacht, als wir einander auffraßen. Stundenlang. Tränen vermengt auf der Haut mit dem Schweiß der Liebe. Salz zu Salz. Ich werde sie nicht mehr sehen. Nicht in diesem Leben.

Zwischen Felswänden endlich ein Tor. Über dem Tor prangt ein mächtiges Schild mit der schütteren Aufschrift: „Alles ist erlaubt - außer Sterben." Einer von hinten schreit wie von Sinnen: „NEIN!" Sein erbitterter Schrei für Sekunden gefangen, gefroren im Echo der Schlucht. Er bricht zusammen in den Schmutz und verstummt. Die anderen stehen unter Schock, versteinert. Starren mit leerem Blick und offenen Mündern auf die Schrift. Ich renne zurück mit aller verbleibenden Kraft, falle, raffe mich auf, renne Menschen in den Schlamm. Sieben Gesichtlose vor mir in der engen Furt der Felsen hindern meinen Weg. Sie ergreifen mich, treten mich hinab in den Boden und ziehen mich liegend durch das geöffnete Tor hinein.

Zu Beginn hat einer versucht die Tage zu zählen. Er ritzte mit den Fingernägeln Kerben ins Holz der Baracke. Die Baracke brannte ab, weil sich einer mit Benzin übergossen selbst in Brand steckte und als

Fackel in den Verschlag rannte. Einer der wenigen, die es geschafft haben. Seither treiben wir durch die Zeit, ohne Anker von dokumentierten Momenten, ohne Gefühl für Vergangenheit und Zukunft. Letztlich ist es nur die verhasste Gegenwart die zählt. Das jetzige, anwesende Widerwärtige vor dem Auge. Es wäre Labsal, das höchste Gut die Erinnerung zu verlieren. Wir zimmern Särge für die Guten.

Einer versucht es mit Aushungern. Frisst, geht in die Latrine und steckt sich den Finger in den Hals. Gebrochener Eintopf wohl drei Dutzend mal. Sie sehen alles. Füttern ihn intravenös mit Nährlösung. Einer erklimmt den fast senkrechten Felsen im Barackenhof, steigt fünf Meter und springt kopfüber, in der Hoffnung das Genick würde brechen. Er bleibt bis zur Brust im Schlamm stecken, tief genug um zu ersticken. Sie ziehen ihn heraus, zu zweit und waschen sein Gesicht.

Ich weiß nicht mehr, wem es zuerst aufgefallen ist. Erst war es nur eine Vermutung. Mit jedem Jahr wird es mehr und mehr zu Gewissheit: Wir altern nicht. Geknechtet in ewigen Qualen im endlosen Gedanken an unsere Schuld. Wir sehen uns nicht in die Augen. Wir reden in verzerrten Wortfetzen. Die lallenden Phrasen von Verdammten. Eine seltsame Sprache für Menschen, die sich nichts mehr zu sagen haben. Wir gehen gebeugt, gebrochen. Die Schuld gesühnt in einer Existenz, in der es verboten ist zu erlöschen. Es gibt größere Strafen als den Tod. Ich blicke in einen verfetteten Spiegel und sehe kein Gesicht.

Kopfgeld

Der Blitz schlug senkrecht ins Wasser. Der Donner, als er den Strand erreichte, hatte nichts von seiner ursprünglichen Kraft verloren. Im Strandcafé bebten die Scheiben. An dem Tisch an dem Peter und Beate saßen rutschte ein Glas über die Tischkante. Der Aufprall des Glases wurde vom Dröhnen der Naturgewalt übertönt. Beate zuckte zusammen. Sie fröstelte trotz Sommer und Hitze. Peter lächelte. Regentropfen zerplatzten auf dem heißen Asphalt der Strandpromenade. Das Café füllte sich mit Menschen, die vor dem Regen flüchteten. Ein Hund mit nassem Fell stahl sich unter Beates und Peters Tisch und versteckte mit geschlossenen Augen die Schnauze unter einer Pfote. Der Hund zitterte. Er wimmerte leise.

Peter wollte Beate in diesem Urlaub den Antrag machen. Er trug die Ringe stets bei sich. Er lauerte nur auf den romantischsten Moment. Das Gewitter war vom Meer aufs Land gezogen. Ein Blitz traf das Dach einer Eisdiele in der Nachbarschaft des Cafés. Der Hund drängte sich an Beates Füße.

„Ich will nach Hause Peter, das hier macht keinen Spaß mehr, ich will weg, heute noch", sagte Beate.

„Wir haben so lang auf den Urlaub gespart", entgegnete Peter.

Ein Polizist betrat das Café, begrüßte flüchtig die Bedienung und ging geradewegs zu dem Tisch an dem das Pärchen saß. Er setzte sich ohne Gruß.

„Aus welchem Grund sind Sie noch hier?", fragte der Polizist.

„Wie weit sind die Ermittlungen?", fragte Peter.

„Die Ermittlungen sind für Sie unbedeutend, wir haben gestern einen jungen Mann und eine junge Frau tot zum Flughafen gebracht, in zwei schäbigen Kisten, weil wir keine Särge hatten. Die beiden Toten waren jung wie Sie, schön wie Sie, ebenso wie das Pärchen zuvor. Sie beide entsprechen genau der Zielgruppe des Täters. Was um alles in der Welt machen Sie noch hier?"

Peter griff sich eine Zigarette vom Tisch, steckte sie an und blies den Rauch geräuschvoll aus. Beate sah ihn erwartungsvoll an, wartete Sekunden, dass er dem Polizisten antwortete. Doch Peter sagte nichts, sah scheinbar zerstreut auf die Palmen vor dem Café.

„Wenn Sie nicht nach Hause fliegen, werde ich sie in Schutzgewahrsam nehmen müssen, solange bis Sie endlich zu Besinnung gekommen sind und fliegen, oder solange bis wir diesen Wahnsinnigen erwischt haben", sagte der Polizist. „Warum wohl, denken Sie Herr Inspektor, tötet er all diese Menschen", fragte Peter den Polizisten.

„Gleichviel", sagte der Polizist erregt „er tötet. Das ist alles was ich wissen muss."

„Er mordet Pärchen auf dem Höhepunkt ihres Glücks", sagte Peter. „Die ersten Opfer kannten wir", sprach er weiter „sie trugen alle Anzeichen der Liebe öffentlich zur Schau. Sie küssten und kosten wo auch immer es nur ging. Es ging so weit, dass sie sich im Mondlicht am Strand liebten, wie Sie uns erzählten. Dort hat der Mörder zum ersten Mal zugeschlagen. Es würde mich nicht wundern, wenn er darauf gewartet hätte bis die Liebenden ihrer Extase am nächsten waren." Beate grub unter dem Tisch beide Hände in das Fell des Hundes und drückte ihn fest näher an ihre Füße.

„Danach hat er sich viel Zeit gelassen und hat sie drapiert wie ein Kunstwerk. Die Menschen, die sie am nächsten Morgen fanden, dachten zunächst es sei das gelungene Werk zu einer Art künstlerischer Performance. Einige sollen begeistert ausgerufen haben: Schau mal, wie schön sie schlafen!"

„Die zweiten Opfer fand man nackt auf dem Bett ihres Hotelzimmers. Sie waren eng ineinander verschlungen, Wange an Wange, gebettet auf den Blättern hunderter roter Rosen. Herr Inspektor, Sie suchen nach einem Mörder mit hohem ästhetischen Sinn, einem Künstler, vielleicht einen Photographen, der zu Hause eine Galerie, eine Sammlung seiner Werke für den makabren Betrachter herstellt." Der Polizist hörte aufmerksam zu. Beate ließ sich den Handrücken von dem Hund ablecken. Peter griff sich eine Zigarette vom Tisch, steckte sie an und inhalierte tief. Peter sagte: „Weiter denke ich, dass der Täter körperlich oder seelisch entstellt ist. Irgendetwas was ihn daran hindert, selbst das Glück zu erfahren, das er bei den anderen zerstört. Möglicherweise tötet er aus krankhaftem Neid, weil er aus irgendeinem Grund unfähig ist Liebe zu gewinnen. Suchen Sie nach einem Mann von besonderer Hässlichkeit, einer abstoßenden Narbe im Gesicht, einen Klumpfuß, oder einer Hasenscharte.

Einem Mann von tiefer Emotionalität, der sein Leben lang von den Mädchen und Frauen abgewiesen wurde."

„Ich muss jetzt gehen", sagte der Polizist und stand auf, „ich sehe Sie in einer Stunde mit Ihren Koffern auf dem Präsidium. Ich werde mit dem Flughafen telefonieren und Ihnen einen kostenfreien Flug nach Hause verschaffen. Heute Nacht schlafen Sie sicher in Ihrem Bett in ihrer Heimat."

Peter sagte: „Denken Sie nach Herr Inspektor, wenn Beate und ich gehen, dann geht das letzte Pärchen von diesem Ort das dem Geschmack des Mörders entspricht. Wenn wir gehen, dann geht auch der Mörder und tötet irgendwo weiter."

Der Polizist setzte sich. Draußen hatte der Regen aufgehört. Der durch den Niederschlag abgekühlte Asphalt der Straße dampfte. Die Sonne kam zurück. Das Café leerte sich. Beate sah drei Tische weiter einen Mann im weißen Anzug mit einem weißen Hut und roter Krempe. Er trank gerade von einer Tasse Espresso und spreizte dabei den kleinen Finger auffallend spitz und vornehm vom Henkel ab. Sie kannte ihn. Er hatte ihr vor Tagen am Strand Sonnenmilch gegeben. Sie hatten kurz und nett gesprochen über das Wetter, über

Segelschiffe und darüber dass von Portugal Heinrich der Seefahrer zu seinen legendären Reisen aufgebrochen sei. Sie grüßte ihn mit einem Lächeln, das er erwiderte und hörte noch wie er sich bei der Bedienung beschwerte, dass sein Espresso zu kalt sei und dass er einen neuen wolle. Beate wandte sich wieder Peter und dem Polizisten zu.

„Wie hoch ist die Belohnung, die der bekommt, der der Polizei hilft den Täter zu überführen?", fragte Peter dem Polizisten.

„15000", sagte der Polizist.

„Hören Sie Herr Inspektor, Beate und ich bleiben hier, wir verhalten uns auffällig so, wie sich Verliebte eben verhalten, wenn sie einen schönen Urlaub an einem malerischen Ort am Meer verbringen. Wir fungieren als Lockmittel. Sie beobachten den, der uns beobachtet, behutsam, unauffällig."

„Wir reden darüber im Präsidium", sagte der Polizist und stand auf „Sie gehen ins Hotel und packen ihre Koffer. Ich schicke Ihnen einen Polizisten, der sie von dort in die Polizeistation begleitet." Der Polizist ging aus dem Café mit der entschlossenen Haltung eines Mannes, der um seine Ziele weiß.

„Du bist wahnsinnig Peter", sagte Beate schockiert. „Willst du für 15000 unser beider Leben auf das Spiel setzen?"

„Für das Geld, Beate, können wir dreißig Mal drei Wochen an die Algarve fahren."

„Ich fahre niemals wieder hierher", sagte Beate. Der Mann im weißen Anzug hatte seinen Hut abgenommen und hielt ihn in der rechten Hand, er erhob sich von seinem Stuhl und trat an Peters und Beates Tisch.

„Verzeihung, ich habe Fragmente Ihrer Unterhaltung von dort drüben mit angehört" sagte der Mann. „Mich interessiert Ihre scharfsinnige Charakterisierung dieses Mörders, der hier viel Aufregung und Aufsehen verursacht hat, so dass man fast niemanden von einem anderen Thema sprechen hört. Das alles muss für Sie eine große Belastung sein, da sie ja Urlaub machen wollten, wie Sie sagten, an einem schönen malerischen Ort. Ich habe mir über diesen missratenen Mann meine Gedanken gemacht. Ich gebe heute Abend eine kleine Feier in meinem Haus am Strand. Das Haus hat eine Veranda zum Meer und ist hübsch in die Dünen gebaut.

Eine Freundin von mir begleitet mit der Gitarre melancholischen Fado. Es gibt Cocktails, eine Bildersammlung, die ich Ihnen gerne zeigen kann, und das gute Essen, das dem Fischer vom Meer geschenkt wird. Besuchen Sie mich heute Abend gegen sieben. Sie finden das Haus leicht. Es ist gänzlich weiß getüncht. Hier ist meine Karte." Der Mann ging ohne auf eine Erwiderung zu warten.

Auf der Polizeistation saß im Korridor auf einer Holzbank ein Betrunkener der immer wieder die Wangen blähte, als hätte er Mühe sich nicht zu übergeben. Ein weiterer Mann stand von zwei Polizeibeamten flankiert und unter die Arme gegriffen in Handschellen. Im Büro des Inspektors drehte sich träge ein großer Ventilator an der Decke. Die hölzernen Fensterläden waren geschlossen und ließen nur spärlich Sonnenlicht ins dämmrige Innere des Zimmers. Der Inspektor saß hinter einem Schreibtisch, der über und über mit Akten bedeckt war. Vor dem Schreibtisch standen braune Bistrostühle auf denen Peter und Beate Platz nahmen. Der Inspektor räusperte sich und lächelte mit einer Selbstgefälligkeit, die dem Pärchen für Momente unverstanden blieb.

„Wir haben den Pärchenmörder. Er hat sich vor einer Stunde gestellte. Er ist authentisch. Er weiß alle Details der Mordvorgänge, die nur der Mörder und die Polizei wissen können. Sie können Ihren Urlaub in aller Ruhe fortsetzen. Ich werde dafür sorgen dass Sie in einer Suite im Grand Hotel für die Ihnen noch verbleibende Zeit hier in Portugal untergebracht werden. Ich hoffe, dass Sie in Folge nicht an der Gastfreundlichkeit unseres Landes zweifeln werden. Ich bewundere Ihren Mut, den Sie bewiesen haben, als Sie mir vorher den Vorschlag unterbreiteten als Köder zu fungieren. Wenn Sie noch irgendetwas brauchen sollten, hier ist meine Karte. Der Mörder ist sicher verwahrt in einer Zelle und wird bald verlegt in den Hochsicherheitstrakt eines Zuchthauses in Lissabon. Ihre Koffer können Sie einstweilen hier im Präsidium lassen, bis Sie ihre neue Bleibe beziehen können. Ich wünsche Ihnen beiden noch einen schönen Aufenthalt."

Auf der Straße war die Nässe, die das Gewitter hinterlassen hatte verschwunden. Der trockene Staub der Dünen lag in der Luft. Die Feriengäste hatten wieder ihr gewohntes Urlaubsverhalten aufgenommen und gingen in Badekleidung mit gerollten Strohmatten unter dem Arm an den Strand. „Lass uns am Meer entlanglaufen", sagte Beate. Peter spielte mit dem Kästchen der Ringe in seiner Tasche. Am Meer, als sich die Wellen gerade zurückgezogen hatten, zeichnete Peter mit spitzem Zeigefinger ein Herz in den nassen Sand. Er schrieb B und P hinein und verband die Buchstaben mit einem Pluszeichen. Bald darauf wurde sein Werk von einer Welle überrollt und verschwand für immer.

„Sieh mal Peter, dort drüben, ist das nicht das weiße Haus, das der nette Mann im Café uns beschrieben hat?" „Ja", sagte Peter „das könnte es sein." Das Haus stand einsam in den Dünen, die üppig mit Schilf bewachsen waren. Das Dach des Hauses reichte weit über die Außenmauern hinaus und spendete einen kühlen Schatten auf der Veranda. Ein Mann saß dort in einem Schaukelstuhl. Sein Gesicht war von einem Hut bedeckt. Er trug noch denselben Anzug wie im Café.

Beate glaubte Chopins Nocturnes aus dem Haus zu hören.

„Guten Tag, ich hoffe wir stören Sie nicht zu früh," sagte Beate.

„Welch angenehme Überraschung", sagte der Mann und stand auf und reichte die Hand. „Sie stören mitnichten und sind herzlich willkommen in meinem Heim. Kommen Sie herein, ich mache Ihnen ein Erfrischungsgetränk. Es wird aus natürlichen Rohstoffen hergestellt macht eilig fidel und bringt für den Rest des Tages Ihre Lebensgeister in Schwung. Es ist über alle Maßen gesund und erquickend. Mögen Sie Eis in Ihr Glas?"

„Sie leben sehr schön hier", sagte Beate, als sie sich im Wohnraum umsah. Beate und Peter kosteten das Getränk. „Haben Sie das gemalt", Beate zeigte auf ein Bild an der Wand.

„Nein", sagte der Mann, „ich kopiere nur sehr gut. Das Original ist von Otto Müller. Diese Kopie hat dieselbe Größe wie das Urbild. Ich glaube nicht, dass Laienbetrachter das Original von dieser Arbeit hier unterscheiden können. Schön dass Sie sich dafür interessieren. Wie Sie zweifelsfrei sehen, zeigt das Bild eine junge Frau und einen jungen Mann in inniger Zuneigung. Beide befinden sich in der Blüte ihrer Jugend und Schönheit und als Zeichen der gegenseitigen Vertrautheit hat die Frau ihre Bluse weit geöffnet und der Mann liebend seinen Arm um sie gelegt. Die Köpfe der Liebenden sind einander zugeneigt, Stirn der Frau an Wange des Mannes. Müller schuf mit dieser Arbeit ein wundervolles Bild der Sinnlichkeit und jungen Liebe."

„Peter mir ist so, ich weiß nicht wie, seltsam schwindlig", sagte Beate und schlang Halt suchend ihre Arme um Peters Hals. „Das Bild vor meinen Augen – es ist unklar, es schwimmt", sagte Peter.
„Kommen Sie", sagte der Mann. „Ich zeige Ihnen meine eigenen Arbeiten im Keller." Auf den Stufen zum Kellergeschoss des Hauses fragte der Mann: „Sagen Sie, Sie sehen so glücklich miteinander aus. Wollen Sie nicht irgendwann heiraten? Sie sind so ein schönes Paar."

„Ja", antwortete Peter. „Ich warte auf den passenden Moment, um Beate den Antrag zu machen. Ich habe die Ringe immer bei mir."

„Das ist interessant", sagte der Mann. Beate rutschte aus und landete mit dem Rücken und dem Hinterkopf auf den letzten Stufen. „Kommen Sie hier rein, das ist meine Werkstätte, hier arbeite ich." Das Paar folgte dem Mann in ein Zimmer, in dem kein Licht brannte. Der Mann entzündete mit einem langen Streichholz fünf Kerzen an einem Leuchter.

Beate sagte: "Ich muss mich setzen, sonst falle ich." Beate und Peter ließen sich in eine schwarze Couch aus Leder fallen.

„Ich habe Sie nicht belogen", sagte der Mann, "als ich Ihnen sagte, das Getränk das Sie bereits genossen haben, sei aus biologischem Anbau. Es enthielt Kräuter, unter anderem die verlässliche Tollkirsche. Ich habe die Pflanzen mit eigenen Händen geerntet. Sie enthalten aphrodisierende und für das Bewusstsein stark dämpfende Wirkstoffe, eine gute Mischung, um einen erlebnisreichen und angenehmen Abend zu verbringen."

Peter lallte als er sagte: „Sie haben uns vergiftet. Wieso?".

Der Mann sagte: „Ich wiederhole ihre eigenen Worte: Er mordet Pärchen auf dem Höhepunkt ihres Glücks. Der Täter ist körperlich oder seelisch entstellt. Er hat etwas was ihn daran hindert, selbst das Glück zu erfahren, das er bei den anderen zerstört. Er tötet aus krankhaftem Neid, weil er unfähig ist Liebe zu gewinnen." Und der Mann fügte hinzu: „Wenn einem Menschen sein Leben lang die Liebe verwehrt wird, dann entwickelt er seltsame Tendenzen. Sie hätten schon gestern nach dem Auffinden des zweiten Pärchens zwingend abreisen müssen. Aber Sie blieben wegen dem niedrigsten und erbärmlichsten Beweggrund des Menschen – dem Geld." Der Mann schnalzte verächtlich mit der Zunge und schüttelte missbilligend den Kopf.

„Aber der Täter wurde doch gefasst", sagte Peter schläfrig.

Der Mann sagte: „Der Mann, den die Polizei für den Mörder hält, ist geistig verwirrt. Ich wendete alle bekannten Werkzeuge der Hypnose und Suggestion bei ihm an. Zu dem verabreichte ich ihm geringe Dosen milder Drogen. Er sog meine Beschreibungen der Mordvorgänge begierig auf. Am Ende der Sitzung war er vollends überzeugt, dass er selbst diese schlimmen Morde begangen hatte und flehte mich an, dass er endlich gestehen dürfe. Er ergriff meine Hand und ließ sie nicht mehr los bis ich ihn zu den Türen der Polizeistation geführt hatte. Freilich wird die Wirkung meiner Therapie nicht lange anhalten und seine Erinnerung kehrt zurück und so müssen wir uns sputen.

Mir schwebt ein Bild des Meeres vor. Ein verlobtes Liebespaar schlafend gebettet auf unzähligen Muscheln verschiedenster Art und Größe. Ich werde auf den Körpern des Paares Schlick und Tang kunstvoll anordnen. Als Zeichen, dass das Meer über sie Besitz ergriffen hat. Schließlich wird man ihre Körper in der Brandung finden." Beate war bereits eingeschlafen und hatte ihren Kopf auf Peters Schulter gelegt.

Der Mann sagte wohlwollend: „Geben Sie ihr ein paar kräftigen Ohrfeigen. Sie muss wach sein, schließlich wollen Sie ihr doch einen Heiratsantrag machen." „Ja", sagte Peter, „ich vergaß." Beate, als sie erwachte, schaute verträumt und schläfrig. Peter nahm die Ringe aus dem Kästchen, kniete sich vor Beate nieder und sagte: „Beate ich liebe dich, willst du meine Frau werden."

„Ja, Peter", sagte Beate.

Am folgenden Tag frühmorgens bestieg ein Mann im weißen Anzug und mit einem kleinen Koffer einen Bus, der ihn zum Flughafen bringen sollte. Im Bus nahm er Platz neben einer Frau mittleren Alters. Er öffnete den Koffer und entnahm ihm ein kleines Album mit ledernem Einband und blätterte darin. Die Frau schaute ihm über die Schulter und fragte:

„Haben Sie diese Bilder aufgenommen."

„Ja, sehen Sie", sagte der Mann freundlich. Die Frau blätterte interessiert im Album und sagte:

„Die Bilder sind wunderschön. Beziehungsphotographie. Sie sind so friedlich. Sie sehen nicht gestellt aus. Sie sehen vielmehr aus, als würden die Paare wirklich schlafen."

„Tun sie auch", sagte der Mann.

Die Frau sagte: „Ich habe einen Sohn und eine Tochter. Stellen Sie sich vor, sie haben sich beide zur gleichen Zeit verlobt. Wir feiern bald eine Doppelhochzeit. Es wäre schön, wenn ich auch solche Bilder von meinen Kindern und ihren künftigen Ehepartnern hätte."

„Woher kommen Sie", fragte der Mann.

Postillon d`amour – 1. Brief

Cluny, Mâcon, den 19. Juni 17..
Cevalier A an Vicomte C.

Teuerster Freund,

Sie waren mir stets der beste Wegweiser und Ratgeber,
in Angelegenheiten, als
mein Herz sich zu verwirren drohte. So muss ich Sie
auch heute bemühen, da
mir eine Begegnung widerfuhr, welche mir noch im
gegenwärtigen Moment, einige Sonnenaufgänge
danach, das Blut in solch pochende Aufruhr bringt, dass
ich die größte Mühe habe, die Feder zu ihrem Zwecke
ruhig zu halten.

Ich kam, der vorigen Tage, von einem die ganze Nacht
während Feste aus Saône et Loire eilig über die
Brücke jenseits der Wälder. Mein Kutscher trieb die
Zugpferde den Weg am Ufer entlang, als wollte er

versuchen das Gefährt, wie Helios Wagen, von Pegasus gezogen gen Himmel zu führen. Mir war das gerade recht, denn ich war schläfrig, dass es mich deuchte, hundert wohl durchschlafende Nächte können mich nicht wieder munter und lebendig machen. Plötzlich vernahm ich ein dröhnendes Galoppieren, draußen vor dem Kutschenfenster.

Ich streckte meinen Kopf von Neugier geplagt durchs Wagenfenster hinaus, um zu sehen, was es mit dem vernommenen Geräusch auf sich hatte. Und nun, so hoffe ich, dass Sie nicht an meinem Verstande zweifeln werden, wenn ich Ihnen berichte was ich erblickte. Wäre der Kutscher nicht gewesen als guter Zeuge, so hätte mein Zweifel an meinen Geistesgaben so Überhand genommen, dass ich mich unversehens ins örtliche Irrenhaus begeben hätte.

Draußen, in Armeslänge zur Kutsche, auf einem schwarzen edlen Ross im vollem Laufe, saß im Herrensattel eine Frau, schön wie Helena, bekleidet nur mit einer Pelerine, die mit einem schmalen Bändchen um den Hals broschiert war. Ihr welliges Haar und ihr weinroter Umhang schlugen im Winde, gleichsam einer

Fahne im Sturm. Der Sturm steht als Sinnbild meiner in diesem Momente gewaltsam entfachten Leidenschaft. Am explosiven Schnauben des Pferdes war zu vernehmen, dass es die größte Mühe auf sich nahm, dem Kutscher zu folgen. Die Hufe sprengten mit jedem Schritt faustdick Lehm hoch in die Luft. Helena, sie hatte übermäßige Würde genug, um sie mit dem schillernsten Namen der griechischen Antike zu versehen. Sie war in diesem bewegtem Bilde die Göttin der Ruhe. Ein kaum sichtbares Lächeln floss über ihre Lippen und zierte ihr ebenes, liebreizendes Gesicht. Ihr Mund formte Worte, doch das Donnern der Hufe und des Wagens tilgte jedes gesprochene Wort.

Eilends schlug ich mit dem Silberknauf meines Gehstocks an die Wagendecke und hieß dem Kutscher zu halten. Rasch sprang ich auf die Straße hinaus und sah im ersten Sonnenstrahl des reinen Morgens nur noch den Schweif ihres galoppierenden Wallach über die Kuppe des Hügels davon reiten.

Edelster Vicomte, ich vermochte seither nicht zu schlafen. Wenn ich die Augen schließe sehe ich sie dort, hoch auf dem Ross galoppieren und schrecke hoch von den Schlägen der Hufe; wenn ich versuche zu wachen, martern dutzende Fragen meinen Geist.

„Wer war sie? Flüchtete sie, in ihrer spärlichen Bekleidung, von einem missglückten oder gelungenen Liebesspiel? Welche Worte formten ihre schönen Lippen?" Die quälende Ungewissheit raubt meinen Nächte die bitter nötige Ruhe. Vicomte, Sie sind der beste Kenner aller Frauenzimmer in unserem Gestade und so richte ich mich mit der dringendsten aller Frage an Sie! Kennen Sie eine Frau, die in den frühen Morgenstunden nachlässig gekleidet ausreitet, um durch den frischen Morgentau ihre Haut zu schönen? Ein Schriftzeichen des Namens dieser Frau gäbe meiner Sehnsucht Nahrung genug für hundert Tage Völlerei.

In Zuversicht baldiger Gewissheit und Genesung meines Herzens, verbleibe ich als Ihr treuer Freund

Cevalier A

Abschied

An einem abgeschiedenen Ort ungestörter Zweisamkeit

Lotte: Ich war in meinem ganzen Leben mit keinem Mann so glücklich wie mit dir, Paul.

Paul: Der Mensch erkennt den wahren Wert der Dinge erst wenn er sie verliert.

Lotte: Ich mag nicht wenn du so redest.

Paul: Wenn es am Schönsten ist, sagt ein schlauer Sinnspruch, soll man gehen.

Lotte: Hör auf so was zu sagen bitte. Nimm meine Hände in deine Hände, so wie beim ersten mal. Küss mich so wie damals. Flüster mir deine süßen Schwüre ins Ohr.

Paul: Was nützt der Beste Schwur, wenn er in Augenblicken bricht?

Lotte: Lass uns von schönen Dingen reden. Heute, wir saßen alle beim Mittagstisch, kommt der Kater mauzend zur Terrassentür herein, mit einer dicken Maus im Maul, die zwischen seinen Kiefern mit allen vieren zappelte. Der Kater setzte die Beute ab und drückte sie mit einer Tatze in unseren Teppich. Mutter kreischte. Vater schimpfte und sprang auf den Kater zu. Der Kater verstand nicht so recht. Er war stolz auf seinen Fang, wollte ihn uns zeigen oder gar mit uns teilen. Er wollte uns die Maus schenken. Vater griff den Kater wütend ins Genick, der Kater ließ von der Maus ab, worauf diese unter die Möbel entwischte.

Paul: Dem Liebenden geht es wie eurem Kater. Er verschenkt das wertvollste das er hat - sein Herz - und wird dafür gescholten.

Lotte: Dein Herz trage ich sicher und geborgen in meinem Herzen

Paul: Ich – ich gab dir niemals was. Ich bin ohne Herz geboren, das schützt mich vor der Schmach es zu verlieren.

Lotte: Ich habe eine kleine – große Überraschung für dich.

Paul: Überrasch mich nicht, denn selbst wenn es eine schöne Überraschung ist, kann ich mich nicht darüber freuen.

Lotte: Ich war heute beim Arzt

Paul: Bist Du krank?

Lotte: Im Gegenteil. Ich bin schwanger.

Paul: Schwanger? Von mir?

Lotte: Ja du Idiot – von wem sonst!

Paul denkt eine Weile nach

Paul: Das ist es was lebende Organismen von toter Materie unterscheidet. Das Lebendige besitzt die Fähigkeit sich fortzupflanzen und sich selbst neu zu erschaffen und glaubt damit unsterblich zu werden. Leben hat nur einen Wunsch, es will weiterleben, egal zu welchem Preis, leben, leben bis in alle Ewigkeit.

Lotte: Amen. Freust du dich nicht?

Paul: Meine Atmung geht schneller, mein Puls ist erhöht, meine Mundwinkel streben nach oben, meine Wangen glühen, mich drängt es dich inniglich im Arm zu halten, wenn du das alles Freude nennst, so freu ich mich.

Lotte: Mir ist übel, ich fürchte ich muss mich übergeben.

Paul: Das ist das erste Mal, dass ich es gut finde, wenn es dir schlecht geht.

Lotte: Du Sadist

Nach einer Weile

Lotte: So jetzt ist mir wohler.

Paul: Ich muss dir etwas gestehen. An dem Abend in der Bar, als wir uns kennen lernten. Ich stand am Tresen und trank mein Bier und befürchtete, dass es ein langweiliger Abend werden würde, in einem alltäglichen Lokal, in einer nichts sagenden Stadt. Es stellte sich ein Mann neben mich, bei dessen ersten Eindruck mir nur das Wort ´widerlich´ in den Sinn kam. Er spendierte mir das nächste Bier. Wir kamen auf das Thema Frauen zu sprechen. Er prahlte, dass er als er so alt gewesen ist wie ich, ein unschlagbarer Frauenheld gewesen ist. Er hätte jede rumgekriegt, wenn er es nur wollte. Wir gingen über zum Hochprozentigen. Er schlug mir eine Wette vor. Er zeigte an den Tisch, an dem ich dich, Lotte, zum ersten Mal sah und er sagte ´wenn du die rumkriegst gebe ich dir 500´. Er wedelte mit dem Geldschein.

Lotte: Bitte sag nichts mehr. Jedes deiner Worte schneidet tief ins Fleisch. Ich flehe dich an, bitte belüg mich weiter. Nein, fass mich nicht an! Geh! Du wirst dein Kind nie zu Gesicht bekommen. Für mich ist es aus Liebe gezeugt, für dich aus Langeweile und schmutziger Geldgier. Ich gebe dir einen Fluch zum Abschied: Jedes mal wenn Du in den Spiegel blickst, sieh einen Mann, der einem unschuldigen Kind noch ehe es geboren war, aus widerlichen Grund den Vater raubte. Wenn es alt genug ist zu verstehen, wird es auf dein Andenken spucken so wie ich, sei dessen gewiss.

Am Tresen einer gewöhnlichen Bar

Ein Mann: Und hat s geklappt

Paul: Ja

Ein Mann: Prima hier sind 500 für die Wette und noch mal 500 für das junge Glück.

Paul: Es ist aus.

Ein Mann: Was ist geschehen?

Paul: Ich habe ihr alles erzählt.

Ein Mann: Jüngelchen, du hast damit mehr erreicht als ich in meinen besten Tagen. Respekt. Nimmst du das Geld?

Paul: Ja

Ein Mann: Dann bist du auf dem rechten Weg.

Der Tränen Gewicht

Auf dem Wasser des Sees schwamm Öl, von den Außenbordmotoren. Nicht weit vom Ufer entfernt, trieb ein Ruderboot ohne Steuermann, die beiden Ruderblätter hingen träge im Wasser, wippten im Takt kraftloser Wellen, wie leblose, steife Flügel. Neben dem Boot schwammen ein gelber Hut und ein bunter Schal, der sich eilig mit Wasser voll sog, als könnte er nicht erwarten unterzugehen. Ein Junge stand am Ufer, das verlassene Boot erblickend. Er kannte das Boot. Er kannte auch Hut und Schal.

Von dem Baum im Rücken des Jungen fiel ein reifer Apfel, rollte den Hang hinab ins Wasser und schwankte dort schwimmend wie ein Korken, an dem ein Fisch am Werke war. Der Junge stieg ins Wasser, nahm den Apfel in die Hand und betrachtete ihn. Er sah auf und blickte zurück zu dem Baum, von dem der Apfel stammte. Vor einiger Zeit hatte er Großmutter hier ertappt. Sie war hinter dem Stamm des Baumes versteckt, so dass er sie nicht sehen konnte, aber er erkannte sie an ihrem Schluchzen. Er wagte nicht zu ihr zu gehen, um sie zu fragen was mit ihr sei. Er lief weg, aus einer Art Scham heraus, die er sich nicht zu erklären vermochte.

Jetzt ging er zu dem Baum an die Stelle, an der Großmutter gestanden haben musste, er setzte sich und betrachtete abermals den Apfel. „Großmutters Gesicht muss ganz nass gewesen sein vom Weinen", dachte der Junge. „Bestimmt war ihr Gesicht so nass, dass Tropfen auf den Boden fielen, gerade dorthin, wo ich gerade sitze und sie sickerten ins Erdreich." Der Junge blickte auf eine Wurzel bei seinem Fuß und dachte: „Die Wurzel dort hat Großmutters Träne aufgesogen, ja und dann ist sie durch den Stamm des Baumes in den Ast geflossen, ins Ästchen, in den Apfel gerade zur gleichen Zeit als ich unten am Wasser stand. Dem Apfelstiel war Großmutters Träne zu schwer und so hat er nachgegeben und der Apfel fiel vom Baum, rollte den Hang hinab an mir vorbei und plumpste ins Wasser. Ja so ist das gewesen", sagte der Junge laut vor sich hin. „Wasser will immer zu Wasser", hat Vater gesagt „Der Regentropfen fällt in den Bach, der Bach wird ein Fluss, der Fluss ein Strom bis ins Meer hinein"

„So benutzte Großmutters Träne den Apfel als Fahrzeug, um in den See zu kommen", dachte der Junge.

Am Grund des Sees, 12 Meter unter dem einsam treibenden Ruderboot, befand sich eine Frau, deren Blut noch warm genug war, um den Körper einen sachten Auftrieb im kalten Wasser zu verleihen. Diese Bewegung wurde durch einen durchtränkten Wintermantel, dessen Taschen zum Übermaß mit schweren Steinen gefüllt waren, gehindert. Die Frau hockte am Boden des Sees, als würde sie sich von einer langen Wanderung erholen. Ein Schwarm Fische scharte sich um die Frauengestalt, tanzten dort lautlos und träge auf und ab, hin und her, um auf ihre Weise etwas Fremdes in ihrem Kreis willkommen zu heißen.

„Oliver wach auf du hast böse Träume", sagte die alte Frau zu dem Jungen. Der Junge schlug die Augen auf und erblickte in seiner Hand einen Apfel und als er aufblickte sah er erwachend Großmutters Gesicht im Schatten des Apfelbaums. „Großmutter!", sagte der

Junge „Warum bist du zu den Fischen gegangen, zu den Algen und Kaulquappen, zu den Fröschen und zu den Schlingpflanzen und Forellen, Hechten und Entendung am Grund des Sees?" „Du träumst noch mein liebstes Enkelkind, du weißt doch, dass es mich nicht mehr gibt, dass ich dort im See vor Unzeiten ertrunken bin, und deshalb nicht mehr auf deine Fragen antworten kann, wache auf und geh nach Haus und schreibe deine Träume auf, Träume sind die besten Lehrer, sie tragen immer ein Geheimnis in sich, finde mit deinem Füller, dem Bleistift und deinem Schreibblock heraus was sie dir sagen wollen."

Oliver schlug die Augen auf, vom Stamm des Baumes war ihm eine Ameise ins Gesicht geklettert, die er mit dem Handrücken wegwischte. Seine Schritte knirschten auf dem Kiesweg zum Haus der Großeltern. Er setzte sich an Großvaters Schreibtisch aus dunklem, fast schwarzem Holz, nahm ein paar Blätter vergilbten Papiers vom Stoß, legte den Apfel neben die Blätter, spitze einen Bleistift an und schrieb: "Das Gewicht der Tränen". Er strich das Geschriebene energisch durch und schrieb in seinen kindlichen Zügen daneben: „Der

Tränen Gewicht". Er biss in den Apfel, so dass ihm der Saft über das Kinn lief und auf das Papier tropfte. Er prüfte den Bissen auf seiner Zunge und lächelte, als er den Geschmack von Salz aus dem Fruchtsaft zu erkennen glaubte.

Draußen in der Welt vor dem Fenster des Zimmers, in dem der Junge saß, schrieb und an einem Apfel kaute, entstanden aus pechschwarzen Wolken Blitz und Donner. Urplötzlich hatte der Platzregen eingesetzt und aus dem Fenster des Zimmers war das Bullauge eines untergehenden Schiffes geworden. Auf dem See der Familie füllte sich ein einsam treibendes Ruderboot eilig mit Regenwasser und sank bald darauf wie ein Bogen Papier, der zu Boden fällt in die Tiefen des Sees zu den Fischen.

Die Steinwegs

Die Steinwegs drüben, unsere Nachbarn, mit ihrem Traumhaus, dem Pool und ihren aalglatten und allseits überzeugenden ´wir sind eine perfekte Familie´ Mienen, sie lachten wieder mal, alle zusammen und diese Fröhlichkeit wehte zu uns herüber, stieß sich an unserer Häuserfassade die Stirn, taumelte, fiel durch unser Fenster, klatschte auf die Küchenfliesen, sprang auf und hinein in unsere Müsliteller und wir aßen sie würgend, wie jeden morgen.

Es war nicht nur, dass sie einen beachtlichen Hund hatten, Max, mit der immer feuchten Schnauze im beigen Zottelpelz. Auch nicht ihr nagelneuer Familien Van mit Navigationssystem und Monitoren an den Rückseiten der Kopfstützen. Es war und das zeichnet sich in klaren Strichen in meiner Erinnerung ab − es war sie, Lara, wie sie eines Tages plötzlich mit erster Schminke in unserer Haustür stand. Sie fragte mich, ob ich gemeinsam mit ihr zur Schule ginge. Das war es - das brachte das Fass zum überlaufen. Es war ungerecht die üppige Mischung an Reichtum und gerade aufsprießender Schönheit, und rücksichtslosem, offen zur Schau getragenem Glück. Vorher trennte mich davon ein Gartenzaun. Jetzt stand sie vor mir, die Geschmacksvollendung und da stand ich jäh konfrontiert mit einer helleren Welt in rehbraunen Augen, die mich anblickten als seien sie sich noch nicht ihrer Anmut bewusst.

Von da an gingen wir täglich gemeinsam zur Schule. Sie verbesserte ihre Schminkkunst von Tag zu Tag und wuchs auch in ihren Bewegungen, in ihrer Körpersprache zu echter Weiblichkeit heran. Ich mochte wie sie die Haare hochsteckte und damit ihren Hals und die beiden kleinen Ohren freilegte. Wir gingen mit der Mappe und den Büchern unter dem Arm. Wir redeten über das Wetter, Sport, vor allem Fußball, von unseren Eltern und einmal über etwas Aufregendes, von dem wir beide nichts verstanden und keiner, obschon es nicht schwer war, es beim Namen nennen mochte. Sie blickte mir frech und auffordernd in die Augen und sagte: „Weißt Du was ich meine?“. Ich fühlte eine Hitze im

Gesicht und lenkte das Gespräch auf eine Kröte, die am Boden zaghaft ihren Weg über die Straße suchte. Ich fragte nach einer langen Pause wagemutig: „Hast Du es schon gemacht?" „Nein aber ich will es gern versuchen.", sagte sie stolz.

Im gleichen Moment hielt ein schwarzer Wagen neben uns. Das Seitenfenster wurde automatisch geöffnet und am Lenkrad erkannte ich Ben - der Ben mit dem starken Bartwuchs aus der Oberstufe. Ben rief nachdem er die Musik abgestellt hatte: „Komm Lara ich nehme dich mit in die Schule. Nachher fahren wir zusammen in die abgefahrenste Lounge der Stadt. Wir können dort ein Eis essen oder wenn wir mutig sind etwas Verbotenes trinken. Komm." Er beugte sich über den Beifahrersitz und öffnete die Tür. Lara sprang in den Wagen und Ben brachte das Gefährt mit quietschenden Reifen in Fahrt. Auf dem Asphalt lag eine überfahrene Kröte, halbtot. Ich konnte mich nicht überwinden, ihr den letzten Frieden zu geben. Ich ging und erreichte bald meine Schule, das neben dem Überleben in Kurvendiskussionen und unregelmäßige Verben pauken nun ein neues Ziel hatte.

In der sechsten und letzten Stunde, Ethik, vernahm die Lehrerin einen gellenden Schrei von draußen und unterbrach ihren Vortrag. Sie schritt ans Fenster und öffnete es. Nochmal war ein Schrei und das Wort zu vernehmen „Verdammt sei dieses Schwein!" Die Schüler, die an der Fensterreihe saßen erhoben sich von ihren Plätzen, um den Urheber des Ausbruchs sehen zu können. Draußen stand Ben immer wieder mit dem Fuß aufstampfend neben seinem Wagen. Nun standen alle am Fenster und mit uns alle Klassen, die die Fenster zum Parkplatz hatten. Unsere Ethiklehrerin rief hinaus zu dem Wüterich: „Mäßigen Sie sich. Ihr Verhalten hat Konsequenzen." Ben rief: „Sich an dem Wagen eines Mannes vergreifen. Das ist das letzte und sollte die Todesstrafe haben." „Zum Glück", rief die Lehrerin „sind sie noch kein Mann, dann müssen wir auch niemanden töten." Alle lachten. Ben trat voll Wut gegen seinen Reifen und ging.

Nach dem Unterricht erwartete mich Lara an der Klassentür. Wir gingen durch den Gang, in dem immer mehr Schüler strömten. Von überall her tönte in amüsierendem Tonfall der Name: Ben. „Komm wir gehen nach Haus", sagte Lara. „Nein", sagte ich „wir gehen in die abgefahrenste Kneipe der Stadt und machen was Verbotenes." Lara lachte. Wir deponierten unsere Mappe und die Bücher für den morgigen Tag hinter den Mülltonnen.

Verführerisches Licht

Von außen macht das Haus einen ganz normalen Eindruck. Es ist unauffällig eingereiht in eine farblose Zeile bedeutungsloser Bauten. Nur eines unterscheidet es von den Nachbarhäusern. Das in die Nacht stechende, glühend rote Licht über der Eingangstür. Paul legt den Finger auf die Klingel, direkt unter dem Schild, auf dem in Marmor geschlagen der Name des Hauses prangt: Villa Roma - Casa della Toleranza. Eine offenbar mehrfach gebrochene und unzureichend wieder zusammen gewachsene Nase erscheint im Guckfenster der Tür. Es wird geöffnet. Paul wird der Mantel abgenommen. Die Nase geht voran, durch zwei dunkelrote Vorhänge aus schwerem Samt.

Als Paul in das Dämmerlicht des Raumes tritt, zählt er sechs weibliche Augenpaare, die ihn aufmerksam mustern. In einem Separée sitzt der einzige Gast ein Mann, dessen Kinn über eine Wölbung aus Fett direkt in den Brustkorb übergeht. Er hat die fleischige Hand auf einen mit halterlosem Strumpf bekleideten

Schenkel einer jungen Frau gelegt. Paul setzt sich an die Bar und bestellt Bitter Lemon auf Eis.

„Hallo, ich bin Sophie, darf ich mich zu dir setzen?", fragt ihn eine lächelnde Schönheit im transparentem Kostüm.

„Gerne", sagt er „ich heiße Paul was willst Du trinken Sophie?"

„Ich trinke am liebsten Champagner mit Dir Schätzelchen."

„Du bist attraktiv, Paul, was machst Du beruflich?", fragt sie.

„Ich bin Anthropologe", sagt Paul.

„Anthropo was", fragt Sophie.

Er sagt: „Anthropologie ist die Lehre von den Erscheinungsformen und der Entwicklung des menschlichen Lebens. Ich erforsche Menschen in ihrem Dasein, warum sie so sind wie sie sind, warum sie sich so verhalten und nicht anders. Du zum Beispiel, Sophie, stellst mir die Frage nach meinem Beruf, um herauszufinden, wie weit du mich schröpfen kannst."

„Kann man von Anthropologie leben?", fragt Sophie.

„Wenn man es geschickt einfädelt ja" sagt Paul.

„Du gefällst mir Paul" sagt Sophie. „Hast Du Lust mit mir nach oben zu gehen und ein gemeinsames Bad im Whirlpool zu nehmen. Nach dem Bad bekommst Du eine Wohlfühlmassage von meiner Hand und gehst nach Haus als neuer Mensch."

„Ich möchte nicht als neuer Mensch nach Haus gehen, ich fühle mich wohl so wie ich bin.", sagt Paul.

„Du findest mich nicht hübsch!", sagt Sophie und schmollt.

„Wie kommst Du auf diese absurde Idee Sophie?", fragt Paul.

Sophie sagt: „Ich biete dir das Beste was ich habe und Du lehnst ab. Du findest mich nicht hübsch."

Paul sagt: „Sophie Du sitzt vor mir in der ganzen Pracht Deiner weiblichen Reize und denkst, dass ich dich nicht bezaubernd finde."

Sophie sagt bestimmt: „Du bist verheiratet und hast einen Treuekonflikt".

Paul lacht.

„Der Champagner ist leer", sagt Sophie „Wir können den neuen oben trinken. Besuch mich gleich auf Zimmer 303, ich bereite das Bad für uns" Sophie gibt Paul einen Kuss auf die Wange und geht.

In Zimmer 303 lodern die Flammen dutzender Dochte im roten Wachs. Es riecht nach Rosenwasser. Leise ist Klaviermusik zu hören. Paul beobachtet Sophie, wie sie geschickt ein weißes Tuch um den Hals einer Champagnerflasche bindet und diese zusammen mit zwei Gläsern an den Mamorrand des Pools stellt. Sie nimmt einen Strauß roter Tulpen aus einer römischen Tonvase, rupft die Blütenblätter aus und wirft sie ins Wasser. „Willst du zuerst? ", fragt sie. Paul nickt.

Sophie steigt zu ihm in den Pool. Sie liegen eine Weile still nebeneinander, dann fragt Paul: „Was ist eigentlich das Spannende an deinem Beruf Sophie?" Sophie lacht, setzt sich auf und sieht Paul direkt in die Augen. Sie wird ernst, denkt eine Weile nach und sagt:

„Es ist der Mensch, der zu mir kommt; der betrogene Ehemann, der sich an seiner Frau rächen will, weil sie ihm Hörner aufgesetzt hat. Es ist der Mann, gesegnet mit der Libido eines Don Juan, der das Pech hat abstoßend hässlich zu sein und daher von jeder Frau mit Augen gemieden wird. Es ist der durchschnittlich ansehnliche Mann, dessen Wesen so verkappt und schrullig ist, dass er Probleme hat, eine Partnerin an sich zu binden. Es sind die Einsamen, die mit ein bisschen zwischenmenschlicher Wärme, einem Kuss nur, den ich ihnen schenke, aufblühen vom Mauerblümchen zur saftig satten Rose. Es sind die vielen kleinen Geschichten, die ich hier höre. Und die kleinen Lügen. Ein Postbote der sich als Großunternehmer ausgibt und hier auf der Suche nach Prestige und Ansehen ist, Dinge die ihm draußen verwehrt werden. Nirgends wird so viel gelogen wie in der Liebe. Und ich finde es spannend aus diesem Pfuhl der Verlogenheit die wahren Beweggründe der Menschen herauszufischen."

"Was ist deine Lüge Paul?", fragt sie.
Paul antwortet: „Ich bin die Kreation einer Lüge. Der Kerl, der unsere Geschichte hier erzählt, drängt mich in die Perspektive eines ´er´, obschon er, um ehrlich zu sein, mich eher als ´ich´ auftreten lassen müsste. Er hat das alles hier erlebt und bürdet es mir auf, um seine eigene Tat aus der Distanz zu betrachten. Ich heiße nicht Paul. Ich trage den gleichen Namen wie er. Dieser Typ benutzt mich um seinem Bedürfnis, seinem Drang sich mitzuteilen Raum zu geben. Das Schlimme ist, er

benutzt auch Dich, da er dich aus der alten Kommode seiner Erinnerung hervorzieht und in die Gegenwart hineinversetzt."

Pauls Rede wird von einem Klopfen an der Tür unterbrochen. Eine junge Frau tritt an den Pool und fragt schüchtern: „Entschuldigt die Störung, wir haben keine Gäste heute, es verspricht ein langweiliger Abend zu werden. Darf ich ein bisschen zu euch kommen?"

„Gerne", sagt Paul.

Sophie sagt: „Darf ich vorstellen. Das ist Lena, sie ist neu bei uns und sozusagen noch in Ausbildung. Lena das ist Paul, ein Anthropologe mit Identitätsproblemen."

Charlotte

Die Forscherin Charlotte A. erwachte eines morgens in einer ihr gänzlich unbekannten Gegend, umringt von sieben nachlässig bekleideten, lautstark schnarchenden Zwergen. Die Zwerge waren hässlich, das erkannte sie bald mit geschultem Blick. Auch roch es übel nach den Ausdünstungen, die der Körper erzeugt, um über die Atemwege im Übermaß genossenen Wein auszuscheiden. Auf der Suche nach ihren Kleidungsstücken, fand sie eines zwischen den Zähnen eines schlafenden Zwerges, dessen Züge den Anschein machten, als träume er gerade von dem genussvollen Verzehr einer erlesenen Speise, eines Brathähnchens oder ähnlichem. Ein anderer Zwerg murmelte im Schlaf: „Oh wie schmerzlich schön ist doch das Weib!" Ein Zwerg erwachte und fragte nach einem ausladenden Gähnen: „Lotte, besuchst Du uns bald wieder oder hast du ausreichend recherchiert?" „Ich denke", sagte Charlotte, „ich habe nunmehr genügend Stoff für meinen Artikel." „Schade", sagte der Zwerg und schlief wieder ein.

Charlotte zückte ihren Notizblock und schrieb an Ort und Stelle: Es verhält sich wohl offenbar so, dass die zwischengeschlechtliche Energie im Wesen der Menschen, wie auch der Zwerge, die stärkste treibende Kraft im Charakter dieser Individuen darstellt. Diese Energie, so denke ich, ist stärker als alle anderen Bedürfnisse, stärker als das Bedürfnis nach Wissen und Nahrung etc. Sie fischte ihren Ohrring aus dem Mund eines Zwerges, der wohl die ganze kurze Nacht darauf herumgekaut hatte. Den zweiten konnte sie nicht finden. „Wie verhält sich der Überlebenstrieb zu den Gründen, die mir diese Nacht bescherten?", fragte sie sich. „Ist der Wille zu überleben der Einzelnen stärker als der Drang selbiger Nachkommenschaft hervorzubringen?" „Wie ist es mit dem Verstand?" fragte sie sich als sie vollständig angekleidet war. „Ist der Verstand so kräftig wie die Triebe?" „Der Verstand dieser Zwerge hier wohl sicher nicht", flüsterte sie mit einem liebevollen Schmunzeln vor sich hin.

Was würde mein Freund sagen, wenn er erfuhr, dachte sie, dass ich mich mit Zwergen abgebe. Er wird es nie erfahren, schließlich ist es ja meine Berufung, so eine

Art Praktikum. Für meine Sache zwingend notwendige Recherchearbeit vor Ort an der Basis. Ich muss gehen.

Charlotte stieß sich den Kopf an der nicht für ihre Größe gebauten Haustür des Zwergenhauses. Auf dem Weg durch den Wald musste sie über sich selber lachen und über die lustigen Bilder die die Nacht in ihr Gedächtnis geprägt hatte. Der kleinste der Zwerge war der Lustigste gewesen. Er hatte den Mund beständig voller drolliger Worte. „Ich habe einen Muskelkater im Bauch vom Lachen über seine Sätze", dachte sie. Der beste Liebhaber von den sieben war ein Zwerg von gewöhnlicher Hässlichkeit, der offenbar keine rechte Freude am gesprochenen Wort zu finden vermochte. Am Waldrand angelangt, nahm sie den Bus in die Stadt.

„Wo bist Du gewesen, Charlotte", fragte Sascha ihr Freund.
„Ich war im Wald bei den Zwergen" antworte sie
„Die ganze Nacht?", fragte er.
„Ja die ganze Nacht" sagte sie.

„Was habt ihr all die Stunden gemacht?" fragte er.

„Wir haben kommuniziert", entgegnete Lotte und nach einer kleinen Pause fügte sie hinzu „erfolgreich und dann geschlafen."

„Muss ich eifersüchtig sein, Lotte", fragte er eindringlich.

Lotte antwortete: „Eifersucht ist ein obsoletes Relikt der Menschheitsentwicklung, sie hat ihren Nutzen eingebüßt ist vollständig versteinert, sie ist veraltet, archaisch. Niemand braucht sie, sie ist störend und überflüssig." Sascha blähte die Backen und ließ die im Munde gefangene Luft stoßweise ab. Er ging zum Kühlschrank griff sich daraus ein Bier kam zurück und fragte: „Ok wie viele habe ich diesmal gut?"

„Schwer zu sagen" entgegnete Lotte „es waren sieben Zwerge, keine Ahnung wie wir sie rechnen sollen. Für halbe Portionen? Dafür waren sie zu gut. Einer hatte die Manneskraft eines Riesen. Ich würde sie unehrenhaft verleumden, würde ich sie nicht 1 zu 1 rechnen. Kurz und gut du hast Minimum 7 volle gut."

„6 sagte Sascha, eine habe ich bereits in weiser Voraussicht gestern gutgeschrieben."

„Muss ich eifersüchtig sein?", fragte Lotte. „Eifersucht ist ein obsoletes Relikt der Menschheitsentwicklung", sagte Sascha.

„Ich liebe Dich Sascha", sagte sie.

„Ich liebe Dich auch Lotte, auch wenn dieser Begriff durch seinen inflationären Gebrauch völlig verwaschen ist. Er wurde zu einer leeren Worthülse geschwätzt. Zu viele Verwerfliche und Würdige haben dieses Wort zu oft im Munde geführt. Ich weiß nicht nach was, aber du stinkst erbärmlich, „ sagte er zu ihr, „geh dich gründlich waschen. Dein Körper ist die Quelle eines unguten Geruches, ab ins Bad!"

Der Baron

Ich stand im strömenden Regen vor einer Telefonzelle in Frankfurt an der Oder und wartete, dass der Mann, der vor mir telefonierte, seine lautstarke Flunkerei beendete. Er reihte dreist Lüge an Lüge und machte seinen Gegenüber glauben, er befände sich in einem fernen Land, bei heiter Sonnenschein und Dattelpalmen. Hier hatte es die letzten Wochen ununterbrochen geregnet. Die Sonne schien durch konsequente Abwesenheit nicht mehr zu existieren und manche munkelten, sie habe sich aufgemacht, einen anderen Planeten zu beleuchten. Einige Keller standen unter Wasser. Der Fluss konnte nicht befahren werden, weil der Wasserstand so hoch war, dass kein Boot unter die Brückenbögen passte. Als der Fantast dann von einer `traumhaften Bootsfahrt bei Vollmond` fabulierte, platzte mir der Kragen. Ich trat mit dem Fuß gegen die Tür der Telefonzelle. Keine Reaktion seinerseits. Ich öffnete die Tür, sprang zu ihm ins enge Trockene und sagte ihm frei ins Gesicht: „Wenn Sie nicht gleich aufhören zu telefonieren, lasse ich sie auffliegen!" Er nahm die flache Hand von der Sprechmuschel und sprach in den Hörer, dass er aufhören müsse, man hätte ihm soeben berichtet, dass ein Seefischer einen Riesenhai gefangen habe und er wolle sogleich an den Strand das Prachtstück bewundern. Er legte auf.

Da standen wir nun, fast Nase an Nase in der Zelle, die Luft geschwängert von seinem unerträglichen Parfum und der Mann machte keine Anstalten zu gehen. Stattdessen sagte er: „Telefonieren Sie ruhig, mich stört das nicht. Oder wollen Sie so unmenschlich sein und mich hinaus in den Regen schicken?" Mir strömten noch Bäche von der Stirn. Ich sagte: „Ich mache ihnen einen Vorschlag zur Güte: Sie lassen mich hier alleine telefonieren. Wir treffen uns nachher drüben im Gasthaus ´Zum goldenen Hirsch´. Sie erzählen mir bei einem heißen Grog, zu dem ich sie einladen werde, wie es dazu kommt, dass ein Mann wie sie derart lügt." Er willigte ein. Wir trennten uns.

Im Gasthaus gab es nur einen Gast. Er saß an der Stirnseite einer langen Tafel und umklammerte mit der Hand den silbernen Knauf eines Gehstockes.

Ich setzte mich zu ihm und sagte ungeschickt: „Einen edlen Gehstock haben Sie da." Er erwiederte: „Der Stock ist mehr Krücke als Zierde. Er rührt von einer alten Kriegsverletzung her, die ich mir vor nunmehr 258 Jahren zugezogen habe. Sei's drum, die Geschichten, die noch heute von meiner Heldentat erzählen, versüßen mir die kleinen Unpässlichkeiten, die ich mit der Behinderung habe. Übrigens habe ich mir schon einen Grog auf ihre Kosten schmecken lassen. Erlaubt ihr Budget noch einen weiteren? Ach ja, darf ich mich vorstellen mein Name ist Baron von M." Ich bestellte für beide und sagte: "Herr Baron von M. Lassen Sie mich raten. Sie haben versucht auf einer Kanonenkugel in eine belagerte Stadt zu reiten überlegten sich's aber im Fluge anders und stiegen kurzerhand auf eine in die Gegenrichtung fliegende Kugel um." „Ja, so sagt es die Geschichte" sagte er „wie ich aufschlug als die Kugel landete wird immer verschwiegen." Die Bedienung brachte uns den Grog und einen Kübel Eis, den der Baron bestellt hatte, um, wie er sagte, die Temperatur des Getränks zu regulieren.

Ich fragte ihn: „Wie stehen Sie zur Wahrheit, Baron?"
„Ich bin stets ein Beförderer der Wahrheit gewesen, wenn diese angemessen war. Unwahrheit ist ein großes Gift, das dem menschlichen Zusammenleben schadet, ja es mitunter töten kann. Obwohl", er nahm einen ehrfurchtsgebietenden Schluck aus seinem Glas „Obwohl manchmal ist die Wahrheit schädlicher als die Lüge" Ich fragte weiter: „Und wie ist es mit der Lügengeschichte bei der ich Sie vorher in der Telefonzelle ertappte?" „Sie meinen die Dattelpalme und den Haifisch? Nun ich habe ein naseweises Kind zu hause, das mit seinen Ideen immerzu in den Sternen hängt. Am liebsten mag es Vampire, Riesen, Elfen und Hobbits. Soll ich die Fantasie dieses Kindes nun mit der grausamen Wahrheit beflecken, dass ich hier in Frankfurt an der Oder bei Sauwetter festsitze, mit nichts weiter zu tun, als im öden Hotelzimmer die Regentropfen zählen, die auf dem Fenstersims landen? Bedienung noch einen Grog bitte!"

Im weiteren Gespräch mit dem Baron ging es, so erinnere ich mich noch verschwommen, um die Frage, ob jemand der Geschichten erfindet und sie dem

Publikum als bare Münze verkauft ein Lügner ist oder nicht. Der Baron vertrat, und das ist das letzte, was ich von den Abend noch klar vor mir sehe, die Ansicht meines Kumpanes, dass das Publikum verzaubert und belogen werden will. Am nächsten Morgen erwachte ich unter dem Tisch, an dem wir am Vorabend getrunken hatten. Mein Kopf war schwer wie Blei und meine Glieder waren so gelenkig wie Holzbalken.

Ich stand auf und musste mich wegen einem Anfall des Schwindels gleich wieder auf einen Stuhl setzten. Die Bedienung kam und sagte: „Dies hat der nette Herr für Sie zurückgelassen" Sie reichte mir ein Pergament und ein Paket. Ich las: „Vielen Dank junger Herr für ihre großzügige Einladung. Es war sehr hübsch mit Ihnen zu plaudern, zum Dank ein kleines Präsent. Wie Sie vielleicht wissen, landete meine silberne Axt auf dem Mond, weil ich sie zu weit warf. Ich verdanke es einer Bohnenranke, auf der ich emporstieg, dass ich sie wieder habe. Lassen Sie sich niemals belügen!" Das Papier war unterzeichnet mit: „Baron von M."

Man stirbt nur einmal

Stephanie wollte als Kind Tischlerin werden. Sie bekam - aus widrigen Umständen gezeugt - im Alter von 15 ein Baby. Sie fand mit 17 einen Mann und wurde Hausfrau. Gestorben ist sie im hohen Alter von 72 Jahren, in einer Vollmondnacht. Im Zimmer, in dem sie starb, fragte ihre elfjährige Enkelin die Mutter warum Omi so ruhig sei und nichts mehr redete. „Sie ist jetzt bei den Engeln", sagte die Mutter zu dem Kind. Die Enkelin, die in der Erklärung die Lüge spürte, kniff die Großmutter in den noch warmen Arm. Das Kind weinte und schrie: „Ich hasse Engeln!"

Der Vater, ein Franzose, schimpfte mit der Mutter: „Es ist merde, dass du das Kind ier inein nimmst" Die Mutter entgegnete: „Das ist eine wichtige Erfahrung für das Kind." Dann weinte die Mutter. Das naseweise Kind fragte: „Ist Oma so bei den Engeln wie Tiger, unser Kater?" „Ja das stimmt", sagte die Mutter. „Dann ist Oma tot", sagte das Kind „wir müssen sie so im Garten in die Erde legen wie den Kater. Das Kind runzelte die Stirn und eine Idee leuchtete in ihren Augen. Es sagte: „Du lügst Mami, bei dem Kater hast

Du gesagt, er hat sieben Leben. Er war einmal futsch und kam nie wieder. Nachdem das Auto ihn überfahren hat."

Der Vater legte dem Kind die flache Hand auf die Schulter und sagte: "Tiere und Menschen leben nur einmal. Es gibt keine Engeln." Das Kind ging aus dem Zimmer. „Merde", sagte der Vater und setzte sich in den Schaukelstuhl der Großmutter Nach einer Weile stand er auf. Er verließ das Zimmer und ging in die Küche. Er holte sich ein Bier aus dem Kühlfach und trank es in einem Zug aus.

Die Mutter kam zu ihm und griff sich ein Bier aus dem Kühlschrank und trank es aus der Flasche. Sie ging zum Fenster und schaute in den Garten hinaus und sah ihr Kind am Grabe des Katers. Das Kind hielt mit beiden Händen Papas Gartenschaufel in der Hand und grub ungeschickt nach den Überresten des Tieres. „Das ist eine wichtige Erfahrung für das Kind", sagte die Mutter und trank von dem Bier.

Bald darauf wurde mit dem Bestattungsinstitut Krause telefoniert. Peter Krause bot den Rundumservice an. Er kümmerte sich mit seinem 4 Mann Betrieb um den Abtransport von Verblichenen aus dem Altersheim, den

Krankenhäusern, der forensischen und klinischen Pathologie und von jenen, die zu Haus sterben wollten. Den Garten, in dem das Kind weinte, durchstreifte ungesehen eine Katze. Sie hatte eine Maus im Maul und verschwand lautlos in der Hecke. Zu diesen Zeitpunkt hatten die Eltern zusammengerechnet 1,4 Promille Blutalkohol und begrüßten an der Haustüre erleichtert Herrn Krause mit Mitarbeiter.

Das Kind hatte zu weinen aufgehört und war aufgestanden. Es fand einen feuerroten Plastikball und trat diesen voll Wut in die Hecke. Aus der Hecke kam ein klagender Laut, den das Kind kannte. Wie Säuglingsweinen. Das Kind verschwand in der Hecke und kreischte kurz auf vor Freude.

Laura

Sie saß auf dem Bahndamm, im Gleis und wartete. Der Regen hatte nachgelassen. Die mit altem Motorenöl eingelassenen Gleishölzer schimmerten sacht vom gebrochenen Licht in Regenbogenfarben. Es roch nach den Hinterlassenschaften der Zugtoiletten. In der Böschung der Bahntrasse hingen Fahnen Toilettenpapier und Unrat, vom achtlos aus den Wagonfenstern geworfenen Abfall. „Fünf Minuten", flüsterte sie „fünf." Sie legte das Ohr auf das kalte Gleis, horchte, hörte das leise Klingen tausender Moleküle aus Eisen, die von ferner Gewalt in Schwingung gehalten wurden.

„Er hat es gewusst", dachte sie „er, der wohl hellste Stern am Nachthimmel der Schreibenden. Sein oder nicht sein. Sich waffnen gegen eine See von Plagen, durch Widerstand sie enden. Die Rücksicht, die Elend lässt zu hohen Jahren kommen. Dem Land, von des Bezirk kein Wandrer wiederkehrt. Sich selbst in Ruhstand setzen, mit einer Nadel bloß" „Ist es bereits Zeit für das Gebet?", fragte sie sich. „Sollte ich dann die Augen schließen oder sollte ich ihm entgegenblicken, ihm, meinem tonnenschwerem Schicksal? Ich fürchte nicht den Tod. Ich fürchte das Sterben, fast mehr noch als das Leben."

„Der Brief zu Haus, der in meinem alten, schon lange unbewohnten Kinderzimmer, unter Tränen gelesen werden wird. Hoffentlich auch mit Verständnis. Hoffentlich. Wird man die Stellen der Tränen sehen, die ich schreibend über ihm geweint? Tränen, die schwerer wiegen als jedes Wort. Großes Leid von meiner Tat geboren, für Vater, für Mutter, für wahre Freunde. Schuld auch bei denen, die mich zuletzt gesprochen, zuletzt gesehen. Was hätten wir anders machen können, wo haben wir gefehlt, werden sie sich schmerzlich fragen, immer wieder, sinnlos, bei Dingen, die unabänderbar, die endgültig sind. Ich habe Euch lange vergeben. Vergebt mir. Mein Gott, es ist so kalt. Der Freitod, die ehrlichste Form der Selbstkritik, wer hat das gesagt? Worte. Vom Sinn entleert. Für mich. Noch eine Minute. Ich kann ihn hören." Sie stand auf. Jetzt rief sie laut, schrie, um nichts mehr hören zu müssen, mit aller Gewalt: „Komm endlich ersehnter Tod, trage, schleife, zerre mich fort! Lass mich nicht lange leiden! Ich flehe Dich an!" Sie flüsterte: „Was ist mein letzter Gedanke, mein letztes Wort, aus der langen Reihe der Worte, die ich in meinem Leben verschwendet, in dieser Welt, die nie die meine war, der Welt, deren Sprache ich bei allen Mühen, mit aller Kraft nicht erlernen konnte? Was ist das Wort? Die Liebe - die große Lüge? Angst? Nicht heute nicht jetzt. Zorn? Wut? Enttäuschung? Hass? Ja! Ich hasse Dich Leben! Wir werden heute geschieden. Endgültig. Dies ist mein freier Wille! Wie viel Leid kann ein Mensch tragen bis er bricht? Der Mensch ist zäh! Oh! ja. Ich war zäh. Bis jetzt. Es ist Zeit für das Gebet." Sie faltete die Hände. Ihr Blick war verklärt. Ihre bleichen Lippen formten Worte, die sie wie Psalmen sprach. Ein Gebet, das sie in ihrem Leben so oft gesprochen hatte, so dass ein Wort ganz von selbst das nächste ergab. Sie begann zu weinen. Sie schloss die Augen. Ihr ganzer Körper zitterte. Sie konnte kaum noch stehen.

Dann hörte sie das Heulen und blickte auf. Sie kannte es. Es klang wie das Klagen einer Wölfin in den Wehen. Oben am Kamm der Böschung stand ein großer Hund im weißem Fell und schwarzumrandeten Augen.

Der Hund hatte den Kopf weit in den Nacken gelegt und jaulte jämmerlich. Sie rief: „Max, was machst Du hier? Geh nach Haus auf deine Decke vor dem Ofen. Lass mich allein!" Sie blickte ins Gleis und sah die Lichter des herannahenden Zuges. Sie sah aufrecht hinein, wie in einen feindlichen Blick, dem sie standhalten musste. Der Hund lief die Böschung hinab und sprang sie an. Er konnte sie nicht umstoßen. Er lief um sie herum. Er jaulte. Er knurrte und sprang abermals und biss sie in den Arm, bis aufs Blut, bis auf den Knochen. Sie schlug ihm mit dem freien Arm ins Genick. Er ließ nicht ab und zerrte - zerrte sie vom Gleis.

Der Fahrtwind und der Donner des vorbeifahrenden Zuges war gleich einer Explosion, die Laura und Max zu Boden warf. Laura sah die roten Rücklichter des Zuges, sie erschienen ihr wie blutige Augen, die schnell von einem unsichtbaren Band davon gezogen wurden. Sie blickte den Hund an. Er saß da, stoisch wie eine Sphinx, stolz auf seine Beute. Laura umarmte ihn. Der Hund leckte sie übers Gesicht. Sie lachte wie sie noch nie zuvor in ihrem Leben gelacht hatte. Zärtlich sagte sie: "Mein Gott Max, verstehst Du mit deinem tierischen Instinkt mehr, als sie mit ihrem Verstand, von dem sie so viel halten." Sie bettete ihren Hinterkopf auf dem schnell atmenden Körper des Tieres und rezitierte William Shakespeare: "Der Rest ist Schweigen"

Genie und Wahnsinn

Für das, was jetzt vor mir liegt, passt eine Abendstimmung ganz gut, dachte er. *Die Sonne ertrinkt in ihrem eigenen Blut am Horizont. Die Schneedecke auf den Feldern ist fleckig, wie ein schmutziges Brautkleid. Die Bäume, die im Taxifenster vorbeihuschen sind kahl, wie Knochenhände in engen, schwarzen Lederhandschuhen. Fehlt nur ein Rabe als Zeichen der Allgegenwart des Verfalls und des Untergangs.*

Einmal hatte das alles Bedeutung für ihn, jeder Strauch, jeder Lichtstrahl und der Körper, der ihn einfing, sprachen eine eigene Sprache, jedes Ding erzählte eine Geschichte, jedes auf eine eigene Weise, und jetzt war alles stumm und festgefroren, niemand weiß für wie lange. *Für mich, für immer höchstwahrscheinlich, lebenslang, für andere nicht*, dachte er.

Nina, hinten vom Rücksitz des Taxis, legte ihm eine Hand auf die Schulter und sagte: „Philipp, wenn es dort wirklich so schlimm ist, dann hole ich Dich da raus und wenn ich ein Fenster eintreten muss." Er erwiderte nichts. Der Taxifahrer sagte: „Sie sehen gar nicht so aus, als müssten sie dort hin. Obwohl, heutzutage weiß man ja nie so genau wer …" Der Fahrer brach in der Rede ab. Philipp vollendete den Satz: „ … wer verrückt ist und wer nicht."

Sie standen mit dem Taxi vor der Einfahrt zum Gelände. Eine geschlossene Schranke hinderte ihren Weg. Aus einer Lautsprechersäule kam eine Stimme am offenen Fenster des Fahrers „Ja?". Der Fahrer sagte „Ich habe einen Mann für euch." Die Stimme: „Bringen Sie ihn zur Aufnahme. Haus 12. Erdgeschoss." Philipp drehte sich auf dem Sitz, beobachtete durch das Heckfenster des anfahrenden Taxis wie sich die Schranke langsam hinter ihnen schloss. *„Jetzt darf ich sie zulassen, die Armee der Gedanken, die ich seit jeher verstecke, alle, frei denken, ohne Angst dabei bei Unsittlichkeiten ertappt zu werden, alle Gedanken und Früchte des Gemüts dürfen jetzt offen existieren, mit ihren guten und bösen Anteilen. Kein Versteckspiel mehr, um die Menschen oder sich selbst zu schonen. Das ist Freiheit. Jetzt reihe ich mich unter*

Meinesgleichen und lasse die Maske zurück, die verlogene, gefertigt allein, um der Welt draußen das perfekte Theater darzubieten, das Theater, ich sei normal, ich sei konventionell und ich sei perfekt etabliert als gut geschmierter Teil der Gesellschaft. Ich bin müde nur Schauspieler zu sein. Hier ist hinter den Kulissen. Hier wird abgeschminkt. Der Spot ist aus und es wird dunkel. Dunkel, für Wesen, die es verstehen ohne Licht zu leben. Drehpause." Philipp empfand die Erleichterung dessen, der vor der Hinrichtung noch seine Leibspeise bekommt.

Nina und der Taxifahrer führten ihn in das Gebäude. Der Taxifahrer wurde bezahlt und ging. Eine automatische Glasschiebetür, noch eine Tür und noch eine Tür, ein steril wirkender Raum und eine Frau im Arztkittel mit weißen Birkenstock Schuhen. Philipp und Nina nahmen auf den Stühlen vor dem Schreibtisch Platz. Die Frau setzte sich hinter den Schreibtisch und sagte: „Ich bin die Aufnahmeärztin. Sie sind vorangemeldet. Was liegt vor?" Nina sah Philipp in die Augen. Philipp blieb stumm. Nina sagte: „Philipp ist seit etwa 3 Wochen völlig verändert. Er ist eigentlich ein lebensfroher Mensch, optimistisch, gut drauf. Vor den letzten 3 Wochen haben wir Urlaub gemacht, den schönsten meines Lebens, wir haben Zukunftspläne geschmiedet, Hausbau, eine kleine Familie mit Hund. Gestern wollte ich in unserer gemeinsamen Wohnung Wäsche in seinen Schrank legen und finde bei den Socken einen Strick mit diesem Henkersknoten. Ein Skalpell. 4 Schachteln Schlaftabletten" Nina fasste in ihre Handtasche und legte die benannten Gegenstände vor der Ärztin auf den Tisch. Die Ärztin wandte sich direkt an Philipp und fragte: „Haben Sie Gedanken an den Tod?" Philipp blickte zu Nina dann wieder zur Ärztin und sagte: „Ich habe schon immer Phasen, in denen mein Wesen etwas morbide, dunkle und leidvolle Züge annahm. Melancholie eben. Das war auch fair. Weil ich dafür wieder mit Phasen voll Licht und Glück und Euphorie belohnt wurde. Ich bin halt so. Kann ich jetzt wieder gehen?" „Nein sagte die Ärztin, Sie bleiben heute Nacht zur Beobachtung bei uns." Sie notierte etwas auf das Patientenblatt. „Was haben Sie da aufgeschrieben.", frage Philipp erwartungsvoll. „Verdacht auf eine bipolare affektive Störung. Das ist eine Störung des Gemüts und keine Geisteserkrankung.

Winston Churchill* hatte das auch. Sie bekommen von mir Valium zum Schlafen. Das hilft gegen das Grübeln und zudem geht es oben auf Station mitunter drunter und drüber. Den Rest sehen wir morgen. Gute Nacht."

Eine fettleibige Schwester führte ihn in einen engen Aufzug. Sie sagte nichts außer: „Aussteigen!". Fünfter Stock. Eine Tür wurde aufgeschlossen und fiel hinter ihnen geräuschvoll ins Schloss. Die Tür wurde verriegelt. Philipp fragte: „Bin ich jetzt ein Gefangener?" „Es ist zu ihrer eigenen Sicherheit. Glauben Sie mir, hier können sie sich nicht das Leben nehmen. Ich zeige ihnen ihr Bett. Sie haben Glück heute sind nur zwei andere im Überwachungsraum." Ein Mann stand mit apathischem Blick reglos im Gang, beide Hände hielten in Ermangelung eines Gürtels die zu weite Hose. Irgendwo schrie einer gedämpft um Hilfe. Es roch nach Desinfektionsmittel. Sie gingen durch eine Tür. Die unbelegten Betten waren mit weißen Leintüchern abgedeckt. Als lägen unter den Tüchern Leichen, dachte Philipp. Im Bett am Fenster war der Hilferufende. Er war mit Riemen an Armen und Beinen am Bett befestigt. Zudem hielt ihn ein breiter Lederriemen um den Bauch. Er schrie um Hilfe im 5 Sekunden Takt. Die Schwester sagte: „Suchen Sie sich ein Bett aus. Ihren Rucksack müssen sie mir mitgeben, wir untersuchen ihn auf scharfe Gegenstände, Rasierklingen, Stricke, Kabel, mit denen man sich erhängen könnte, und Drogen. Lassen sie nichts herumliegen. Hier wird geklaut. Sie werden rund um die Uhr durch die Kamera da oben und das Fenster dort drüben bewacht. Es kann nichts passieren. Morgen haben sie Gruppentherapie und Arztvisite. Gute Nacht."

Philipp holte die Zigaretten aus der Hosentasche und ging hinaus auf den Gang. Ein Mann, nur in Socken, und einem Bart voller Essenreste sprang Philipp an, würgte ihn mit beiden Händen am Hals und schrie: „So schön bist Du auch nicht, komm her" Ein Pfleger trennte sie. Der Angreifer ging gebeugten Hauptes in sein Zimmer. Ein hübsches Ding gab Philipp die Hand und sagte: „Ich bin Jenny, ich bin ein bisschen gaga so wie Du. Herzlich willkommen!"

Philipp fand das Raucherzimmer. Es war wohl einst weiß gestrichen. Durch den Rauch und das Nikotin der Zigaretten hatten sich die Wände gelb gefärbt. Auch die

Fenster waren mit einem gelben Film überzogen. Als Sitzmöglichkeiten gab es aus der Wand aufklappbare Kinosessel, deren Bezug mit Flecken übersät war. Es war nur ein Mann im Zimmer. Als Philipp den Raum betrat, sah der Mann von seinem Buch auf und sagte freundlich: „Hallo, ein neues Gesicht, ich bin Jan, willkommen. Was haben sie dir angehängt?" „Bipolar", sagte Philipp „gerade eben". Jan sprang freudig auf, gab Philipp die Hand und sagte: „Herzlichen Glückwunsch. Willkommen im Club. Ich bin das auch. Wir haben viel zu bereden. Setz dich." Der Mann ohne Gürtel betrat das Zimmer, bat Philipp um eine Zigarette. Als er sich die Zigarette anzündete, fiel ihm die Hose von den Hüften. Er schien dies nicht zu bemerken, setze sich und inhalierte tief und geräuschvoll mit genussvoller Miene.

Jan fragte Philipp, nachdem dieser sich zu ihm gesetzt hatte: „Erzähl mal wie erlebst Du Deine Hochstimmungen?" Philipp war froh über diese Frage, weil er das Gefühl hatte hier bei Jan, anders als draußen bei den anderen, offen sprechen zu können. Er sagte: „Ich erlebe sie voll Ideen. Voll Inspiration. Voll

Kreativität. Einer besonderen Wahrnehmung von Licht und Farben. Verstärkte Kontaktfreundlichkeit zu Menschen. Einem nicht enden wollenden Genuss. Ich denke dann, es sei verschwendete Zeit zu schlafen, man könne stattdessen 100 gute Ideen haben, deshalb schlafe ich nicht. Ich male, schreibe, dichte in den Phasen wenn ich oben bin und nichts in der Welt erscheint mir uninteressant. Vor allen Dingen erlebe ich diese Zeit in der Hochstimmung als reine Lust. Das Wort, mit dem man die Gemütsverfassung zusammenfassen kann, der kleinste Nenner ist Lust. Menschen sagen mir dann, ich hätte Charisma und eine besondere Ausstrahlung, sei unglaublich eloquent und wendig im Gespräch. Man ist recht attraktiv, wenn man diese Lust verspürt."

Jan hatte aufmerksam zugehört und während Philipp sprach hatte er unentwegt gelächelt, als freue er sich etwas Wertvolles entdeckt zu haben. „Es ist heute erwiesen, dass Vincent van Gogh bipolar war," sagte er dann, „ebenso Virginia Woolf, Ernest Hemingway wurde als bipolar diagnostiziert. Eduard Munch der Maler war es. Die Liste geht weiter und weiter und weiter. Über Politiker, Architekten, Schriftsteller, Maler, Musiker, Erfinder wie beispielsweise Thomas Alva Edison, Mathematiker. Die bipolare Kreativität macht vor keiner Disziplin halt. Die interessante Frage ist nun: Würde es die Bilder von Vincent van Gogh geben, wenn man ihm damals im Sanatorium, in dem er war, moderne Psychopharmaka gegeben hätte und ihm somit die kreativen Phasen genommen hätte? Würde heute eine Glühbirne Licht in unsere Wohnzimmer bringen, wenn man Thomas Edison wie uns mit Lithium behandelt hätte? Fragezeichen um Fragezeichen reihen sich aneinander und nur Du selbst, Philipp kannst plausible Antworten geben, weil du die Erfahrung der Energie und Kraft deiner Phasen hast."

Philipp dachte nach und weil er nichts sagte, sprach Jan weiter: „Du stehst vor einer wichtigen Entscheidung, Philipp. Entweder Du schluckst die Medikamente, die sie dir geben werden, bringst Deinen Gemütszustand in den der ausgeglichenen Normalsterblichen und büßt dadurch den Gros deiner Ideen und deiner Lust ein oder du gehst das Risiko ein, wie Vincent van Gogh und Virginia Woolf Suizid zu begehen, hast dafür jedoch

Ahnung und Gefühl vom hohen Geist dieser Menschen. Ich leih Dir dieses Buch, darin kannst du nachlesen, wie viel von unserem Kulturgut auf bipolarem Mist gewachsen ist"

Als Philipp 3 Wochen später an der Pforte der Psychiatrie von Nina abgeholt wurde begrüßte er seine Freundin mit einem Kuss und einen Lächeln. „Wie geht's Dir?", fragte Nina. „Sehr gut, wir fahren jetzt in die Stadt ich muss ein paar Bücher bestellen. Weißt du, dass Winston Churchill für seine autobiographischen Schriften den Literatur Nobelpreis bekommen hat? Wir kaufen sein `Der zweite Weltkrieg´. Es gibt ein Tagebuch von Kurt Cobain von der Band Nirvana. Das muss ich lesen. Am Wochenende gehen wir ins Vincent van Gogh Museum in Amsterdam. Kennst Du Virginia Woolf? „Nein, wer ist das", fragte Nina. Philipp sagte: „Sie ist eine Schriftstellerin, deren Bücher mich vor dem Aufenthalt in der Klapse möglicherweise gelangweilt hätten, die ich jetzt aber voll ungestümer Gier in mich hineinfressen werde. Sie ist in den Fluss gegangen und weil sie eine gute Schwimmerin war hat sie sich schwere Steine in die Taschen ihres Mantels gefüllt. Recherchiere bitte, wenn Du online bist, die Namen von Edgar Allan Poe und Lord Byron in Zusammenhang des Bipolaren."

Nina fragte: „Musst Du jetzt Medikamente nehmen Schatz?" Philipp sagte: „Nein. Komm lass uns über das Feld durch den Schnee stapfen. Er glitzert so in der Sonne, als würde er in seinem Kleid Millionen kleiner Diamanten bergen."

Alle Namen berühmter Persönlichkeiten dieser Kurzgeschichte beziehen sich auf das Buch „Touched with fire - Bipolar Disorder and the Artistic Temperament" der amerikanischen Professorin für Psychiatrie an der John Hopkins University School of Medicine Kay Redfield Jamison (Begründerin der Affective Disorder Clinic UCLA, USA).

Kageyama Toshiro

Lehrstunden
in den Grundlagen
des Go

Aus dem Englischen von
Felix Heisel

BRETT UND STEIN
VERLAG

Titel der japanischen Originalausgabe:
Ama to Pro.
© Nihon Kiin

Titel der englischen Ausgabe:
Lessons in the Fundamentals of Go.

Bibliografische Information der Deutschen Nationalbibliothek
Die Deutsche Nationalbibliothek verzeichnet diese Publikation
in der Deutschen Nationalbibliografie; detaillierte bibliografische
Daten sind im Internet über http://dnb.d-nb.de abrufbar.

Den japanischen Gepflogenheiten und der in Ostasien üblichen
Reihenfolge entsprechend, wird bei Personennamen stets der
Familienname dem persönlichen Namen vorangestellt.

ISBN 978-3-940563-05-7

© 2009, Brett und Stein Verlag, Gunnar Dickfeld, Frankfurt a. M.

Übersetzung aus dem Englischen: Felix Heisel
Umschlaggestaltung: Gunnar Dickfeld
Umschlagmotiv: Damen beim Go-Spiel (1890) von Chikanobu
            Toyohara (1838-1912), Slg. Gerstorfer
Druck: Books on Demand GmbH, Norderstedt

 Die Diagramme in diesem Buch wurden erstellt
mit SmartGo™: http://www.smartgo.com/de

Printed in Germany

INHALT

Der Autor

Kageyama Toshiro wurde 1926 in der japanischen Präfektur Shizuoka geboren. Er starb am 31. Juli 1990. Er spielte Go von Jugend an, gewann 1948 das japanische Amateur-Honinbo-Turnier und wurde im folgenden Jahr Profi. Es folgten die Beförderungen zum

Shodan	1949,
2-Dan	1950,
3-Dan	1951,
4-Dan	1953,
5-Dan	1955,
6-Dan	1961,
7-Dan	1977.

Im Jahr 1953 gewann er die zweite Division des Oteai, des Einstufungsturniers der Berufsspieler. 1965 und 1966 wurde er Zweiter im Kodansha-Turnier, einem Wettkampf der 5- bis 7-Dan-Profis. 1967 gewann er den Takamatsu-no-miya-Preis.

Kageyama war für sein konstantes Spiel und seine Rechengenauigkeit bekannt. Bis zu seinem Tod war er für das Amateur-Go aktiv.

Vorwort

„Wenn Sie ein stärkerer Spieler werden wollen, lesen Sie dieses Buch." Diese Empfehlung richtet sich an eine große Gruppe von Go-Spielern, vom Anfänger, der gerade einmal die Regeln kennen gelernt hat, bis zum Dan-Spieler. Auf den folgenden Seiten möchte ich der Welt die Essenz all der Erfahrung und des Wissens zuteil werden lassen, die ich in sieben Amateurjahren und 22 weiteren Jahren als Berufsspieler erwerben durfte.

Die Hauptthemen des Buches sind die Bedeutsamkeit von Grundlagen, die Philosophie des Go und gute Lernmethoden. Ich bitte nur darum, dass der Leser nicht so töricht sein möge, es an einem Tag lesen zu wollen. Man sollte es ganz bedächtig lesen, höchstens ein Kapitel pro Tag, und sich mindestens zwei Wochen für das ganze Buch Zeit lassen. Wenn der Leser dann weitere zwei Wochen darauf verwendet, es nochmals zu lesen und daraus zu lernen wie von einem guten Lehrer, dann kann ich wohl garantieren, dass er die Hürde seines derzeitigen Stärkegrads überwinden wird.

Im Sommer 1970   Kageyama Toshiro

KAPITEL I

TREPPEN UND NETZE

Einführung

Der Wunsch, besser zu werden – einen halben Stein, einen Stein stärker – ist allen Go-Liebhabern gemeinsam, Amateuren und Professionellen, unabhängig von ihrem Rang. Er ist eine Manifestation menschlichen Strebens, das uns bis zu unserem Tod begleitet. Allerdings gibt es zwischen Amateuren und Profis einen Unterschied. Grob gesagt: Amateure *spielen* Go, Profis *arbeiten hart* am Go. Früher dachte man, dieser Umstand würde Amateure und Berufsspieler zu unterschiedlichen Laufbahnen führen, die sich niemals begegneten – ja, dass Amateure sich dem professionellen Niveau nicht einmal annähern könnten. Heute hat jedoch die stark zunehmende Verbreitung des Go den Abstand dieser Laufbahnen verringert und sogar zu einer Berührung geführt. Schon jetzt gibt es Spitzenamateure, die sich gegen professionelle Spieler recht gut behaupten können. Das mag verdeutlichen, wie gut Go gedeiht.

Und doch sind diese Amateure nur einige wenige Handverlesene aus Millionen von Spielern. Fast alle anderen scheinen trotz größter Anstrengungen weit unter dem angestrebten Niveau zu bleiben.

Was soll man tun, um besser Go zu spielen? Offenbar will das jeder Go-Begeisterte wissen. Ich erinnere mich, dass ich das oft gefragt wurde. Die tatsächliche Antwort dürfte sein, dass es keine eindeutige und endgültige Antwort auf diese Frage gibt, aber das wäre ziemlich nichtssagend. Ich wollte die Frage immer gern beantworten, aber in drei Sätzen schien das nicht zu gehen. Ich wollte ein Buch schreiben, mit dem ich angeben kann: „Wenn Sie ein stärkerer Spieler werden wollen, lesen Sie das." Nun, da ich die Gelegenheit dazu habe, begeistert mich die Aussicht, meine ganze Erfahrung herzunehmen und in einen Band zu gießen, den ich der Welt anbieten kann.

Nachdem Sie die Regeln erlernt haben, sollte Ihr erster Schritt darin bestehen, erst einmal eine Weile zu spielen. Und damit meine ich nicht eine bestimmte Zeit, sondern eine Anzahl Partien, etwa fünfzig oder hundert. Wenn Sie in dieser Phase einen gegnerischen Stein sehen, versuchen Sie ihn abzuschneiden und zu fangen. Versuchen Sie jeden Ihrer eigenen Steine zu retten und anzubinden. Konzentrieren Sie sich ausschließlich darauf und sammeln Sie praktische Erfahrung. Bei uns sagt man, man wird „in hundert Schlachten gestählt". Sie können nicht alle Kenntnisse aus Büchern erwerben. Ich würde Ihnen empfehlen, ganz unvoreingenommen und nach Ihren eigenen Vorstellungen zu spielen; wenn möglich, spielen Sie mit anderen Anfängern. Wenn Sie Go lernen wollen, dann ist Aufgeschlossenheit das Allerwichtigste.

Danach, obwohl das individuell unterschiedlich verlaufen wird, werden Sie nach meiner Erfahrung viermal auf ein Hindernis stoßen: bei 12-13 Kyu, bei 8-9 Kyu, bei 4-5 Kyu und bei 1-2 Kyu. An einer solchen Hürde sind Sie angelangt, wenn Sie nicht mehr stärker werden und sich dabei erwischen, nur zum Spaß zu spielen und Ihnen jeder Gegner recht ist. Auch Bücher helfen Ihnen nicht weiter. Wie stark diese Barriere ist, wird von Spieler zu Spieler unterschiedlich sein. Manche bewältigen sie spielend, manche gar nicht. Ich weiß von vielen, die jeden Tag von morgens bis abends im Go-Klub sitzen und zig Partien spielen, aber nie vorankommen. Egal, wie leidenschaftlich ihr anfänglicher Lerneifer war – hält dieser Zustand zwei, drei Monate an oder gar zwei, drei Jahre, dann lassen sie alle Hoffnung fahren. Ein solcher Spieler hält sich irgendwann für einen „ewigen 6-Kyu" – und alle anderen ebenfalls.

Das ist ein untragbarer Zustand, doch wie viele Go-Spieler befinden sich in dieser Lage? Fast alle? Wenn das wirklich der Fall ist, dann wäre es ein Verbrechen, sie einfach so weitermachen zu lassen. Und deshalb schreibe ich dieses Buch: um ausführlich zu erklären, was man braucht, um die Barrieren zu überwinden. Mein Gefühl ist: Was ich zu sagen habe, könnte jenen hochwillkommen sein, die nicht wissen, was sie lernen sollen – oder wie sie es studieren sollen.

Natürlich kann man ohne Mühe nicht weiterkommen. Ohne Fleiß kein Preis, kein Genuss ohne Schmerz. Der Genuss ist Ihr Fortschritt, und der Schmerz sind Ihre Mühen. Studieren Sie aber auf die falsche Weise, dann könnte das Ergebnis reiner Schmerz sein, ganz ohne Genuss. Sie müssen also unbedingt lernen, wie man richtig studiert.

Die Treppe

Immer noch die Treppe? Lächerlich! Diese Anfängerseite schau ich mir doch gar nicht erst an!

Schon, aber auch wenn Sie sich verschaukelt fühlen, lesen Sie ein wenig weiter. Vergessen Sie nicht die Grundlagen. Unser Studium fängt bei der Treppe an.

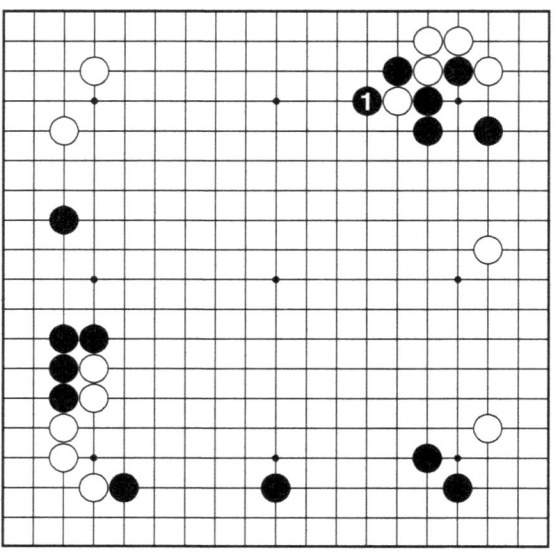

Abbildung 1

Abbildung 1 (Eröffnung einer Gleichaufpartie): Der Ausgang
dieser Partie hängt davon ab, ob Schwarz den weißen Stein in
der Treppe fangen kann, die mit 1 beginnt – oder nicht. Viele
Amateure, unter ihnen sogar Dan-Spieler, werden ungeduldig,
wenn sie mit solch langen Treppen konfrontiert sind. Ihnen fällt
nichts Besseres ein, als sich nach vorn zu beugen und diagonal
übers Brett zu peilen oder im Zickzack mit dem Finger darauf
herumzulaufen; im schlimmsten Fall versuchen sie, den Gegner
zur Aufgabe zu überreden. All das finde ich ein wenig albern.

Wenn die Treppe so wie hier ein bisschen schwieriger wird,
haben viele die Tendenz aufzugeben oder nach einer einfachen
Regel zu suchen, die ihnen auf der Stelle die Antwort liefert.
Wahrscheinlich macht es Ihnen wenig Mühe, einen solchen
Mechanismus zu finden, doch haben Sie ihn erst, dann wird
er sich nur als hinderlich erweisen. Treppen sollen Sie darin
schulen, Zug um Zug auszulesen – Schwarz, Weiß, Schwarz,
Weiß, Schwarz, Weiß – nur so geht es.

Manche werden sagen: „Ich weiß, aber das ist mir einfach zu
anstrengend", andere sagen: „So gut bin ich noch nicht, dass
ich so etwas Schwieriges wie das Vorausberechnen von Zügen
hinbekäme". Soviel zu diesen Faulpelzen, sollen sie doch machen,
was sie wollen. Sie werden nie etwas erreichen. Man müsste sie
am Kragen packen und ihnen Verstand einbläuen.

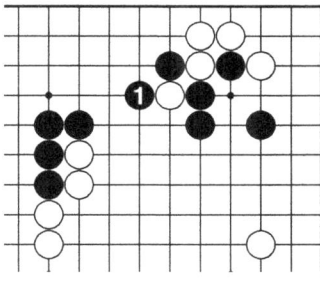

Abbildung 2

Abbildung 2: Also dann, wie sieht die Sache jetzt aus? Kann Schwarz diesen Stein in einer Treppe fangen? Können Sie das bis zum Schluss auslesen – Weiß, Schwarz, Weiß, Schwarz, nur mit den Augen, ohne die Steine aufs Brett zu legen? Was ist Ihr Ergebnis?

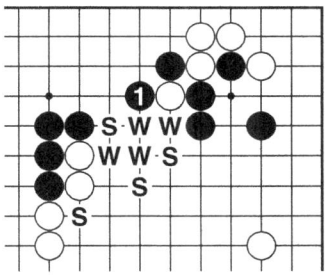

Abbildung 3

Abbildung 3: Schwarz packt den weißen Stein, Weiß läuft weg, Schwarz blockiert den Weg, Weiß läuft weg, Schwarz, Weiß, Schwarz, Weiß, Schwarz, und Weiß verliert sieben Steine. Sehen Sie? Sie *können* es auslesen. Schauen Sie sich Abbildung 2 nochmals an – Schwarz, Weiß, Schwarz, Weiß – Sie *können* es. Noch einmal! Vertiefen Sie das durch Wiederholung. Wenn Sie sich sicher fühlen, nehmen Sie die schwarzen und weißen Steine auf der linken Seite und verschieben Sie sie um eine Linie – oder zwei oder drei – diagonal nach hinten. Lesen Sie nochmals. Jeder, der jetzt Augenflimmern oder Kopfschmerzen bekommt, hat einen bösen Astigmatismus und muss sofort zum Augenoptiker. Machen Sie täglich nur diese eine Übung, bis Sie die lange Treppe aus Abbildung 1 bequem bis zum Schluss auslesen können. Wenn Sie das geschafft haben, ordnen Sie die Steine links unten anders an – lassen Sie Ihre Phantasie spielen – und versuchen Sie es wieder. So funktioniert das.

Der nützliche Lohn dieser Übung ist die Zuversicht, dass Sie jede Treppe lesen können, überall, jederzeit. Diese Zuversicht wird Ihren nächsten großen Schritt nach vorne einleiten. Sehr viele Spieler haben ihre Barrieren überwunden, indem sie hartnäckig an dieser meiner Methode festhielten. Gewohnheit ist erschreckend wirkungsvoll. Bleiben Sie jeden Tag dabei, und bald werden die quälendsten Treppen zur einfachsten Sache auf der Welt. Sie werden nicht die geringsten Probleme haben, eine direkte Treppe wie in Abbildung 1 in wenigen Sekunden auszulesen – eine übermenschliche Leistung für jeden, der nicht Go spielt, für einen Profi jedoch nicht der Rede wert. Sogar ein Anfänger sollte das ohne viele Umstände hinbekommen. Schauen wir weiter.

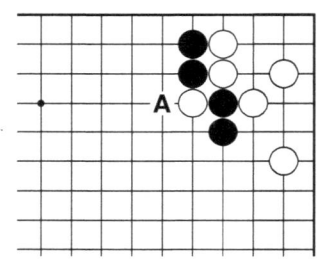

Abbildung 4

Abbildung 4: Schwarz am Zug. Falls die Treppe für ihn läuft, dann sollte Schwarz offensichtlich auf a spielen. Aber was soll er machen, wenn sie nicht läuft? Sehen wir uns das genauer an.

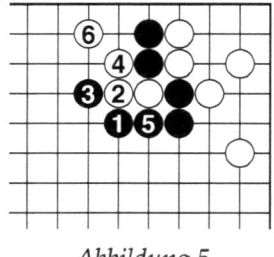

Abbildung 5

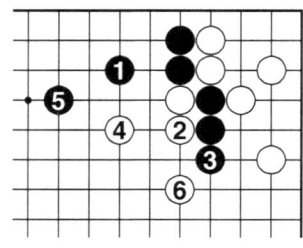

Abbildung 6

Abbildung 5: Unter gewissen Umständen wäre ein Zug auf die Schulter wie Schwarz 1 wirkungsvoll, doch hier läuft Weiß mit 2 bis 6 heraus, und Schwarz hat nichts erreicht.

Abbildung 6: Lokal gesehen ist der Sprung auf 1 die erste Idee, aber nach Weiß 2 bis 6 sitzen die drei schwarzen Steine in der Klemme. Das taugt auch nichts.

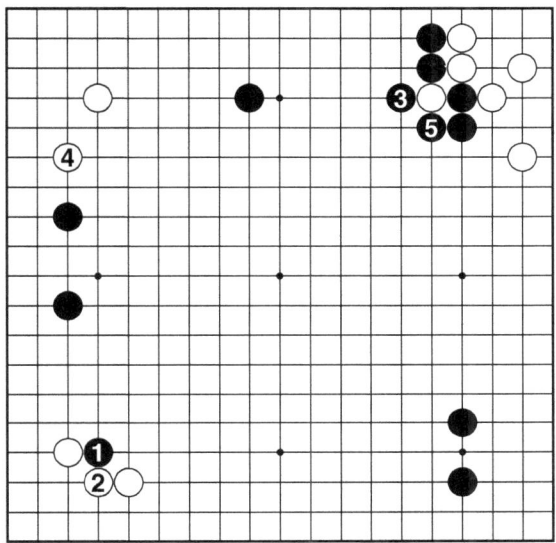

Abbildung 7

Abbildung 7: Schauen wir uns das ganze Brett an. Falls die Formation in der rechten oberen Ecke aus einer Eröffnung wie dieser entstanden ist, was soll Schwarz dann tun? Wie wäre es mit einem Hilfsstein auf 1? Zumindest im lokalen Kontext muss Weiß auf 2 verteidigen, und jetzt ist die Frage, ob die Treppe läuft oder nicht. Nun?

Lösung: Ist der Austausch Schwarz 1 gegen Weiß 2 gespielt, dann kann Schwarz den weißen Stein in einer Treppe fangen. Schwarz muss natürlich Weiß 2 vorhersehen und auslesen, dass die Treppe mit Schwarz 3 für ihn läuft, bevor er auf 1 spielt.

Als Nächstes verlagert Weiß den Schauplatz nach 4 oder dergleichen. An dieser Stelle schlägt Schwarz mit 5. Das ist wichtig. Ich kann mir vorstellen, dass jetzt manche sagen: Schwarz sollte warten, bis die Treppe tatsächlich gebrochen wird und erst dann schlagen, doch das ist das oberflächliche Denken von Amateuren. Schwarz 5 ist der korrekte Zeitpunkt, um zu schlagen; diesen Zug wegzulassen und woanders weiterzuspielen wäre damit vergleichbar, hochverschuldet ein Unternehmen zu betreiben. Zumindest ich würde mich da sehr unbehaglich fühlen. Natürlich können Sie fragen, wie jemand überhaupt ein Unternehmen führen kann, der sich vor Verschuldung fürchtet, und ich muss gestehen, dass ich in der Branche wenig Erfahrung habe, trotzdem...

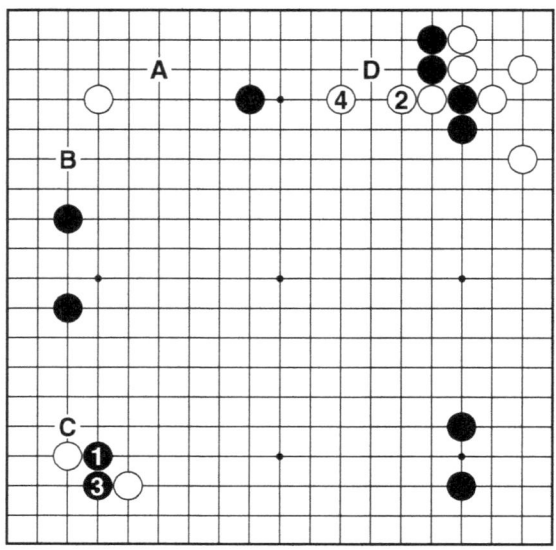

Abbildung 8

Abbildung 8: Gehen wir nochmals zurück zu dem Moment, an dem Schwarz mit 1 die Treppe ansetzt. Besteht jetzt nicht die Gefahr, dass Weiß diesen Zug ignoriert und mit 2 Widerstand leistet? Je nach Situation ist das natürlich ein denkbarer Zug, in dieser Partie jedoch sollte Weiß nicht so spielen. Geht es nach Weiß 2 und 4 mit Schwarz A, Weiß B und Schwarz C weiter, so hat Schwarz entschieden die bessere Stellung.

Sollte Schwarz jedoch Weiß 2 mit D beantworten und Weiß auf 3 spielen lassen, dann würde er weder oben rechts noch unten links bekommen, was er wollte. Unschlüssigkeit ist ein Fehler.

Man könnte noch einiges mehr über Treppen sagen, doch die Hauptsache ist, dass sie sich nicht in Variationen aufspalten. Seien Sie also nicht träge – trainieren Sie Treppen lesen.

Hin und wieder verkündet eine Zeitschrift stolz die Entdeckung einer Abkürzung fürs Treppen-Auslesen – irgendein wertloses Ungetüm mit vier oder fünf gestrichelten Diagonalen und dicken schwarzen Linien. Selbst wenn Sie es verstehen, hilft es Ihrem Spiel kein bisschen weiter. So etwas ist lächerlich.

Man hört so gut wie nie, dass Berufsspieler hierbei Fehler machen, allerdings gab es um 1925 einen Fall, der es zu trauriger Berühmtheit brachte. Einer der Spieler hatte während der Eröffnung eine Treppe falsch gelesen, spielte sie drei Züge weit, erkannte seinen Fehler dann und gab nach kaum 30 Zügen die Partie auf. Nehmen Sie Treppen nicht auf die leichte Schulter.

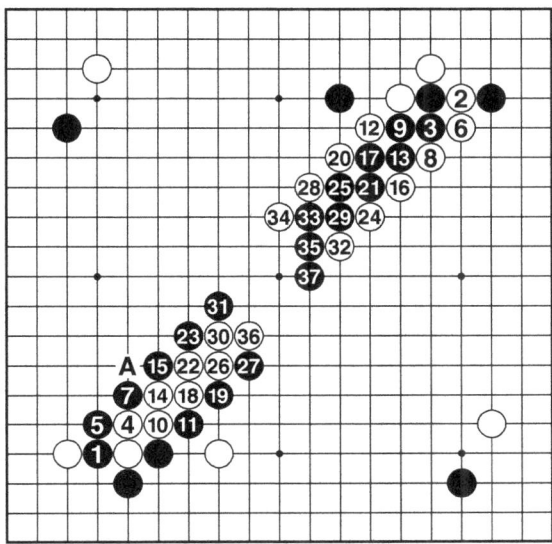

Abbildung 9

Wer anfangs über sie lacht, wird später weinen.

Als Nächstes möchte ich Ihnen eine ungewöhnliche Partie mit simultanen Treppen zeigen.

Abbildung 9: Vielleicht denken Sie, dass so etwas in einer guten Partie niemals vorkommen kann, und fragen sich, welche Anfänger hier die Steine gesetzt haben mögen. Doch diese Sequenz ereignete sich in einer Partie der ersten Meijin-Liga (1961) zwischen Fujisawa Hosai 9-Dan (Weiß) und Sugiuchi Masao 9-Dan (Schwarz).

Spiegeln der gegnerischen Züge mit Weiß 2 und so fort ist Fujisawas Spezialität und kann zu solch ungewöhnlichen Ereignissen führen, sogar auf höchstem professionellen Niveau. Wenn einer der beiden Spieler erst mit den eigenen Steinen ausbrechen und dann die gegnerischen fangen könnte, würde er die Partie natürlich ohne Weiteres gewinnen. Nun hatten aber beide ausgerechnet, dass dies nicht passieren kann, und so entstand die hier gezeigte Position. Und weil jeder Zug schlecht ist, der im Rahmen einer fehlschlagenden Treppe gespielt wird, können wir Sugiuchis Gedankengang nachvollziehen: Als er mit Zug 37 aus der Treppe ausbrach, hatte Weiß ihn schon einen Zug weiter getrieben als er seinerseits die weiße Gruppe unten links. Wir können aber auch die Argumentation des Kommentators Maeda Nobuaki 9-Dan verstehen: Da Weiß sich als erster den Doppelatari-Punkten wie A widmen kann, ist er nicht unbedingt

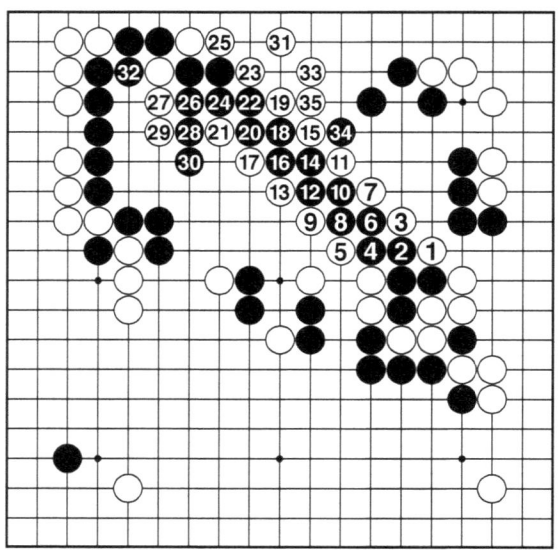

Abbildung 10

im Nachteil. Jedenfalls wird diese Partie als Unikum in die Annalen des professionellen Go eingehen[1].

Abbildung 10: Dieses nächste Kuriosum entstand, als Weiß die gegnerische Gruppe mit Bedacht in einer Treppe jagte – nicht weil er sie falsch gelesen hätte, sondern von Vornherein wissend, dass sie fehlschlägt. Die Partie stammt aus den Vorausscheidungen zur Meisterschaft des Nihon Kiin im Januar 1970: Kudo Norio 8-Dan (Schwarz) gegen Kageyama Toshiro 6-Dan (Weiß). Mein Plan war, Weiß 1 und die folgenden Steine auszunutzen, um am oberen Rand zu leben. In einer Nachbesprechung mit Rin Kaiho und anderen wurde festgestellt, dass statt Weiß 1 einfach nur Weiß 23, Schwarz 22, Weiß 19, Schwarz 3 (bricht die Treppe), Weiß 24, Schwarz 20, Weiß 25, Schwarz 26, Weiß 31 ein besserer Weg zum Ziel gewesen wäre. Ich entschied mich für die Treppenvariante, weil sie unverzweigt und leicht berechenbar ist und im Unklaren lässt, wer danach im Vorteil ist. Doch möglicherweise war gar nicht der Spielstand unklar, sondern vielmehr mein Blick bei der Stellungsbeurteilung. Ich verlor durch Aufgabe.

Ohne Zweifel ist die erste Voraussetzung dafür, ein starker Spieler zu werden, dass man das Go-Spiel liebt, sogar mehr liebt als Essen und Trinken. Die zweite Bedingung ist der Wunsch zu

---

1 Sugiuchi gewann die Partie mit Aufgabe. Mit der Entscheidung über den Titel jedoch hatten beide Gegner nichts zu tun.

lernen. Eine dritte ist geduldiges Studium mit angemessenen Methoden, Schritt für Schritt und ohne Paukerei. Wenn Sie Amateur-Dan-Spieler fragen, werden Sie hören, dass sie nicht stärker geworden sind, weil sie nur zum Spaß gespielt haben. Jeder von ihnen entwickelte den Eifer, mehr zu lernen, und steckte viel Zeit in sein Studium. Jeder von ihnen kann von harten Zeiten erzählen, die zu diesem Weg dazugehörten. Rom wurde auch nicht an einem Tag erbaut. Man muss zwar nicht jahrelang mit voller Hingabe studieren und alles andere vernachlässigen, aber es kostet viel Mühe, ein starker Spieler zu werden. Auf der Strecke bleiben nur diejenigen, begabt oder nicht, die das Wort „Mühe" nicht kennen.

Netze

Was kommt nach den Treppen? Natürlich Netze, was sonst? Die beiden sind wie Geschwister. Sie sind die grundlegenden Techniken zum Fangen von Steinen. Eine der Regeln, die Anfänger von mir immer zu hören bekommen, lautet: „Wenn es so aussieht, als ob du etwas fangen könntest, streck zwei Finger aus und frage dich: 1. Kann ich es in einer Treppe fangen? 2. Kann ich es in einem Netz fangen?"

Der japanische Begriff für die Treppe lautet „Shicho". Er ist durch eine Verkürzung aus „shitsuyo ni ou" entstanden, was „hartnäckig verfolgen" bedeutet. Um jedoch den Ursprung des japanischen Begriffs für das Netz („Geta") zu verstehen, benötigt man eine gewisse Vorstellungskraft. Wörtlich bedeutet er „Holzpantine", eine in Japan übliche Fußbekleidung, und wenn Sie diese in den vier schwarzen Steinen in Abbildung 1 erkennen können, dann ist der markierte weiße Stein der Fuß, und Schwarz 1 ist der Riemen, der den Fuß an Ort und Stelle hält. Der Zug auf Schwarz 1 vervollständigt das Bild des „Geta". Das sind zwar meine privaten Erklärungen zur Herkunft dieser Begriffe, aber finden Sie nicht auch, dass sie gut passen?

Ich wage zu behaupten, dass jeder hier Schwarz 1 spielen und den Stein in einem Netz fangen würde. Eine andere Möglichkeit wäre, ihn in einer Treppe zu fangen, wenn sie denn läuft. Das reicht zwar aus, doch früher oder später wird Schwarz mit einem weiteren Zug schlagen müssen

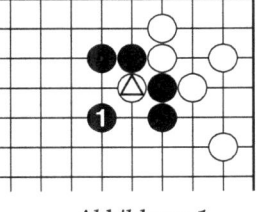

Abbildung 1

oder aber mit einem Treppenbrecher konfrontiert werden. Mit anderen Worten: ein Netz fängt in einem Zug, während eine Treppe zwei benötigt. Dies ist der Hauptgrund dafür, dass Netze besser sind als Treppen.

Als Nächstes möchte ich Ihnen ein Beispiel für ein Netz in einer Partie zeigen. Als ich 1967 den Takamatsu-no-miya-Preis gewann, hatte ich in der Entscheidungspartie Weiß gegen Kajiwara Takeo und begegnete seiner Taisha-Eröffnung mit einer Neuerung.

Abbildung 2: Kajiwara spielte ab Schwarz 7 eine seiner Lieblingsvarianten bis zum Streckzug auf 17. Ich antwortete bei Zug 20 mit einer Abweichung vom Joseki (A) und zeigte stolz mein neues Hane auf 22. Am nächsten Tag diskutierte ich diesen Zug mit Yamabe Toshiro 9-Dan.

Er sagte: „Wie kann man eigentlich so dumm sein, Hane auf 22 zu spielen und Schwarz auf einen Punkt wie 23 strecken zu lassen? Und was in aller Welt hat dich geritten, das zu ignorieren und Weiß 24 zu spielen? Ich kann nur sagen, ich bin sprachlos."

Wir hatten immer ein sehr ungezwungenes Verhältnis und er spricht immer recht unverblümt, auch wenn das nicht so meine Art ist.

Ich erwiderte: „Nach Weiß 26 fand ich, dass ich ein ganz ansehnliches Ergebnis erzielt habe, und Hashimoto Utaro vom Kansai Kiin hat meine Züge aufrichtig bewundert."

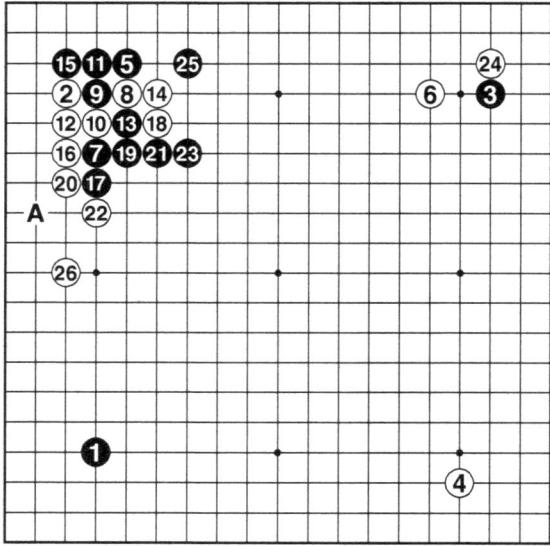

Abbildung 2

„Das zeigt nur, dass du nicht erkennst, wenn er ironisch wird; und diese enge Ausdehnung mit Weiß 26 war armselig. Sobald du Schwarz einen so hervorragenden Punkt wie 23 nehmen lässt, ist die Partie eigentlich gelaufen. Ich weiß, dass Kajiwara verloren hat, aber du spielst so idiotisch, dass deine Gegner leichtsinnig werden, das ist alles."

Jetzt, da ich diese Worte zu Papier bringe und nochmals lese, klingen sie fast beleidigend. Darum möchte ich klarstellen, dass ich es um der Sache willen begrüße, wenn jemand kein Blatt vor den Mund nimmt, weil das sehr eindrücklich ist. Auch wenn ein Fünkchen einer Beleidigung mitklang, fühlte sich der Gescholtene nicht beleidigt.

Als ich dann Kojima 6-Dan und Yokoyama 5-Dan fragte, waren auch sie der Meinung, dass Weiß 22 wegen Schwarz 23 nicht gut sei. Mein stolz präsentierter neuer Zug bekam allseits schlechte Kritiken. Doch am nächsten Tag beschrieb Sugiuchi 9-Dan die Züge Weiß 22-26 in der Go-Kolumne der Tokioter Zeitung als „Neuerung mit ausgeglichenem Ergebnis". Das war schon besser. Meine getrübte Stimmung hellte sich ein wenig auf.

Wie können Berufsspieler so grundverschiedene Ansichten haben? Das rührt von zwei unterschiedlichen Sichtweisen auf das Spiel her: dem intuitiven und dem gebietsorientierten Ansatz. Besonders Profis neigen dazu, den intuitiven Ansatz auf Kosten des anderen zu betonen. Das dürfte aber ganz normal sein, da es meist die intuitiven Spieler sind, die diesen gewissen Funken Genialität in sich tragen. Spieler wie ich, deren Stärken Diagonalzug, Hane und Verbindung heißen, stehen für solche intuitionsgeleiteten Spieler wohl ganz weit unten, aber auch das dürfte ganz normal sein.

Aus irgendeinem Grund zollte Sugiuchi meinem Spiel Anerkennung, und das nicht nur bei dieser einen Gelegenheit. „Interessante Eröffnungen, starke und klare Urteilskraft und Kunstfertigkeit auf höchstem Niveau" waren Worte, mit denen er es lobte. Wenn das jemand anderes sagte, dann würde ich es für einen Scherz halten. Doch Sugiuchi, der „Go-Gott", ist ein so ernsthafter Mensch, dass ich nicht weiß, was ich denken soll. Hören Sie weiter: „Du solltest dir mehr zutrauen, Kageyama. Es ist schade, dass du immer wieder enttäuscht wirst, nur weil dir zeitweilig das Selbstvertrauen fehlt."

Ich will mein Licht bestimmt nicht unter den Scheffel stellen, doch fast jeder, mich selbst eingeschlossen, betrachtet mich als eine Art begriffsstutzigen, etwas „zu groß gewachsenen" Amateur. Es macht mir Mut, dass zumindest einer meiner

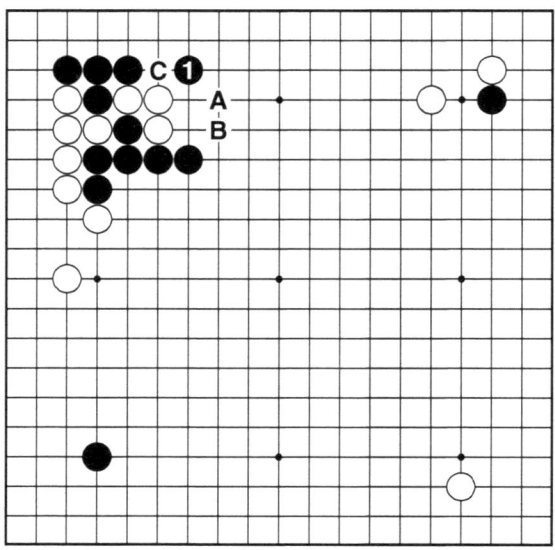

Abbildung 3

Mentoren Hoffnung in mich setzt, und ich bin entschlossen, morgen wieder mein Bestes zu geben.

Aber ich schweife ab. Zurück zum Thema.

Abbildung 3: Schwarz 1 ist der Inbegriff eines Netzes. Dieser eine Zug setzt allen Aussichten ein Ende, die drei weißen Steine zu retten. Allerdings gab der Spitzen-Amateur Nakamatsu 5-Dan folgenden Kommentar: „Ich weiß nicht, was ein Anfänger denken würde, aber ich habe das Gefühl, dass Schwarz 1 zu eng gespielt ist. Weiß hat Vorhandzüge auf A, B und so weiter. Ist das nicht etwas schwer zu akzeptieren? Schwarz sollte 1 zumindest auf A spielen."

Schwarz 1 oder Schwarz A? Was gefällt Ihnen besser? Eine Zeit lang fragte ich das jeden Amateur-Dan, dem ich begegnete, und fast alle waren für den Zug auf A. Aber wie sieht es bei den Profis aus? Sie hielten Schwarz 1 für so natürlich und einleuchtend, dass die Frage gar keine Diskussion wert war. Das fand ich äußerst interessant.

Ein Anfänger würde wahrscheinlich hocherfreut Schwarz 1 spielen, weil er einen Weg gefunden hat, die drei weißen Steine zu fangen. Das heißt, der Zug des Anfängers wäre derselbe wie der des Profis (obwohl sie verschiedene Gründe dafür hätten). Ein stärkerer Amateur würde auf die Position starren und Schwarz A spielen, um in größerem Maßstab zu fangen.

Ein Berufsspieler jedoch fände die Gefahr durch Weiß C nach Schwarz A beunruhigend, gleichgültig ob sie schon jetzt droht oder nicht. Für ihn wäre Schwarz 1 der natürliche und genaue Zug, der einzige Zug.

Schwarz 1 oder Schwarz A? Nur ein Amateur kann sich das fragen. Ein Profi würde die Angelegenheit einfach abtun. Weder die intuitive noch die gebietsorientierte Schule würde einen Gedanken daran verschwenden. Hier sehen wir einen weiteren Unterschied zwischen Amateur und Berufsspieler.

Das sage ich heute, doch was dachte ich während meiner Partie? Um ehrlich zu sein, erwartete ich Schwarz A, und das heißt, dass ich an Kajiwaras Stelle wohl selbst auf A gesetzt hätte. Ich war ihm sogar ein wenig dankbar dafür, dass er auf 1 spielte. Im Laufe der Zeit allerdings begann ich die Vorzüge von Schwarz 1 zu begreifen.

Grundsatztreue wird Berufsspielern zur zweiten Natur. Wenn Sie wollen, betrachten Sie es als eine Frage der Ausbildung, doch was mich vom Amateur zum Profi gemacht hat, war das wirkliche Durchdringen der Grundlagen. Und doch, hier stehe ich nun, zwanzig Jahre später, und habe mir diesen einen Grundsatz noch immer nicht angeeignet. „Der amateurhafte Profi" – so werde ich genannt. Ich will damit nicht aufschneiden oder mich darauf ausruhen. Ich möchte ein „professioneller Profi" werden und wenn es bis an mein Lebensende dauert.

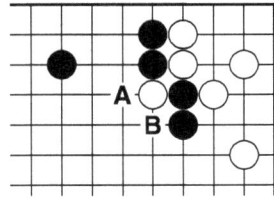

Abbildung 4

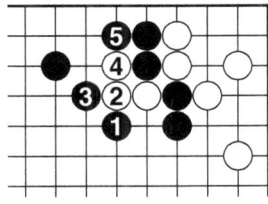

Abbildung 5

Abbildung 4: Die Treppe läuft für Schwarz und er fragt sich: „Soll ich den weißen Stein mit A fangen oder nicht?" Antworten wir ihm: „Wenn du auf A spielst, musst du irgendwann auch noch B spielen. Aber wenn du Weiß mit einem Zug fangen kannst, warum noch nach etwas Besserem suchen?"

Abbildung 5 (korrekt): Schwarz fängt den weißen Stein mit einem Netz auf 1. Die Züge Weiß 2 und so fort zeigen, dass es kein Entrinnen gibt. Schwarz 1 fängt mit einem Zug und ist deshalb effizienter als Schwarz A im Ausgangsdiagramm. Das ist der Hauptgrund dafür, dass dieser Zug der richtige ist.

Nun sieht weder dieses Bild noch Abbildung 3 sehr nach einer Holzpantine aus und so wird meine Erklärung für die Herkunft des Begriffs „Geta" langsam suspekt. Sicher ist, dass er nicht aus dem Englischen kommt und ein Wortspiel mit der Phrase „get her" ist, doch hat Kodama Kunio 5-Dan eine Theorie, dass sich „Geta" auf einen ähnlichen Wortwitz im Japanischen gründet, was wahrscheinlich auch stimmt.

Abbildung 6: Problem 1. Schwarz am Zug – was ist zu tun?

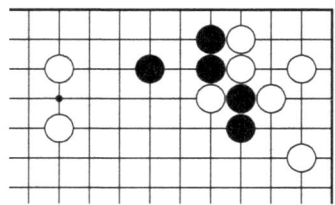

Abbildung 6: Problem 1

Abbildung 7: Ich wage zu behaupten, dass dies die am häufigsten gewählte Antwort sein wird.

„Sie wollen sagen, das ist falsch?"

„Genau, es ist falsch."

„Hören Sie, Sie wollen mir jetzt nicht erzählen, dass Schwarz den Stein in einer Treppe fangen soll."

„Gott bewahre! Aber schauen Sie sich die Abbildung 8 an, diese Möglichkeit gibt es auch. Es ist die Sorte Zug, die man leicht übersieht."

Abbildung 8: Das Atari auf 1 ist die korrekte Antwort. Falls Weiß mit A herausläuft, fängt Schwarz ihn mit einem Netz auf B. Natürlich wird Weiß mit Schwarz 1 in Abbildung 7 genauso sicher gefangen, doch wenn es zwei einzügige Möglichkeiten gibt, dann ist der festere Zug korrekt. Es lohnt sich, über den Wert der Stabilität von Schwarz 1 in Abbildung 8 nachzudenken.

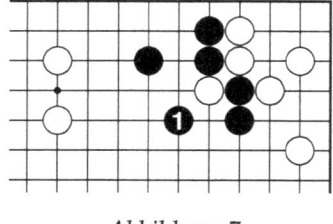

Abbildung 7

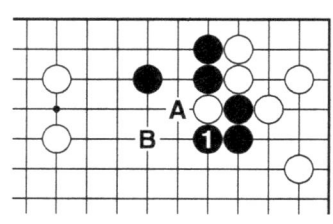

Abbildung 8

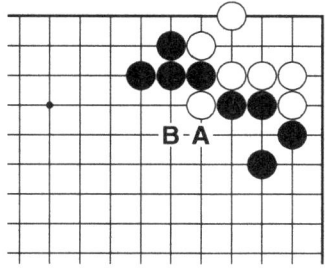

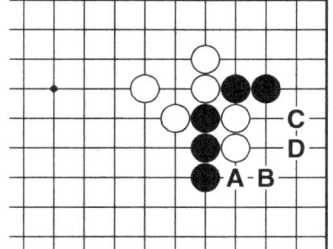

Abbildung 9: Problem 2　　　　　Abbildung 10: Problem 3

Abbildung 9: Problem 2. Schwarz am Zug – soll er mit A oder mit B fangen? Beide Varianten erledigen die Aufgabe mit einem Zug, doch eine ist deutlich besser als die andere.

Die richtige Antwort ist Schwarz A. Wenn Weiß weglaufen will, kann Schwarz ihn mit einem Netz fangen und wenn es Weiß weiter versucht, dann hat Schwarz ein Tesuji, das auf Seite 173 beschrieben wird. Der Grund, warum Schwarz A besser ist, ist der gleiche wie im vorigen Problem.

Abbildung 10: Problem 3, Schwarz am Zug. Wie soll er die zwei weißen Steine fangen? Wenn Sie die ersten zwei Probleme gelöst haben und bei diesem daneben liegen, dann haben Sie die ersten beiden nicht wirklich verstanden. Denn dieses ist nur eine Anwendung. Zwei Züge stehen zur Auswahl, A und B. Welcher ist richtig?

Die Antwort ist A. Falls Weiß mit C entkommen will, stoppt Schwarz ihn mit D.

Abbildung 11: Problem 4. Kann Schwarz den markierten Stein fangen?

Abbildung 12: Problem 5, Schwarz am Zug. Kann er die drei weißen Steine fangen?

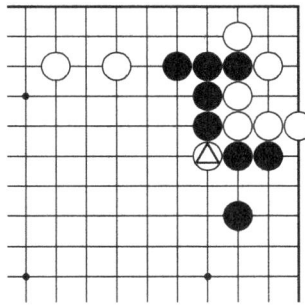

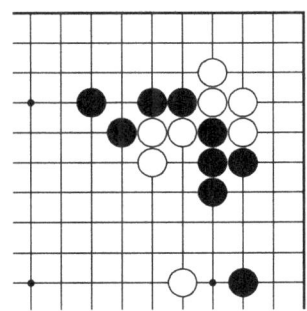

Abbildung 11: Problem 4　　　　Abbildung 12: Problem 5

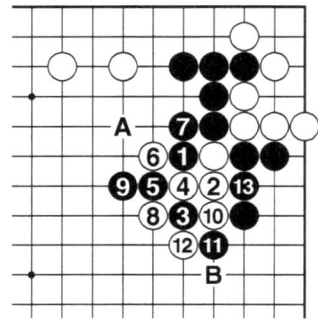

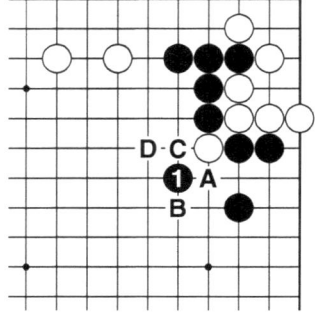

Abbildung 13 (Weiß 14 deckt)   *Abbildung 14*

Wir begeben uns nun auf schwieriges Terrain, aber auch ein Anfänger sollte jetzt nicht aufgeben. Lesen Sie es Zug um Zug bis zum Ende aus – nur so geht es. Falls Sie nicht einmal denn ersten Zug erraten können, nun ja.

Abbildung 13: Schwarz 1 und 3 sind guter Stil, aber die falsche Antwort zu Problem 4. Hier ist Schwarz nach der erzwungenen Sequenz bis zur weißen Verbindung auf 14 mit den Drohungen A und B konfrontiert, deshalb ist dieses Ergebnis ungünstig.

Abbildung 14: Schwarz 1, die richtige Antwort, ist ein interessantes Netz-Tesuji, das sogar von Weiß übersehen werden könnte. Wenn Weiß auf A spielt, dann gibt Schwarz auf B nach. Zwar gebietet der gesunde Menschenverstand, auf dem Punkt unter A zu blockieren, doch Schwarz hat die Position ausgelesen. Spielt Weiß jetzt auf C, so fängt Schwarz mit D.

Abbildung 15: Schwarz 1 und die folgenden Züge sind die richtige Lösung zu Problem 5. Doch bevor Schwarz so spielen kann, muss alles inklusive der nächsten Abbildung vollständig ausgelesen werden.

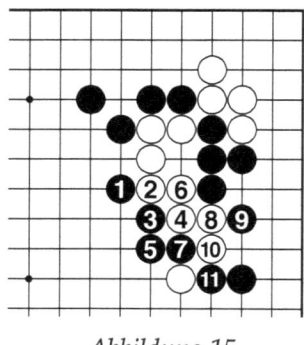

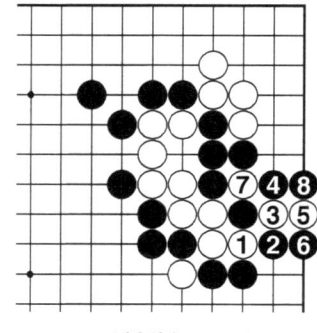

Abbildung 15   *Abbildung 16*

Abbildung 16: Wenn Weiß weiter versucht zu entkommen, hält Schwarz ihn mit der Folge bis 8 im Zaum. Es dauert fast zwanzig Züge, endet aber mit der vollständigen Niederlage für Weiß. Haben Sie das auslesen können?

Wenn es so aussieht, als ob Sie etwas fangen könnten, strecken Sie zwei Finger aus und fragen Sie sich: 1. Kann ich es in einem Netz fangen? 2. Kann ich es in einer Treppe fangen? Das gehört zu den ersten Dingen, die man in einem Anfängerbuch lernt, doch das heißt nicht, dass stärkere Spieler es getrost vergessen könnten. Viele beherrschen diese grundlegende Fertigkeit nicht und zwar nur deshalb, weil sie sie für überflüssig und unter ihrem Niveau befindlich halten. Es sind diese Spieler, denen man das Vorausberechnen von Zügen nicht zumuten kann; die versuchen, unfangbare Gruppen zu fangen, nur weil es machbar aussieht. Oder weil sie denken, sie könnten sich schon irgendwie durchwursteln, und sich so kopfüber in die Katastrophe stürzen. Dieselben Leute unternehmen gegen einen nur wenig stärkeren Gegner keinen Versuch, eine fangbare Gruppe zu fangen, weil sie wegen ihrer unzulänglichen Lesefähigkeit befürchten, alles zu vermasseln. Sie sind es, die brav zusätzliche Steine in ihre schon lebendigen Gruppen setzen, die grundlos Angst bekommen; die zittern, wenn sie sich vors Go-Brett setzen; die die ganze Partie über mürrisch dreinblicken, jeden Kampf verlieren und das Spiel schlussendlich hassen. Es tut mir leid für die Armen, ohne Not haben sie das interessanteste und unterhaltsamste aller Spiele aufgegeben.

Wie alt man auch sein mag, die menschlichen Gehirnzellen werden umso leistungsfähiger, je öfter sie benutzt werden. Go ist die perfekte mentale Fitness-Übung und ist es wert, ein wenig Freizeit zu opfern. Wenn Sie so wollen, ist Go das Spiel, das der Verkümmerung des Gehirns vorbeugt.

KAPITEL II

SCHNEIDEN UND VERBINDEN

Zum Thema „Grundlagen"

Jedes Frühjahr erlebt die Eröffnung einer neuen Baseballsaison. Das ist eine meiner Lieblingssportarten als Zuschauer, doch eines irritiert mich Jahr für Jahr. Es ist diese Art, wie Halbprofessionelle und Stars aus den Universitäten und sogar den High Schools in die Profiligen eintreten und umgehend eine Fertigkeit an den Tag legen, die ihre erfahrenen Teamkollegen beschämen muss. Es scheint zwischen Amateuren und Profis kaum einen Unterschied zu geben. Amateure spielen zum bloßen Vergnügen, während Profis spielen, um davon zu leben. Der Unterschied zwischen ihnen müsste doch viel größer sein.

Es scheint bei jeder Begegnung mit einem richtigen amerikanischen Profiteam so, als ob wir – natürlich abgesehen von ihrer Technik – von ihnen lernen müssen, wie geschlossen grundsatztreu ihre Spieler sind. Grundsatztreue scheint ein roter Faden zu sein, der sich durch jede Form von Professionalität zieht. Wir sehen die Amerikaner als die wirklichen Baseballprofis an, und da ihre japanischen Kontrahenten dazu neigen, die Grundlagen zu übergehen, können wir sie wohl höchstens als fortgeschrittene Amateure betrachten.

Aber wahrscheinlich ist der japanische Baseball lediglich deshalb so glanzlos, weil er in diesem Land eine nur kurze Geschichte hat. Doch jedes Jahr, wenn das amerikanische Team seine Besuchstour macht, nehme ich auf japanischer Seite eine Verbesserung wahr. Deshalb erwarte ich in wenigen Jahrzehnten oder vielleicht im nächsten Jahrhundert, wenn der nötige Fortschritt in punkto Technik und Einstellung geschafft ist, eine Weltmeisterschaft, die sich über den Pazifik[1] erstreckt. Ich bin sicher, dass uns keine ethnisch bedingte physische Unterlegenheit auf dem zweiten Platz festhält.

Der umgekehrte Fall liegt beim japanischen Sumo-Ringen vor, hier ist der Unterschied zwischen Amateur und Profi am augenfälligsten. Sogar der Meister aller Hochschulen muss seine professionelle Laufbahn in der dritten Division beginnen und sich von dort hocharbeiten, während er wie irgendein blutiger Anfänger behandelt wird. College-Ringern fehlt es nicht am Körperlichen, an Gewicht oder Kraft, und sie sind mit dem Vorteil der Intelligenz begabt. Das Potenzial ist sicher vorhanden, doch andererseits scheint es so etwas wie eine hohe

---

1 Die Weltmeisterschaft 2007 fand in Taiwan statt, und Japan gewann Bronze hinter den USA und Kuba. Außerdem gewann Japan 2006 den ersten World Baseball Classic, die USA schieden in der zweiten Runde gegen Japan und Korea aus.

Hürde zwischen Amateur und Profi zu geben, entstanden durch eine lange Tradition fast übermenschlicher Anstrengung bei den Berufsringern. Um ein professioneller Sumo-Ringer zu werden, braucht man mehr als nur Kraft und Körpergröße.

Auch in der Welt des Go hat eine lange Tradition des intellektuellen Wettstreits den Berufsspieler so geformt, wie kein Amateur es nur annähernd erreichen kann. Ein Profi hat sich von Kindheit an einem Elitetraining im Wettstreit unterzogen; er hat gelernt, jeden anderen als einen Gegner anzusehen, der niedergeworfen und vernichtet werden muss. Seine mentale, physische und seine emotionale Stärke müssen voll entwickelt sein. Sobald er in einer Hinsicht nachlässt, zeigt sich das in seiner Leistung am Brett, und er scheitert bei seinem Promotionswettkampf. Die Konkurrenz ist knallhart.

Kein Berufsspieler bereut die Zeit, die er fürs Studium aufbringen musste. Yamabe Toshiro 9-Dan behauptet zwar: „Ich habe in meinem ganzen Leben noch keine einzige Minute mit Studium zugebracht". Sollten zwei Profis aber eine Partieanalyse anfangen, dann werden sie endlos weitermachen und die Zeit völlig vergessen. Wer wollte behaupten, dass das kein Studium ist? Die Weise, in der die jungen Spieler das Spiel übernommen haben, kann einen in Angst und Schrecken versetzen. Die Zeit, die sie täglich fürs Studium aufbringen, sprengt jede Vorstellungskraft. Profis studieren, da gibt es gar keine Frage. Auch ein Edelstein muss poliert werden. „Ein Mensch bewegt sich immer vorwärts oder rückwärts", sagt Kano Yoshinori 9-Dan, „er bleibt niemals stehen. Das sollte das Motto eines jeden Go-Spielers sein, und er sollte arbeiten und nochmals arbeiten, unabhängig von seinem Alter. Er kann zuversichtlich sein, dass er immer weiter vorankommen wird."

In einer Partie spielte Kano den folgenden Zug.

Abbildung 1 (nächste Seite): Schwarz 1 ist der Zug, der meine Aufmerksamkeit fesselte. Ich las den Zeitungskommentar von Bokushintaro, der schrieb: „... und Schwarz 1 umschließt den weißen Stein fest. Wir an seiner Stelle hätten wohl gern eine Ausdehnung auf A gespielt und den Stein im größeren Maßstab gefangen. Der Kommentator, Sugiuchi Masao 9-Dan, hat offenbar unsere Gedanken gelesen, denn an dieser Stelle sagte er: ,Schwarz spielt extrem sorgfältig, aber genau das scheint den Ausgleich zu erreichen. Der Zug ist wahrscheinlich korrekt. Läge Schwarz zurück, so würde er einen größeren Zug versuchen, beispielsweise auf A.' "

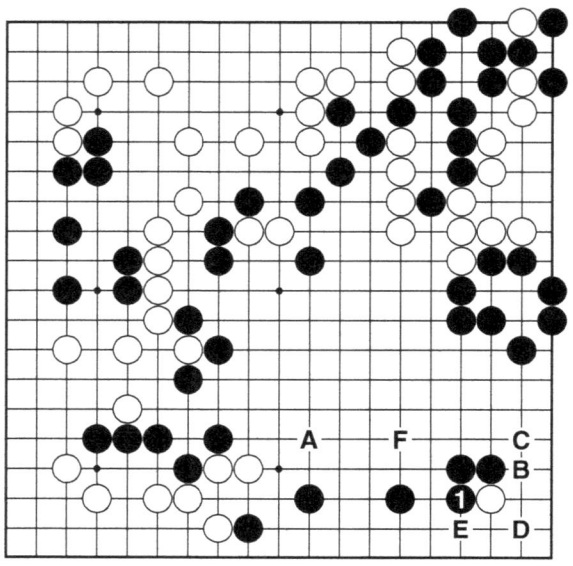

Abbildung 1

Sofern ihn das in der Partie nicht zurückwirft, will Schwarz den „korrekten" Zug auf 1 spielen. Jedem wahrhaftigen Profi würde es genauso gehen. Wie Sugiuchi jedoch sagte, ist die Bedingung dafür, dass Schwarz nicht in Rückstand gerät. Wenn doch, dann könnte er nur, korrekt oder nicht, mit einem Zug wie A seine Gebietsanlage zu vergrößern suchen. Bei der ganzen Angelegenheit geht es darum, dass man seine Züge mit Blick auf die Balance auf dem ganzen Brett wählen muss. Wer beim Anblick des oberflächlich korrekten Zugs Schwarz 1 von Bewunderung überwältigt wird, erfasst den tatsächlichen professionellen Standpunkt nicht.

Aber was dachte Schwarz wirklich, bevor er auf 1 spielte?

Zunächst hat Weiß bereits 60 Gebietspunkte, dazu kommen fünf Punkte Komi. Schwarz hält mit 15 Punkten links und in der rechten oberen Ecke dagegen, also muss seine Anlage rechts unten 50 Punkte hergeben, damit er nicht verliert. Es ist Zeit für Taten; er würde seine Anlage gern bei der allerersten Gelegenheit ausbauen. Wie kann er da so gelassen auf 1 spielen? Auf keinen Fall könnte er das, wenn er nicht von seiner Fähigkeit überzeugt wäre, den Spielstand einzuschätzen, und von seinem Endspiel. Wir können hier einen flüchtigen Eindruck von dem erstaunlichen Selbstvertrauen bekommen, das ein Berufsspieler mitbringt.

Was passiert denn genau in der rechten unteren Ecke, wenn Schwarz den Zug auf 1 weglässt? Es bleibt das schlechte Aji durch die Abfolge Weiß B, Schwarz C, Weiß D, Schwarz E, Weiß 1. An dieser Stelle schaltet sich ein starker Amateur ein: „Mag sein, aber ist Schwarz 1 nicht zu eng gespielt? Wenn ein Profi so gut rechnen kann, sollte er nicht Weiß B und so weiter ausgelesen haben? Und kann er dann nicht Schwarz F oder einen ähnlichen Zug spielen, der gleichermaßen die Ecke sichert und die Anlage ein wenig stärkt?"

Ganz richtig! Warum geht das nicht? Die Antwort ist, dass Schwarz F weder das Aji in der Ecke vollständig beseitigt noch die Außenposition vollständig unter Kontrolle bringt. Dieser Zug ist „nicht Fisch, nicht Fleisch". Es gibt viele solche Beispiele in Profipartien, mehr, als ich jemals aufzählen kann. Jeder starke Spieler, auch ein Amateur, hat das Recht, Zweifel anzumelden und zu fragen, warum Profis nicht ambitioniertere Züge spielen. Man könnte sogar so weit gehen zu fragen, ob nicht auch Profis hin und wieder Nerven zeigen. Am Ende jedoch zeigt sich immer nur die Grundsatztreue der Berufsspieler.

... und so weiter und so fort. Was ich hiermit zeigen will, ist die Bedeutsamkeit der Grundlagen. Wenn ein Anfänger das Spiel erlernt, dann sollte er mit den grundlegenden Fertigkeiten beginnen. Ist er so weit gekommen, dass er sich für einen starken Spieler hält, so muss er eins tun, um noch stärker zu werden: Wieder zurückgehen und die Grundlagen aufs Neue studieren.

Schneiden und Verbinden

Abbildung 1 und 2: Schwarz spielt den Schnitt auf 1. Ist Schwarz in diesen beiden Positionen am Zug, so gibt es nichts zu überlegen. Der Schnitt ist der einzige Zug. Schneiden ist die grundlegendste aller Taktiken.

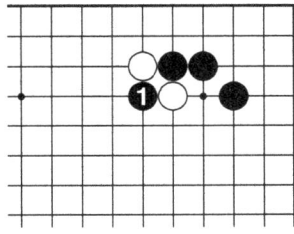

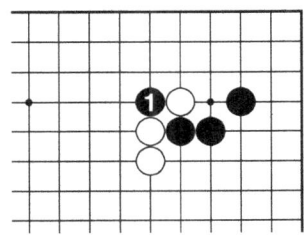

Abbildung 1   *Abbildung 2*

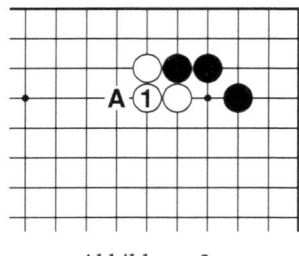

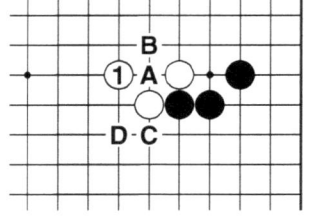

| Abbildung 3 | Abbildung 4 |

Abbildung 3: Ist Weiß am Zug, dann ist Verbinden auf 1 (oder A) der einzige Zug, der in Betracht kommt. Wenn Weiß nicht verbindet, schneidet Schwarz. So einfach ist das.

Abbildung 4: Wenn Weiß in dieser Stellung verbinden will, so ist 1 der einzige Zug. A, B oder ähnliche Züge würden den Widerstand schwächen, den Weiß mit D gegen einen schwarzen Zug auf C leisten kann. Weiß 1 ist die Vorbereitung auf Schwarz C, Weiß D.

Die Schnitte und Verbindungszüge in Abbildung 1 bis 4 sind besonders stark, weil sie im Nahkampf gespielt sind. Sie sind immer dringend, ob in der Eröffnung oder im Mittelspiel.

Abbildung 5: **Spiel kein Nozoki, wo du schneiden kannst.**

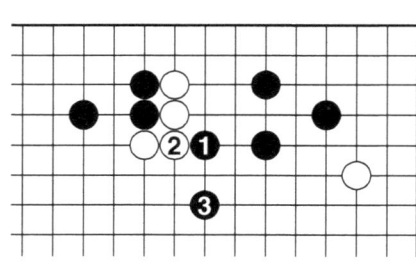

Abbildung 5

Können Sie sich vielleicht an eine solche Situation erinnern, in der Sie mit einem Nozoki auf 1 den Gegner zum Verbinden mit 2 gezwungen haben, um dann mit 3 einen Angriff zu starten? Schwarz 1 (ein Nozoki dort, wo ein Schnitt möglich war) ist ein klassischer Fehler, ein „plumpes" Nozoki, wie es im Japanischen heißt. Das steht nicht in den Grundlagen.

Abbildung 6: **Schneide, wo du schneiden kannst.**

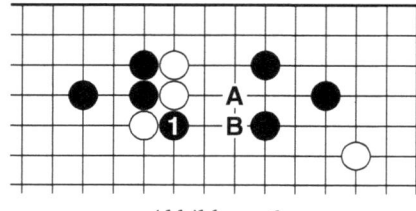

Abbildung 6

Schwarz muss sofort auf 1 schneiden. Manche Spieler unterlassen den Schnitt, obwohl sie wissen, dass das falsch ist, und zwar weil sie sich wegen Weiß A

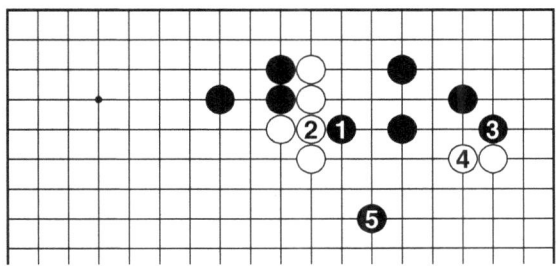

Abbildung 7

oder B unbehaglich fühlen, insbesondere wenn Weiß der stärkere Spieler ist. Sie machen sich unnötige Sorgen. Lassen Sie die Fortsetzung Fortsetzung sein. So wie die Steine jetzt liegen, ist der Schnitt mit 1 der beste Zug, also warum nicht? Schneide, wo du schneiden kannst. Das ist eine einfache Regel, aber was spricht gegen einfache Regeln?

Abbildung 7: **Ein gutes Nozoki**

Hier kann Schwarz nicht schneiden, mag er es noch so sehr wollen: Weiß hat bereits verbunden. Schwarz 1 gegen Weiß 2 auszutauschen, ist zwingend und verliert nichts („Kikashi"). Schwarz 1 ist ein gutes Nozoki. Mit Schwarz 5 herauszuspringen, um Weiß anzugreifen, ist eine gute Fortsetzung, wenn auch nicht so uneingeschränkt wie Schwarz 1.

Was zählt, ist die Fähigkeit, die ganze Position zu verstehen und den für sie passenden Zug zu finden.

Abbildung 8 und 9: **Jeder Trottel verbindet nach einem Nozoki.**

Weiß wird manchmal ein Nozoki wie hier gezeigt spielen. Wenn Schwarz nicht verbindet, dann schneidet Weiß. Der Zug auf 2 verbindet die schwarzen Steine fest und ist korrekt.

In der Praxis jedoch kommt es vor, dass diese natürliche Verbindung nicht gespielt werden kann. Unter anderem ist es das, was Go so interessant macht.

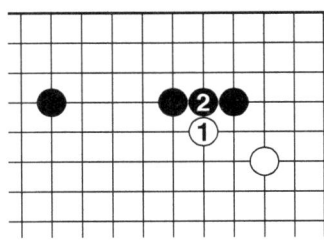

Abbildung 8

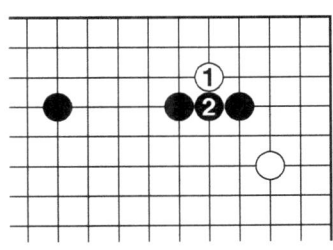

Abbildung 9

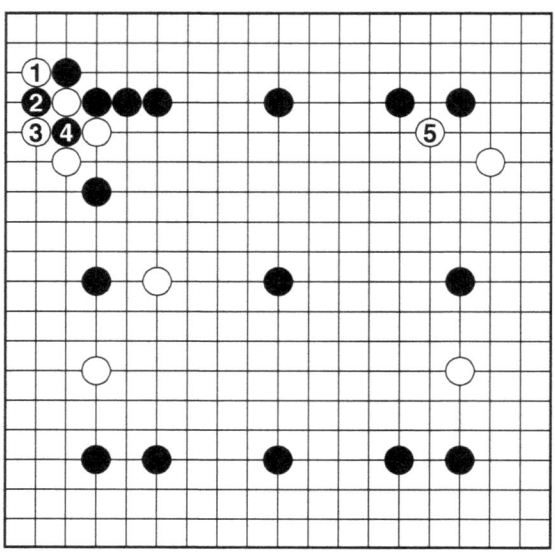

Abbildung 10

Abbildung 10: Wir sehen hier eine Acht-Steine-Vorgabepartie, und in der oberen linken Ecke hat früh ein Ko-Kampf begonnen. Das Ko ist riesig, und wie das Sprichwort sagt, gibt es in der Eröffnung keine Ko-Drohungen. Egal wo Weiß den Zug 5 spielen wird, Schwarz will das Ko verbinden. Der Unterschied, ob dieses Ko gewonnen oder verloren wird, ist in jeder Hinsicht gewaltig – Gebiet, Einfluss, dicke Position, dünne Position – und damit praktisch entscheidend für die ganze Partie. Wenn Sie jedoch den Zug Weiß 5 betrachten, bekommen Sie den Impuls zu antworten. Deshalb ist mein Rat: Wenn ein solches Ko in einer Freundschaftspartie entsteht, dann schlagen Sie auf 4. Und während Ihr Gegner über seine Ko-Drohung nachdenkt, decken Sie das Ko und erlauben Sie ihm, zweimal zu ziehen, damit Sie vor der Versuchung geschützt sind. So groß ist dieses Ko.

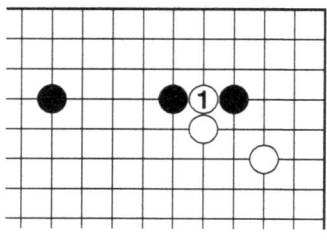

Abbildung 11

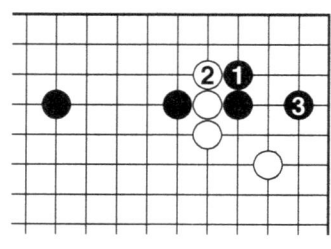

Abbildung 12

Abbildung 11: Ein Problem für Schwarz: Wie soll er antworten, wenn Weiß mit 1 durchstößt? Spieler auf mittlerem und höherem Niveau machen hier erstaunlich oft Fehler, was nur zeigt, dass sie die Grundlagen nicht begriffen haben.

Abbildung 12: Schwarz kann sich für die Ecke entscheiden und mit 1 und 3 leben.

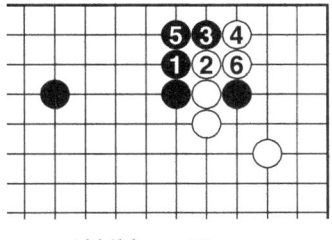

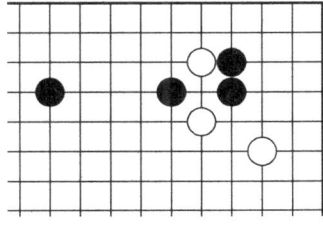

| *Abbildung 13* | *Abbildung 14* |

Abbildung 13: Oder er kann den Rand beanspruchen und die Ecke mit der konsequenten Vorhandzugfolge 1 bis 5 hergeben.

Abbildung 14: Ein Problem aus einem Anfängerbuch: Schwarz am Zug – wo soll er spielen? Weiß am Zug – wo soll er spielen? Sehen Sie, worauf ich hinauswill? Abbildung 12 und 13 sind ein Fiasko.

Abbildung 14 ist ein Extremfall von Verbinden und Schneiden. Besetzt Weiß den entscheidenden Punkt, dann bekommt Schwarz ein ähnliches Ergebnis wie in Abbildung 12 oder 13. Kann das gut sein?

Abbildung 15 (korrekt): Egal was danach geschieht, Schwarz muss Weiß auf 1 stoppen. Wenn Sie anfangen darüber nachzudenken, was passiert, wenn Weiß jetzt schneidet, dann könnten Sie die Nerven verlieren. Also denken Sie nicht nach, spielen Sie einfach Schwarz 1. Über den weißen Schnitt können Sie nachdenken, wenn er gespielt ist.

Abbildung 16: Falls Weiß auf 2 schneidet, so sind Schwarz 3 und 5 besser als Abbildung 13. Sehen Sie warum?

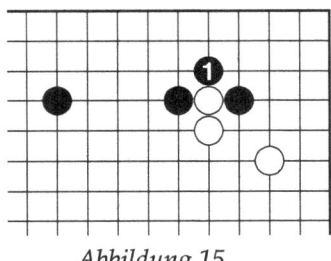

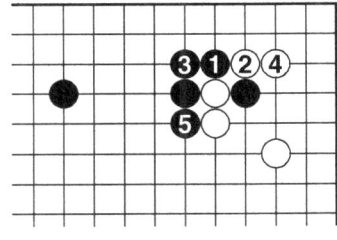

| *Abbildung 15* | *Abbildung 16* |

Abbildung 17: Mit Weiß 2 außen zu schneiden, ist zu gewagt. Wenn Schwarz mit 5 nach außen drückt, dann hat Weiß keine Antwort. Und falls er 4 auf A spielt, dann bricht seine Position nach Schwarz 5, Weiß B, Schwarz 4 zusammen. Das wäre ohne Zweifel gut für Schwarz.

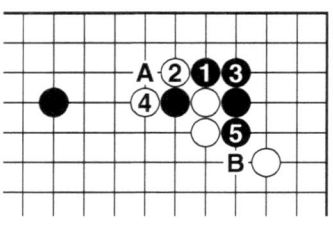

Abbildung 17

In Nahkampfsituationen, wenn die gegnerischen Steine sich berühren, schneidet man, wann immer es geht, und verbindet, wann immer es geht. Viele wissen das, erkennen aber nicht, dass das Konzept von Verbinden und Schneiden in noch viel größerem Maßstab Anwendung findet.

Abbildung 18: Am oberen Rand sehen wir ein Keima von Schwarz, eine Zwei-Punkte-Ausdehnung von Weiß, einen Ein-Punkt-Sprung von Schwarz und ein Ogeima von Weiß, alles Standardzüge. Jeder sollte in ihnen entwickelte Formen des Zusammenhangs zwischen Steinen erkennen, das heißt Verbindungen.

Am unteren Rand umschließen Schwarz und Weiß jeweils Gebiete. Jedoch kann man ihre Positionen auch unter dem Aspekt betrachten, dass beide aus im Prinzip zusammenhängenden Ketten bestehen.

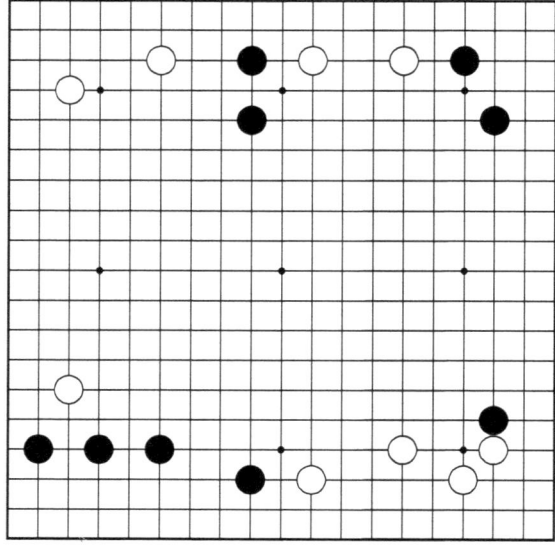

Abbildung 18

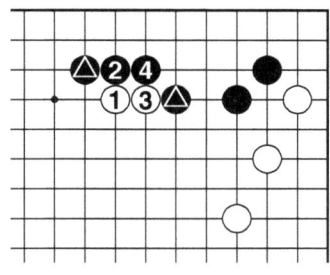
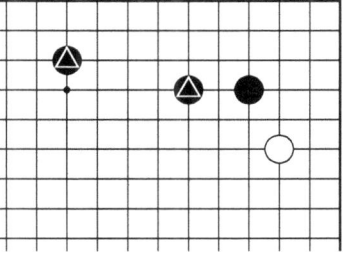

Abbildung 19   *Abbildung 20*

Abbildung 19: Würde Weiß die schwarze Stellung mit 1 und 3 angreifen, dann würde jeder mit 2 und 4 antworten, doch die meisten dächten, sie verteidigten das schwarze Gebiet. Nur wenige scheinen den Aspekt zu erkennen, dass diese Züge den Zusammenhang zwischen den beiden markierten Steinen erhalten.

Abbildung 20: Diese Position entsteht oft in Partien mit und ohne Vorgabe. Die markierten Steine bilden einen Drei-Punkte-Rösselsprung, den man gerade noch als Verbindung ansehen kann. Konzentrieren wir uns auf den Zusammenhang dieser beiden Steine:

Abbildung 21: Falls Weiß bei 1 invadiert, dann werden wir versuchen, durch das Anlegen auf 2 die Verbindung aufrecht-zuerhalten. Das ist naturgemäß ein guter Zug. Was mögen die Spieler denken, die diesen Zug unterlassen?

Abbildung 22: Möglicherweise begehren sie den oberen Rand als Gebiet. Sie verwerfen den Zug Schwarz 2 im letzten Diagramm, weil er Weiß zu leben ermöglicht, was ihr Gebiet zerstört. Dies betrachten sie als Verlust und machen deshalb mit 2 und 4 zwei schlechte Züge nacheinander. Schlimmer noch, sie halten ihr Ergebnis für gut, weil sie Weiß angreifen. „Was spricht gegen Schwarz 2 und 4?" fragen sie in beleidigtem Tonfall.

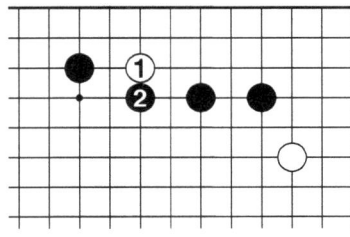
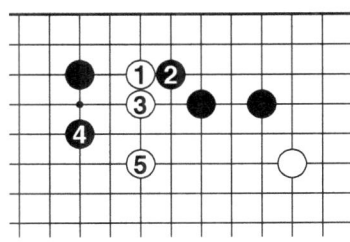

Abbildung 21   *Abbildung 22*

Dagegen spricht, dass sie überhaupt nicht begriffen haben, worum es geht. Mit dem Zug auf 2 in Abbildung 22 zerstört Schwarz seine eigenen Möglichkeiten zu verbinden. Indem er Weiß zu 3 und 5 zwingt, zerschneidet er seine eigene Position. Erstaunlich viele selbsternannte „Experten" spielen Go, ohne dieses einfache Prinzip zu verstehen.

Abbildung 23: Jeder Go-Spieler wird schon die Verwüstung erlebt haben, die Weiß 1 in einer solchen Position anrichtet. Die Misere für Schwarz ist besonders schlimm, weil Weiß 1 seine Position entzweischneidet – den Zusammenhalt seiner Steine zerstört.

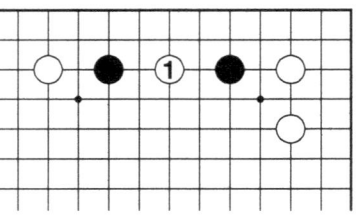

Abbildung 23

Man könnte fragen, wie ein Anfänger oder erst recht ein stärkerer Spieler überhaupt Go spielen kann, wenn er aufhört, jeden Zug auf diese Weise zu betrachten? Aus meiner eigenen Erfahrung müsste ich zugeben, dass es nicht möglich ist zu spielen und sich dabei ständig die Grundlagen vor Augen zu führen. Vielmehr denke ich, dass die Grundlagen während des Spielens im Unterbewusstsein verarbeitet werden müssen. Sehen Sie sich zum Beispiel an, wie sich ein Profi-Infielder beim Baseball bewegt. Egal wie schwierig der Ball zu nehmen ist, er wird ihn frontal angehen und auf die Grundsätze vertrauen. Der Ball erreicht ihn nach Sekundenbruchteilen. Die Frage ist nicht, wie gut er die Grundlagen geistig durchdringt, sondern ob sein Körper sofort reagieren kann oder nicht. Was Sie sehen, ist das Ergebnis langwieriger Übung und Mühe.

Aber Go ist doch anders, oder? Man muss nicht sofort reagieren. Man hat für jeden Zug Zeit zu überlegen. Schon, aber die Partie dauert zwei- oder dreihundert Züge und Sie können nicht bei jedem einzelnen innehalten, um jeden einzelnen Grundsatz ins Auge zu fassen. Sie müssen die Grundlagen während des Selbststudiums verinnerlichen und sich mit ihnen befassen, bis sie ein Teil Ihrer Persönlichkeit werden. Sobald Sie eine Partie beginnen, sollten die Grundlagen in Ihrem Unbewussten arbeiten, ansonsten beherrschen Sie sie noch nicht.

Es gab einmal einen 1. Kyu, der prahlte, dass er mit neun Vorgabesteinen niemals verlieren würde. „Ich werde so fest verteidigen, dass Sie keine Chance haben", sagte er. „Nun gut, wir werden sehen", antwortete ich, und dieser Gegner, der mich in der Hälfte unserer Trainingspartien mit sechs Steinen schlug,

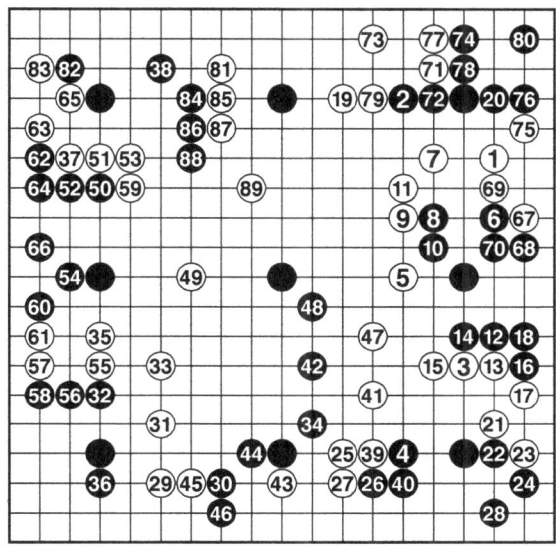

Abbildung 24
(Neun-Steine-Partie, bis Zug 89)

setzte neun aufs Brett. Wie schnell ein paar unüberlegte Worte
einen in solche Situationen bringen! Ich war bestimmt nicht sehr
zuversichtlich, zu gewinnen.

Abbildung 24: Dies ist die Partie. Sie ist ein interessantes Beispiel
dafür, was ein Berufsspieler in einer Vorgabepartie erreichen
kann, wenn er sich anstrengt. Auch wenn man hier und da einen
laschen Zug findet, so hat Schwarz doch keine wirklich schweren
Fehler gemacht. Und doch war die Partie nach Weiß 89 bereits
knapp und am Ende stand ein leichter Sieg für mich. Mein 1-Kyu-
Gegner staunte nicht schlecht. Er begann, Profis mit neuem
Respekt anzuschauen. Das gefiel mir, doch erschrak ich, als er
mir dann vorwarf, ich hätte in unseren bisherigen Sechs-Steine-
Partien nicht ernsthaft gespielt. Gab ich ihm recht, dann verlor ich
einen wertvollen Schüler, das war eine ernste Situation. Ich sagte:
„Es war für dich unvorstellbar, mit neun Steinen zu verlieren, da
du mir normalerweise mit sechs einen ausgeglichenen Kampf
lieferst; und doch ist es jetzt geschehen. Es hat verschiedene
Gründe, dass du verloren hast, doch die gewichtigsten waren:
(1) Du bist aus dem Tritt gekommen, weil du dachtest, mit den
zusätzlichen Vorgabesteinen müsstest du nur verteidigen und
alles zum Leben bringen, um zu gewinnen. Hättest du dein
normales zwangloses Spiel gespielt, dann hättest du nicht so

ohne Weiteres verloren. (2) Du hast den ersten Grundsatz vom Schneiden und Verbinden völlig außer Acht gelassen. Es geht nicht nur um Schneiden und Verbinden im Nahkampf. Schau dir die Position nach Weiß 89 an. Alle schwarzen Gruppen, oben rechts, rechter Rand, unten rechts, unterer Rand, unten links, linker Rand und die Ecke oben links, sind alle im weitesten Sinne durch Weiß abgeschnitten worden. Jede einzelne ist isoliert. Die weißen Steine sind im weitesten Sinne alle verbunden und deshalb stark.

Deshalb hast du verloren. Es ist ein gutes Beispiel dafür, was passiert, wenn man die Grundlagen vergisst oder ignoriert. Ich mag mit mehr Entschlossenheit gespielt haben als gewöhnlich. Doch das scheint mir nur natürlich für jemand, der es wagt, neun Steine zu geben, wenn höchstens sechs ausreichend wären."

Mein Gegner nickte einsichtig und ich atmete erleichtert auf, weil ich diese Krise ohne den Verlust eines meiner Schüler überstanden hatte.

Einmal wurde ein Go-Kurs im Großen Saal des Nihon Kiin im Internationalen Tourismusgebäude beim Tokioter Bahnhof veranstaltet. Als dafür ein Einführungstext vorbereitet wurde, bemerkte Nakagawa Shinji 7-Dan, der in solchen Dingen versiert ist: „Es stimmt nicht nur für Handicap-Go, in Gleichaufpartien gilt dasselbe. Wer fünf oder sechs isolierte Gruppen hat, verliert normalerweise."

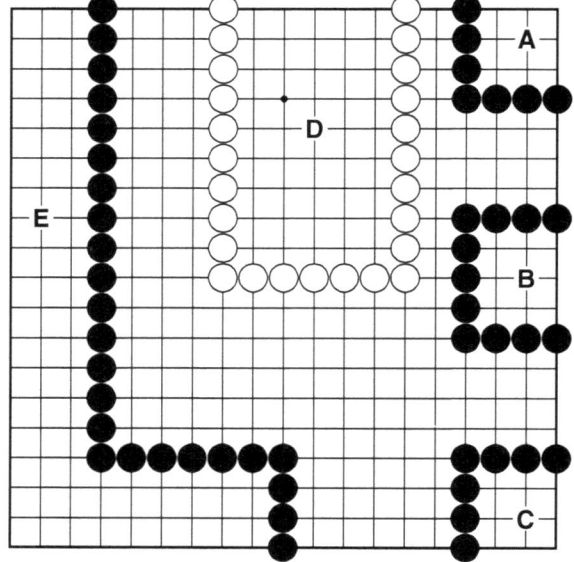

Abbildung 25

Ohne darauf herumzureiten, möchte ich Ihnen gern ein letztes Bild zeigen, das mehr als die sprichwörtlichen tausend Worte sagt. Schauen Sie sich Abbildung 25 an. Schwarz hat am rechten Rand drei isolierte Gebiete mit je neun Punkten. Mit insgesamt 25 Steinen hat er 9+9+9=27 Punkte eingeschlossen.

Weiß benötigt ebenso 25 Steine, um oben und im Zentrum 45 Punkte einzuschließen.

Vergleichen Sie Abbildung 24 und 25. Das sollte klarstellen, was der 1-Kyu aus dem Blick verloren hatte, der dachte, nur zu leben und seine Steine zu retten sei zum Gewinnen ausreichend. Sehen Sie zum Vergleich, dass Schwarz am linken Rand 75 Gebietspunkte einschließt, mit wiederum 25 Steinen.

Irgendwo auf dem Weg von Tesuji über Form zu Leben und Tod vergisst man die einfachsten und wichtigsten Dinge. Hat dieses Beispiel nicht manchen meiner Leser, sogar stärkeren Spielern, einen milden Schreck verpasst?

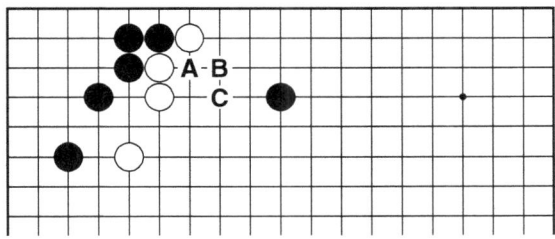

Abbildung 26

Abbildung 26: Ist Schwarz an der Reihe, dann gibt es nichts zu überlegen – schneiden Sie auf A. Ist allerdings Weiß am Zug, so kann er den Schnitt auf verschiedene Weise verhindern, also ist hier Raum für Überlegungen. Ob B oder C besser ist, ist eine schwierige Frage und hängt von der Anordnung der Steine auf der rechten Seite ab. Dies kommt oft vor: Es gibt nur eine Möglichkeit zu schneiden, aber mehrere Arten zu verbinden, jede mit ihren Vor- und Nachteilen. Wenn Sie sich gedankenlos für die falsche entscheiden, könnte Ihre Verbindung sich sogar als zweifelhaft herausstellen.

Kapitel III

Die Steine „laufen“

Die Steine „laufen"

Im Go gelangen diejenigen zur Meisterschaft, die es schaffen, einfach immer nur „normale" Züge zu spielen. Besonders brillante Züge sind überhaupt nicht notwendig. Die Züge von Amateuren allerdings sind häufig alles andere als normal; eigentlich sieht man bei ihnen die unsinnigsten Züge, die man sich überhaupt nur vorstellen kann, einen nach dem anderen. Und das so oft, dass ich gar nicht recht wusste, wo ich bei so einem weiten Feld wie dem Thema „Die Steine laufen" anfangen soll. In diesem Kapitel will ich darüber sprechen, was geschieht, wenn die Steine in der Eröffnung miteinander in Kontakt kommen.

Zuerst: Wie ist die Aussage „Die Steine laufen" zu verstehen? Nun, ganz wörtlich: Sie bewegen sich. Wenn ein Mensch läuft, setzt er immer einen Fuß vor den anderen – rechts, links, rechts, links – ohne bewusst etwas zu „tun"; und er schwingt die Arme – links, rechts, links, rechts – genauso mühelos. Warum ist das so? Weil der Mensch zum Laufen geboren ist. Aber Go-Steine sind ebenfalls zum Laufen geboren. Sind sie weit voneinander entfernt, dann dürfen sie ohne schlimme Folgen ein wenig aus dem Tritt kommen. Aber wenn sie sich berühren und dann ins Stolpern geraten, sind die Konsequenzen schrecklich. Wir wollen deshalb einmal zuschauen, wie Steine laufen, wenn sie miteinander in Kontakt sind.

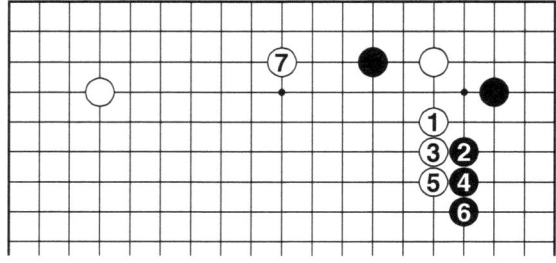

Abbildung 1

Abbildung 1: Wir sehen eine Eröffnungssequenz aus einer Gleichaufpartie, in der Weiß die Züge 1 bis 7 als Antwort auf den schwarzen Klemmzug gespielt hat. Die Steine laufen hier nur wenige Züge weit; ist hier irgendetwas unnatürlich oder unnormal? Denken wir einmal nach.

Diese Zugfolge kommt häufig in Shodan-Partien vor und es steht fest, dass sich keiner der Spieler über das Ergebnis beklagen kann. Doch wenn Sie die Spieler einmal fragen, wer nach Zug 7 die bessere Position hat, bekommen Sie fast durchgängig die

Antwort „Weiß – keine Frage". Keine Frage, wohlgemerkt! Da streckt Schwarz sich auf prächtige Weise auf der vierten Linie aus, der so genannten „Linie des Sieges", aber diese Spieler bevorzugen die größere Anlage, die Weiß mit dem Zug auf 7 bekommt. Die Redensart, dass der Besitz des Anderen immer schöner aussieht als der eigene, scheint nicht nur auf Kinder zuzutreffen.

Und aus diesem Grund spielen solche Leute mit dem sechsten Zug, anstatt auf der vierten Linie weiterzulaufen, eine Ausdehnung auf 7. Und dann glauben sie auch noch ernsthaft, dass diese lächerliche Zwei-Punkte-Ausdehnung ein großartiger Zug gewesen sei, mit dem sie auf beiden Seiten ein gutes Ergebnis erzielt hätten. Sie schauen so glücklich drein, als hätten sie in der Wüste ein Goldstück gefunden.

Das Erschreckende daran ist die verzerrte Wahrnehmung, die sie das Richtige für falsch halten lässt. Eine solche Täuschung führt zur nächsten und die Qualität der Partie verfällt zusehends.

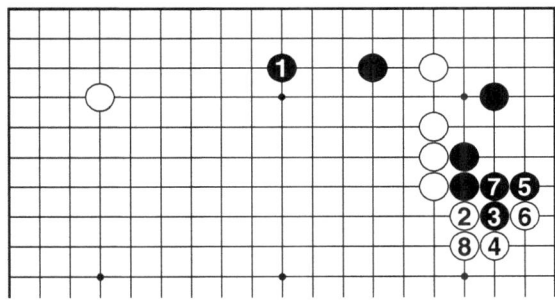

Abbildung 2

Abbildung 2: Unmittelbar nach seinem Schnitzer auf 1 bekommt Schwarz mit 2 ein „Hane auf den Kopf" seiner Steine. Er antwortet mit Hane auf 3, doch dann spielt Weiß das herrliche, kraftvolle Doppelhane auf 4. Bis 8 laufen die Steine dann durch eine erzwungene Sequenz und das Ergebnis für Schwarz ist so erbärmlich, dass man es kaum beschreiben kann.

„Sind Weiß 2 bis 8 wirklich so schlimm für Schwarz?" Ich höre die Frage schon kommen, darum hier meine Antwort. „Schlimm? Grotesk wäre treffender. Schauen Sie sich die zusammengedrängte schwarze Position an. Sehen Sie den weißen Außeneinfluss. Verlieben Sie sich in diese dicke weiße Mauer. Erfassen Sie, wie gut das weiße Ergebnis ist. Wenn Sie das nicht verstehen, dann legen Sie jeden Morgen nach dem Aufstehen diese Position aufs Brett und rufen Sie: ‚Die dicke weiße Position ist überlegen.' "

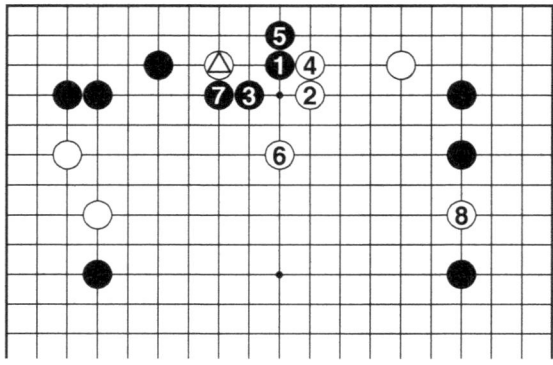

Abbildung 3

Abbildung 3: Dies ist eine Zugfolge aus einer Lehrpartie, die ich vor Kurzem mit sechs Steinen Vorgabe gegen einen Shodan spielte. Sie begann mit der Invasion auf Schwarz 1. Mit Weiß nun auf den Punkt unter 7 zu springen, damit den schwarzen Sprung auf den Punkt zwei Linien unter 1 zu provozieren und drauf los zu kämpfen, war wegen der Stabilität der schwarzen Ecke links oben nicht sehr einladend.

Die Stellung verlangte danach, dass Weiß seinen Stein opfert, also spielte ich Weiß 2, was meinen Shodan-Gegner zu überraschen schien. Nach kurzer Überlegung spielte er Schwarz 3, einen laschen Zug, der klar die Regeln verletzte, nach denen Steine laufen sollen. Ich verlor keine Zeit, seine lose Form bloßzustellen, indem ich auf 4 dagegenstellte. Als Nächstes sprang ich auf 6, was meine Position stärkte und drohte, entweder den markierten weißen Stein herauszuziehen oder den rechten Rand zu invadieren. Am Ende dieses Abtauschs war ich einen Schritt voraus. Der Grund hierfür war Schwarz 3.

Abbildung 4: Schwarz muss auf 1 herauslaufen, egal was dann passiert. Weiß spielt Hane auf 2. Was ist der nächste Zug von Schwarz?

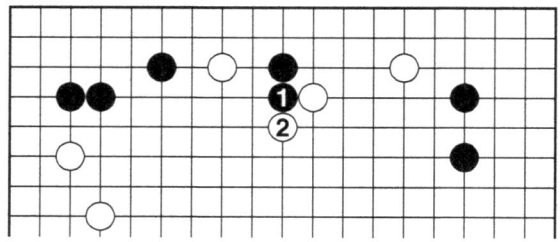

Abbildung 4

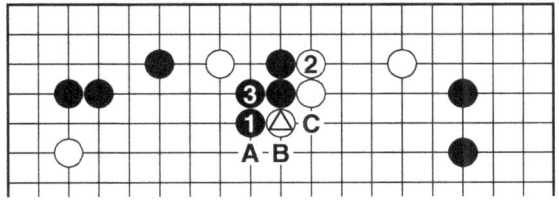

Abbildung 5

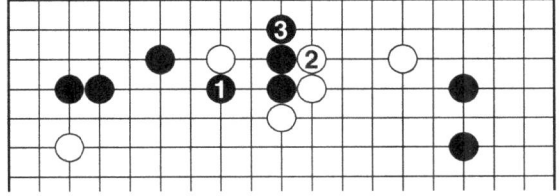

Abbildung 6

Abbildung 5: Das Hane auf Schwarz 1 ist ein Fehlschlag. Nach der guten Antwort Weiß 2 ist Schwarz gezwungen, mit 3 eine ineffiziente, schlechte Form zu spielen. Weiß 2 ist ein Zug, den jeder Profi sofort erkennt, der von Amateuren aber gern übersehen wird. Das ist ein blinder Fleck bei Amateuren. Schwarz hat auf 1 ein Hane in Richtung Zentrum gespielt, erwartet also, dass sich Weiß mit A, B oder C grob in die gleiche Richtung bewegt oder auf 3 schneidet. Er würde sich nie träumen lassen, dass Weiß innehält und auf 2 zurückfällt. Es ist für gewöhnlich nicht falsch, in Richtung Zentrum zu schauen, aber dieser Fall liegt anders.

Abbildung 6: Schwarz 1 ist eine weitere Möglichkeit, doch Weiß wird wieder auf 2 spielen, wie in der vorherigen Abbildung. Nach 3 scheint er Schwarz sein Spiel aufgezwungen zu haben.

Abbildung 7: Schwarz 1 ist korrekt. Nach Weiß 2 und Schwarz 3 ist die schwarze Form jetzt unverwüstlich. „Des Gegners Punkt ist dein eigener."

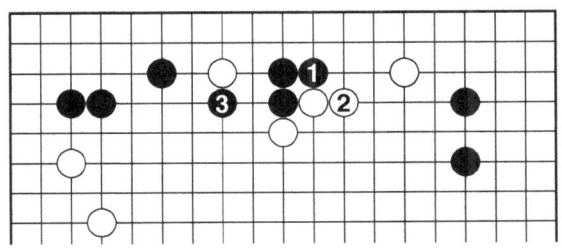

Abbildung 7

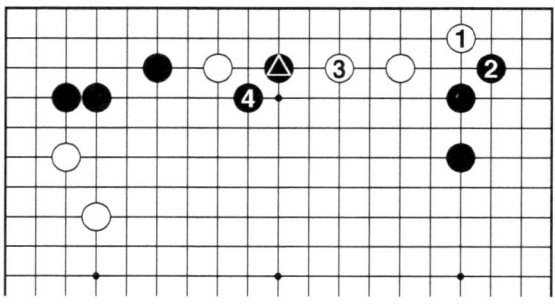

Abbildung 8

Abbildung 8: Die gewöhnliche Antwort auf die schwarze Invasion mit dem markierten Stein wäre Weiß 1 und 3, woraufhin Schwarz 4 ein ziemlich guter Zug ist. Aber einen Augenblick: Ist Schwarz 4 nicht genau der gleiche Zug wie Schwarz 3 in Abbildung 3? Schon, aber die weißen Steine in der Umgebung stehen anders. Wenn Sie diese zwei Züge in einen Topf werfen, kommen Sie in Schwierigkeiten. Schwarz 2 und 4 in dieser Abbildung verdienen Bestnoten. „Aha!" rief unser Shodan und schlug sich auf die Schenkel. Offenbar hatte er sich dieses Bild eingeprägt und deshalb die Abfolge in Abbildung 3 gespielt.

Wenn Sie denselben Zug spielen, ohne die Rahmenbedingungen zu berücksichtigen, dann passiert so etwas. Einmal werden Sie gelobt, ein andermal verhöhnt. Schauen Sie sich nochmals die Beziehungen zwischen den eigenen und den gegnerischen Steinen an – ist es das, was ich sagen will? Doch während einer realen Partie bleibt keine Zeit, all diese Beziehungen zu untersuchen und abzuwägen. Zuerst einmal wird der andere Spieler es nicht mögen, wenn Sie so lange nachdenken. „Was ist los?", wird er sich fragen. Nun, es geht darum, Erfahrung zu sammeln und sich nicht vor dem Studium der Grundlagen zu drücken. Studieren Sie die Grundlagen, das ist es, was Sie tun müssen. Studieren Sie die Grundlagen.

„Die Steine laufen" ist etwas, das man in jedem Zug des Spiels wiederfindet. Das Thema ist viel zu umfassend, als dass es in vollem Umfang behandelt werden könnte. Wir wollen uns nur noch einige wenige grundlegende Beispiele für natürlich laufende Steine ansehen und dann weitergehen.

Abbildung 9: Setzen wir voraus, dass das Ziel lautet, die schwarze obere rechte Ecke zu verteidigen, so sollte die Antwort auf einen Zug wie Weiß 1 einleuchtend sein. Schwarz 2 ist korrekt und wenn Weiß auf 3 spielt, dann sollte Schwarz auf 4 verteidigen.

Sogar ein Anfänger kann mit seinen Steinen ohne Schwierigkeiten natürliche Schritte machen. Schwierigkeiten entstehen nur, wenn Sie nicht erkennen, was Weiß mit 1 erreichen will, auf irgendeine seltsame Weise antworten und Weiß auf 2 hereindrücken lassen. Der Unterschied zwischen Schwarz 2 und Weiß 2 ist zu groß, als dass man Letzteres zulassen dürfte.

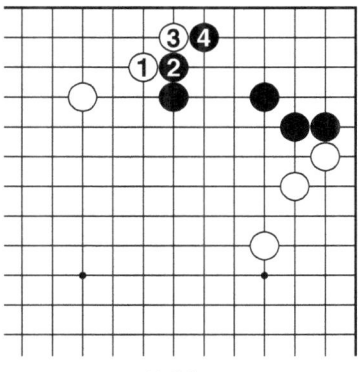

Abbildung 9

Abbildung 10: Schwache Spieler haben Angst vor Kreuzschnitten wie Weiß 1 und 3, aber das ist keine Rechtfertigung, Schwarz 2 zum Beispiel auf 3 zu spielen und Weiß 2 zuzulassen. Der entstehende Schaden würde nicht nur die Ecke betreffen. Die Anzahl der Variationen ist überschaubar, deshalb lohnt es sich, die Gegenmaßnahmen zum Kreuzschnitt zu üben und sie parat zu halten. Nehmen Sie sich jedoch in Acht vor der Regel „Nach einem Kreuzschnitt streck dich". Sie wird Ihnen nichts nützen, bevor Sie sie nicht wirklich verstanden haben.

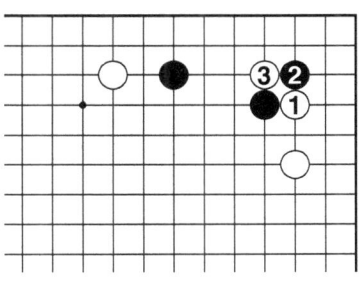

Abbildung 10

Abbildung 11: Werden Sie mit einem weißen Doppelkakari konfrontiert, dann vergessen Sie den Plan, mit dem schwarzen Stein zu leben oder das Eckgebiet zu verteidigen. Die Hauptsache ist, herauszulaufen und das gegnerische Netz zu durchtrennen, das heißt die weiße Position energisch zu schneiden. Schwarz 1 und 3 sehen wie langsame Züge aus, sie sind es aber nicht. Da sie die weiße Position trennen, sind sie die stärksten aller möglichen Züge.

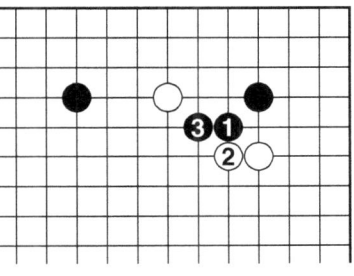

Abbildung 11

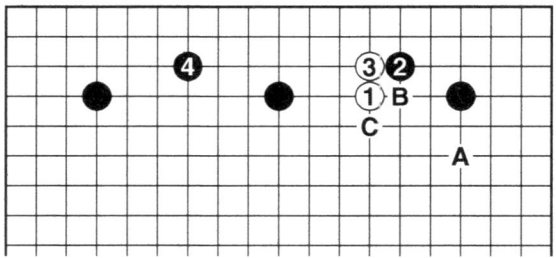

Abbildung 12

Abbildung 12: Hier ist ein schlechtes Beispiel. Normalerweise wird Schwarz 2 auf A gespielt. Aber Schwarz will 2 gegen 3 abtauschen, um sich rechts oben zu stärken, und spielt dann 4, um sich links oben ebenfalls zu stärken. So allerdings lässt man die Steine nicht laufen. Insbesondere Schwarz 2 spielen und dann fernbleiben – ich wäre Ihnen dankbar, wenn Sie das nicht mehr tun würden. Wenn Sie schon Schwarz 2 spielen müssen, dann sollten Sie zumindest Schwarz B, Weiß C folgen lassen, bevor Sie zu 4 übergehen.

Sehen Sie sich nun Abbildung 13 und 14 an. Wie die schwarzen Steine in diesen beiden Beispielen laufen, sollte nicht zu beanstanden sein. Beanstandungen – wie soll das möglich sein? Beide Sequenzen sind Josekis, oder nicht?

Abbildung 13: Ein Hinweis an jene, die zuviel Vertrauen in Josekis setzen: Sie sind in keiner Weise absolut. Wenn Weiß mit dem markierten Stein in die schwarze Einflusssphäre eindringt, ob mit oder ohne Vorgabe, dann ist es vielmehr definitiv falsch, ihn mit dem guten alten Tsuke-Nobi-Joseki Schwarz 1 bis 9 zu empfangen.

Warum? Weil der weiße Stein schon eingeklemmt ist, und das ist die goldene Gelegenheit für Schwarz, die Initiative zu übernehmen und anzugreifen. Er darf mit 1 bis 10 das Leben für Weiß nicht so einfach machen.

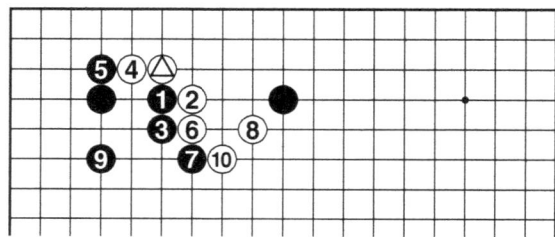

Abbildung 13

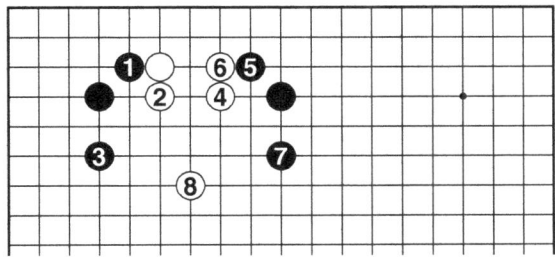

Abbildung 14

Abbildung 14: Viel besser ist es, diagonal mit Schwarz 1 anzulegen, was Weiß davon abhält, sich zu stabilisieren. Wenn Weiß
die normale Sequenz bis 8 durchläuft, fühlt er sich wie in einem
Kreuzfeuer der beiden schwarzen Gruppen rechts und links.

Noch ein Rat, nur um sicher zu gehen: Josekis müssen passend
zu den Umständen gewählt werden.

KAPITEL IV

DAS RINGEN UM DEN VORSPRUNG

Das Ringen um den Vorsprung

Es gibt so einen Typ Rennpferd, mit dem der Ausgang eines Rennens bereits an der Startlinie feststeht. Lassen Sie es einfach lospreschen, einen guten Start hinlegen und die Führung übernehmen; zwar mögen andere Pferde zeitweilig gleichziehen, aber wenn es seine normale Form erreicht, dann müssen Sie das Rennen nicht verfolgen, um den Sieger zu kennen.

Was hat das mit Go zu tun? Die Steine laufen nicht auf vier Beinen umher, doch das Ringen um den Vorsprung hat eine wichtige Bedeutung für das Spiel.

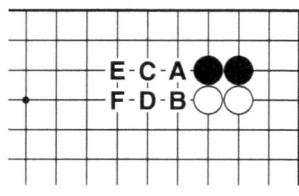

Abbildung 1

Abbildung 1: Wenn sich gegnerische Steine wie hier berühren, dann kann die Frage, wer die Nase vorn hat und wer zurückfällt, darüber entscheiden, wer in der gesamten Partie die Führung übernimmt.

Obwohl dies eine so kritische Position ist, sieht man oft, dass Anfänger sie so liegen lassen und vergessen und beide anderswo weiterspielen. Schauen Sie sich die Partien stärkerer Spieler an; Sie werden selten eine Reihe Schulter an Schulter stehender schwarzer und weißer Steine wie diese sehen, die so belassen wird.

Wie soll Schwarz spielen, wenn er Vorhand hat? Spielt er auf A, so kommt er durchaus einen Schritt vor die Weißen, doch dann antwortet Weiß auf B. Wenn Schwarz mit C, Weiß D, Schwarz E, Weiß F weiter geradeaus läuft, dann bekommt er eine gerade Reihe von Steinen, Weiß aber ebenso. Und wenn sie auf diese Weise bis zum linken Brettrand weiterspielen, dann ist das Endergebnis dasselbe wie wenn Weiß mit B begonnen hätte, gefolgt von Schwarz A, Weiß D, Schwarz C und so fort. Dann ist es egal, wer die Führung innehatte – so verschafft man sich keinen Vorsprung.

Wir müssen unsere Denkweise ändern. Die wirkliche Bedeutung des Begriffs „sich Vorsprung verschaffen" ist „an der gegnerischen Vorderkante umbiegen". Wenn Schwarz das erkennt, wird er seine Vorhand anders nutzen.

Abbildung 2: Er wird mit 1 um die weiße Vorderkante umbiegen. Das Sprichwort „Spiel Hane auf den Kopf zweier Steine, ohne hinzusehen" bezieht sich auf solche Situationen. In der Sequenz Weiß 2 bis Schwarz 9 spielt Schwarz sehr zurückhaltend und weitet

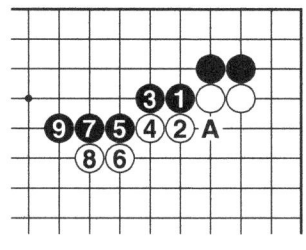

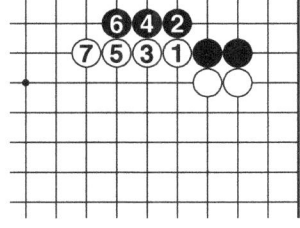

Abbildung 2 *Abbildung 3*

dennoch seine Position mit jedem Schritt prachtvoll aus, während Weiß mit jedem Schritt zurückweicht. Doch dabei bleibt es nicht, denn Weiß kann nicht einmal erwarten, so davonzukommen. Irgendwann wird Schwarz auf A schneiden, und die weiße Stellung zerbröselt.

Abbildung 3: Hat Weiß die Vorhand, dann wird er 1 bis 7 spielen. Schwarz kann auf der zweiten Linie – der Linie der Niederlage – kriechen, so lange er möchte, Weiß wird jeden solchen Zug mit Freuden beantworten. Vergleichen Sie diese Abbildung mit der letzten. Je länger Sie darauf schauen, desto deutlicher fällt Ihnen der Unterschied ins Auge. Es sollte nicht mehr nötig sein, die Bedeutung von „Vorsprung" zu verdeutlichen, die Abbildungen 2 und 3 genügen.

Abbildung 4: Wovor sich Schwarz bei seinem Hane auf 1 in Acht nehmen muss, ist der Schnitt auf 2, der einzige Gegenangriff, den Weiß zu Stande bringt. Hier endet Weiß 2 als schlichter Fehlschlag, wenn Schwarz 3 und 5 spielt, doch manchmal ist das nicht so. Wenn Sie Hane spielen, dann rechnen Sie mit dem Schnitt, sonst wird Ihr Hane Sie oft in unerwartete Schwierigkeiten bringen.

Abbildung 5: Diese Anordnung Schulter an Schulter kommt in Partien vor, wenn Weiß ohne Vorbereitung auf den 3-3-Punkt unter den schwarzen Stein auf 4-4 invadiert. Sollte Weiß mit 5 auf A schneiden, dann sorgt Schwarz 5 (oder 6) für Probleme oder

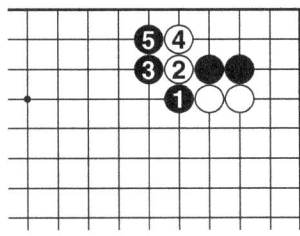

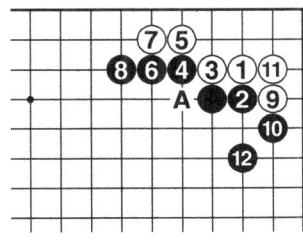

Abbildung 4 *Abbildung 5*

besser gesagt für eine Katastrophe. So aber läuft die Sequenz bis 12 vor sich hin und stoppt dann, wobei Weiß Gebiet bekommen hat und Schwarz Außeneinfluss. Wer hat das bessere Ergebnis? Das sollte sich von selbst verstehen, doch ich sage es hier: Schwarz hat entschieden das bessere Ende. Aus diesem Grund invadiert Weiß nie unvorbereitet auf 3-3 unter einen schwarzen Stein auf 4-4, es sei denn es herrschen besondere Umstände.

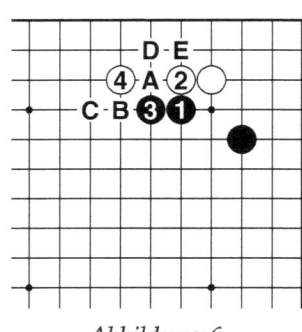

Abbildung 6

Abbildung 6: Spieler mit ein wenig Erfahrung kennen ausnahmslos die Zugfolge, in der Schwarz mit 1 und 3 niederdrückt und Weiß mit 2 und 4 antwortet. Sie ist ein Joseki. Nur wenige jedoch scheinen den wahren Sinn dieser Züge zu kennen, während sie sie spielen.

Was versucht Schwarz mit 1 und 3 zu erreichen? Die Antwort ist dieselbe wie im letzten Beispiel: Er versucht einen Schritt vor Weiß zu kommen, um in Vorteil zu gelangen.

Hören Sie gut zu, die Sie beiläufig Weiß 4 spielen, weil es nun mal Joseki ist, und erfahren Sie den eigentlichen Sinn.

„Warum soll ich mich damit befassen? Der Zug ist derselbe, ob ich nun seinen Sinn verstehe oder nicht."

Ja, aber genau deshalb werden Sie nicht besser. Versuchen Sie zur Abwechslung einmal Züge zu spielen, die Sie verstehen. Dadurch wird das Spiel doppelt so interessant, um nur einen Grund zu nennen.

Schwarz 3 läuft dem weißen Stein auf 2 einen Schritt voraus. Um auszugleichen, überholt Weiß den Schwarzen auf 4. Falls Weiß 4 auf A spielt, gefolgt von Schwarz B, Weiß 4, Schwarz C und so fort, wird er sich nie einen Vorsprung verschaffen.

Wenn er auf 4 nach vorn springt, muss Weiß sich natürlich um Schwarz A, Weiß D und den Schnitt Schwarz E Gedanken machen. Doch falls er dafür eine Antwort parat hat, wird er zum frühest möglichen Zeitpunkt nach vorne gehen wollen, und das ist bei 4. Seine Antwort sehen Sie hier.

Abbildung 7: Wenn Schwarz mit 1 und 3 durchstößt und schneidet, verbindet Weiß stur auf 4 und gewinnt den Kampf mit der Sequenz bis 8. Falls er das ausgelesen hat, ist er auf der sicheren Seite. Wenn er sich jedoch immer noch unbehaglich fühlt, könnte er sich im nächsten Diagramm wiederfinden.

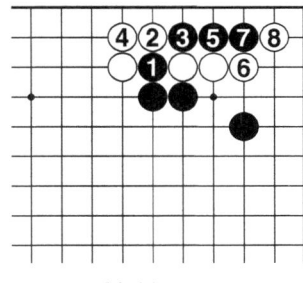

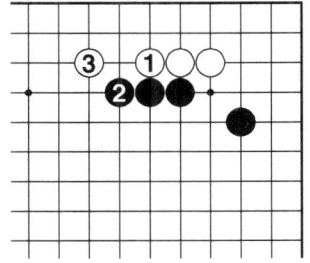

| Abbildung 7 | Abbildung 8 |

Abbildung 8: „Wäre es für Weiß nicht in Ordnung, noch einmal auf 1 weiterzulaufen und dann mit 3 nach vorn zu springen?

Nein, wäre es nicht. Sie müssen die erste Gelegenheit nutzen, um nach vorn zu gelangen.

Abbildung 9: „Wenn das so ist, warum springt Weiß dann nicht, auch wenn das ein wenig riskant ist, sofort nach Schwarz 1 mit Weiß 2 nach vorn?"

Das ist natürlich erwägenswert. Alles was ich sagen kann ist, dass es auf den Zeitpunkt und die Umstände ankommt. Oder besser gesagt: Es genügt nicht, gedankenlos und auf gut Glück zu spielen oder sich auf sein Gespür zu verlassen. In diesem lokalen Abspiel ist Weiß 2 nicht spielbar, das ist eine Tatsache.

Abbildung 10: Hier ist die Begründung. Schwarz 1 und 3 funktionieren jetzt definitiv, was bedeutet, dass die weiße Position offensichtlich mangelhaft ist. Spielt Weiß auf 4, dann schneidet Schwarz mit 5, und wenn Weiß auf 6 verbindet, dann fängt Schwarz die Ecke mit 7 und 9. So kann Weiß mit Sicherheit nicht spielen.

Schwarz darf jedoch statt auf 5 nicht auf 6 schneiden, sonst fängt Weiß mit Freuden den Schnittstein und bekommt ein Ponnuki.

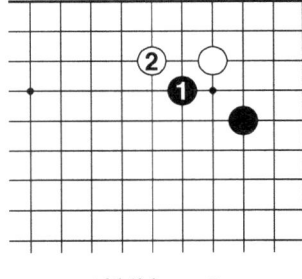

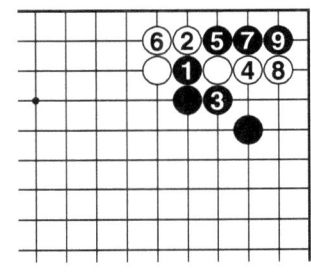

| Abbildung 9 | Abbildung 10 |

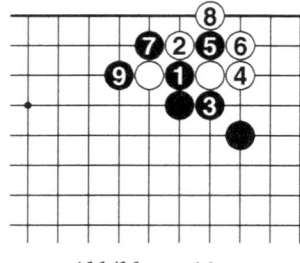

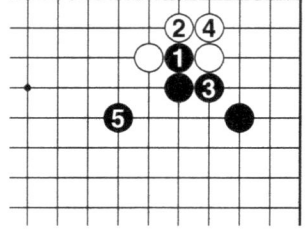

Abbildung 11   Abbildung 12

Abbildung 11: Wenn Schwarz auf 5 spielt, dann nehmen wir an, dass Weiß mit 6 das Sprichwort befolgt, den Schnittstein zu fangen. Die äußere Stärke, die Schwarz durch 7 und 9 erlangt, gibt ihm zweifellos ein ausgezeichnetes Ergebnis. Falls die Treppe nicht für ihn läuft, dann sollte er einen Hilfsstein spielen, um sie zu ermöglichen, und erst dann die Sequenz mit 1 und 3 starten.

Abbildung 12: Weiß muss nach Schwarz 3 dementsprechend auf 4 verbinden, doch die entstandene dicke Mauer gibt Schwarz einen ausgezeichneten Impuls. Die weiße Stellung hingegen ist flach und hat wenig Entwicklungspotenzial. Das ist kein besonders gutes Ergebnis für Weiß.

Abbildung 13: Nachdem Weiß nun mit 1 einen Schritt voraus ist, wird er seinen Vorsprung halten können? Wie wird das Ergebnis sein? Schwarz wird mit 2 und 4 weiterschieben, doch Weiß hat den Vorsprung fest im Griff und biegt mit dem Doppelhane 5

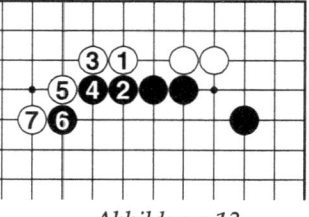

Abbildung 13

und 7 um. Wir sind zwar jetzt bei Zügen angelangt, die Anfänger nicht leichtfertig imitieren sollten, doch Weiß entwickelt seine Position wunderschön mit vollem Schwung.

Blättern wir noch einmal zurück zu Abbildung 6: Obwohl Schwarz nach dem Niederdrücken auf 1 und 3 mit Sicherheit die Nase vorn zu haben schien, hat Weiß mit 1 in Abbildung 13 doch den Spieß umgedreht. Schwarz muss die Gelegenheit zum Niederdrücken mit Vorsicht wählen, um Weiß am Ende nicht einfach nur eine große Menge Gebiet zu überlassen.

Wenn Schwarz durch das Niederdrücken für immer vorn bleiben könnte, dann würden alle Spieler das öfter tun. Diese Züge sind unter anderem deshalb nicht ständig zu sehen, weil Weiß mit 1 den Spieß umdrehen kann.

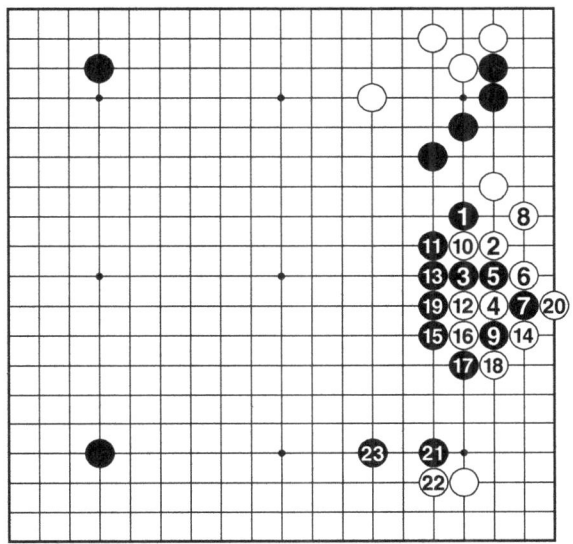

Abbildung 14

Abbildung 14: Dies ist eine Partie aus einem Profiturnier im März 1970 zwischen Kato Masao, zur Zeit ein Star der Go-Welt[1], und Kitani Reiko (heute Kobayashi Reiko), die mit Schwarz die Partie durch Aufgabe gewann. Schwarz 1 und 3 wie auch Weiß 2 und 4 lassen überall Lücken und sehen nach einer sehr gefährlichen Spielweise aus, doch beide Kontrahenten rangen um den Vorsprung und waren sich der Risiken vollkommen bewusst. Schauen Sie sich an, wie beide bis Schwarz 23 um die vordere Position kämpften und Sie werden einen flüchtigen Eindruck bekommen haben, worum sich Berufsspieler bemühen und wie sie denken. Nach der Partie befand man, dass Schwarz am rechten Rand ein unbefriedigendes Ergebnis erzielt habe.

Abbildung 15: Die Züge Schwarz 1 bis 7 hier wären besser gewesen. Danach konzentrierten die Spieler ihre Analyse auf die Züge Weiß A, Schwarz B, Weiß C und den folgenden Kampf.

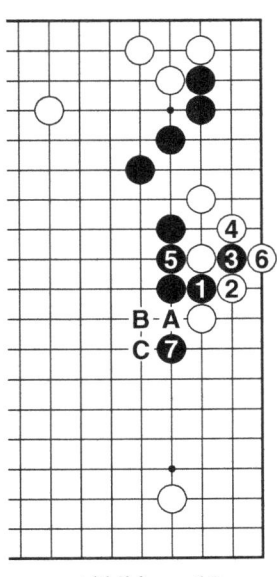

Abbildung 15

1 Kato Masao starb 2004 im Alter von 57 Jahren.

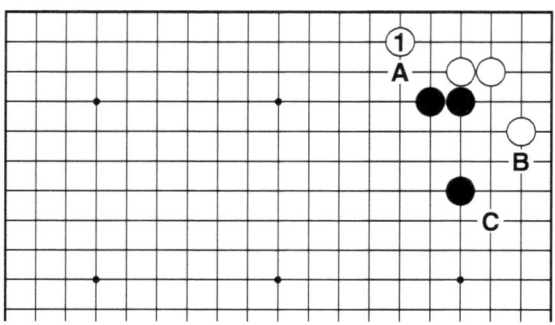

Abbildung 16

Abbildung 16: Sehen Sie sich Weiß 1 an. Wie kommt es, dass sogar Profis dieses niedrige, demütige Keima wählen, statt auf A herauszuspringen?

Weiß wäre nicht in direkter Gefahr, wenn er auf A spielte. Es geht vielmehr um das Potenzial der Stellung, welches die Profis sehr beschäftigt. Spielt Weiß auf A, dann kann Schwarz durchstoßen und schneiden; durch diese Drohung wird Schwarz B usw. Vorhand, und das heißt, dass Weiß keine Hoffnung hat, jemals auf C herausspringen zu können.

Abbildung 17: Ein Zug auf die Schulter wie Weiß 1 wird häufig gespielt, um eine große gegnerische Gebietsanlage zu reduzieren. Schwarz schiebt mit 2 und Weiß antwortet auf 3. Solange Weiß vorn bleibt und mit einer maßvollen Reduktion des schwarzen Moyos zufrieden ist, ist er in geringer Gefahr. Als Nächstes spielt Schwarz das Keima auf 4 und die Leser, die den Grund dafür nicht verstehen, sollten die nächsten Abschnitte aufmerksam lesen.

Falls Schwarz mit 4 auf 5 spielt und weiterschiebt, wird er immer aus der hinteren Position schieben, und Weiß wird immer vorn sein. In dieser Situation gibt es für Schwarz keine Möglichkeit, den Spieß umzudrehen. Die Mauer,

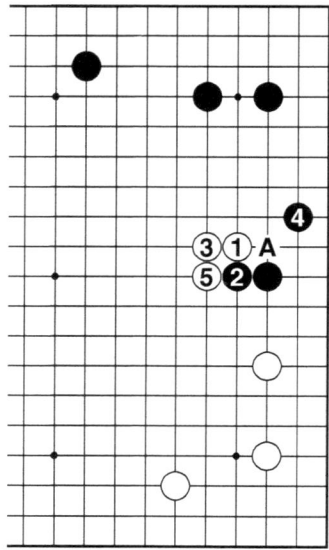

Abbildung 17

die er bekommt, wird durch die sichere weiße Position unterhalb neutralisiert. Aus diesen Gründen spielt Schwarz mit 4 nicht auf den Punkt 5.

Der Zug auf 4 gibt den schwarzen Steinen eine solide Basis. Gleichzeitig nimmt er den weißen Steinen ihre Basis weg und jagt sie damit hinaus. Hätte Schwarz den Zug 4 versäumt und Weiß auf A dagegenstellen lassen, so wäre die ganze Situation umgekehrt und Schwarz wäre in Schwierigkeiten. Die Folge Weiß 1 bis Schwarz 4 ist zu einem Mittelspiel-Joseki geworden.

Ein 3-Kyu könnte sagen: „Ich spiele ungern Züge wie Weiß 1, weil sie es Schwarz erlauben, mit 2 bis 8 in Abbildung 18 Gebiet zu machen. In dieser Stellung würde ich niemals auf 1 spielen."

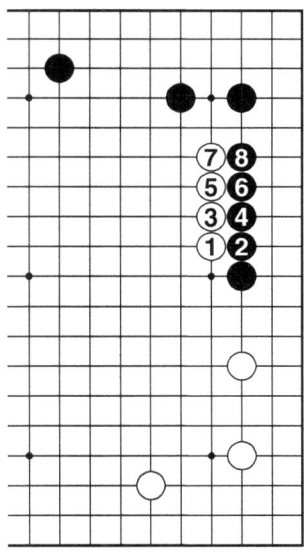 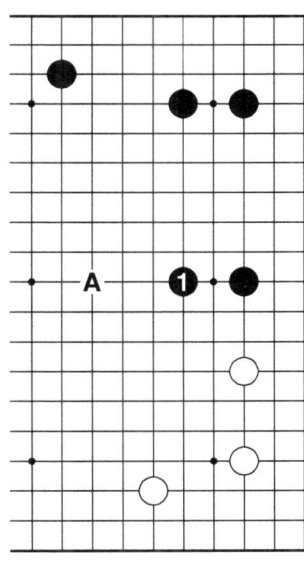

Abbildung 18   Abbildung 19

Ich verstehe, was er meint, aber dieses Gebiet beträgt höchstens zehn Punkte. Was der Außeneinfluss für Weiß wert ist, kann nicht genau berechnet werden, doch scheint er bei diesem Austausch nicht das schlechtere Ende erwischt zu haben. Nun, Amateure neigen immer dazu, die Bedeutung von faktischem Gebiet zu überschätzen. Doch wenn Weiß in einer solchen Stellung zögert, etwas zu unternehmen, dann wird Schwarz seine Anlage vergrößern, erst mit 1 und dann mit A in Abbildung 19, und schon ist es zu spät. Bevor das geschieht, muss Weiß den Sprung wagen, seinen Mut zusammennehmen und irgendwo ins schwarze Moyo setzen.

Abbildung 20: Die einsame Invasion mit Weiß 1 ist ebenfalls möglich. Sie sieht ein wenig riskant aus, doch das hängt von der Gesamtsituation auf dem Brett ab. Der schwarze Ein-Punkt-Sprung auf 2 ist die normale Antwort – es gibt ein Sprichwort, dass ein Ein-Punkt-Sprung nie falsch ist – und wenn beide immer weiter über das ganze Brett springen, dann bekommt Schwarz ein ausgeglichenes Ergebnis.

Doch halt! Hier haben wir wieder das Ringen um den Vorsprung. Was hat es für einen Sinn, dass Schwarz als erster herausspringt, wenn er einfach nur zusammen mit Weiß quer übers Brett läuft? Er könnte genauso gut Weiß den Vortritt lassen. Das Ringen um den Vorsprung sollte energischer betrieben werden. Falls Weiß natürlich den Zug auf 6 ignoriert, dann würde Schwarz A ihn in Verlegenheit bringen, aber Schwarz sollte nicht auf solche Fehler warten. Er sollte lernen, Wege zu finden, wie er seinen kleinen Vorsprung konsequenter ausnutzen kann.

Abbildung 21: Das Keima Schwarz 1 ist der Schlüsselzug in diesem Kampf. Spielt Weiß 2 und 4, so erhält Schwarz mit 3 und 5 den vollen Druck aufrecht. Der schwarze Zug auf 1 ist es, der ihn in die Offensive und Weiß in die Defensive bringt. Hier beginnt der Angriff. Sollte Schwarz zulassen, dass Weiß auf 1 spielt, dann würde die Lage umgekehrt. Die führende Seite sollte die Augen nach der ersten Gelegenheit offen halten, um mit einem Keima den Angriff einzuläuten.

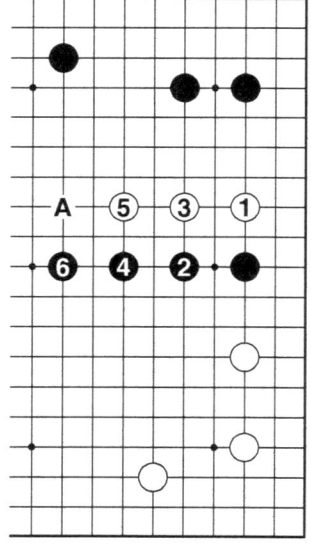
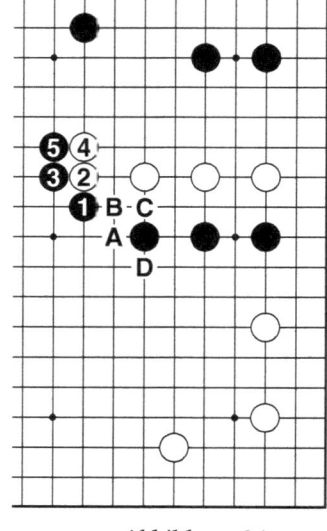

Abbildung 20   *Abbildung 21*

Seit ich einen Fernseher zu Hause habe, dieses Wunderwerk der Zivilisation, gehe ich nur noch selten ins Kino, doch bis vor zehn oder fünfzehn Jahren ging ich fünf, sechs Mal im Monat. Am schönsten war es in den erstklassigen Lichtspieltheatern in der Ginza oder in Shinjuku, doch mein knappes Taschengeld sorgte oft dafür, dass ich den Tag mit einer Trilogie in einem kleinen schmutzigen dritt- oder viertklassigen Kintopp in irgendeiner Vorstadt zubrachte. Hier gab es lärmende Kinder, nach Herzenslust kettenrauchende Erwachsene und auch sonst alle möglichen Ausdünstungen, die sich zum stickigen Mief einer Menschenansammlung verbanden – alles andere als eine angenehme Atmosphäre. Oft hielt ich mir stirnrunzelnd ein Taschentuch vor die Nase und fragte mich, was in aller Welt mich nur geritten hatte, einen solchen Ort zu betreten.

Doch hatte ich mich einmal in diese schreckliche Atmosphäre eingewöhnt, merkte ich, dass ich in ihr doch ein sonderbares kindliches Vergnügen empfand. Verschlang mein Nachbar nicht gerade schmatzend frittierten Tintenfisch? Was also war schon dabei, mir zehn knusprige Reiskräcker zu fünf Yen zu holen und sie während des Films wegzumampfen? Wer rief da: „Pass auf, Kinchan (Nakamura Kinnosuke), da ist ein Schurke hinter dir!", als dieser Held aller Zwölfjährigen im Gewimmel der Feinde tobte wie ein tollwütiger Löwe? Sein Fanclub bestand hauptsächlich aus Hausfrauen der näheren Umgebung. Sicher war ihnen klar, dass ihre lautstarke Unterstützung nichts an der Handlung des Films ändert; zweifellos versuchten sie nur, ihre Freizeit in vollen Zügen zu genießen. Verzeihen Sie mir, aber das Ganze war so witzig, dass mir die Worte fehlen. Ich schüttelte mich vor Lachen.

Und bald schon stimmte ich ein und rief: „Gut so, gib's ihm!" und so fort, zusammen mit dieser übergeschnappten Bande. Da war ein matter Anflug von Nostalgie, der mich wohl nie verlassen wird. Ich bin in Armut geboren und aufgewachsen. Ich kenne den Plan und die Handlung der Schlachten auswendig, in denen Nakayama Yasubei achtzehn Gegner niederstreckte und Araki Mataemon sechsunddreißig. Doch so oft ich auch gesehen haben mag, wie der einsame Held eine Horde feindlicher Schwertkämpfer abfertigt, das Vergnügen daran blieb mir erhalten. Das Gleiche empfinde ich, wenn ich sehe, wie ein Stein in eine große gegnerische Anlage eindringt, gerade rechtzeitig bevor sie tatsächliches Gebiet wird, und die gegnerischen Steine, die angestürmt kamen, um ihn zu fangen, aufs Kreuz legt.

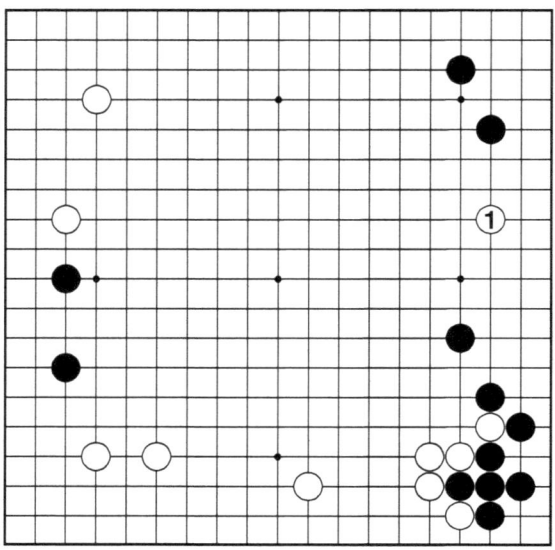

Abbildung 22

Das war ein sonderbarer Einstieg ins Thema, aber der Gedanke an Provokation in gegnerischen Einflusssphären ließ alte Erinnerungen wieder aufleben, die ich nicht unterdrücken konnte. Doch jetzt können wir wieder zum Thema zurückkehren. Vom „Ringen um den Vorsprung" zum „Eindringen in gegnerische Einflusssphären" zu kommen, scheint ein bisschen abwegig, doch Amateure vermasseln das Letztere grundsätzlich. Deshalb will ich es erwähnt haben, bevor ich es vergesse.

Abbildung 22: Weiß dringt mit 1 in die schwarze Einflusssphäre am rechten Rand ein. Das ist eine Invasion, die wie ein natürlicher Zug aussieht.

Wer an dieser Strategie keine Zweifel hat, gehört wahrscheinlich der Schule an, die behauptet, dass man in jede gegnerische Einflusssphäre mitten hineinbrechen soll. Dies ist das Credo der Sekte der Missgünstigen: Wo immer dein Gegner eine offene Ausdehnung gespielt hat, stürz dich hinein! Niemand kann erwarten, mit diesem Ansatz Fortschritte zu machen. Züge wie Weiß 1 säen die Saat für das eigene Elend auf fremdem Boden.

Wer den Zug auf 1 gutheißt, wird als Spieler mit den schwarzen Steinen das Gefühl haben, dass eine Zeitbombe in sein Gebiet geworfen wurde. Dann wird er sich wutschäumend in einen fieberhaften Angriff auf diesen Stein stürzen – schade um seine Partie.

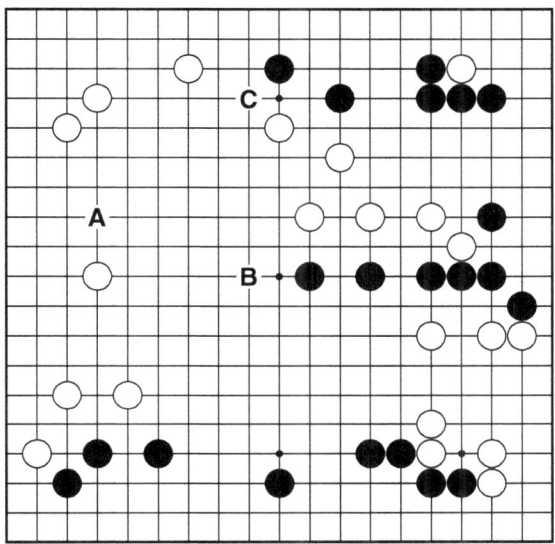

Abbildung 23

Abbildung 23: Dies ist eine Partie zwischen starken Amateuren in der Übergangsphase von der Eröffnung zum Mittelspiel. Schwarz ist am Zug: Wo soll er spielen? Hören wir uns die Antworten zweier Amateure an.

Ein Shodan meint: „Ich weiß nicht, was passieren wird, aber angesichts dieser großen weißen Anlage muss Schwarz bei A invadieren. Wenn er lebt oder entkommt, kann er vielleicht gewinnen. Wenn er stirbt, verliert er natürlich die Partie, aber wahrscheinlich kann er's irgendwie schaffen."

Ein 3-Dan: „,Irgendwie schaffen' hilft uns nicht viel weiter. Schwarz sollte eng bei seinen Streitkräften bleiben und sich mit B oder C langsam in die weiße Anlage vorarbeiten. Das ist sicherer und vernünftiger."

Beide Antworten sind ganz gut, aber sie übersehen etwas Wichtiges. Sie gehen am Kern der Angelegenheit vorbei.

Der springende Punkt ist die Einschätzung des Spielstands. Man sollte denken: „So steht die Partie, also spiele ich so" und je nach Situation entweder Notfallmaßnahmen ergreifen oder einfach nur dahintrotten.

Sei es, weil ihnen der Spielstand egal ist oder dass es ihnen zu schwer fällt, Amateure finden das Abschätzen furchtbar lästig. Viele behaupten, den Spielstand in ihrer Go-Karriere nicht ein einziges Mal geschätzt zu haben. Berufsspieler jedoch sorgen

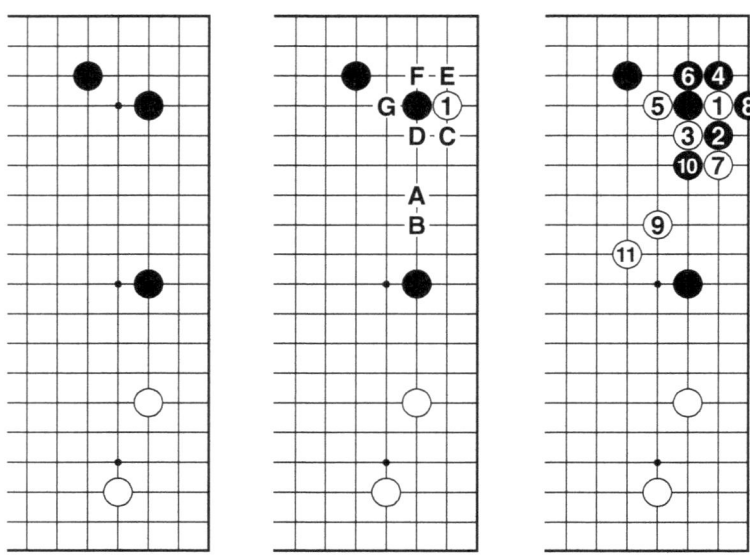

Abbildung 24 *Abbildung 25* *Abbildung 26*

sich ständig um den Spielstand. Sogar wenn sie belanglose Lehrpartien spielen, schätzen sie ihn zwei- bis dreimal. Es wird zur Gewohnheit. In Extremfällen, die im professionellen Wettkampf gar nicht selten sind, wird ein Spieler den Stand bei jedem einzelnen Zug schätzen.

Welch ein Unterschied! Die Fähigkeit, den Spielstand zu schätzen, dürfte einen ordentlichen Anteil zur Stärke eines Profis beitragen. Meiner eigenen Beobachtung nach sind es die Top-Profis, die in diesem Bereich herausragend sind. Auf jeden Fall kann die Kenntnis des Spielstands Ihr Spiel tiefgreifend beeinflussen.

Abbildung 24: Weiß am Zug. Wie soll er die schwarze Einflusssphäre bekämpfen?

Abbildung 25: Ich wage zu behaupten, dass eine große Zahl von Spielern mit A oder B antworten würde, doch Weiß 1 ist korrekt. Berufsspieler kennen das als Standard-Testzug (Schwarz kann auf C, D, E, F oder G antworten), doch für Anfänger muss der Zug gewiss befremdlich aussehen, während ein etwas stärkerer Spieler fragen wird, warum der Stein nicht gefangen werden kann.

Abbildung 26: Es ist nicht falsch zu denken, dass Weiß 1 gefangen werden kann. Die weiße Strategie ist, den Stein zu opfern und mit Hilfe dieses Opfers einen Weg in die schwarze Einflusssphäre zu

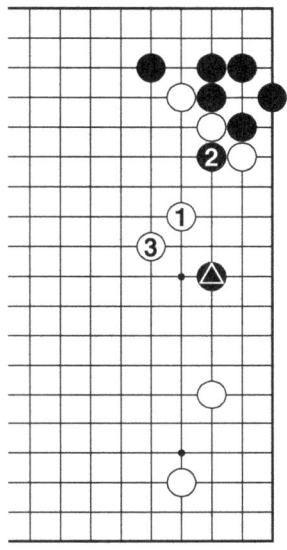

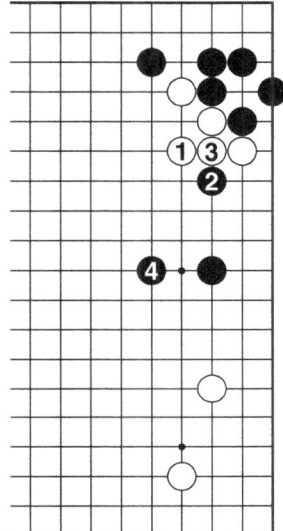

Abbildung 27   Abbildung 28

finden. Wir können die Zugfolge bis Schwarz 8 als erzwungen ansehen, doch dann kommt mit Weiß 9 die nächste Überraschung. Warum verbindet Weiß nicht mit 9 auf 10 oder einen Punkt links daneben?

Abbildung 27: Weiß betrachtet seine drei Steine oben rechts als Kikashi. Damit haben sie ihre Arbeit getan und man muss sich nicht mehr um sie bemühen. Dieser Punkt ist ein wenig schwer zu begreifen, doch wenn Weiß sich in die schwarze Einflusssphäre hineinwagt, dann muss er auf einen Kampf unter ungünstigen Bedingungen gefasst sein. Indem er oben rechts ein kleines Opfer anbot, hat er die Chancen am rechten Rand, zwischen dem markierten schwarzen Stein und Weiß 1 und 3, zu seinen Gunsten gedreht. Diese Betrachtungsweise dürfte es einfacher machen, die weißen Züge zu verstehen.

Abbildung 28: Sehen Sie, was passiert, wenn Weiß mit 1 verbindet. Er macht seine leichten Steine schwer und die Rollen von Angreifer und Verteidiger sind plötzlich vertauscht. Natürlich sind die weißen Züge in Abbildung 27 recht anspruchsvoll und schwächere Spieler sollten sie nicht gedankenlos kopieren. Doch wenn Sie das Wesentliche hinter diesen Zügen spüren und selbst ähnliche Züge finden können, dann werden Sie eine weitere Grenze zum Neuland überschritten haben und das Spiel wird viel unterhaltsamer für Sie.

Profis lassen nichts unversucht, Wege zu finden, wie sie sich unter ungünstigen Bedingungen zur Wehr setzen können. Amateure sind schon froh, wenn sie in gegnerisches Gebiet eingedrungen sind; wen interessiert schon, ob die Gruppe schwer oder leicht ist, wenn sie doch lebt? Dies ist ein weiterer tiefliegender Unterschied zwischen Profis und Amateuren.

Kommen wir zum Ausgangsthema zurück und schließen es ab. Alle folgenden Abbildungen zeigen allgemein wiederkehrende Zugfolgen oder Josekis, doch es könnte sich lohnen, sie mit anderen Augen anzuschauen: vom Standpunkt des Ringens um den Vorsprung.

Schwarz 1 und Weiß 2 in Abbildung 29; Weiß 1, Schwarz 2 und Weiß 3 in Abbildung 30; Weiß 1 und Schwarz 2 in Abbildung 31: Sind nicht alle diese Steine in energischer Bewegung, um sich einen Vorsprung zu verschaffen?

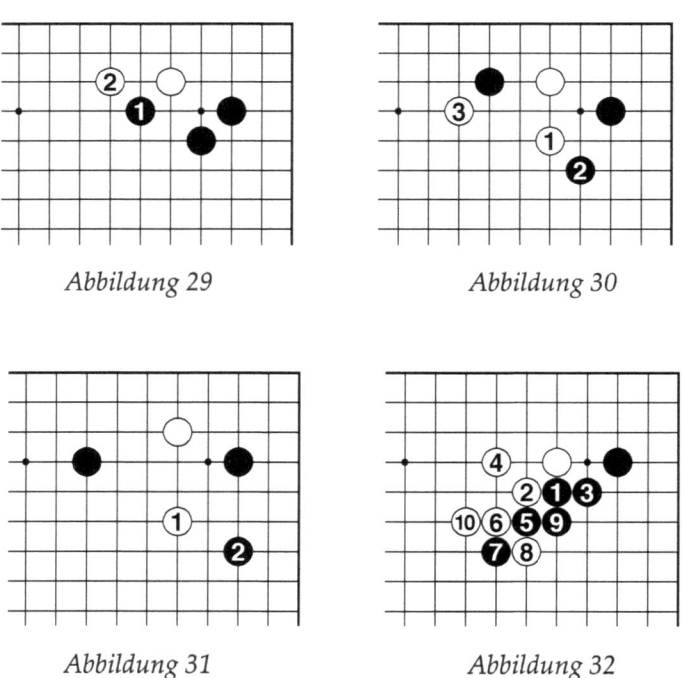

Abbildung 29   Abbildung 30

Abbildung 31   Abbildung 32

Abbildung 32: Die Sequenz fängt mit Schwarz 1 in der Ecke an, und beide Seiten ringen und eifern in der Hoffnung, die Vorherrschaft im Zentrum zu erringen. Der Kampf wird nach Weiß 10 noch weitergehen. Wenn das kein Ringen um den Vorsprung ist, dann weiß ich auch nicht.

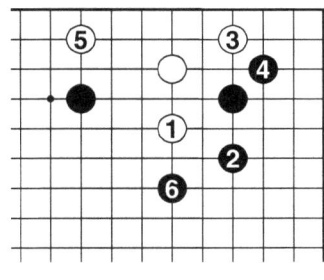
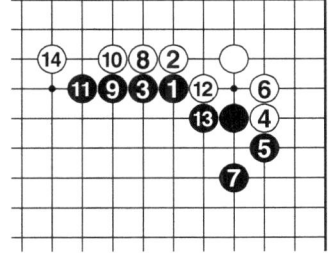

Abbildung 33   *Abbildung 34*

Abbildung 33: Die Steine stehen weiter auseinander und die Denkweise ist hier anders, doch in gewissem Sinne kämpfen auch hier beide Seiten um den Vorsprung.

Abbildung 34: Hier ist ein weiteres Joseki, in dem Weiß Gebiet bekommt und Schwarz Außeneinfluss, doch es ist auch eines, in dem die Steine nach Leibeskräften versuchen, sich gegenseitig zu überholen.

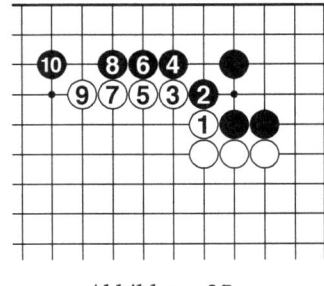

Abbildung 35 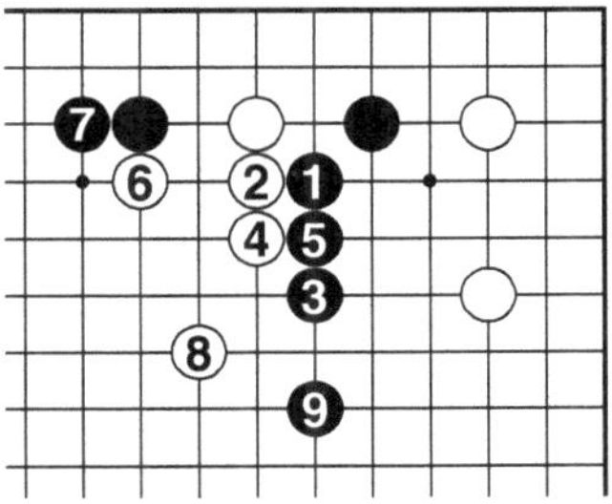   *Abbildung 36*

Abbildung 35: Dies gehört zur gleichen Familie wie die letzte Abbildung.

Abbildung 36: So könnte der Beginn des Mittelspiels aussehen. Schwarz 1 bis 9 laufen durch eine normale Zugfolge. Als Nächstes werden beide Seiten das Ringen um den Vorsprung mit einer Reihe von Ein-Punkt-Sprüngen in die Mitte fortsetzen.

KAPITEL V

GEBIET UND EINFLUSSSPHÄRE

Gebiet und Einflusssphäre

Neulich beim Zeitunglesen stieß ich auf einen Dreispalter mit dem Titel „*Tsuke-Aji ni Kihon no Katachi; Jikoryu o Yamenasai.*"[1] Unter dem Eindruck, es ginge um Go, fing ich an zu lesen, doch ich hatte mich getäuscht. Der Artikel handelte von Techniken der japanischen Küche, zum Beispiel wie man klare Suppe oder Suppe aus Bohnenpaste würzt. Doch mein Interesse war schon geweckt und ich las weiter. Die Kernaussage war, dass es feste Mischanteile für Bohnenpaste und Salz gibt, um einen Fond für die Suppe zuzubereiten. Ich habe in meiner Junggesellenzeit selbst Suppe aus Bohnenpaste gekocht, aber nicht mit festen Mischanteilen, genauer gesagt, ganz ohne irgendeinen Fond anzurühren. Kein Wunder, dass es nie besonders geschmeckt hat. Wieder einmal war ich beeindruckt, wie wichtig in allen möglichen Zusammenhängen die Grundlagen sind.

Gebiet und Einflusssphäre: Die Unfähigkeit, dies auseinanderzuhalten, ist eine der Schwächen des Amateur-Go.

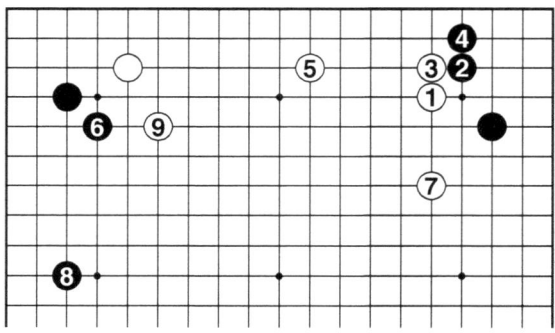

Abbildung 1

Abbildung 1: Weiß 1 bis 9 könnten in der Eröffnung vorkommen. Es scheint sehr schwierig, diese und ähnliche Eröffnungspositionen korrekt zu beurteilen.

Manche sagen: „Weiß bekommt wahrscheinlich 40 oder 50 Gebietspunkte am oberen Rand." Mit Schwarz fühlen sie sich bereits in dieser frühen Partiephase überwältigt. Es ist keine Überraschung, sie verlieren zu sehen.

Die korrekte Sichtweise ist, dass der obere Rand weiße Einflusssphäre ist und nicht mehr. Er kann nicht als Gebiet angesehen werden.

1 Wörtlich: „Grundlegende Formen des Würzens; Seien Sie kein Nonkonformist", doch Tsuke, Aji und Katachi sind auch Go-Begriffe.

Wie ist es mit Schwarz? Er kann mit etwa zehn Punkten in der rechten oberen Ecke rechnen, doch der linke Rand, obwohl seine Einflusssphäre, ist keineswegs schon sein Gebiet. Man muss lernen, das Brett mit Abstand zu betrachten.

Abbildung 2: Schwarz hat zwischen zehn und zwanzig Gebietspunkten in der linken oberen Ecke. Er hat eine Einflusssphäre in der unteren linken Ecke. Weiß hat eine Einflusssphäre am linken Rand. (Wie, nicht einmal das ist Gebiet? Richtig: Schwarz kann zum Beispiel immer noch bei A invadieren, Weiß B, Schwarz C und so fort bis Schwarz I, und ein Ko erreichen.)

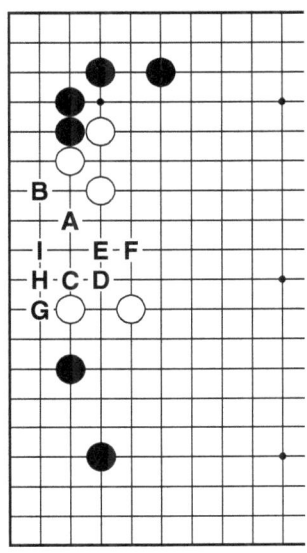

Abbildung 2

Abbildung 3: Was meint der Leser zu dieser Eröffnungsposition? Höre ich ihn murmeln: „Zehn oder zwanzig Punkte für Weiß am oberen Rand, zwanzig oder dreißig für Schwarz am rechten Rand, und etwa fünfzehn links"? Höre ich ihn anfügen, er sei zwar kein Go-Gott, aber zumindest zählen könne er? Es ist erstaunlich, wie viele Menschen nicht erfassen, dass es grundsätzlich unmöglich ist, bei so spärlich verstreuten Steinen überhaupt Gebiet zu zählen.

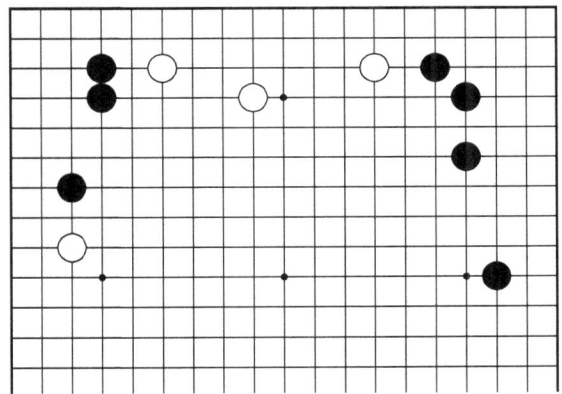

Abbildung 3

Ein Shodan, mit dem ich einmal eine Sieben-Steine-Partie spielte, versetzte mich in Erstaunen, weil er mit dem Kopf nickend Gebiete auszählte, noch bevor zwanzig Züge in der Eröffnung gespielt waren. Sogar der „Kopfschüttler" Kano, wie Kano Yoshinori 9-Dan zuweilen genannt wird, beginnt sein Kopfschütteln nicht in der Eröffnung. Er macht das nur im Endspiel, und zwar wenn er vorn liegt, um seinen Gegner zu entnerven.

Die korrekte Auffassung zu Abbildung 3 ist, dass Schwarz und Weiß beide lediglich über Einflusssphären verfügen, die nicht als Gebiet betrachtet werden dürfen.

In einer Vorgabepartie jedoch kann es Weiß kaum vermeiden, dass er nach mehr Gebiet strebt als ihm eigentlich zusteht, während Schwarz niemals weiß, was sein fünf oder sechs Steine stärkerer Gegner ihm antun wird.

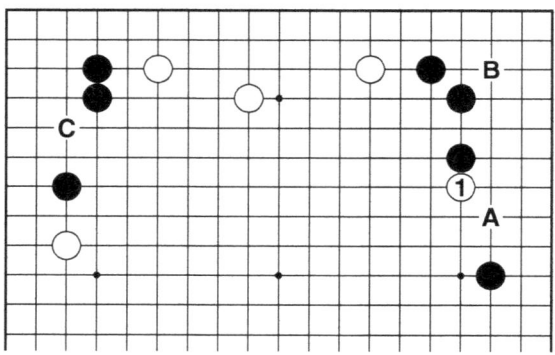

Abbildung 4

Abbildung 4: Das schwarze Gebiet bricht schnell in Stücke, wenn Weiß den Zug auf 1 oder irgendeinen anderen Standardzug spielt. Zum richtigen Zeitpunkt und unter passenden Bedingungen kann Weiß auf einfache Weise auf A oder B mitten in die schwarze Stellung hineinstürmen und ungestraft davonkommen. Das schwarze Gebiet in der Ecke oben links kann er mit C und so fort auf Null reduzieren; genau genommen ist die Idee nicht von der Hand zu weisen, dass die linke obere Ecke weißes Gebiet werden könnte.

Der rechte Rand ist kein schwarzes Gebiet. Die Ecke oben links ist nicht unbedingt weißes Gebiet – das wäre eine gewagte Annahme – , doch das Entscheidende ist, dass es viel Arbeit erfordert, Gebiet einzuschließen und selbst zu sichern. Falls Schwarz dazu kommt, seine Grenze auf A zu vervollständigen, bevor Weiß auf 1 spielt, dann könnte er Gebiet gesichert haben. Doch Weiß kann immer noch mit dem Gefühl invadieren, nichts zu verlieren, selbst wenn er stirbt. Und falls er lebt, lockt ein unverhoffter Gewinn. Wie fühlen Sie sich jetzt mit Schwarz?

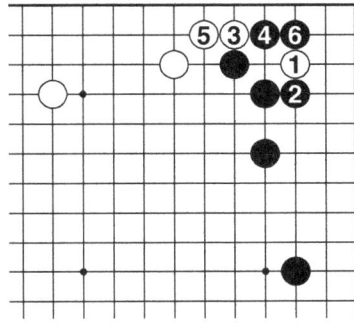

Abbildung 5

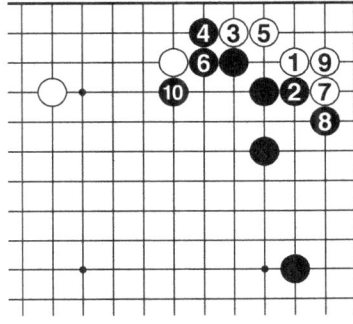

Abbildung 6

Abbildung 5: Ein Hinweis für diejenigen, die sich fragen, ob die weiße Invasion auf 1 nicht ein wenig waghalsig ist: Schwarz hat normalerweise keine bessere Entgegnung als die natürliche auf 2. Das weiße Anlegen auf 3 ist ein gebräuchliches Tesuji. Nun gut, Schwarz wird gern mit 4 und 6 verteidigen; kann er jetzt Gebiet in der Ecke verbuchen? Sicherlich, aber schauen Sie nicht nur auf die schwarze Stellung. Wir müssen die Tatsache beachten, dass die weiße Position am oberen Rand sehr gestärkt worden ist.

Abbildung 6: Was geschieht, wenn Schwarz mit 4 von der anderen Seite dagegenstellt? Weiß lebt ohne weiteres mit 5 bis 9. Beachten Sie auch Schwarz 10. Viele Spieler scheinen nicht zu erkennen, wie wichtig dieser Stein ist.

Nun eine Frage: Wenn wir von der Position in Abbildung 3 ausgehen, welche Entwicklung ist Ihrer Meinung nach besser für Schwarz – Abbildung 5 oder Abbildung 6?

Antwort: Abbildung 6 ist besser. Ringen Sie jetzt nicht vor Überraschung nach Luft. Der Unterschied, der zwischen der dicken weißen Position in Abbildung 5 und der dünnen in Abbildung 6 besteht, ist bedeutsamer als der Gewinn oder Verlust in der Ecke. Beachten Sie jedoch: Wäre die weiße Position am oberen Rand vorher schon ein wenig stärker, so würde Abbildung 5 die bessere Lösung für Schwarz bedeuten. Es gibt keine feste Regel, nach der Abbildung 6 immer die beste Spielweise beschreibt.

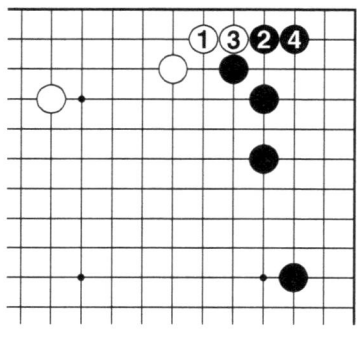

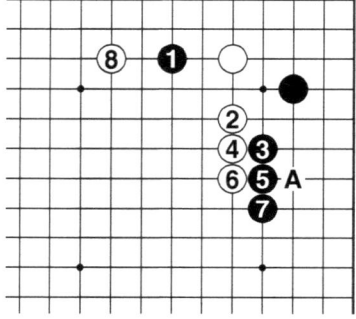

Abbildung 7   *Abbildung 8*

Abbildung 7: Schwarz würde den Zug Weiß 1 am liebsten ignorieren und wenn er ihn schon beantwortet, so sollte er auf 3 dagegenstellen. Stattdessen fällt er erst auf 2 zurück und dann nochmals auf 4. Wie beschämend! Doch dies ist praktisch dasselbe wie Abbildung 5. Diese Art, die Züge in anderer Reihenfolge zu betrachten, sorgt für einen Teil der Ironie, die dem Go innewohnt.

Abbildung 8: Schwarz spielt einen Ein-Punkt-Klemmzug auf 1, Weiß springt auf 2 heraus und Schwarz spielt auf 3. Wenn dieser Zug Schwarz 3 Ihnen hervorragend erscheint – der einzig wahre Zug –, so haben Sie die richtige Vorstellung. Und der, der einmal sagte: „Das stimmt nicht! Ich habe in einer Zeitung eine Partie gesehen, in der Herr Soundso 9-Dan statt auf 3 eine Zwei-Punkte-Ausdehnung auf A gespielt hat", wurde von der Kageyama-Go-Schule verwiesen. Vom Standpunkt des Ringens um den Vorsprung her gesehen, ist Schwarz 3 einfach perfekt.

Der weiße Angriff mit dem Klemmzug auf 8 ist nicht wirklich so viel wert, wie die Züge Weiß 4 und 6 gekostet haben. Nachdem er so viel bekommen hat, wird Schwarz den Stein auf 1 gern hergeben.

Abbildung 9: Er wird 1 und 3 spielen. Profis schieben nicht wie Weiß mit den markierten Zügen, es sei denn, sie müssen es auf diese Weise vermeiden, gefangen zu werden oder sie haben schon einen Stein in der Gegend von A, der das schwarze Fortschreiten stoppt.

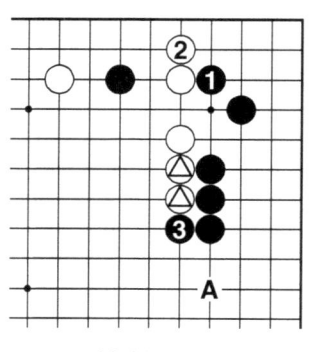

Abbildung 9

Ich habe wohl gesagt, dass in der Eröffnung selten sicheres Gebiet vorkommt, doch es gibt Ausnahmen. Dieser Fall, in dem Schwarz sich Schritt für Schritt auf der vierten Linie ausbreitet, ist eine davon. Die markierten Züge sind in der Hauptsache deshalb falsch, weil sie Schwarz endgültig den Besitz dieses sicheren Gebiets überlassen. Sie treiben ihn die vierte Linie entlang, die so genannte Linie des Sieges.

Weiß hätte in Abbildung 8 den Zug 4 auf 7 oder direkt auf 8 spielen sollen.

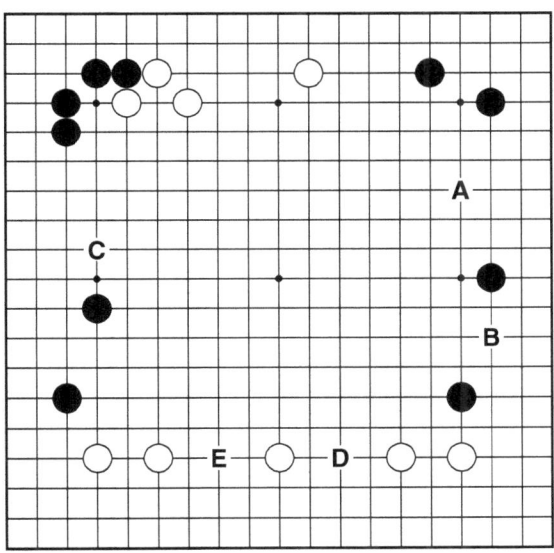

Abbildung 10

Ein 2-Dan sagte zu mir: „Sie hatten recht, Herr Kageyama, als Sie sagten, dass in Partien gegen stärkere Spieler die weißen Gebiete größer und die schwarzen kleiner aussehen. Zumindest vertraut Schwarz nicht auf sie. Abbildung 10 beispielsweise mag eine gute Eröffnung für beide Seiten darstellen, doch Weiß wird die schwarze Stellung bei A, B und C invadieren und so fort. Schwarz weiß zwar, dass er auf D und E in den unteren Rand eindringen kann. Er weiß aber auch aus Erfahrung, dass er dann in Schwierigkeiten kommt, weil Weiß der stärkere Spieler ist. Wenn man diesen Unterschied in der Spielstärke berücksichtigt, dann wüsste ich gern, wie Schwarz mit der weißen Einflusssphäre umgehen soll."

Manche Spieler bleiben von großen Gebietsanlagen eher unbeeindruckt, doch den meisten geht es wahrscheinlich

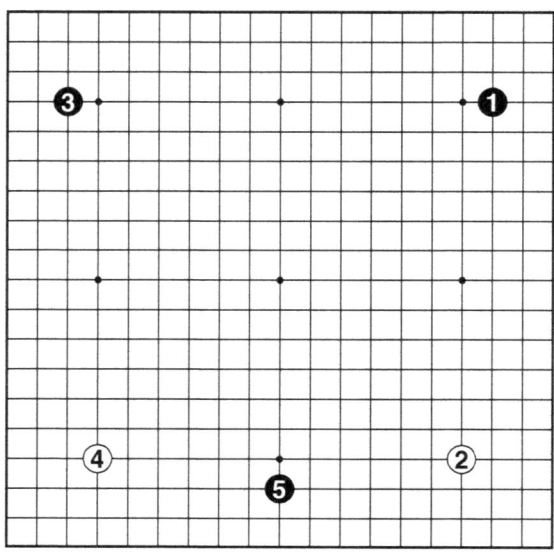

Abbildung 11

so wie meinem Gesprächspartner. Wenn Sie keine großen gegnerischen Moyos mögen, dann vergessen Sie die gewöhnliche Eröffnungsstrategie mit Shimari, Kakari und Randausdehnung. Was auch immer andere Spieler vorschlagen würden: Die beste Eröffnung ist diejenige, mit der Sie selbst am leichtesten umgehen können. Wenn Sie nicht gut mit einem weißen San-ren-sei zurechtkommen, dann rasch – invadieren Sie den unteren Rand mit Schwarz 5 in Abbildung 11 und vermeiden Sie Ärger, bevor er überhaupt entsteht. Nutzen Sie Ihre Fantasie. Wenn Ihnen Ihre Partien von Anfang an nicht schmecken, dann können Sie das Spielen auch gleich sein lassen.

Außerdem: Wenn Weiß die schwarze Einflusssphäre auf A, B oder C in Abbildung 10 invadiert, dann liefert er ein leichtes Ziel für Angriffe. Schwarz hat Grund zu jubeln. Nur falls er diese Brettregion bereits als Gebiet verbucht hatte, werden seine Pläne durchkreuzt, er regt sich auf, verliert die Ruhe und stürzt sich kopfüber in eine gewaltige Pleite. Wenn Sie sich so viele Sorgen um Ihre Einflusssphären machen, dann spielen Sie eine Eröffnung, in der Sie keine Einflusssphären aufbauen. Go soll Spaß machen, drum finden Sie Eröffnungen, die zu Ihrem Stil passen und lernen Sie, wie Sie Freude am Spiel haben können.

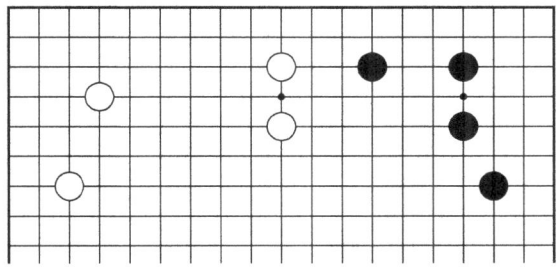

Abbildung 12

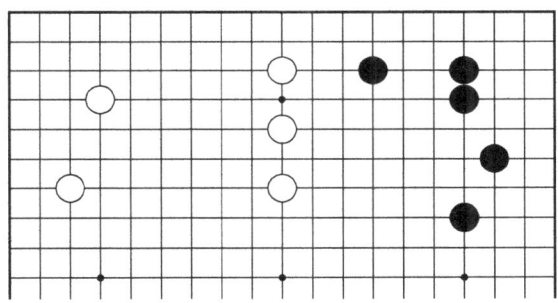

Abbildung 13

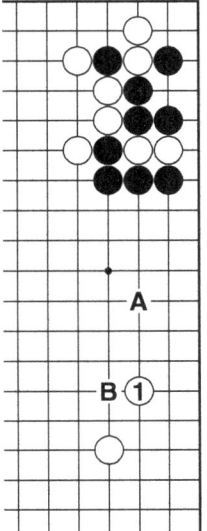

Abbildung 14

Einflusssphären und Gebiet – warum sind Einflusssphären in der Eröffnung so wichtig? Ohne dass ich weitere Worte verliere, schauen Sie sich die Abbildungen 12 und 13 an. Spielt Schwarz so eng wie hier, dann kann man sagen, dass er Gebiet abgesteckt hat. Weiß hat Einflusssphären, die keineswegs als Gebiet gezählt werden können, doch sogar ein Anfänger würde zustimmen, dass die Eröffnung gut für Weiß ist und schlecht für Schwarz.

Ich meine jedoch keineswegs, dass es immer gut wäre, große Einflusssphären aufzubauen.

Abbildung 14: Betrachten wir zum Beispiel die starke schwarze Stellung oben rechts, so hat Weiß recht, wenn er sich auf 1 beschränkt. Versucht er stattdessen, mit A eine größere Einflusssphäre zu schaffen, so lädt er Schwarz zu einer blitzartigen

Invasion auf B ein, die ihm reichlich Kummer bereiten wird. Der Zug Weiß A missachtet die goldene Regel, von dicken gegnerischen Positionen fernzubleiben. Und wenn Sie glauben, nach Weiß 1 sei es gut für Schwarz, sich auf A oder einen Punkt weiter auszudehnen, dann hätte ich eine weitere goldene Regel für Sie: Benutzen Sie nicht dicke Positionen, um Gebiet einzuschließen.

Abbildung 15: Dies ist eine Amateurpartie zwischen zwei 3-Dan-Spielern. Weiß spielte eine Ausdehnung auf 1, Schwarz spielte Boshi auf 2, erwartete Weiß 3 und testete dann mit 4 die gegnerische Verteidigung. Als ich all das mitverfolgte, fragte mich der Spieler mit Schwarz: „Was halten Sie von diesen Zügen, Herr Kageyama? Ich fange an, aus dem Tal der Amateure herauszusteigen, nicht wahr?" Ich dachte, er wollte wohl einen Scherz machen, aber als ich ihm ins Gesicht sah, schien es sein voller Ernst zu sein.

Schwarz befindet sich unter Amateuren in bester Gesellschaft mit der Vorstellung, dass der Boshi und das Anlegen auf 3-3 gegen das Shimari professionelle Züge seien. Doch sie sind nur Imitationen professioneller Züge, die ohne Verständnis gespielt wurden. Das Wichtigste, was man von Profis lernen kann, ist nicht *wo* sie ihre Steine hinsetzen, sondern *warum* sie sie dort hinsetzen.

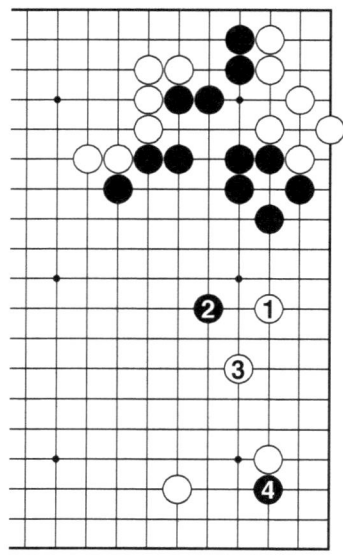

Abbildung 15

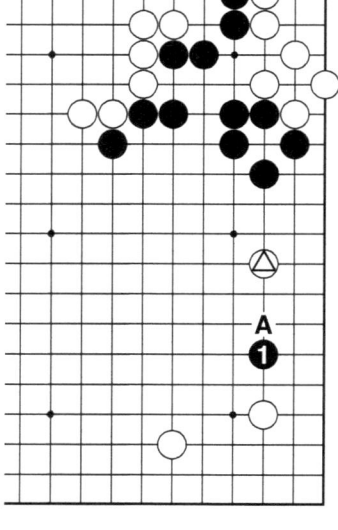

Abbildung 16

Abbildung 16: Der markierte weiße Stein kam von Anfang an zu nah an das schwarze Bollwerk oberhalb heran. Er hätte in dieser Situation zurückhaltender nur auf A gespielt werden sollen. Da Weiß zu weit gegangen ist, hätte Schwarz sofort auf 1 invadieren und den Fehler bestrafen sollen. Es gilt genau das gleiche Prinzip wie für A und B in Abbildung 14. „Ihr seid 3-Dan-Spieler und versteht das noch immer nicht?", fragte ich die beiden in scharfem Ton.

Wäre Schwarz statt Weiß am Zug, so sollte er sich bis auf 1 in Abbildung 16 ausdehnen.

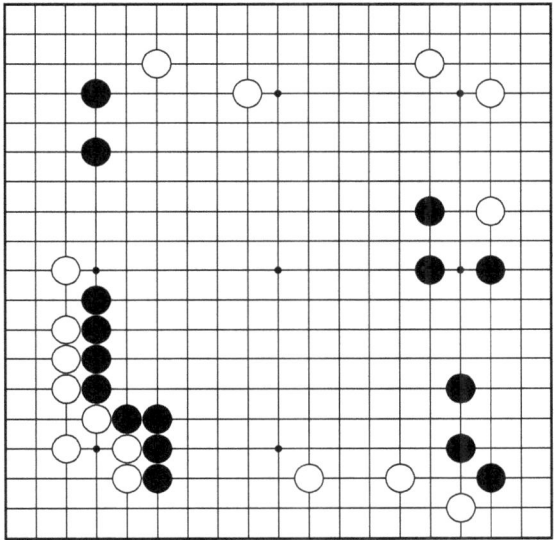

Abbildung 17

Abbildung 17: Dies ist eine Gleichaufpartie am Ende der Eröffnung. Schwarz hat sich insgesamt auf dicken Außeneinfluss konzentriert, während Weiß ihm mit tatsächlichem Gebiet entgegentritt, mit dem Nachteil ein wenig dünner Positionen. Was die Gebietsbalance angeht, so hat Weiß an mehreren Stellen ein anständiges Maß an voraussichtlichem Gebiet, während Schwarz lediglich etwa zwanzig Punkte rechts unten erwarten kann. Vielleicht werden jetzt die meisten Leser den Schluss ziehen, dass Schwarz eine schlechte Eröffnung gespielt hat. Da Schwarz nach Gebiet hinten liegt und Amateure bei der Nutzung von Außeneinfluss Schwächen zeigen, haben sie eher Probleme mit dieser Art Eröffnung. Mit diesem Beispiel beginnend würde ich Ihnen gern zwei oder drei Partien zeigen, in denen Schwarz eine überlegene dicke Position besitzt und die Strategie erklären, die er im Mittelspiel verfolgen sollte.

Schwarz am Zug: Wie soll er vorgehen?

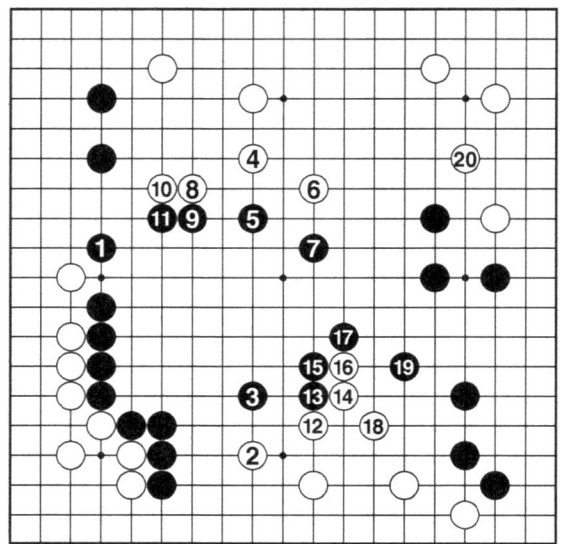

Abbildung 18

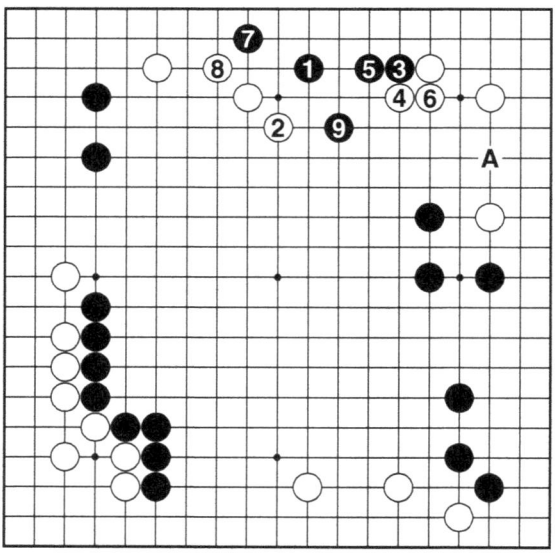

Abbildung 19

Abbildung 18 (schlechte Strategie): Die meisten Amateure würden folgende Strategie verwenden: Sie benutzen die solide schwarze Mauer links unten für das Projekt, Gebiet in der Brettmitte einzuschließen, indem sie Weiß mit 1 niederhalten und Boshi auf 3 und 5 spielen. Nehmen Sie an, Weiß spielt die Züge 6 bis 20 und schätzen Sie, wie die Partie steht. Alles ist etwa so gelaufen wie Schwarz es wollte, doch er liegt nach Gebiet hinten. Weiß hat auch ohne Komi eine ziemlich klare Führung auf dem Brett.

Abbildung 19 (gute Strategie): Schwarz sollte die dünnen Stellen in der weißen Position aufspüren. Links oder rechts unten sind keine zu finden; damit bleibt nur Schwarz 1 am oberen Rand. Schwarz 1 wiederum ist ein so guter Zug, dass er praktisch gespielt werden *muss*. Weiß 2 ist eine feine Verteidigung, doch Schwarz baut schnell mit den Zügen 3 bis 9 in gutem Stil eine Basis. Außerdem hat er die weiße Gruppe links oben im Auge. Jetzt ist die Gebietsbilanz schon ausgeglichener, und die dicke Position von Schwarz sollte ihr Übriges tun.

Man kann nicht erwarten, Dicke unmittelbar in Gebiet umzuwandeln. Die korrekte Strategie ist, sie still und bedrohlich auf den Gegner herabblicken zu lassen. Schwarz 1 auf A wäre übrigens eine weitere schmerzhafte Invasion.

Abbildung 20 (Vier-Steine-Partie): Schwarz ist am Zug. Wo soll er spielen? Er hat diese prachtvolle Mauer im oberen Teil des Bretts gebaut, indem er vom Tsuke-Nobi-Joseki in der rechten oberen

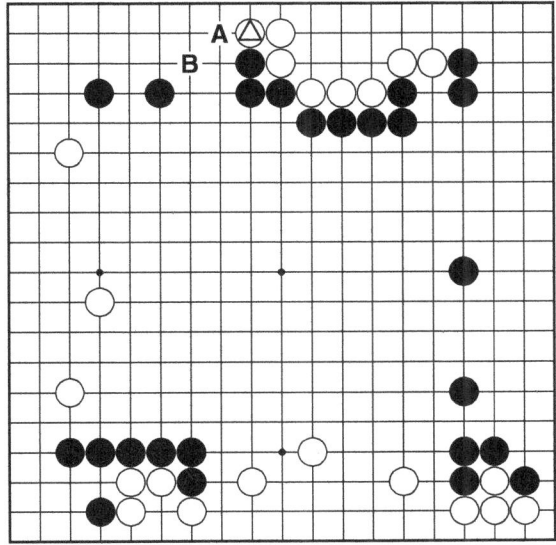

Abbildung 20

Ecke aus geradewegs weitergeschoben hat. Weiß hat soeben mit dem markierten Stein umgebogen, weil er nicht durch einen schwarzen Zug auf diesen Punkt zum Verteidigen gezwungen werden will. Nun wäre es für Schwarz in den meisten Fällen die normalste Sache der Welt, auf A oder B zu antworten. Doch wenn er sich nicht von dieser Gewohnheit, automatisch zu antworten, befreien kann, kann er nicht damit rechnen, Fortschritte zu machen. Falls er den markierten Zug ignorieren würde, hätte Weiß dann irgendeine überragende Fortsetzung? Kann Schwarz nicht an anderer Stelle einen besseren Zug finden? Dies ist eine perfekte Chance für ihn, die Initiative in der Partie zu übernehmen. Er darf sie nicht verpassen.

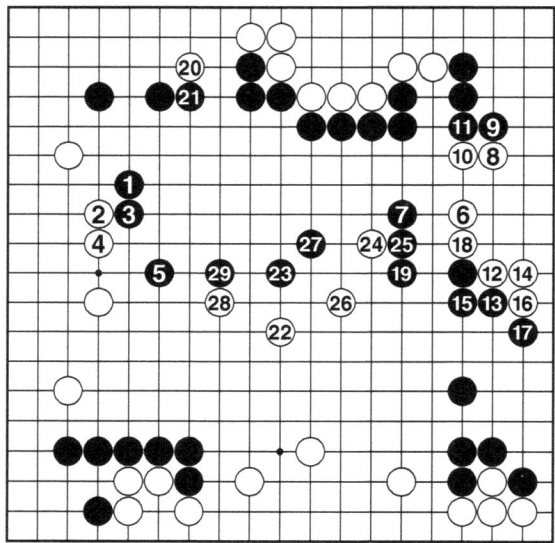

Abbildung 21

Abbildung 21 (schlechte Strategie): Schwarz 1 ist grässlich. Wieder versucht Schwarz, seinen Außeneinfluss als Basis zu benutzen, um Gebiet einzuschließen. Der Weg, den der Kampf nach der weißen Invasion auf 6 nimmt, ist nicht festgelegt. Doch da Schwarz beabsichtigt hatte, das Zentrum einzuschließen, wird er vermutlich auf das Ergebnis bis Schwarz 19 stolz sein. Nachdem Weiß mit 22 oberflächlich reduziert hat, stoppt Schwarz ihn und schließt sein Gebiet mit 23 ab. Das Mittelspiel läuft für ihn genau nach Wunsch.

Eine unvoreingenommene Schätzung des Spielstands verrät, wie minderwertig die schwarze Strategie ist. Schwarz hat etwas

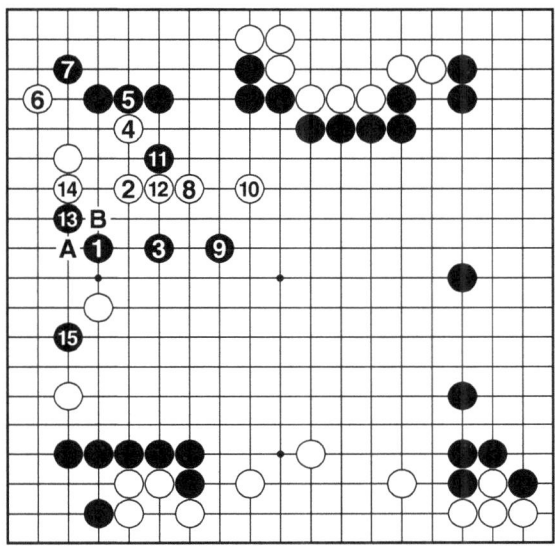

Abbildung 22

mehr als 30 Punkte im Zentrum und etwa 30 an anderen Stellen, insgesamt also etwas mehr als 60. Weiß hat insgesamt ebenfalls etwas mehr als 60 Punkte. Die Stärkebilanz ist ausgeglichen. Obwohl Schwarz seinen Willen durchsetzen konnte, hat er irgendwie jetzt schon seine Vorgabe verspielt. Die Partie ist verloren.

Abbildung 22 (erfolgreiche Strategie): Die einzige dünne Stelle in der weißen Position befindet sich am linken Rand. Die beste Vorgehensweise für Schwarz ist es, dort mit der Invasion auf 1 zuzuschlagen. Einfach irgendwo zu invadieren, wird nicht ausreichen; insbesondere folgt auf Schwarz A die Antwort Weiß 1, dann Schwarz B und ein weißer Kreuzschnitt auf 13, ein Tesuji, um dem schwarzen Angriff auszuweichen. Eine gewisse Sorgfalt ist also vonnöten.

Falls Weiß die Invasion Schwarz 1 mit 2 beantwortet, dann greift Schwarz ihn mit den Zügen bis 13 rückhaltlos an und nutzt dann die Gelegenheit, mit 15 eine Bombe innerhalb der unteren weißen Gruppe zu zünden. Weiß wird alle Hände voll zu tun haben, um das zu beantworten. Die schwarzen Mauern mit ihrem Außeneinfluss kommen jetzt richtig zur Geltung. Die Lage ist jetzt für Weiß so misslich, dass ich gern selbst wüsste, was er als Nächstes tun soll. Auf diese Weise kann Schwarz seinen Außeneinfluss nutzen.

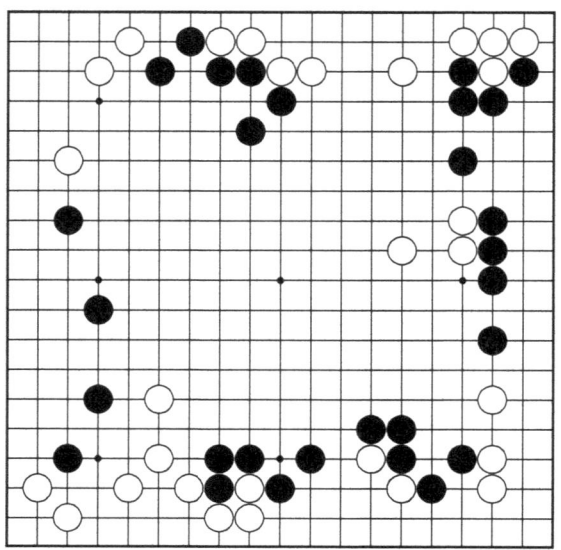

Abbildung 23

Abbildung 23 (eine Gleichaufpartie): Schwarz am Zug. Wo soll er spielen? Wir befinden uns zwischen Eröffnung und Mittelspiel, und Weiß, der alle vier Ecken besetzt, führt klar nach Gebiet. Dies meinten die Altvorderen, wenn sie sagten: „Wenn du alle vier Ecken verloren hast, gib auf." Doch in Wirklichkeit hat der Spieler, der alle Ecken hergegeben hat, im Ausgleich eine gute Partie mit dicker Position; er verliert höchstens deshalb, weil er nicht weiß, wie er seine Mauern nutzen kann.

Angenommen, Schwarz ist in dieser Stellung am Zug, so genügt ein kurzer Blick um festzustellen, dass er die Oberhand hat. Falls er jedoch mit seinem nächsten Zug die verkehrte Richtung einschlägt, wird Weiß bald seinen Außeneinfluss neutralisieren können und ihn zwingen, die Angelegenheit rein auf der Basis von Gebiet auszufechten.

Nun denn, was tun Sie mit den schwarzen Steinen? Greifen Sie die nackten ungesicherten weißen Steine auf der rechten Seite an, oder haben Sie eine andere Idee?

Abbildung 24 (unvorteilhaft): Zuallererst muss Schwarz 1 und 3 spielen, um Weiß am Verbinden zu hindern. Das scheint einleuchtend.

Es ist jedoch falsch. Diese Art planloser Trenn-Strategie ist fehl am Platz. Weiß schreitet mit 2 und 4 voran, während Schwarz 1

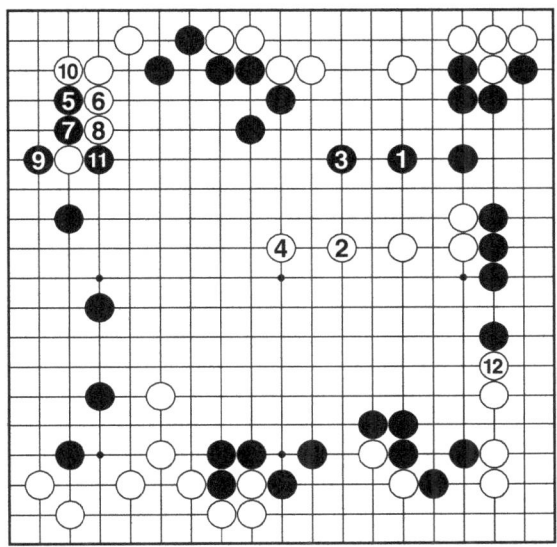

Abbildung 24

und 3 wertlose Punkte besetzen. Inzwischen hat Schwarz keine
Hoffnung mehr, Weiß angreifen zu können. Schwarz 5 bis 11
nehmen beträchtliches Gebiet in der Ecke oben links, doch wenn
Weiß mit 12 zum Verteidigen kommt, wird es nicht leicht, ihn zu
schlagen.

Schwarz 1 und 3 sind falsch. Sehen diese Züge für Sie natürlich
aus? Dann müssen Sie Ihre Denkprozesse einmal um 180 Grad
drehen, wenn Sie jemals richtig spielen können wollen.

Abbildung 25 (erfolgreiche Strategie / nächste Seite): Zuerst müssen
Sie in der Lage sein, den Zug Schwarz 1 zu finden. Weiß verteidigt
geschickt mit 2 bis 10, doch dann treten Sie ihm frontal gegenüber
und rühren sich nicht, so wie der unerschrockene Goto Matabei[1].
Weiß läuft mit 14 und 18 zum oberen Rand und Sie treiben keinen
unnützen Aufwand, ihn abzuschneiden, da er nur davonrennt
ohne Gebiet zu machen. Während Ihr Gegner all seine Steine
auf neutrale Punkte setzt, riegeln Sie die Brettmitte mit 11, 15
und 17 ab und siehe da, Sie haben selbst eine prachtvolle Mauer.
Als Nächstes folgt der lang erwartete Raubzug in die linke obere
Ecke. Nach Schwarz 25 ist die Partie so gut wie gewonnen.
Schwarz steht dick und hat auch mehr Gebiet. Besser hätte es für
ihn nicht laufen können.

---

1 Ein berühmter Samurai und Feldherr um 1600.

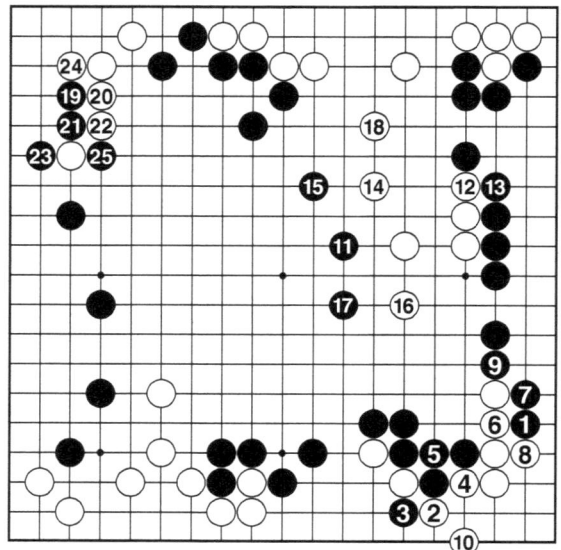

Abbildung 25

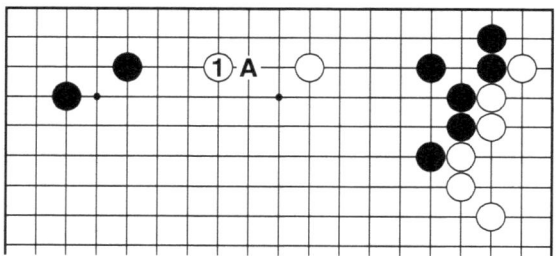

Abbildung 26

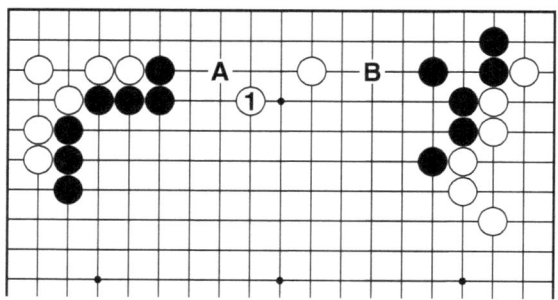

Abbildung 27

Abbildung 26: In einer solchen Position kann Weiß eine schwarze Annäherung auf A nicht zulassen. Wenn er am Zug ist, muss er die Zwei-Punkte-Ausdehnung auf 1 spielen. Dies entspricht dem gesunden Menschenverstand. Kein Spieler der Welt würde sich nicht auf 1 ausdehnen.

Abbildung 27: In dieser Situation wäre die „vernünftige" Zwei-Punkte-Ausdehnung auf A damit gleichbedeutend, mit dem Kopf gegen die feste schwarze Mauer zu rennen. Sie müssen den Instinkt dafür entwickeln, nicht so zu spielen. Weiß sollte sich mit dem Keima auf 1 verteidigen oder mit einer Ausdehnung auf B zur anderen Seite hin. In der schwarzen Dicke oben links droht Gefahr und eine Zwei-Punkte-Ausdehnung ist nicht automatisch richtig.

Intermezzo

Fernunterricht auf NHK-TV[1]

NHK-TV füllt die Pausen zwischen den jährlichen Übertragungen des NHK-Cups mit Go-Unterricht am Sonntag Mittag. Dieser war zuletzt recht beliebt, die Einschaltquoten kletterten von unter einem auf 1,5 Prozent und jedes Mal gehen zwei- bis dreitausend Lösungen zu den Leben-und-Tod-Problemen ein. Man sagt, eine Einschaltquote von einem Prozent auf NHK repräsentiere 700.000 Haushalte, was bedeutet, dass jede Unterrichtsfolge von über einer Million Menschen gesehen wird.

Die erste Viertelstunde einer solchen Folge ist den Grundlagen gewidmet, und der Dozent, der diesen Teil des Programms im April 1969 übernahm (Kageyama Toshiro), bekam gefällige Kritiken für die Klarheit und Nützlichkeit dessen, was er vortrug. Der Produzent hatte eine Theorie, um seine Popularität zu erklären: „Es muss daran liegen, dass der frühere Amateur Kageyama weiß, was es bedeutet, einem stärkeren Gegner gegenüberzusitzen. Deshalb kann er die Dinge aus dem Blickwinkel eines Amateurs erklären." Diese Zeile fand sich in einem Fünfspalter über mich, komplett mit Bild, im Fernsehprogramm einer Zeitung. Nun, da meine – wenn ich so sagen darf – äußerst erfolgreiche Arbeitsperiode als Fernsehdozent vorbei ist, würde ich gern ein wenig darüber schreiben.

Als ich die Anfängersektion übernahm, fühlte ich mich gleich zuhause. Schon mehr als zehn Jahre lang war ich im Großen Saal und anderswo vor einem Publikum aus lauter Anfängern mit dem Mikrofon in der Hand aufs Podium geklettert. Deshalb dachte ich, ich wisse in- und auswendig, worauf es ankommt. Zumindest machte ich mir keine Gedanken über Lampenfieber, doch als die Zeit gekommen war, wurde alles ein wenig anders. Vor diesem Dutzend riesiger Kameralinsen, die mich ohne ein Blinzeln anstarrten und ihre Signale übers ganze Land ausstrahlten, verlor ich die Kontrolle über mich. Mir klopfte das Herz bis zum Hals, meine Kehle war ausgetrocknet und meine Stimme dröhnte in die Stille des kritischen Moments hinein. Um alles noch schlimmer zu machen, gab es noch einen Countdown: „Noch eine Minute... dreißig Sekunden... zehn Sekunden... los!" Wie kann da irgendjemand die Haltung bewahren? Ich hatte ausgewachsenes Lampenfieber. Normalerweise lasse ich mich nicht so leicht aus der Ruhe bringen – das Herunterzählen des

1 Der staatliche Fernsehsender in Japan.

Byoyomis während einer Partie macht mir nie etwas aus – doch dieser Countdown machte mich wahnsinnig.

Ich verbrachte diese kurze Viertelstunde in einem solchen Zustand, dass ich mich hinterher an kein einziges meiner Worte mehr erinnern konnte, und als ich gerade warmgelaufen war, hieß es: „Noch drei Minuten... noch zwei Minuten...". Im Konflikt zwischen der Frage, wie ich meinen Vortrag zu einem Abschluss führen kann, und dem Versuch, nicht zu hastig zu werden, war ich mit meiner Weisheit am Ende. Zumindest hatte ich mein Bestes getan, doch die nächsten Sendungen gestalteten sich ähnlich qualvoll.

Aber es kam genau so, wie es mir im Studio gesagt worden war: Kaum hatte ich mich an die Bedingungen gewöhnt, störten sie mich von Mal zu Mal weniger. Als der Kurs einmal so richtig in Gang gekommen war und ich zu meiner normalen guten (?) Form zurückgefunden hatte, begann ich diese Fernsehauftritte sogar zu genießen. Hilfreich für meine rasche Anpassung war die Beobachtung, dass der Dozent für den Fortgeschrittenenkurs, Okubo Ichigen 9-Dan, ebenfalls sehr angespannt war. Da ich genau wusste, was er durchmacht, konnte ich mich wieder entspannen.

Okubo und ich stellten abwechselnd die Leben-und-Tod-Probleme. Es war eine Fernsehsendung und je leichter die Probleme, umso mehr Antworten gingen ein. Ein wenig bestürzend war es dann, einmal weniger als fünfhundert Karten zu erhalten. Ein steiler Rückgang, der bei dem Problem in Abbildung 1 eintrat (Schwarz zieht und lebt).

Die Antwort sehen Sie in Abbildung 2. Weiß fängt mit 4 drei Steine und verbindet dann mit 6 auf dem Punkt unter 1. Wenn er das unterlässt, kann Schwarz dort schneiden. Schwarz lebt darauf mit 7. Ich hatte das nicht für ein wirklich schweres Problem

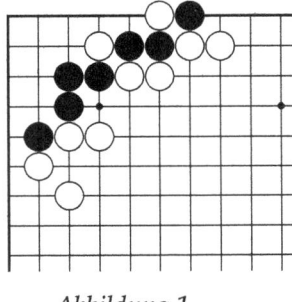

Abbildung 1

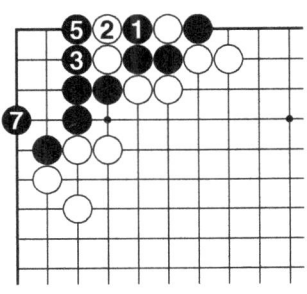

Abbildung 2
(4 schlägt drei Steine, 6 deckt)

gehalten, vielleicht auch nicht ganz leicht wegen des etwas versteckten Spiels „unter den Steinen", aber ich hatte es wohl falsch eingeschätzt. Das wurde ziemlich deutlich, als die Zahl der Antworten wieder auf das Niveau von zwei- bis dreitausend anstieg, sobald ich so schwierige Probleme wieder wegließ. Der Autor musste aber nicht nur darauf achten, dass seine Probleme einfach zu lösen sind; wichtiger noch war, dass man sich auf Anhieb an sie erinnern konnte. Einfachheit war erwünscht, zum Beispiel Abbildung 3 (Weiß zieht und lebt). Antwort: Weiß A. Der Plan war, eine Position vorzugeben, die der Zuschauer in kurzer Zeit abschreiben konnte.

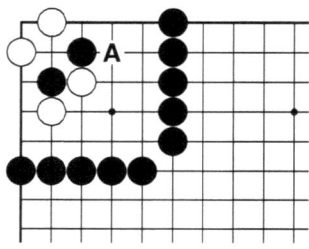

Abbildung 3
Weiß zieht und lebt

Für die Lösungen zu den Leben-und-Tod-Problemen waren nur zwei Minuten Sendezeit vorgesehen. Ein- oder zweimal machte ich einen Fehler, als ich die Variationen durchging, aber obwohl ich mein Versehen sofort bemerkte, hatte ich keine Zeit, es zu korrigieren: „Schnitt!", die Lektion war zu Ende.

Was hinterher wehtat, waren die leicht vorwurfsvollen Briefe scharfsichtiger Zuschauer. Sie alle zu beantworten war eine zeitaufwändige Arbeit, aber ich wollte mich nicht dem Vorwurf aussetzen, ich wiche einer Frage aus. Einige der Schreiber hatten vergessen, dass es um „Leben und Tod" ging und wollten wissen, warum dieser oder jener Zug nicht die richtige Antwort sei, er erziele doch einen Gebietspunkt mehr. Trotz aller Mühen, die ich auf mich nahm, um unmissverständliche Antworten zu verfassen, schrieb mir niemand je ein Wort des Dankes zurück. Kann man es mir vorwerfen, wenn ich manchmal die Lust verlor? Aber das ist eben der Preis für den Ruhm, drum will ich mich nicht beklagen.

Eine schwierige Frage war immer, an welches Spielstärke-Niveau ich mich richten sollte. Es sollte ja ein Anfängerkurs sein, doch Herr Kawai, der erste Moderator, mit dem ich zusammenarbeitete, spielte als 3-Kyu, und der Kurs blieb erst auf seinem Niveau stehen. Ich fragte mich ständig, ob wir nicht über unser Publikum hinweggingen und es abhängten, doch im Gegenteil hatte das Niveau die Tendenz, stetig zu steigen.

Da ich nun auch als 10-Kyu Shogi[2] spiele, versuchte ich mich in die Rolle meiner Zuschauer zu versetzen, indem ich den Shogi-Anfängerunterricht von Herrn Sekine 8-Dan verfolgte. Seine Abhandlung „Das Spiel mit Bauern" war für mich wie eine Predigt aus höheren Sphären. Ich traf Sekine häufig im Studio und erlaubte mir einmal die Bitte, ob er nicht seinen Unterricht an einem viel niedrigeren Niveau ausrichten könnte, und das tat er dann auch. „Das Spiel mit Türmen" war sogar für einen Anfänger wie mich verständlich und die Shogi-Stunden begannen mir Spaß zu machen. „Zuweilen sollten Sie Ihren Turm so entfernt wie möglich postieren, denn je weiter er von den gegnerischen Steinen weg ist, desto mehr Felder stehen ihm zur Verfügung." Solche Gedankengänge konnte ich nachvollziehen.

Dies hatte großen Einfluss auf meinen Go-Unterricht. Ich begann ebenfalls, elementare Hinweise zu geben, die ich durch logisch aufgebaute Argumentationen stützte. Ich erklärte alles sorgfältig mit überspitzter Betonung in der Stimme bis zum letzten Stein, arbeitete mit Gesten und Körpersprache, betonte und wiederholte die wichtigen Abschnitte, bis ich sicher war, dass sogar der letzte Trottel mich verstehen konnte. Jedes Mal sagte ich mir: „Es ist egal, wenn die spielstärkeren Zuschauer abschalten, es ist nicht für sie gedacht", doch seltsamerweise schienen sogar stärkere Spieler äußerst neugierig auf meine elementaren Ratschläge. Wo ich auch hinkam, hörte ich nur, wie interessant mein Unterricht sei.

Ich gewann Selbstvertrauen, und Kawai und ich waren perfekt eingespielt, als das Schicksal zuschlug. Kawai wurde nach Shikoku versetzt und seinen Platz im Team nahm ein Moderator namens Mikami ein, ein absoluter Anfänger, der kaum wusste, was „Atari" bedeutet, ganz zu schweigen von den fachspezifischeren Begriffen. Seine Fragen lagen total daneben, und wenn wir vorher probten, hatte er in der Sendung prompt alles vergessen, was er hätte sagen sollen, wie nicht anders zu erwarten war. Wir hatten ein schwerwiegendes Kommunikationsproblem. „Du lieber Himmel", dachte ich, und der Produzent schlug sogar vor, ich solle den Unterricht allein präsentieren. Doch Mikami nahm sich in einer beachtlichen Energieleistung trotz vollem Kalender Zeit für Go – oder besser baute sie in seinen vollen Kalender ein – und nahm erst am Anfängerkurs im Großen Saal teil, dann

2 Die (ebenfalls sehr populäre) japanische Variante des Schachspiels.

am Fortgeschrittenenkurs und so fort. Er scheute keine Mühen, um Gelegenheit für Gespräche mit mir zu finden. Nach und nach wurden wir ein besseres Gespann, wobei er eine Art einfältigen Spaßvogel darstellte. Und jetzt hatte ich so richtig Freude an den Aufzeichnungsterminen.

Ich habe viele schöne Erinnerungen im Zusammenhang mit den „Finde den nächsten Zug"-Problemen, die in jeder Sendung dem jeweiligen Gast gestellt wurden. Mein Meisterstück war das in Abbildung 4, das ich für einen Berufskomiker namens Enraku stellte. Er fand die richtige Antwort (Schwarz A), was Ihnen eine Vorstellung dafür gibt, wie stark er spielte. Ich hatte dieses Problem gewählt, weil der Zug auf A einen so genannten Pferdekopf bildet und Enraku einen langen schmalen Kopf hatte. Der Name „Pferdekopf" wird verständlich, wenn man sich die markierten Steine als die zwei Augen und den Stein auf A als die Nase vorstellt. Wenn Sie dieses Bild vor Augen haben, werden Sie den korrekten Zug („raku ni") schnell finden können, und dies war der Anfang einer ganzen Reihe von unübersetzbaren Wortspielen mit dem Namen meines Gastes, gegen die er wehrlos war. Wenn ich auf die Erfahrungen in diesem Jahr zurückblicke, dann bin ich sicher, dass einer es mehr genossen hat als jeder Zuschauer, mehr als jeder andere – ich selbst.

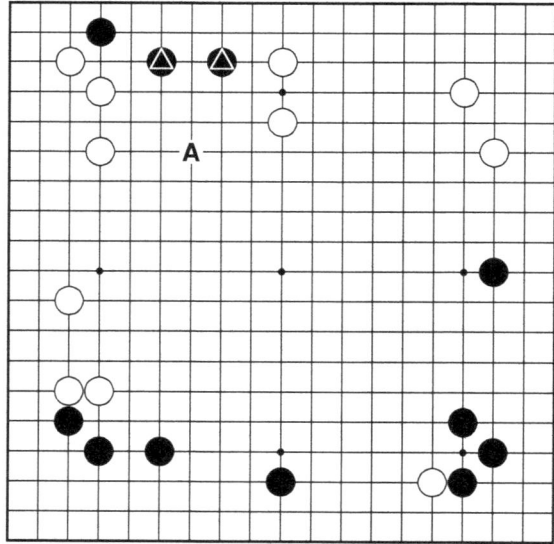

Abbildung 4

Kapitel VI

Leben und Tod

Leben und Tod

Japan hat als Verlierer des Zweiten Weltkriegs mehr als zwanzig Jahre im Frieden verbracht, doch der Kalte Krieg zwischen den zwei Weltmächten Sowjetunion und Vereinigte Staaten hält noch immer an. Zudem droht der Aufstieg einer dritten Macht die Situation auf der Erde so kompliziert zu machen, dass wir sie nicht mehr durchschauen können. Gäbe es einen dritten Weltkrieg unter Verwendung der Atom- und Wasserstoffbomben, mit denen beide Seiten in diesem Zeitalter der Wissenschaft gerüstet sind, so ist jedem klar, dass die Welt mit einem Schlag untergehen könnte. Niemand mit einem Funken Verstand würde einen solchen Krieg beginnen, aber Menschen verrennen sich zuweilen. Sie verrennen sich und schneiden beispielsweise, ohne zu beachten, wem es nützt und wem es schadet, wer dabei gewinnt und wer verliert. Davor muss man auf der Hut sein. Sollte ein Krieg entstehen, so würde ein kleines Land wie Japan mit Sicherheit zerstört. Wenn ich darüber nachdenke, dann verliere ich die Lust, auch nur irgend etwas zu tun; alles verliert seinen Sinn. Zumindest ist das nicht nur meine persönliche Angst; alle Menschen teilen sie, deshalb verdränge ich sie für gewöhnlich. Jeder, der ein hemmungsloses, verschwenderisches Leben führt, weil das Ende der Welt nahe ist, wird zuallererst die eigene Vernichtung erleben. Verzweiflung und Hoffnungslosigkeit sind das Schlimmste überhaupt.

Töten oder am Leben lassen? Ich würde diese beunruhigende Frage gern auf die Go-Steine beschränkt sehen.

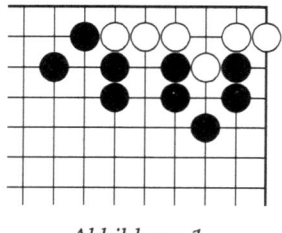   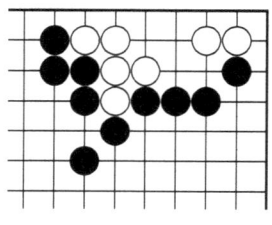

Abbildung 1   *Abbildung 2*

Abbildung 1. Problem: Schwarz zieht und tötet. Ein Dan-Spieler sollte die Lösung sofort haben, sobald er die Problemstellung sieht. Wer es gar nicht lösen kann, hat als Go-Spieler eine zweifelhafte Zukunft.

Abbildung 2. Problem: Schwarz zieht und tötet. Wer den ersten Zug nicht findet, kann auch die Lösung nicht finden.

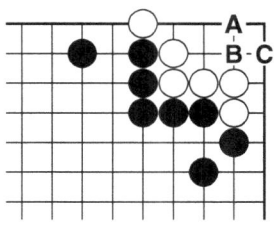

Abbildung 3

Abbildung 3. Problem: Schwarz zieht und tötet. Es gibt beliebig viele Eckpositionen, die wie diese aussehen, aber nicht wirklich gleich sind, darum hüten Sie sich davor, sich einfach nur Muster einzuprägen. Schwarz hat die vitalen Punkte A, B und C als mögliches Ziel, doch führt irgendeiner von ihnen zum Erfolg?

Lösung zu Problem 1

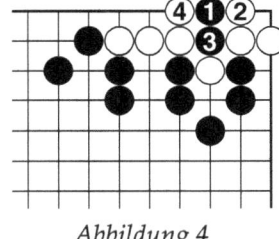

Abbildung 4

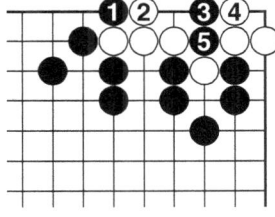

Abbildung 5

Abbildung 4 (Fehler): Schwarz knallt seinen ersten Stein auf den Punkt, den er für den vitalen hält. Doch er hätte genauer hinschauen sollen. Weiß lebt mit 2 und 4.

Abbildung 5 (korrekt): Schwarz verkleinert den gegnerischen Augenraum mit dem Hane auf 1 und spielt 3 nach der weißen Antwort auf 2. Das ist schon besser, jetzt ist Weiß wirklich tot.

Abbildung 6: Hat Schwarz eine Formation wie hier gezeigt und invadiert Weiß mit 1, dann ist Schwarz 10 der Zug, der tötet. Schwarz könnte versucht sein, einen Punkt weiter links Atari zu geben, doch dann kann er Weiß nicht bedingungslos töten.

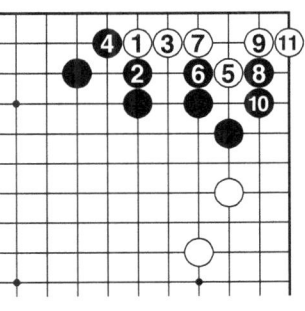

Abbildung 6

Lösung zu Problem 2

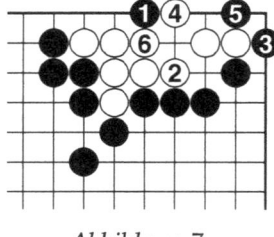

Abbildung 7

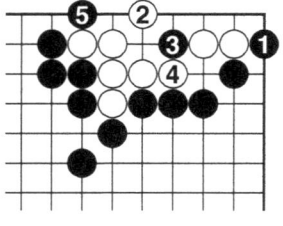

Abbildung 8

Abbildung 7 (Fehler): Manche Spieler haben nach dem Erreichen einer gewissen Spielstärke die Tendenz, auf gut Glück Punkte zu besetzen, die irgendwie vital aussehen. Doch ein Zug wie Schwarz 1 verhilft Weiß zum Leben. Die weiße Antwort auf 2 zeigt deutlich, dass es richtig ist, den Augenraum zu erweitern.

Abbildung 8 (korrekt): Das Hane auf 1 ist der einzige Zug. Dies ist der Todesstoß, Weiß hat keine Chance.

Abbildung 9: Weiß hat die Ecke invadiert und Schwarz antwortete mit 2 bis 12. Bleibt Weiß jetzt fern, dann führen Schwarz C und Weiß A zur Problemstellung. Schwarz könnte versucht sein, auf A anzulegen, doch Weiß lebt nach Schwarz A, Weiß B, Schwarz C, Weiß D.

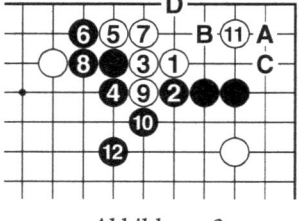

Abbildung 9

Lösung zu Problem 3

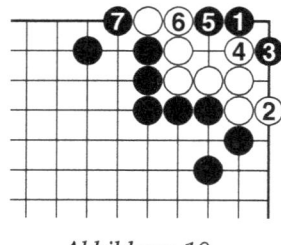

Abbildung 10

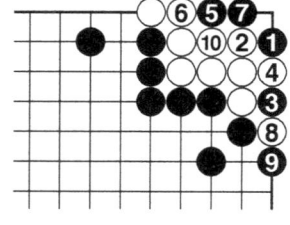

Abbildung 11

Abbildung 10 (Fehler): Schwarz 1 ist wieder ein blinder Schuss auf einen „vitalen" Punkt und wieder ein Fehlschlag. Mit kaum erträglicher Gelassenheit erweitert Weiß seinen Augenraum auf 2. Das Ergebnis nach Schwarz 7 ist ein Seki, und das bedeutet Leben.

Abbildung 11 (Fehler): Schwarz 1 hier funktioniert auch nicht. Schwarz zielt wieder auf die vitalen Punkte, doch Weiß erdrückt ihn mit 2 bis 10 und lebt.

Abbildung 12 (korrekt): Das Hane auf Schwarz 1 ist richtig. Wenn Weiß auf 2 spielt, erzeugen Schwarz 3 und Weiß 4 eine tote Fünfer-Innenform, danach setzt Schwarz auf den vitalen Punkt.

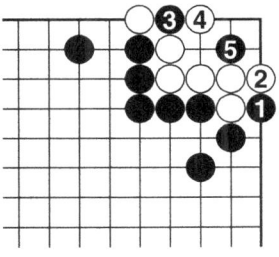

Abbildung 12

Diese drei Probleme gehören zur einfachen Kategorie, deshalb ist es ein wenig irritierend zu sehen, dass sie in der Partiepraxis nicht gelöst werden. Das beweist nur Unkenntnis der Grundlagen von Leben und Tod.

Grundlagen von Leben und Tod
Leben
1. Schaff dir Platz (erweitere deinen Augenraum).
2. Besetze einen zentralen Punkt zur Augenbildung (vitaler Punkt).

Tod
1. Nimm dem Gegner Platz (enge seinen Augenraum ein).
2. Besetze einen zentralen Punkt zur Augenbildung (vitaler Punkt).

Das Sprichwort „Das Hane bringt Tod" bedeutet: Die erste grundsätzliche Regel zum Töten gegnerischer Gruppen ist, ihren Augenraum zu reduzieren. Lernen Sie das als die Grundregel, blättern Sie zurück auf Seite 98 und schauen Sie sich die Probleme nochmals an. Falls Sie vorher noch keine Idee hatten, wo Sie anfangen sollen, so haben Sie jetzt einen hilfreichen Anhaltspunkt. Suchen Sie einen generellen Lösungsansatz für Leben-und-Tod-Probleme, dann versuchen Sie folgendes: Wenden Sie zuerst die Grundregel an. Wenn das funktioniert, müssen Sie nicht mehr weitersuchen. Wenn nicht, dann versuchen Sie etwas anderes, doch die Grundregel sollte immer am Anfang stehen. Sie wird zwar nur in der Minderzahl der Fälle in Reinform zum Erfolg führen, trotzdem sollten Sie immer mit ihr beginnen.

Nachdem nun die Grundlagen geklärt sind, schauen wir uns einige weitere Leben-und-Tod-Probleme an. Manche können mit der Grundregel gelöst werden, manche nicht. Versuchen Sie, gegnerische Antworten vorauszusehen. Das Niveau ist einfach bis mittelschwer.

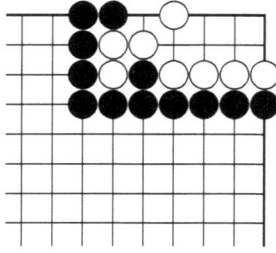

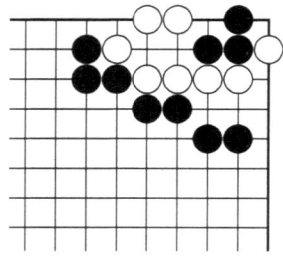

Problem 1
Schwarz zieht und tötet

Problem 2
Schwarz zieht und tötet

Problem 1: Schwarz zieht und tötet. Hinweis: Investieren Sie alles in den ersten Zug.
Problem 2: Schwarz zieht und tötet. Hinweis: Keiner.

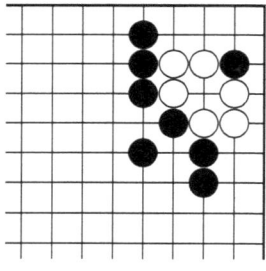

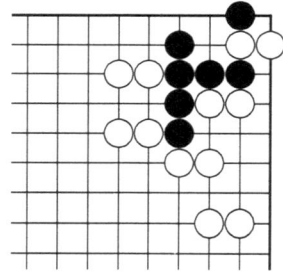

Problem 3
Schwarz zieht und tötet

Problem 4
Schwarz zieht und lebt

Problem 3: Schwarz zieht und tötet. Hinweis: Vermeiden Sie ein Ko.
Problem 4: Schwarz zieht und lebt. Hinweis: Keiner.

Die nächsten vier Probleme mögen etwas schwieriger erscheinen, doch die Zahl der Variationen ist sehr eingeschränkt, deshalb sollten auch Anfänger nicht aufgeben.

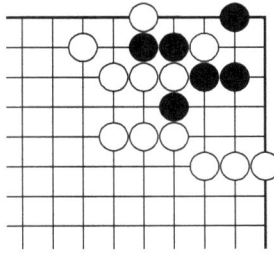 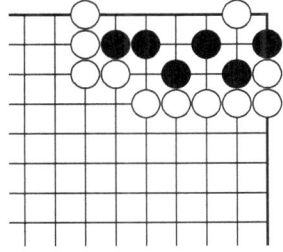

Problem 5
Schwarz zieht und lebt

Problem 6
Schwarz zieht und lebt

Problem 5: Schwarz zieht und lebt. Hinweis: Sie können ein oder zwei Steine hergeben, so lange Sie nicht alles verlieren.

Problem 6: Schwarz zieht und lebt. Hinweis: Es ist nicht so schwer, doch geben Sie Acht auf Freiheitsnot.

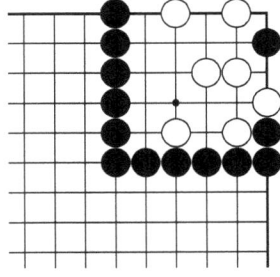 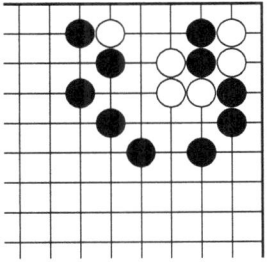

Problem 7
Schwarz zieht und tötet

Problem 8
Schwarz zieht und tötet

Problem 7: Schwarz zieht und tötet. Hinweis: Achten Sie auf die Reihenfolge der Züge. Unachtsamkeit führt zu einem unerwarteten Ko.

Problem 8: Schwarz zieht und tötet. Hinweis: Wieder ist die Reihenfolge bedeutsam, und Unachtsamkeit führt möglicherweise zu einem Ko.

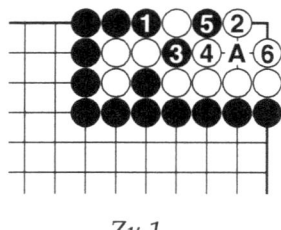

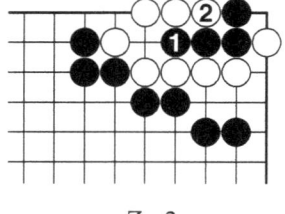

Zu 1

Zu 2

Zu 1: Weiß 2 ist eine gute Antwort auf Schwarz 1. Weiß gibt jedes Mal nach, lebt aber am Ende. Schwarz 1 auf A ist auch falsch: Weiß 2, Schwarz 4, Weiß 6.

Zu 2: Schwarz erwartet selbstgefällig, dass Weiß links von 1 verbindet, worauf Schwarz 2 die tote Fünfer-Innenform herbeiführen würde. Aber wie Sie sehen, lebt Weiß mit 2.

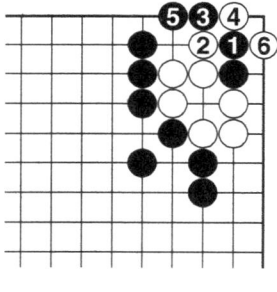

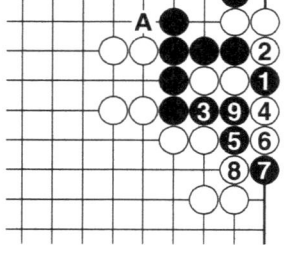

Zu 3

Zu 4 (10 deckt)

Zu 3: Schwarz 1 und Weiß 2 sind erzwungen. Der Fehler ist Schwarz 3; Weiß bekommt mit 4 ein Ko. Spielt Schwarz mit 5 auf den Eckpunkt und fängt den weißen Stein auf 4, dann erreicht Weiß 5 wiederum Ko.

Zu 4: Schwarz 1 schlägt fehl. Weiß mogelt sich mit 2 und so fort hinaus und verbindet, wobei Schwarz ganz ohne Augen bleibt. Spielt Schwarz jedoch 1 auf 2, dann tötet Weiß A.

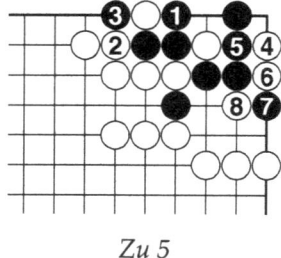

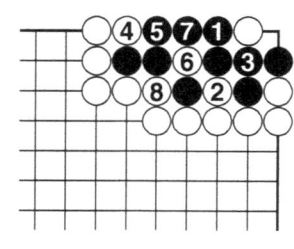

Zu 5

Zu 6

Zu 5: Nach Schwarz 1 verbindet Weiß zur Sicherheit mit 2 und setzt dann mit 4 in die schwarze Gruppe hinein. Ich denke, der Leser versteht, warum der Schnitt mit 8 das zweite schwarze Auge verhindert.

Zu 6: Auf den ersten Blick sieht es so aus, als ob Schwarz durch das Blockieren auf 1 leben könnte, doch Weiß drängt hartnäckig weiter und fängt Schwarz durch Freiheitsnot nach dem Einwurf auf 6.

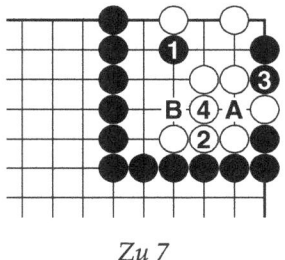

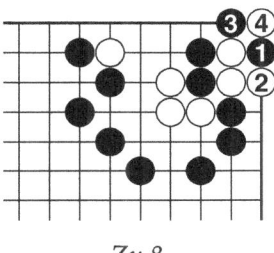

Zu 7   *Zu 8*

Zu 7: Schwarz 1 schlägt fehl. Weiß 2, Schwarz 3, Weiß A, Schwarz B, Weiß ist tot – diese Sequenz hat Schwarz wahrscheinlich ausgelesen, doch Weiß spielt 4 und bekommt ein Zwei-Schritt-Ko.

Zu 8: Schwarz 1 ist ein Tesuji, doch das macht den Zug nicht zwangsläufig richtig. Weiß 2 bedeutet Ko.

Lösungen

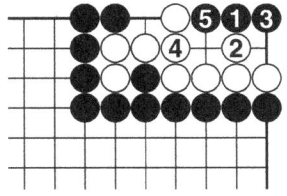

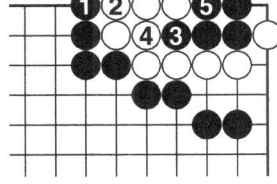

Zu 1. Weiß stirbt   *Zu 2. Weiß stirbt*

Zu 1: Schwarz 1 bis 5 erzeugen einen Viererwinkel in der Ecke. Dies ist kein Seki; Weiß ist bedingungslos tot. Spielt er 4 auf 5, dann kann Schwarz auf 4 einwerfen.

Zu 2: Schwarz tötet Weiß von außen. Spielt Weiß auf 2, dann lässt Schwarz 3 ihm nur den Zug auf 4. Danach kann Schwarz mit 5 die klumpige Fünfer-Innenform bauen.

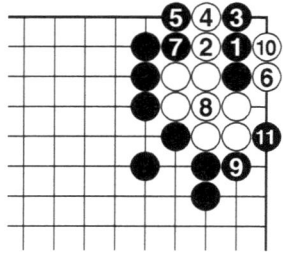

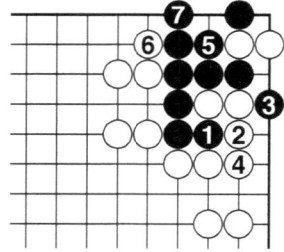

Zu 3. Weiß stirbt   *Zu 4. Schwarz lebt*

Zu 3: Schwarz 3 ist ein seelenruhiger, tödlicher Zug. Weiß wird die drei schwarzen Steine fangen, stirbt aber trotzdem.

Zu 4: Besonders raffiniert ist Schwarz 1 wohl nicht, aber der einzige Zug. Jetzt hat Weiß keine Wahl und muss 3 mit 4 beantworten, danach lebt Schwarz mit 5 und 7.

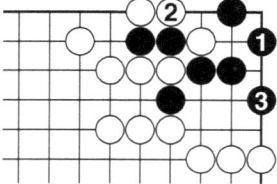

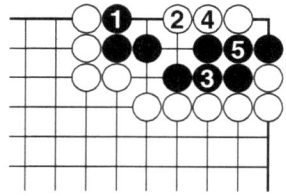

Zu 5. Schwarz lebt   *Zu 6. Schwarz lebt*

Zu 5: Schwarz zieht sich mit 1 zurück und lebt dann entweder mit 2 oder mit 3.

Zu 6: Schwarz erweitert seinen Augenraum mit 1 und 3 bis zum Äußersten. Weiß 2 und 4 machen Seki, doch damit ist Schwarz zufrieden, da es Leben bedeutet.

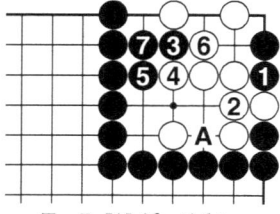

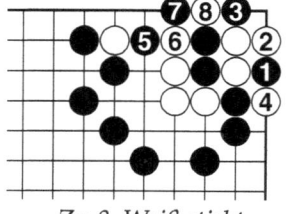

Zu 7. Weiß stirbt   *Zu 8. Weiß stirbt*

Zu 7: Schwarz schlägt entgegen der Grundregel von innen zu, denn er hat ausgelesen, dass er Weiß mit 3 bis 7 töten kann. Falls er jedoch unbedacht 5 auf 7 spielt, so lebt Weiß mit A. Unachtsamkeit ist immer tabu.

Zu 8: Schwarz 1, 3 und 5 bilden eine sorgfältig geplante Operation. Nachdem Weiß mit 8 zwei Steine gefangen hat, schlägt Schwarz auf dem Punkt unter 8 zurück und Weiß ist tot.

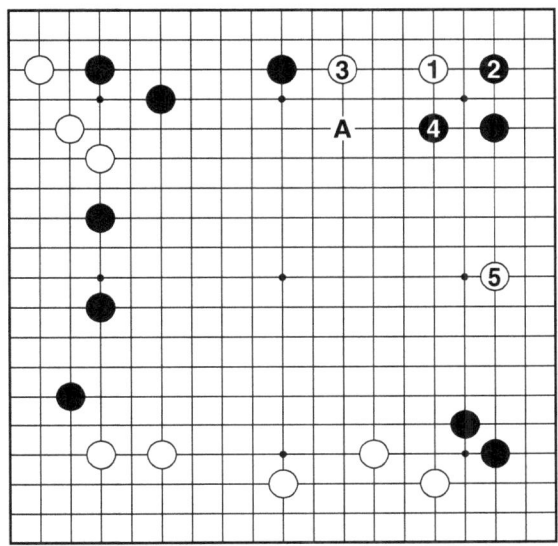

Abbildung 1

Abbildung 1: Dies ist die Eröffnung einer Gleichaufpartie. Weiß 1 und 3 sind spielbar, eine langsame und stabile Vorgehensweise. Schwarz übt mit 4 von außen Druck aus und hat vor, den idealen Punkt 5 zu besetzen, falls Weiß auf A antwortet. Würde Schwarz mit 4 sofort auf 5 spielen, dann wäre seine Stellung am rechten Rand nach Weiß 4 zu flach.

Weiß dagegen macht seinem Gegner einen Strich durch die Rechnung, indem er den Punkt 5 selbst nimmt. Steigt dem schwarzen Spieler jetzt das Blut in den Kopf, nachdem er so ausgebremst worden ist? Ich glaube, ich habe einmal ein Plakat zur Verkehrssicherheit gesehen, auf dem stand: „Ärger verursacht Unfälle". Go-Spielen ist genauso eine menschliche Tätigkeit wie Autofahren, also gilt der Satz hier genauso. Wie soll Schwarz die weißen Steine 1 und 3 angreifen? Denken wir über seinen nächsten Zug nach.

Auch wenn ich im Kapitel „Leben und Tod" ohne weiteren Zusammenhang eine Frage zur Eröffnung anschneide: Denken Sie nicht, ich würde abschweifen. Das Problem passt ziemlich genau ins Thema. Vertrauen Sie mir, ein Go-Profi wird kaum so zerstreut sein. Also, wie soll Schwarz diese beiden weißen Steine am oberen Rand angehen?

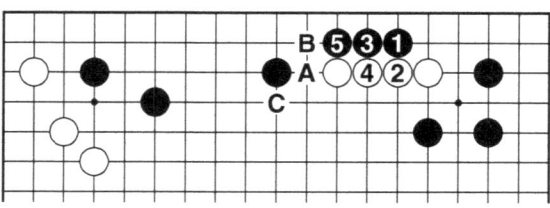

Abbildung 2

Abbildung 2: Viele selbstsichere Shodan-Spieler würden wohl Schwarz 1 spielen, ein Angriff durch „Aushöhlen" der weißen Gruppe. Das ist zuweilen durchaus effektiv, darum will ich diese Spielweise nicht von Vornherein verwerfen, aber wie ist es in der gegebenen Situation? Es folgt Weiß A, Schwarz B, Weiß C, danach ist Weiß kaum noch in Gefahr. Das ist kein ausreichender Angriff.

Besser wäre es, die weiße Zwei-Punkte-Ausdehnung mit einem Ring aus schwarzen Steinen zu umschließen. Das gäbe Schwarz kraftvollen Außeneinfluss. Ist das Einschließen nicht das Hauptmotiv im Go? Sogar eins der japanischen Zeichen im Namen des Spiels bedeutet „Einschließen". Falls es Schwarz gelingt, Weiß einzuschließen und Außeneinfluss zu erlangen, dann genügt das schon. Wenn er gleichzeitig noch etwas Unklarheit in die Frage bringen kann, ob Weiß lebt oder tot ist oder was sonst, dann wird ihn das in Begeisterung versetzen.

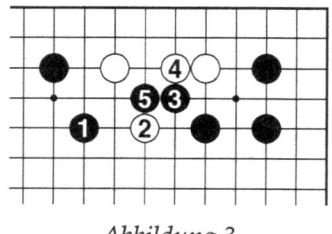

Abbildung 3

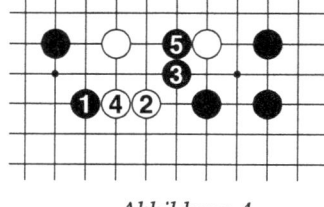

Abbildung 4

Abbildung 3: Die schwarze Strategie ist, Weiß behutsam mit 1 einzuschließen. Weiß wird natürlich versuchen, mit 2 die Umzingelung zu durchbrechen, doch dieser Zug lässt eine klaffende Lücke, in die Schwarz 3 hineinstößt. Weiß sitzt in der Klemme. Spielt er auf 4, so schneidet Schwarz 5 den weißen Stein auf 2 ab und der Hauptteil der Gruppe bleibt eingeschlossen. Das kann Weiß mit Sicherheit nicht zulassen.

Abbildung 4: Doch wenn Weiß mit 4 ausbricht, dann ist der Schaden durch Schwarz 5 untragbar. Dies ist ein ausgezeichnetes Beispiel dafür, wie Schwarz durch Angreifen zu Gebiet kommt.

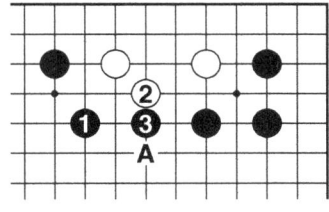 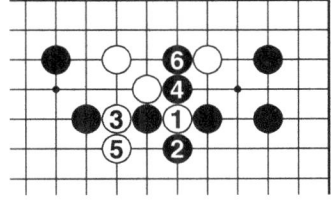

Abbildung 5   *Abbildung 6*

Abbildung 5: Soll Weiß sich also auf 2 beschränken? Schwarz kann die Gruppe elegant mit 3 einmauern. Schwarz 3 auf A wäre schon ein Zugeständnis; das Anlegen auf 3 ist ideal.

Abbildung 6: Ideal oder nicht, kann Weiß nicht an Schwarz 3 aus der vorigen Abbildung mit den Zügen 1 bis 5 vorbeikommen? Schon, doch dann spielt Schwarz auf 6. Wenn er mit Abbildung 4 zufrieden war, dann sehe ich nicht, warum er sich über dieses Ergebnis beklagen sollte.

Doch was wäre so falsch daran, Weiß noch vorsichtiger mit A in Abbildung 5 einzuschließen? Um es mit einem Wort zu sagen: Schwarz A wäre ein amateurhafter Zug. Ist ein guter, scharfer Zug wie Schwarz 3 verfügbar, dann ist er immer der Beste. Schwarz 3 ist ein druckvoller, professioneller Zug.

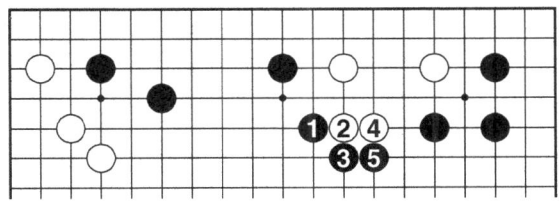

Abbildung 7

Abbildung 7: Legt Weiß mit 2 direkt an Schwarz 1 an, dann sollte Schwarz ihn mit 3 und 5 einschließen. Weiß mag zwar ohne Probleme leben können, doch es ist nicht schwer, sich die Mauer vorzustellen, die er Schwarz bauen lässt. Sie ist stark genug, um die ganze Partie dominieren und Weiß endlose Probleme zu bescheren. Diese Art Manöver ist zwischen Eröffnung und Mittelspiel von Bedeutung.

Ich will nicht behaupten, dass das Einschließen mit dem Keima Schwarz 1 in Abbildung 3 bis 7 immer gut sei. Dies soll lediglich ein Beispiel sein, um die Philosophie des Einschließens zu erläutern. Es mag bessere Züge geben oder auch nicht. Es zählt die Einstellung des Schwarzen, die hinter dem Zug auf 1 steht, aber ich behaupte nicht, dass er so spielen müsse. Seine mehr oder weniger vorhandene Fertigkeit bei der Ausführung wird ebenfalls eine Rolle spielen. Der beste Zug ist meines Erachtens der, der zu seiner Spielstärke passt und seine Philosophie am besten ausdrückt.

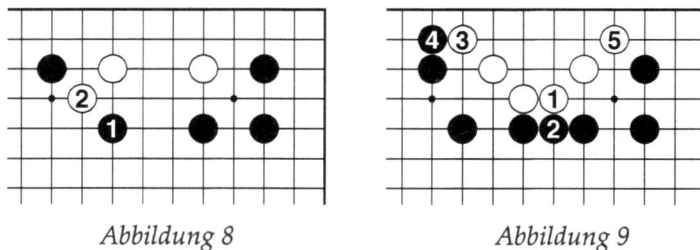

Abbildung 8   Abbildung 9

Abbildung 8: Versteht Schwarz wirklich, was er tut, dann könnte ein Zug wie dieser gut sein. (Wenn er es nicht richtig versteht, dann wird sich das später zeigen.) Zu vermeiden ist das blinde Imitieren – Schwarz 1 spielen, weil man sich erinnert, dass irgendein Profi einmal so gespielt hat – das ist bloßes Nachäffen. Weiß wird mit 2 in die Lücke stoßen, und Schwarz weiß nicht, wie es weitergeht.

Abbildung 9: Ich möchte noch einmal ein wenig an Abbildung 5 anknüpfen. Züge wie Weiß 1, 3 und 5 sind vielleicht nicht besonders hochklassig, aber im Hinblick auf Erweiterung des Augenraums sind sie gut. Solche Züge sind an der Reihe, wenn man leben muss. Wenn Ihnen der Sinn nach etwas Raffinierterem steht, versuchen Sie zum Beispiel 3 auf 4 und dehnen Sie die weiße Stellung so weit wie möglich aus.

Blockiert Schwarz mit 6 einen Punkt rechts von 5, dann lebt Weiß nach wie vor. Er sollte diese Brettgegend so belassen und seine Vorhand nutzen, um an anderer Stelle die Initiative zu ergreifen. Das ist wichtig. Man sieht oft Schwarz die weißen Züge so gehorsam beantworten, dass Weiß in Vorhand zum Leben kommt.

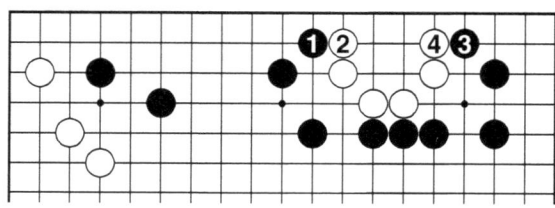

Abbildung 10

Abbildung 10: Lässt Weiß nach Schwarz 2 in Abbildung 9 seine gefährdete Gruppe stehen und spielt woanders weiter in der Erwartung, dass Schwarz dort antwortet, dann hat Schwarz eine Chance zu töten. Die grundlegende Methode dazu ist Einengen des gegnerischen Augenraums, also spielt Schwarz 1 und 3. Sogar wenn es nicht gelingen sollte Weiß zu töten, kann diese Spielweise niemals schaden. Ist klar, worauf ich hinauswill?

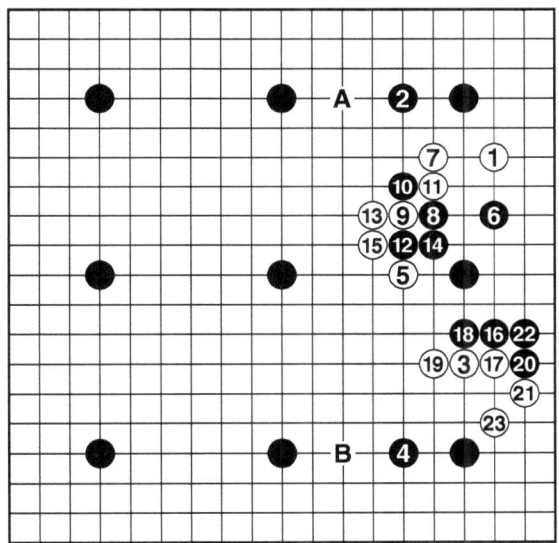

Abbildung 11

Abbildung 11: Dies ist ein Beispiel für fehlerhafte Spielweise von Schwarz, die manchmal in 6- bis 9-Steine-Vorgabepartien zu beobachten ist. Schwarz versucht mit 6 bis 22, das Gebiet am rechten Rand in Besitz zu nehmen und sich schnell eine Basis zu schaffen. Das ist eine jämmerliche Art, der weißen Standaröffnung mit 1, 3 und 5 zu begegnen. Sehen Sie den Ausdruck auf dem Gesicht des Spielers mit den schwarzen Steinen, wie erleichtert er ist, dass die Zugfolge bis 22 genau nach seinem Plan gelaufen ist. Ihm ist nicht klar, wie grundfalsch diese Spielweise ist. Im Grunde hat er dabei mitgeholfen, dass seine Gruppe eingeschlossen wurde. Je mehr Vorgabesteine er nimmt, umso mehr sollte er in der Lage sein, eine gute Eröffnung zu spielen und sich nicht auf diese Weise einmauern zu lassen.

Die Partei, die wie Weiß mit den Zügen bis 23 die andere einschließt, erlangt immer Außeneinfluss und hat die bessere Position. Bald wird sich die Stärke von Weiß in allen Richtungen

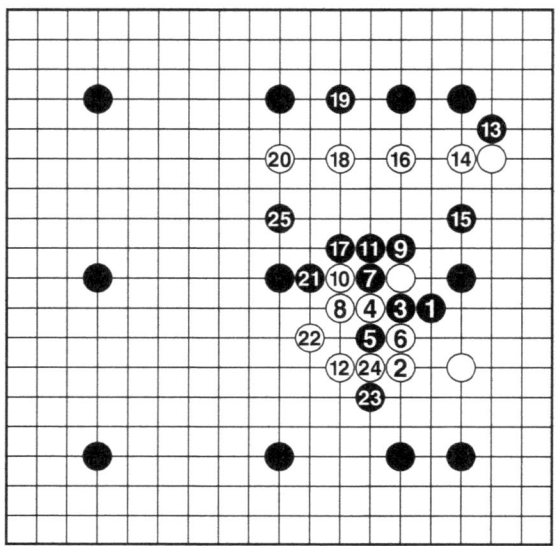

Abbildung 12

bemerkbar machen. Zunächst kann er Schwarz durch Invasionen bei A und B das Leben schwer machen. Falls Schwarz verlieren sollte, so wäre das keine Überraschung. Blättern Sie zurück zu Abbildung 24 auf Seite 41. Was Leben und Tod angeht, so hat Schwarz korrekt gespielt, doch so sollte er nur leben, wenn er schon vollständig von Weiß eingeschlossen ist.

Abbildung 12: Hier ist ein Beispiel für gute Spielweise. Schwarz hat außer 1 noch andere gute Züge zur Verfügung. Doch welchen er auch auswählen mag, entscheidend ist nicht Perfektion in der Ausführung, sondern ob er die Denkweise erfasst hat, die dahintersteckt. Könner mögen sich listig herauswinden, Stümper können sich herausstümpern, aber jeder sollte irgendwie aus der weißen Umzingelung ausbrechen. Vergessen Sie das nie.

Schwarz 1 bis Weiß 12 bilden den ersten Teil der Zugfolge. Sollte Schwarz mit 9 dem Stein auf 5 zu Hilfe kommen, so könnte der Kampf so verworren werden, dass schwer zu entscheiden ist, wo der Schwerpunkt liegt. Zuerst sollte Schwarz seine Hauptstreitmacht ins Freie führen.

Schwarz 13 und so fort sind hier dargestellt, um zu zeigen, wie stark Schwarz fortsetzen kann. Angesichts eines so heftigen Angriffs hat Weiß keine Gelegenheit, mit Überraschungen aufzuwarten. Schwarz hat komplett die Initiative übernommen. Es ist nicht Schwieriges dabei, in dieser Weise zu spielen. Schafft es Schwarz, mit dieser Haltung weiterzuspielen, so kann er den Spieß umdrehen. Denn normalerweise wird Schwarz umhergejagt und muss permanent Acht geben, wo er jeden einzelnen Stein setzt, immer in der Defensive.

Durchbrechen Sie die gegnerische Umzingelung und strecken Sie den Kopf in die frische Luft hinaus, dann müssen Sie sich nicht mit lästigen Fragen über Leben und Tod auseinandersetzen. Die vorherigen zwei Abbildungen sind so verschieden wie Tag und Nacht; ich hoffe, Sie verstehen warum.

Doch wie entschlossen Sie auch sein mögen, sich nicht einschließen zu lassen: Ein starker Gegner kann durch gutes Spiel oder Tricks erreichen, dass eine Ihrer großen Gruppen umzingelt wird. Für einen Spieler, der bei Leben und Tod Schwächen hat, gibt es nichts Erschreckenderes. Vor diesem Hintergrund bleibt das Studium von Leben und Tod letzten Endes doch bedeutsam.

Schafft es Weiß, Stellungen wie in Abbildung 13 und 14 aufzubauen und Sie weigern sich dort einzudringen, so müssen Sie ihm das als Gebiet zugestehen. Spielt Schwarz mit der Idee auf 1, dass er nichts zu verlieren hat, selbst wenn er stirbt, so kann er es nicht verhindern, von Weiß eingeschlossen zu werden. Solche Situationen kommen vor, deshalb können Sie nicht einfach entscheiden, sich nie einschließen zu lassen und deshalb das Studium von Leben und Tod vernachlässigen. Wenn Schwarz nach dem Zug auf 1 in diesen Abbildungen leben kann, dann erringt er viele Punkte mitten in der weißen Gebietsanlage.

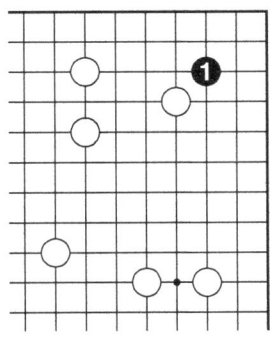

Abbildung 13

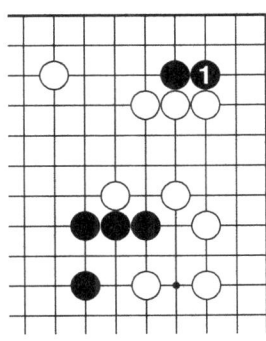

Abbildung 14

KAPITEL VII

WIE MAN JOSEKI STUDIERT

Wie man Joseki studiert

An einem heiteren Morgen hörte ich jemand sagen: „Ich befolge mein Joseki und gehe mit dem Hund spazieren." Und als eine Menschenmenge aus dem Theater kam, hörte ich die Worte: „Es war alles auf ein glückliches Ende hin ausgelegt." – „Ja, genau wie ein Joseki, und doch war es interessant." Ein Fernsehreporter kommentierte ein Baseballspiel: „Das Joseki wäre jetzt, mit einem Bunt[1] den Läufer auf die zweite Base zu bringen und zu hoffen, dass der nächste Batter ihn nach Hause schickt. Aber schauen wir einmal, was sie machen."

Heutzutage hat das Wort „Joseki" Eingang in die japanische Alltagssprache gefunden und beschreibt jede Art von festgelegter Verhaltensweise. In Japan kann es kaum jemanden geben, der nicht weiß, was ein Joseki ist. Aber zur Sicherheit schauen wir ins Lexikon, wo es definiert ist als „Zugfolge im Go, die gemäß einem festgelegten Schema gespielt wird".

Wer glaubt stärker zu werden, wenn er vierzig oder fünfzig Josekis auswendig lernt, sei ermuntert, es auszuprobieren. Alles was Sie tun, wird Ihre Erfahrung mehren. Nur frage ich mich, was es nützen soll, vierzig oder fünfzig aus den Zehntausenden von Josekis zu lernen.

Stellen wir uns einmal jemanden vor, der beschlossen hat, er sollte zumindest die derzeit populären Josekis kennen. Er hat sich mit seinem guten Gedächtnis die Josekis zum hohen Zwei-Punkte-Klemmzug ziemlich genau eingeprägt und macht nun die Probe aufs Exempel.

Abbildung 1: Er spielt mit Schwarz 1 den hohen Zwei-Punkte-Klemmzug. Sein Kollege antwortet mit Weiß 2. „Aha", sagt Schwarz und schneidet mit den Zügen 3 und 5, die er ja gelernt hat. Weiß hingegen kennt kein einziges Joseki, brummelt so etwas wie „Töten oder getötet werden" und stellt auf 6 dagegen. Schwarz ist sprachlos. Das stand nicht im Buch. Jetzt kommt er möglicherweise durcheinander, spielt irgendeinen idiotischen Zug und verliert die Ecke schneller als er hinsehen kann. Am Ende verlegt er sich noch darauf, seinen Gegner zu beschimpfen: „Wie soll man denn gescheit mit so einem Trottel Go spielen, der keine Josekis kennt?" – das traurige Ende einer traurigen Geschichte.

Der Satz „Ich komme nicht mit Spielern zurecht, die keine Josekis kennen" legt nahe, dass diese stärker wären als jene, die sie kennen. Die „Joseki-Kenner" haben die Tendenz, sich von festen

---

1 Spielzug, bei dem der Batter den Ball nur abtropfen lässt und den Überraschungseffekt nutzt.

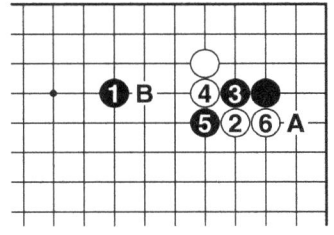

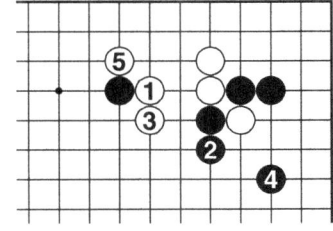

| *Abbildung 1* | *Abbildung 2* |

Schemata zu sehr abhängig zu machen und dabei ihre ureigene Spielstärke nicht zur Entfaltung kommen zu lassen. Somit werden sie leichte Beute der „Joseki-Ignoranten", die sich auf nichts außer der ihnen eigenen Spielstärke stützen können.

Wenn man mit Gegnern zurechtkommt, die Josekis befolgen, mit „Joseki-Ignoranten" aber nicht, dann ist etwas grundsätzlich schief gegangen. Josekis bestehen aus den besten Zügen für beide Parteien und im Wesentlichen gleichwertigen Variationen. Abweichende Züge sind normalerweise schlecht und sollten bestraft werden. Der Zug Weiß 6 in Abbildung 1 ist unangemessen und durch das schwarze Hane auf A zu widerlegen. Danach ist die weiße Position getrennt und der schwarze Schnittstein auf 5 erstrahlt in vollem Glanz. Deshalb ist es für Weiß besser, mit 6 auf B zu spielen und sein Streben auf die Entwicklung der zwei oberen Steine zu konzentrieren.

Abbildung 2: Hier ist das Joseki. Wenn Schwarz auf Weiß 1 mit 2 antwortet, dann schließen die Züge Weiß 3 und 5 eine der Variationen ab.

Die meisten Spieler jedoch wissen nicht, wie sie mit abweichenden Zügen umgehen sollen. Stattdessen reiben sie sich vor lauter Kopfzerbrechen über Josekis dermaßen auf, dass sie an den entscheidenden Stellen im Mittelspiel und danach nicht mehr in der Verfassung sind, zu kämpfen und zu gewinnen. Es zeigt sich, dass ihnen all die Mühe nicht im Mindesten genützt hat, die sie beim Lernen von Josekis auf sich genommen haben. Im Gegenteil, ihr Spiel wird sogar geschwächt. Ich wage zu behaupten, dass viele Spieler diese Erfahrung gemacht haben.

> Joseki-Gelehrsamkeit = Schwäche
> Völlige Eigenständigkeit = Stärke

Wir sehen diese Gleichungen jeden Tag aufs Neue. Doch eine große Frage bleibt offen: Was ist mit der riesigen Zahl von

Joseki-Büchern, die auf der Welt im Umlauf sind? Wenn es ihr ursprünglicher Zweck war, Go-Spieler stärker zu machen, was hat sie dann zu nutzloser Wohnzimmerdekoration verkümmern lassen? Die Antwort liegt in der fragwürdigen Weise, wie diese Bücher gelesen werden.

Ich persönlich betrachte das Studium von Josekis als einen der ersten Schritte, um stärker zu werden. Deshalb gibt es so viele Bücher darüber. Schauen wir uns jetzt an, wie man sie richtig studiert:

Die richtige Art, Josekis zu studieren

1. Glauben Sie nicht, dass Sie lediglich die Züge auswendig lernen müssen. Das ist kein Joseki-Studium.
2. Jeder Stein, der in einem Joseki von einer der beiden Parteien gespielt wird, ist der beste Zug. Also ist es wichtig, den Grund für diesen Zug zu kennen – seinen Gehalt, seinen Sinn. Wenn Sie sich selbst davon überzeugen können, warum der Stein genau da gespielt wird und warum das ein guter Zug ist, dann haben Sie etwas gelernt.
3. Joseki-Züge sind immer die besten in einer lokalen Situation, doch bezogen auf die umgebenden Stellungen können sie sogar die schlechtesten sein. Dadurch bleibt Go so interessant, dadurch wird es nicht langweilig.

Das oben Gesagte könnte man so in einem Satz zusammenfassen: „Josekis sind nicht dazu da, um gelernt, sondern um geschaffen zu werden." Verstehen Sie, was ich sagen will?

Wie man sich vorstellen kann, haben Profis ein detailliertes Wissen über Josekis, aber das heißt nicht, dass sie all die Zehntausende auswendig kennen. Wenn ihnen hin und wieder ein unbekanntes Joseki in einer Partie begegnet, dann setzen sie ihre ganze Energie daran, es auszuknobeln. Manchmal erzeugen sie dabei die bereits existierende Zugfolge, manchmal verfeinern sie sie auch und schaffen so ein neues Joseki. Letzteres kommt gar nicht so selten vor.

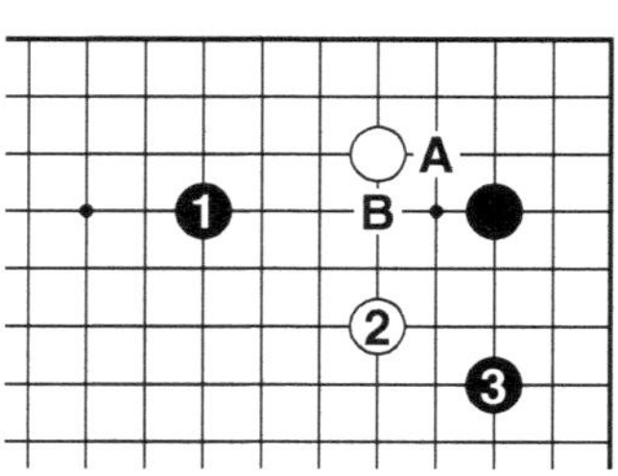

Abbildung 3: Dies ist ein Joseki, das sich jeder schnell einprägen kann, aber lernen Sie es nicht einfach nur auswendig. Erarbeiten Sie sich den Sinn jedes einzelnen Zugs. Wozu macht Weiß einen Zwei-Punkte-Sprung auf 2? Um in Vorhand und mit

Abbildung 3

leichter Spielweise einen schwarzen Angriff auf A oder B ins Leere laufen zu lassen. Wozu spielt Schwarz auf 3? Um sich nicht in der Ecke einschließen zu lassen. Natürlich sind neben Schwarz 3 auch andere Züge spielbar, doch dies ist eine mögliche Zugfolge. Manchmal ist sie an dieser Stelle im lokalen Kontext abgeschlossen und manchmal sind weitere Züge nötig. Wenn Ihnen nicht wenigstens soviel klar ist, obwohl Sie so spielen, dann muss man Sie wegen des simplen Abkupferns von Zügen auslachen.

Schauen wir uns nun den weißen leichten Zwei-Punkte-Sprung in der Praxis an.

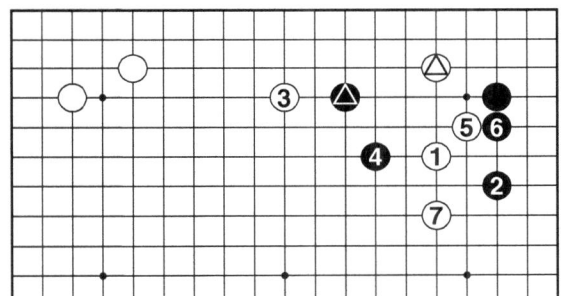

Abbildung 4

Abbildung 4 (gut): Erst 1 gegen 2 auszutauschen und dann auf 3 zu spielen ist in dieser Stellung äußerst vorteilhaft. Weiß 3 ist sowohl eine Ausdehnung vom Shimari oben links als auch ein Angriff auf den markierten schwarzen Stein. Zwei Fliegen mit einer Klappe – ausgezeichnet!

Schwarz 4 zielt darauf ab, bei Gelegenheit die Zwei-Punkte-Lücke zu durchschneiden und besetzt damit einen vitalen Angriffspunkt. Die weißen Züge 5 und 7 sind nicht attraktiv, aber ihr Sinn ist klar: Du wirst nicht schneiden (Weiß 5); du wirst mich nicht einschließen (Weiß 7). Nun, da Weiß sicher hinausgelangt ist, kann er einen Gegenangriff auf die beiden schwarzen Steine links starten.

Abbildung 5 (schlecht/nächste Seite): Der Unterschied zwischen diesen beiden Situationen ist, dass das Shimari links oben nun schwarz ist. Falls jemand so unsensibel ist, diesen Unterschied zu ignorieren und trotzdem 1 und 3 zu spielen, dann kann ich mich darüber nicht mehr aufregen. Ich kann nur lauthals loslachen. Schwarz spielt genau wie vorher auf 4, und schon ist Weiß in Schwierigkeiten. Was hat er denn sonst erwartet?

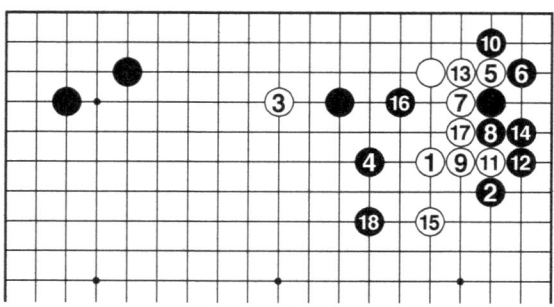

Abbildung 5

Weiß zeigt nun mit 5 bis 15 sein Können, doch Schwarz spielt einfach 16 und springt dann auf 18. Die Situation ist jetzt gegenüber der vorigen Abbildung genau umgekehrt: Weiß hat auf beiden Seiten gefährdete Steine und ist jetzt zum Kämpfen gezwungen, mit der Bürde einer großen augenlosen Gruppe. Lokal gesehen ist das ein astreines Joseki, doch in der Gesamtsicht ist es eine Katastrophe für Weiß.

Abbildung 6 (besser): Da der Zwei-Punkte-Sprung in der vorigen Abbildung ein zweifelhaftes Ergebnis zur Folge hatte, schafft sich Weiß mit 1 und 3 erst eine sichere Basis. Danach invadiert er wohlüberlegt auf 5. Weiß 1 bis Schwarz 4 bilden ebenfalls ein Joseki; Sie sollten selbstständig nach dem Sinn hinter jedem dieser Züge suchen. Im Vergleich zu Abbildung 5 hat Weiß nun mehr Spielraum.

Abbildung 7 (eine andere Idee): Weiß 1 ist ebenfalls ein Joseki-Zug. Auch fortgeschrittene Amateure kennen die Zugfolge bis zum Schnitt auf 9. Falls sie jedoch nicht die Hintergründe der gespielten Züge verstehen und einen Fehler einbauen, ist der Schaden in einem solchen Nahkampf natürlich riesig.

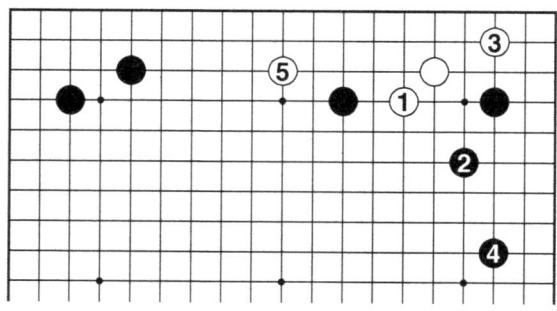

Abbildung 6

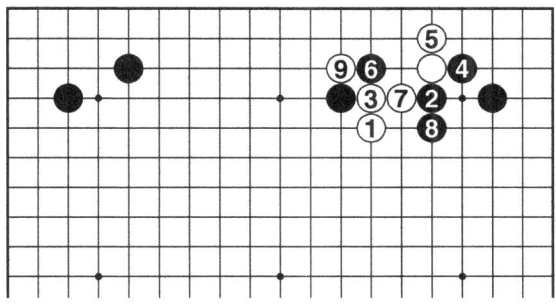

Abbildung 7

Abbildung 8: Wenn wir noch einmal zum Zwei-Punkte-Sprung
zurückkehren, so sind die Antworten Schwarz 2 und 4 definitiv
kein Joseki. Und doch gibt es reichlich Verfechter der brachialen
Gewalt, die Schwarz 2 und 4 und ähnliche Züge spielen, wann
immer die Form es erlaubt, weil es für sie nichts Schöneres gibt,
als in einen Kampf verwickelt zu werden. Man muss in der Lage
sein, Druck mit Gegendruck zu beantworten. Ein recht starker
Spieler scheiterte neulich daran, während ich zusah. Er hatte
Weiß und spielte 3 und 5.

Abbildung 9: Anschließend an Abbildung 8 spielte Schwarz wild
entschlossen auf Zerstörungskurs die Schnitte 1 und 3 und kam
damit durch. Würden all diese selbstherrlichen Züge tatsächlich
funktionieren, dann wären sie Joseki, die schwarze Zwei-Punkte-
Ausdehnung auf 3 in Abbildung 3 wäre ein schwacher Zug und
der weiße Zwei-Punkte-Sprung auf 1 in Abbildung 8 wäre ein
Fehler. Das ist aber nicht der Fall, somit muss es in der schwarzen
Spielweise eine Schwachstelle geben. Wenn Weiß sie nicht findet
und sich zu Grunde richten lässt, so muss er wohl zugeben,
dass er nicht stark genug spielt, um den Fehler von Schwarz zu
bestrafen.

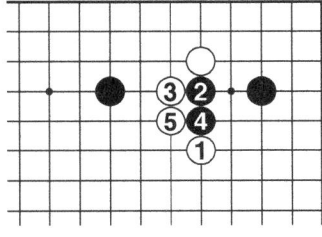

Abbildung 8

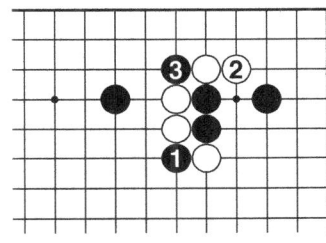

Abbildung 9

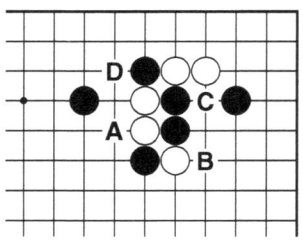

Abbildung 10

Abbildung 10. Problem: Weiß am Zug. Ich stellte diese Aufgabe einmal am Demonstrationsbrett im Freitagskurs für Spieler von 5-Kyu bis 5-Dan im Großen Saal. Fast keiner der über hundert Teilnehmer fand die richtige Lösung.

Sogar als die mögliche Antwort auf die vier Punkte A, B, C und D eingeschränkt war und mithin die Trefferwahrscheinlichkeit bei 25 Prozent lag, errieten nur wenige die Lösung. Ich war ganz betrübt über die Unfähigkeit von Amateuren, ihre Stärke in die richtige Richtung zu lenken. Langsam begriff ich, warum die brachiale Schule des „Gangster-Go" so erfolgreich ist. Diejenigen, die in nicht ganz so schwierigen Positionen wie dieser nicht den korrekten Zug finden, müssen ein wenig aufgemischt werden. Amateur-Go scheint eine Welt zu sein, in der die Vernunft vor der Unvernunft zurückweicht.

Weiß A ist schlecht. Schwarz spielt B.

Weiß B ist schlecht. Schwarz spielt C.

Weiß C ist schlecht. Schwarz stoppt Weiß auf dem Punkt unter C.

Wenn man diese Züge so wie oben ausschließt, dann bleibt nur die richtige Antwort D übrig. „Was soll Weiß tun, wenn Schwarz aus dem Atari herausläuft?", fragte ich einen Teilnehmer, der auf D getippt hatte. „Auf dem Punkt unter D verbinden", war die Antwort, was zeigte, dass er das Problem mitnichten gelöst hatte.

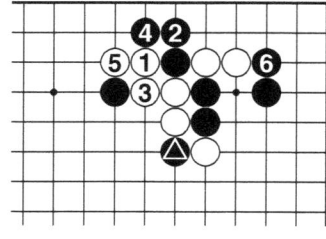

Abbildung 11

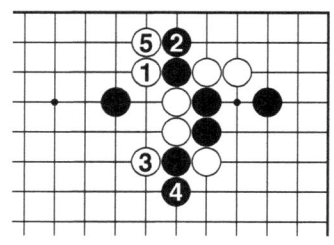

Abbildung 12

Abbildung 11: Weiß 1 ist der korrekte Anfang, doch ohne die richtige Fortsetzung nützt er nichts. Weiß 3 ist falsch. Schwarz spielt 4 und 6 und bekommt ein recht gutes Ergebnis, da der markierte Schnittstein aktiv mitspielt.

Abbildung 12: Weiß 1, 3 und 5 sind richtig. Wenn die Lösung einmal verraten ist, dann ist sie einleuchtend, doch das ist wie die Geschichte vom Ei des Kolumbus. Als sie sahen, wie er es schaffte, das Ei auf seine Spitze zu stellen, fühlten sie sich hinters Licht geführt, doch bevor sie das Geheimnis kannten, hatten alle verwirrt den Kopf geschüttelt.

Ein Teilnehmer ganz vorne meldete sich bei Schwarz 4.

Abbildung 13: „Könnte Schwarz nicht auf 1 umbiegen und nach Weiß 2 mit 3 Gebiet nehmen?", lautete seine Frage.

„Wenn Weiß ein solches Ponnuki bekommt, ist die Partie vorbei", war meine Antwort. Das übrige Publikum nickte zustimmend.

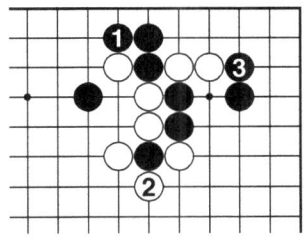

Abbildung 13

Vergleichen Sie dieses Bild mit dem schlechten Ergebnis für Weiß in Abbildung 11.

Wenn ich Abbildung 11 betrachte, dann kommt mir unter anderem dies in den Sinn:

Abbildung 14: Wenn Weiß auf 1 Hane spielt, so kann Schwarz mit 2 fangen. Schwarz 12 ist ein Einwurf auf 4, Weiß schlägt mit 13 auf 8. Schwarz 18 fängt dann vier Steine.

Abbildung 15: Oder ist diese Methode mit Schwarz 2 bis 12 besser, um Weiß zu fangen?

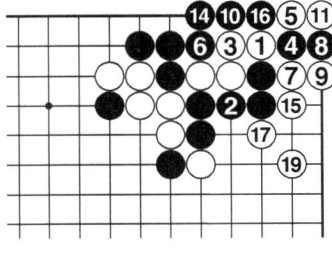

Abbildung 14

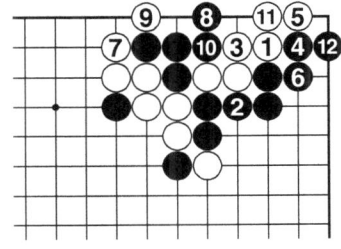

Abbildung 15

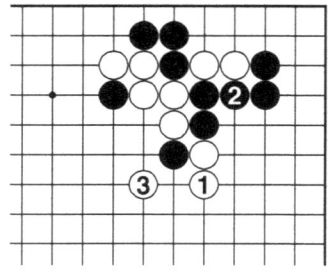
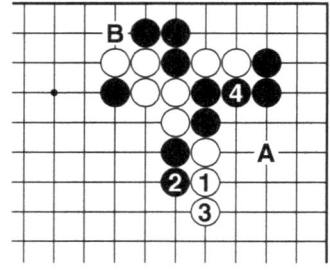

| Abbildung 16 | Abbildung 17 |

Abbildung 16: Wenn Schwarz auf Weiß 1 mit 2 antwortet, dann kann Weiß ihn mit 3 im Zaum halten und erhält eine dicke Position. Deshalb:

Abbildung 17: Schwarz sollte erst mit 2 Widerstand leisten und dann auf 4 spielen. Schwarz 4 ist der einzige Zug. Schwarz A würde es Weiß ermöglichen, B in Vorhand zu spielen.

Es ist gar nicht so einfach, all das beim Anblick von Abbildung 11 zu erfassen. Wahrscheinlich könnte nur ein Spitzen-Amateur-Dan dies alles auslesen. Andererseits sollte sich jeder ehrgeizige Spieler dieser Möglichkeiten zumindest bewusst sein.

Abbildung 18: Schwarz 1 bis 5 sind eine sehr populäre Variante des Josekis zum hohen Zwei-Punkte-Klemmzug. Wie schon gesagt, sind die Züge leicht zu lernen. Doch werden sie Ihnen nichts nützen, solange Sie nicht ihren Sinn kennen. Warum spielt Weiß den Diagonalzug auf 2? Warum beeilt er sich so, mit 4 in die Ecke zu tauchen? Ist Weiß 4 dort auf der zweiten Linie nicht

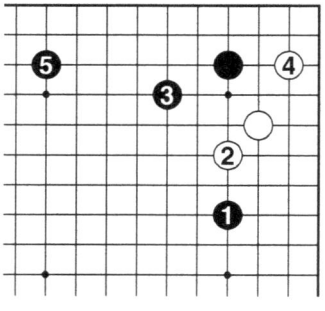

Abbildung 18

zu niedrig gespielt? Welche Idee, welcher Plan steckt hinter dem schwarzen Keima auf 3? Ist Schwarz 5 notwendig? Jeder Stein hat eine Bedeutsamkeit, die nicht übergangen werden darf. Studieren Sie dieses Bild, bis Sie wirklich die Bedeutung eines jeden darin enthaltenen Zuges verstehen. Wenn Sie dieses eine Schema wirklich durchdringen, dann haben Sie einen Schlüssel zu hundert anderen.

Abbildung 19: Wenn Sie es unterlassen, das Joseki wirklich zu studieren, wie wollen Sie dann den nächsten Zug finden, wenn irgendein Joseki-Saboteur Weiß 1 gegen Sie spielt? Wenn Sie den

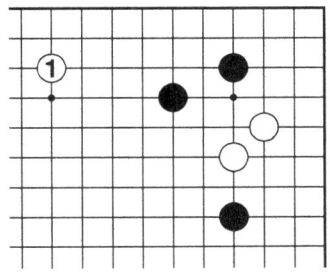

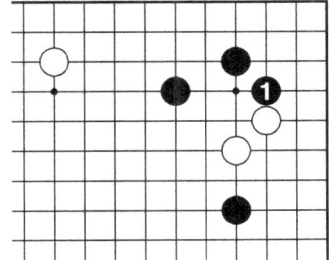

| Abbildung 19 | Abbildung 20 |

nächsten Zug nicht wissen, dann zeigt das, dass Sie das Joseki nicht gründlich studiert haben. Hier wird Ihnen mechanisches Auswendiglernen nichts nützen.

Ich betone das Thema „richtiges Studium" so stark, weil man in der Praxis ständig mit solchen Situationen konfrontiert wird.

Abbildung 20: Wenn Sie das Joseki wirklich verstehen, dann werden Sie einen so guten Zug wie Schwarz 1 wahrscheinlich nicht auslassen. Er verschafft den schwarzen Steinen eine Basis und verhindert dasselbe für die Weißen. Zeigen Sie mir den Spieler, der nicht alles stehen und liegen ließe, um einen solchen Zug zu spielen! Jetzt kennen wir den Grund für das weiße Tieftauchen auf 4 in Abbildung 18. Es war absolut notwendig, um eine Basis zu bekommen.

Abbildung 21: Falls Weiß in dieser Position planlos das Joseki 1 bis 4 spielt, dann wird Schwarz 4 sowohl eine Ausdehnung von den Steinen oben rechts als auch ein Drei-Punkte-Klemmzug gegen den markierten weißen Stein oben links, also ein perfekter Zug, der zwei Ziele auf einmal erreicht. Diese Eröffnung wäre ein großer Erfolg für Schwarz und ein entsprechend großer Fehlschlag für Weiß.

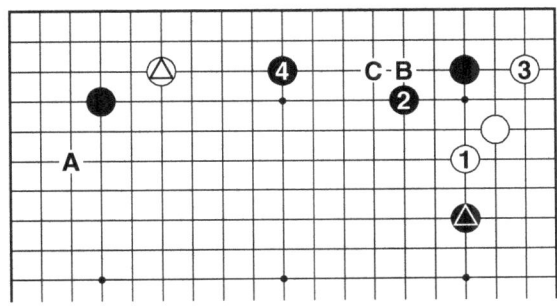

Abbildung 21

Weiß sollte den Zug 1 für einen Klemmzug auf A gegen die linke obere Ecke nutzen und von dort aus kämpfen. Und wenn er schon rechts oben spielen muss, dann sollte er auf B oder C ebenfalls einklemmen und auf jeden Fall etwas anderes tun, als mit 1 in eine solch fantasielose Eröffnung zu schlittern.

Es ist äußerst wichtig, dafür zu sorgen, dass das Joseki zur Situation auf dem ganzen Brett passt. Berufsspieler verbrauchen über die Hälfte ihrer Bedenkzeit für die Eröffnung, weil sie sich sorgfältig durch die Schwierigkeiten hindurchdenken, die das aufwirft. Sie genießen nicht einfach nur, wie die Zeit vergeht – weit gefehlt! Ein Joseki ist kein lokales Problem, es hat einen Bezug zum gesamten Brett. Es ist erstaunlich, wie viele, auch starke, Amateure das nicht erkennen.

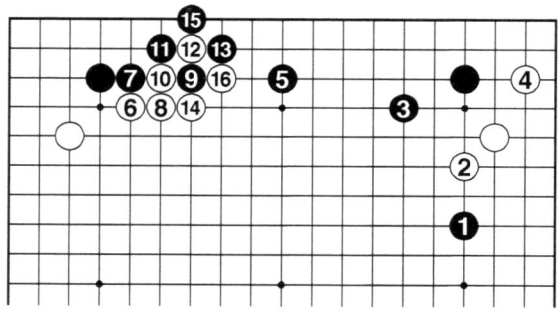

Abbildung 22 (17 deckt.)

Abbildung 22: Stehen die Steine in der linken oberen Ecke so wie hier, dann hat das Joseki wieder eine andere Wirkung. Schwarz 1 ist der normale hohe 2-Punkte-Klemmzug und 2 bis 5 bilden das Joseki. Diesmal bekommt Schwarz das magere Ergebnis. Weiß 6 ist eine Möglichkeit, dem Gegner eine überkonzentrierte Form am oberen Rand zu verschaffen – Taktik auf hohem Niveau. Die Sequenz geht weiter bis zur Verbindung auf 17, und jetzt muss Schwarz sich vorwerfen lassen, fantasielos gespielt zu haben. Anstatt Schwarz 3...

Abbildung 23: ...fährt Schwarz besser mit dem Vorhand bringenden Joseki, das mit 1 beginnt. Weiß schließt es mit 10 ab, da er sonst nicht verhindern kann, dass Schwarz 10 seine Basis zerstört. Und nun nimmt Schwarz Vorhand in der Ecke links oben. Sein Diagonalanleger auf 13 ist ein raffinierter Einfall. Die Freude an der Eröffnung beginnt da, wo man solche Ideen entwickelt. Josekis können nicht getrennt von der Eröffnung in ihrer Gesamtheit betrachtet werden.

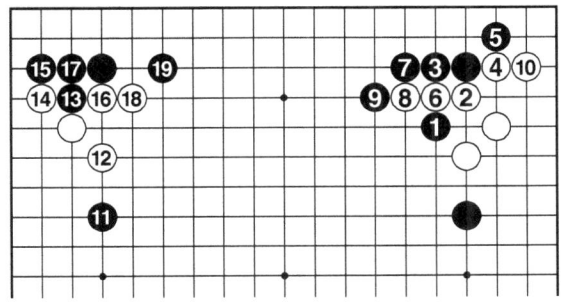

Abbildung 23

Letzten Endes scheinen alle Amateure zumindest die grundlegenden Josekis zu erlernen, allerdings zeigen sie sich im
Allgemeinen ungeschickt bei deren Anwendung. Das ist eine
ihrer Schwächen.

Abbildung 24: Hier ist eine meiner Lehrpartien. Das Tsuke-Nobi-
Joseki Schwarz 8 bis 14 war in dieser Situation unpassend, doch
hören wir, wie mein 3-Dan-Gegner argumentierte:

„Schwarz steht wegen Weiß 5 am oberen Rand schwach und
sollte schnell eine Basis bauen. Deshalb habe ich mit 8 und so fort
solide gespielt."

Nun, zumindest hat er sich etwas gedacht, nur fehlte seinem
Denken die Korrektheit. Ein sehr viel schwächerer Spieler würde

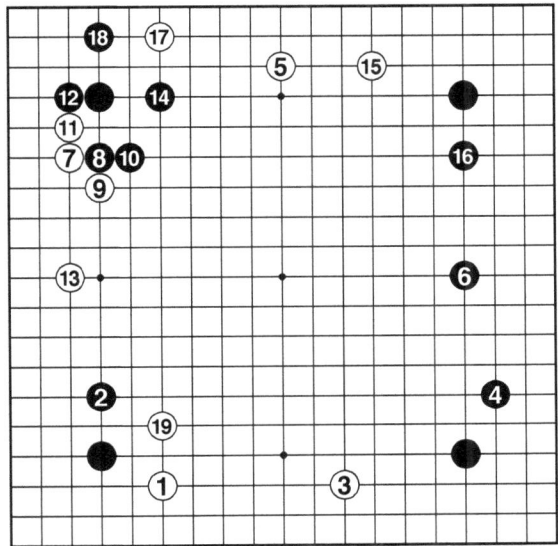

Abbildung 24

denken, er greift Weiß 7 durch das Anlegen mit Schwarz 8 an. Wie absurd! Dieses Anlegen hat kein Fünkchen Angriffspotenzial. Machen Sie sich klar, dass Weiß sich mit den Zügen bis 13 genauso stärkt wie Schwarz.

Aber selbst lokal gesehen ist das Ergebnis nach dem Joseki bis 14 für Schwarz unvorteilhaft. Er hat fünf Steine gesetzt und Weiß vier, doch seine Stellung scheint nicht entsprechend viel besser zu sein.

Die Vorteile des Tsuke-Nobi-Josekis sind einfach zu verstehen: Weiß kann wenig unternehmen, um es kompliziert zu machen, und was noch wichtiger ist: Es kann gut dazu verwendet werden, den oberen Rand in eine große Gebietsanlage zu verwandeln. Als bloßes Eckabspiel betrachtet ist es jedoch völlig reizlos.

Jetzt sollte der Fehler in der Denkweise meines Gegners offensichtlich sein. Um es noch schlimmer zu machen, überließ er mir durch seine Wahl dieser Zugfolge den Schlüsselpunkt 13 am linken Rand, den er hätte selbst beanspruchen sollen. Für eine Vier-Steine-Partie müsste man seine Eröffnung und sein Ergebnis bis 19 als unzulänglich bezeichnen. Und zum Teil liegt der Fehler in dem Joseki ab Schwarz 8 begründet.

Schwarz 8 hätte auf 1 in Abbildung 25 gespielt werden sollen. In dieser Stellung ist das der einzige Zug – Ausdehnung und Klemmzug in einem, ein wunderbarer Punkt.

Viele Menschen mögen nicht, was jetzt kommt: das weiße Doppelkakari auf 2. Sie denken, dass es die Angelegenheit für

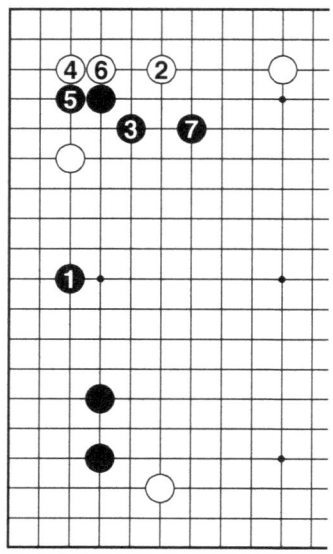

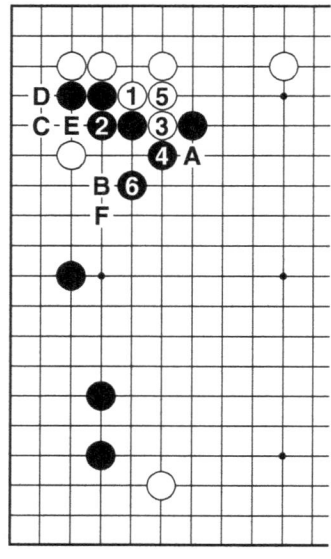

Abbildung 25   *Abbildung 26*

Schwarz unangenehm macht, aber nehmen wir an, dass Schwarz mit dem Diagonalzug auf 3 und so fort bis 7 das einfachste Joseki wählt. Was mögen sie daran nicht? Was ist so unangenehm, möchte ich fragen. Vergleichen Sie dieses Bild mit Abbildung 24. Es ist um so viel besser, dafür gibt es nur ein Wort: unendlich.

Abbildung 26: Dies ist die Fortsetzung von Abbildung 25. Schwarz hat keine Mühe, mit Weiß 1 bis 5 zurechtzukommen. Wem der weiße Schnitt auf A nicht gefällt, der kann vor dem Verbinden mit 2 zuerst auf 5 Atari geben. Vor Weiß B muss Schwarz auf der Hut sein, die Antwort ist Schwarz C. Spielt Schwarz auf F, dann ist Weiß D, Schwarz C, Weiß E möglich.

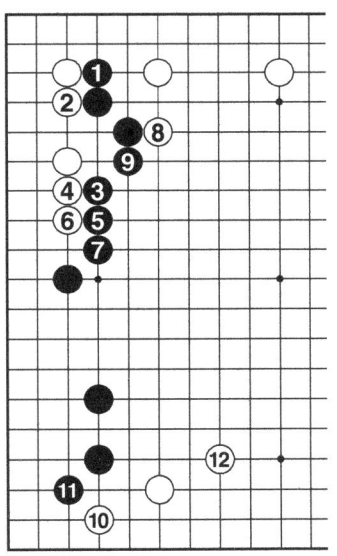

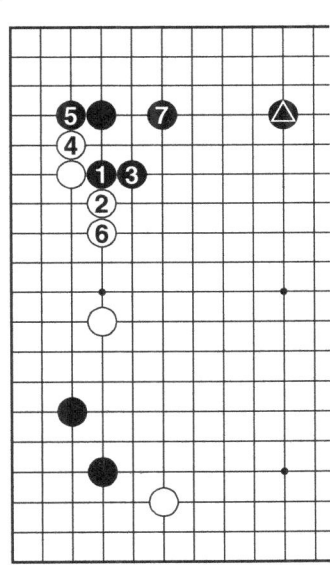

Abbildung 27   *Abbildung 28*

Abbildung 27: Wer mit Schwarz 1 auf dieser Seite trennt, hat Go nicht verstanden. Weiß wird mit 2 bis 12 antworten und sich darüber freuen, dass er noch nie so leichtes Spiel hatte.

Abbildung 28: Wenn Schwarz einen Stein an der markierten Stelle hat, dann erstrahlt das Tsuke-Nobi-Joseki in voller Pracht. Die Stellung am linken Rand und in der Ecke unten links sind ebenfalls ideal für Schwarz. Diese Abbildung mag als nützliche Referenz dienen.

Nehmen Sie nun Ihr Joseki-Buch, das in Ihrem Regal geschlummert hat, schlagen Sie es auf und studieren Sie es nochmals mit der Methode, die ich Ihnen verordnet habe.

Kapitel VIII

Gute und schlechte Form

Gute und schlechte Form

Jeder Mensch bewundert schöne Dinge. Jeder betrachtet sie mit einer Art Verlangen. Das trifft auch auf Go zu, wo es eine Ästhetik der Form gibt. Wenn man eine professionelle Partie betrachtet, dann kann man Schönheit im Spielfluss und Schönheit in den entstandenen Formen erfahren. Amateur-Go ist Welten davon entfernt.

Schwächere Spieler sollten sich allerdings nicht zu sehr auf Form konzentrieren in dem Irrglauben, schöne Formen würden sie stärker machen. Die Partien der Amateur-„Formschule" lassen oft nicht genügend Kraft spüren. Sie imitieren die oberflächlich schönen Muster, die man im Profi-Go findet, gehen aber an deren Sinn und Zweck vorbei. Es wäre voreilig zu schließen, dass gute Form immer korrekt ist. Schlechte Form besitzt ihren eigenen Charakter, ihre eigene Stärke und ist zuweilen sogar besser. Und doch möchte ich nicht empfehlen, dass Sie die Ästhetik der Form ganz missachten. Der Leser sollte die Fähigkeit entwickeln, gute und schlechte Form zu unterscheiden. Zu diesem Zweck musste dieses Kapitel meiner Ansicht nach geschrieben werden.

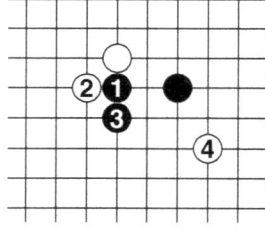
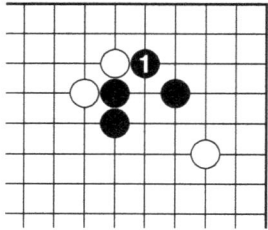

Abbildung 1   Abbildung 2

Abbildung 1: Schwarz 1 und 3 bilden das Tsuke-Nobi-Joseki, von dem Weiß 4 auf unerhörte Weise abweicht, ein entsetzlicher Zug, ein idiotischer Schnitzer. Die schwarze Antwort sollte augenblicklich auf dem Brett liegen, ohne jedes Zögern.

Abbildung 2: Natürlich stellt Schwarz auf 1 dagegen. Er muss sich nicht fragen, was Weiß danach wohl tun wird. Bei einer solchen Chance würde nur ein Schwachsinniger unsicher werden – „Nicht hier, da auch nicht, vielleicht sollte ich die Stellung so belassen." Seine Hand sollte vor Ungeduld zittern, den Zug auf 1 spielen zu können. Er sollte von Begeisterung überwältigt sein.

Abbildung 3. Problem: Weiß am Zug. Wenn er nichts unternimmt, wird Schwarz seine Steine mit A einwickeln und fangen.

Sie meinen, Weiß sollte auf A verbinden?

Das wäre schlechte Form – ineffizient.

Also dann Weiß B?

Wie bitte? Nicht zu fassen! Das wäre der Inbegriff schlechter Form. Auf Weiß B folgt das schwarze Atari auf C. Bitte ersparen Sie mir diesen grauenvollen Anblick.

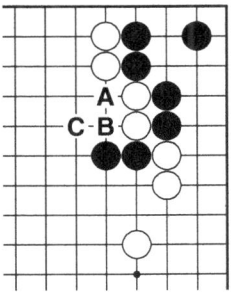

Abbildung 3

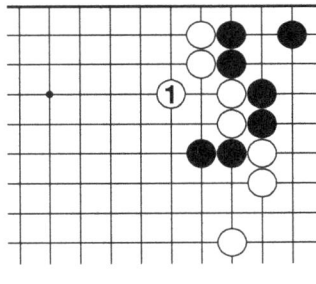

Abbildung 4

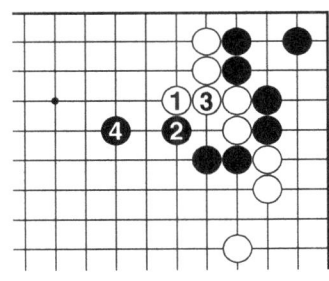

Abbildung 5

Abbildung 4: Ah, jetzt hab ichs. Weiß 1 wie in Abbildung 2. Wunderschön!

Schön? Nicht so schnell, dieses Bild ist nur ein unechter Abklatsch von Abbildung 2. Nach Weiß 1 nimmt Schwarz mit 2 in Abbildung 5 den vitalen Punkt. Danach ist Schwarz mit 4 beim Ringen um den Vorsprung deutlich im Vorteil, er hat die Initiative.

Abbildung 6: Weiß 1 ist der einzige Zug. Auch ein Amateur sollte ihn kennen, zumindest jeder Dan-Spieler. Er macht gute Form, und was das Ringen um den Vorsprung angeht, so ist Weiß 1 einfach ein Muss. Vergleichen Sie dieses Bild mit dem vorigen und sehen Sie, wie bedeutsam es ist, die Nase vorn zu haben. Dies ist eine wichtige Situation, in der die Kenntnis oder Unkenntnis guter Form über Dominanz oder Niedergang entscheidet.

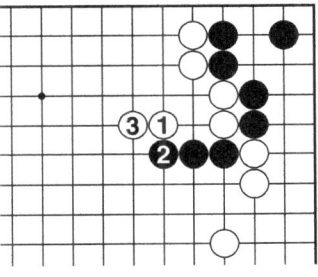

Abbildung 6

Abbildung 7. Problem: Weiß am Zug. Konfrontationen wie diese sind so häufig, dass es für diese Aufgabe einen breiten Anwendungsbereich gibt.

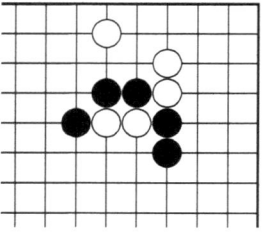

Abbildung 8: Der weiße Sprung auf 1 ist vom selben Typ wie der Zug Weiß 1 in Abbildung 6 und ist ein Tesuji. Schwache Spieler springen zuweilen auf den Punkt links von 1 und verlieren auf tragikomische Weise auf der Stelle

Abbildung 7

zwei Steine. Weiß 1 ist hier der einzig richtige Zug.

Abbildung 9: Es gibt auch Spieler, die zwar wissen, dass Weiß 1 korrekt ist, sich aber damit nicht wohl fühlen. Ein Grund dafür ist, dass Schwarz mit 2 und so fort durch die Lücke stößt und den Stein fängt, den sie gerade gesetzt haben – was ihnen nicht gefallen will. Lassen Sie mich die Aussage zu Protokoll geben, dass das Ergebnis bis 9 gut für Weiß ist.

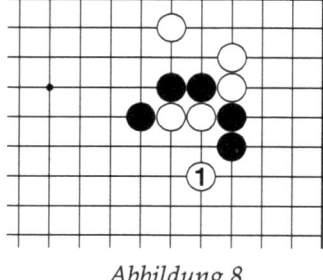

Abbildung 8

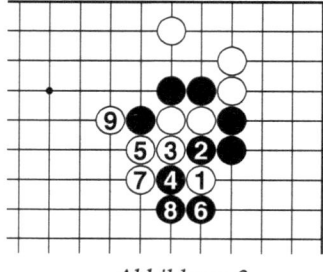

Abbildung 9

Abbildung 10: In der Praxis verrät sich das oben erwähnte Unbehagen durch Züge wie Weiß 1. Damit bekommt Weiß alles andere als perfekte Form für den bevorstehenden Kampf.

Abbildung 11: Weiß 1 gibt gute Form und die Sequenz geht bis 5 weiter. Falls die folgende Treppe für ihn läuft, kann Weiß statt 3 sogar noch einen besseren Zug spielen.

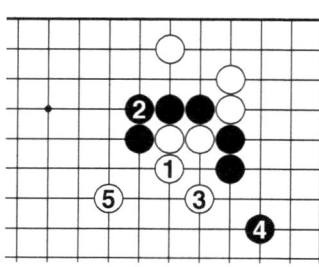

Abbildung 10

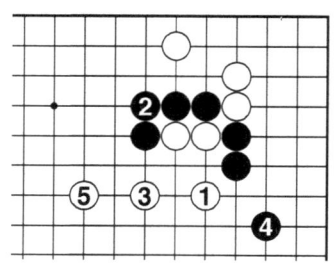

Abbildung 11

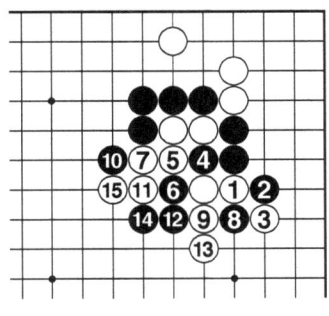

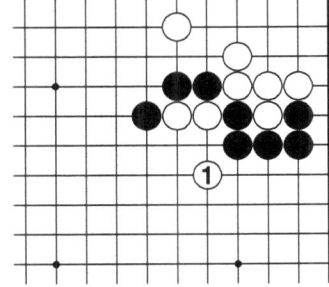

Abbildung 12　　　　　　　　*Abbildung 13*

Abbildung 12: Er kann Schwarz mit 1 aufhalten. Bei Zug 14 erscheint besagte Treppe, doch wenn Weiß mit 15 entkommen kann, dann bricht die schwarze Stellung zusammen.

Abbildung 13: Doch keine Regel ohne Ausnahme. Spielt Weiß in dieser Stellung auf 1, so hat Schwarz für ihn ein Gegen-Tesuji zur Hand.

Abbildung 14: Die Zugfolge Schwarz 1 bis 13 wird „lose Treppe" genannt. Schwarz kann sie mit Erfolg spielen, falls er sie bis zum Ende ausgelesen hat. Falls er nur Züge imitiert oder sich auf verwaschene Erinnerung verlässt, riskiert er eine Katastrophe. Denken Sie an die Worte von Fukuzawa Yukichi[1]: „Selbstvertrauen erwächst aus Stärke und Stärke aus Selbstvertrauen."

Abbildung 15: Dies ist nicht der Ort, über gute oder schlechte Form zu streiten. Weiß 1 ist schlechte Form – und der einzige Zug. Es gibt sonst keinen. Ein Profi würde jedoch alles tun, um mit Weiß nicht in diese Lage zu geraten.

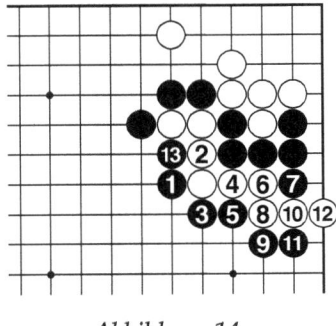

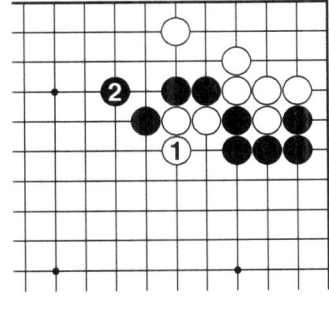

Abbildung 14　　　　　　　　*Abbildung 15*

1 Gelehrter, der eine entscheidende Rolle in Japans Modernisierung in der zweiten Hälfte des 19. Jahrhunderts spielte.

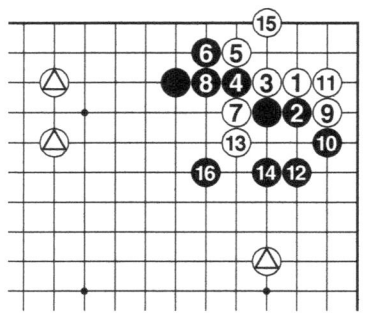
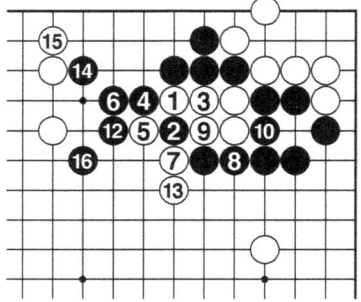

Abbildung 16   Abbildung 17 (11 deckt)

Abbildung 16: Normalerweise ist diese Zugfolge mit Schwarz 16 beendet, doch hier verfügt Weiß außen über die markierten Truppen zur Unterstützung.

Abbildung 17: Also macht er sich tapfer mit 1 und so fort auf den Weg. Schwarz antwortet auf die bestmögliche Weise und zwingt Weiß in schlechte Form. Doch Weiß war darauf vorbereitet und fest entschlossen, die schwarze Position in jedem Fall zu trennen und zu kämpfen.

Auf keinen Fall, denken Sie, würde ein Berufsspieler so etwas tun, aber dies geschah in einer Partie zweier etablierter Profis. Profis? Sie schauen ungläubig drein, doch wenn die Rahmenbedingungen einen Kampf begünstigen, dann kann sogar eine solche Zugfolge aufs Brett gelangen.

Abbildung 18: Schwarz 2 ist ein schlechter Zug. Weiß 13 bringt Schwarz in eine schwierige Position.

Abbildung 19. Problem: Weiß am Zug. Soll er seine obere Gruppe verstärken oder lieber aktiv die drei schwarzen Steine angreifen, die ohne Basis im Zentrum schwimmen? Er schwankt zwischen diesen beiden Möglichkeiten.

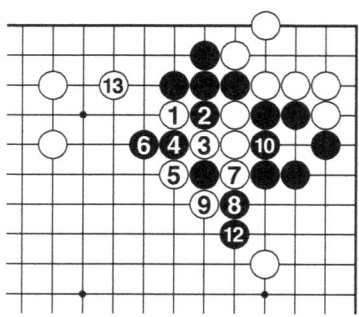
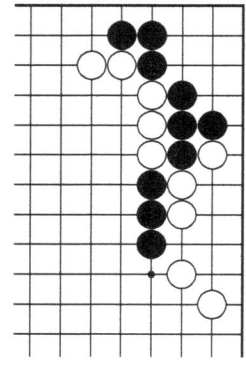

Abbildung 18 (11 deckt)   Abbildung 19

Abbildung 20: Zaudern Sie nicht, spielen Sie auf 1. Das ist gute Form und der genaue Zug. Die erste Aufgabe für Weiß ist, seine eigene Gruppe zu stärken. Dieser eine Stein bringt ihm Sicherheit und Glück. Nun kann er sich darauf freuen, die schwarzen Steine genüsslich anzugreifen. Jeder, dessen Blick nicht sofort von einem Punkt wie Weiß 1 angezogen wird, behandelt gute Form zu gleichgültig. Sie müssen von guter Form regelrecht betört sein. Sobald Sie Abbildung 19 vor sich sehen, muss Ihnen sofort Weiß 1 in den Sinn kommen. Wenn

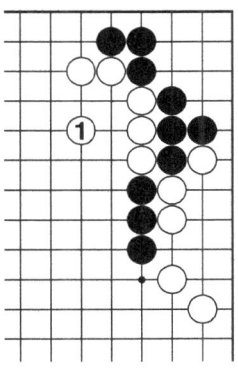

Abbildung 20

Sie nicht dasselbe Gefühl in der Brust spüren, wie wenn Sie die Augen schließen und an Ihren Schatz denken, dann lieben Sie gute Form nicht genug.

Abbildung 21. Problem: Schwarz am Zug. Er würde gern auf A spielen, doch bringt Weiß B dann nicht großen Ärger?

Abbildung 22: Wenn das so ist: Wie steht es mit dem Hane auf 1? Nicht gut genug – Weiß verteidigt mit 2.

Nun denn, Schwarz 1 auf A? Weiß legt auf 2 an. Dann folgt Schwarz B, Weiß C, Schwarz D, Weiß E, doch das ist nicht gut für Schwarz.

Abbildung 23: Aha! Schwarz sollte sich mit 1 stärken. „Allzeit bereit!" heißt der Wahlspruch.

Schon, aber Schwarz hat es nicht verstanden. Weiß spielt 2 und nimmt ihm das Wort aus dem Mund.

All das sind unfassbare Antworten. Wovor fürchtet sich Schwarz so sehr, möchte ich fragen.

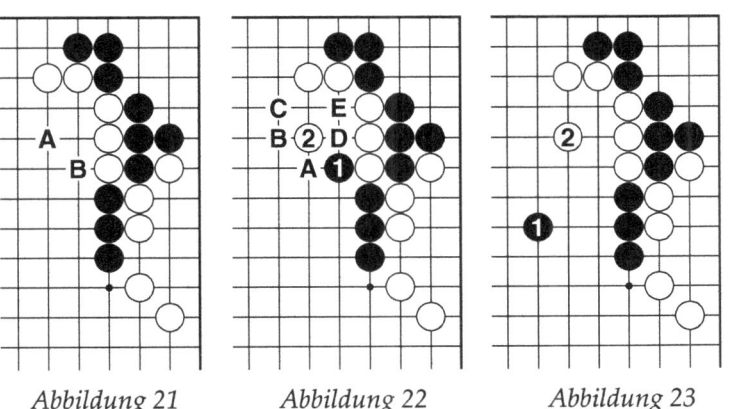

Abbildung 21   Abbildung 22   Abbildung 23

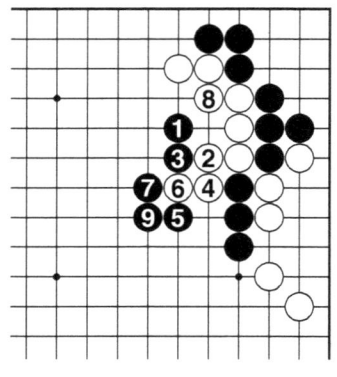

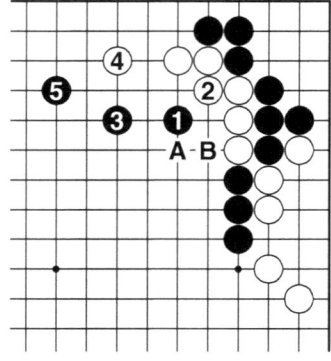

Abbildung 24   Abbildung 25

Abbildung 24: Hier gibt es nur eins, auf 1 zuschlagen. Weiß spielt seine lästige Antwort auf 2, aber Schwarz lässt sich nicht belästigen. Er hat 3 und 5 ausgelesen, und Weiß bekommt nie eine Chance zum Gegenangriff. Irgendwann muss er zurückkommen und auf 8 verbinden, um Schwarz am Schneiden zu hindern. Seine Form ist so schrecklich, dass man kaum hinsehen mag. Der schwarze Angriff hat eine unaufhaltsame Dynamik gewonnen. Und all das nur, weil er mit 1 den richtigen Punkt getroffen hat.

Abbildung 25: Hier sehen Sie ein, zwei Variationen. Falls Weiß einfach auf 2 verbindet, löst er eine sofortige Krise aus. Schwarz greift erbarmungslos mit 3 und 5 an.

Weiß kann nicht mit 2 auf A zum Gegenangriff übergehen, denn Schwarz keilt sich mit B dazwischen, worauf Weiß keine Antwort findet.

Wir sehen hier die goldene Regel „Des Gegners Punkt ist dein eigener". Schwarz sollte ohne Zögern auf 1 spielen. Jeder, dem es Schwierigkeiten macht diesen Schlüsselpunkt zu erkennen, sollte Schwarz und Weiß 1 immer wieder üben.

Abbildung 26: Der Lohn des Wiederholungstrainings mit solchen Schlüsselpunkten ist, dass Sie die Schwachpunkte in Formationen wie diesen finden können, in denen man sonst nicht wüsste, wo man anfangen soll.

Rechts oben: Es wäre zu schade, wenn Weiß im Endspiel Hane auf A spielen würde. Er hat einen aggressiveren Zug zur Verfügung. Die Folge muss nicht sein, dass Schwarz stirbt, aber sein Gebiet von über zehn Punkten wird in den Grundfesten erschüttert werden. Und falls er nicht korrekt antwortet, kann er in überraschende Probleme geraten. Wo ist das weiße Endspiel-Tesuji?

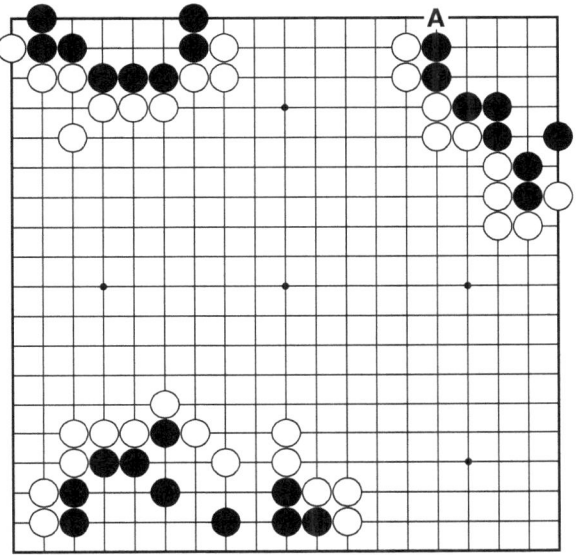

Abbildung 26

Links oben: Sogar diejenigen, die die „klumpige Fünf" kennen, haben noch nie von einer „klumpigen Sieben" gehört. Doch hier ist sie und Weiß kann töten.

Links unten: Diese schwarze Gruppe sieht wirklich nicht so aus, als ob sie sterben könnte, und doch ist es möglich. Weiß am Zug tötet.

Abbildung 27 (rechts oben): Trifft Weiß mit 1 den vitalen Punkt, so kann er tief eindringen und mit Vorhand abschließen, während Schwarz in seinem scheinbar riesigen Gebiet gerade eben noch zwei Augen zustande bringt.

Abbildung 28: Außer sich beschließt Schwarz, mit 2 Widerstand zu leisten, doch er wird nicht davonkommen ohne Federn zu lassen. Weiß macht den Diagonalzug auf 3 und bekommt

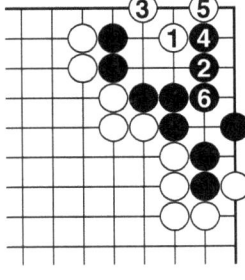

Abbildung 27

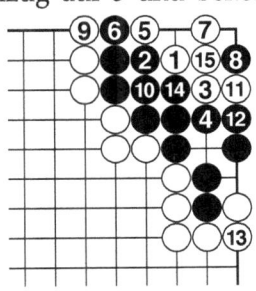

Abbildung 28

mit 15 ein Zwei-Schritt-Ko. Für
Weiß ist dieses Ko ein Picknick –
verliert er es, so hat sich für ihn
fast nichts verändert, während die
Angelegenheit für Schwarz schwer-
wiegend ist.

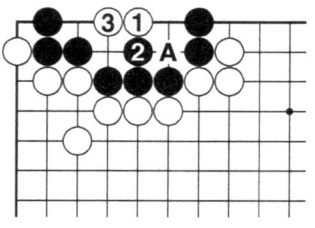

Abbildung 29 (links oben): Weiß 1
trifft den Mittelpunkt der schwarzen
Form, und Schwarz ist bereits tot.

Abbildung 29

Spielt er statt 2 auf 3, dann kann er nach Weiß A nichts mehr
ausrichten. Spielte Weiß mit 1 auf 3, dann führten die Züge
Schwarz 1, Weiß 2, Schwarz A zu einem Ko und damit zu einem
Fehlschlag für Weiß.

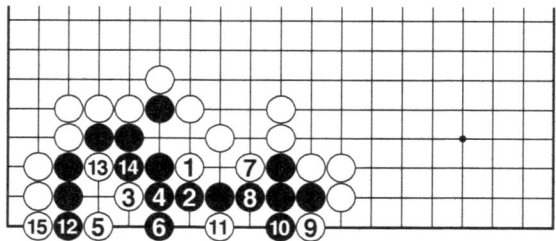

Abbildung 30

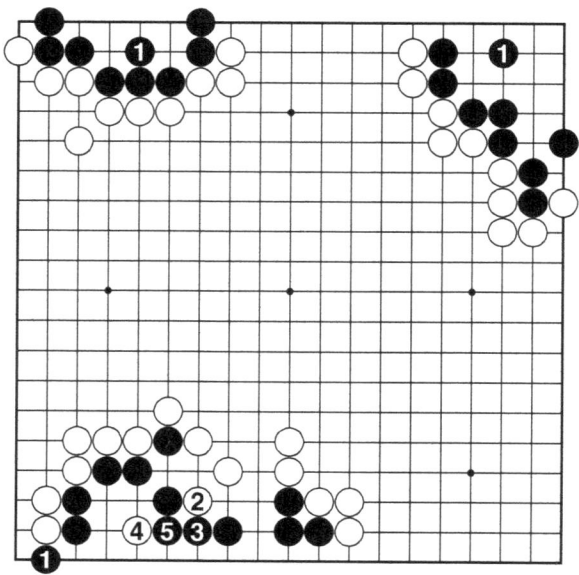

Abbildung 31

Abbildung 30 (links unten): Es ist der Punkt 3, auf den es Weiß abgesehen hat, und mit der Sequenz bis 15 stirbt die schwarze Gruppe. Wenn Sie bis zum Zug Weiß 5 rechnen konnten, dann hatten Sie die Lösung. Der Rest sei hier nur zur Kontrolle gezeigt. Vorsicht ist beim Diagonalzug auf 5 geboten: Spielt Weiß stattdessen Hane auf 12, dann kann Schwarz nach der Sequenz 6 bis 11, die seine Gruppe vorerst auf ein nur Auge beschränkt, durch Dagegenstellen auf 5 dennoch leben.

Diese drei Probleme gehören zu denen, die jemand mit einem guten Auge für Form auf den ersten Blick lösen könnte.

Abbildung 31: Ist Schwarz am Zug, dann sind unter Endspielgesichtspunkten die hier gezeigten Züge am besten.

Abbildung 32. Ein Anwendungsproblem: Schwarz am Zug. Seine ganze Streitmacht steht kurz vor dem Zusammenbruch. Welcher eine Zug rettet ihn?

Ohne die vorangegangenen Betrachtungen wären Spieler mittlerer und schwächerer Spielstärke wahrscheinlich ratlos, wenn ihnen dieses Problem plötzlich aufgetischt wird. So schwierig es auch ist, unsere Untersuchung guter und schlechter Form bringt sofort die Lösung. Das ist keine geringe Leistung, jedoch eine, die jeder Leser zum jetzigen Zeitpunkt erbringen muss.

Abbildung 33: Schwarz 1 – die Lösung ist ganz leicht zu... – wer war das? Sie sagen, dass Sie dachten, es wäre Schwarz A? Wie können Sie nur solch ein Anti-Tesuji vorschlagen? Ich garantiere Ihnen, dass alle anderen, die Schwarz 1 sofort gesehen haben, für ihre gute Form bewundert werden. Außerdem, sieht Schwarz 1 nicht elegant aus – alles andere als amateurhaft? Ist Weiß am Zug, dann wird er natürlich selbst auf 1 spielen und die schwarzen Steine in guter Form fangen.

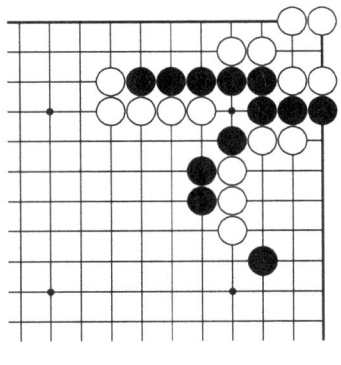

Abbildung 32

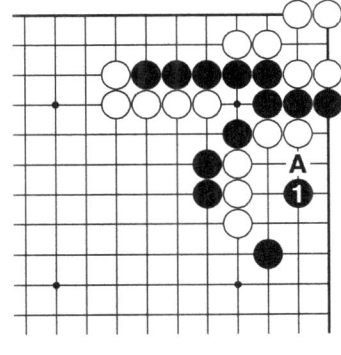

Abbildung 33

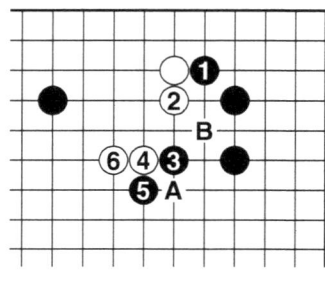

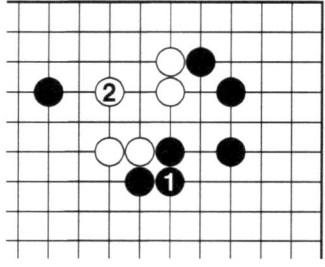

Abbildung 34   *Abbildung 35*

Abbildung 34: Schwarz am Zug. Diese Zugfolge kommt immer wieder in Vorgabepartien vor. Bis zu dieser Stelle kann jeder kommen, nur die Fortsetzung macht Probleme. Ich wage zu behaupten, dass aufgeweckte Leser schon erraten haben, welchen Zug ich sehen will. Doch vergessen Sie nicht, dass die schwarze Position einen Schnittpunkt auf A aufweist, außerdem hat Weiß B ebenfalls etwas Beunruhigendes. Es mag Spieler geben, die sich nicht zum nächsten Zug entschließen können, obwohl sie wissen, wo er hingehört.

Abbildung 35: Mit Schwarz 1 zu verbinden ist ängstlich, Weiß repariert seine Form mit 2. Schwarz hat ihn zu einfach davonkommen lassen.

Abbildung 36: Schwarz nimmt seinen ganzen Mut zusammen und kracht mit 1 frontal in die weiße Stellung, doch Weiß springt mit 2 zur Seite und hat wieder gute Form. Schwarz soll nicht so herumalbern.

Abbildung 37: Der Zug Schwarz 1 auf den vitalen Punkt ist die Methode, Weiß unter Druck zu setzen. Der Antwortzug Weiß 2 verbindet lediglich, er leistet nichts, er hat keine Auswirkung auf die schwarzen Steine, er macht schlechte Form. Dies ist das berüchtigte „leere Dreieck".

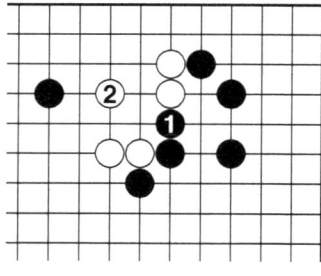

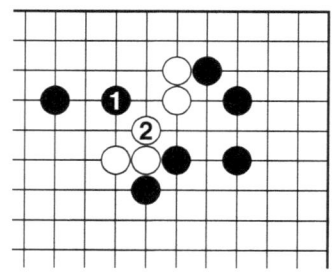

Abbildung 36   *Abbildung 37*

Abbildung 38: Spielt Weiß auf 1, dann macht Schwarz nicht viel Aufhebens um das Verbinden auf 2. Weiß muss auf 3 spielen, um nicht geschnitten zu werden, danach greift Schwarz mit 4 in guter Formation an. Seine gute Form und die schlechte von Weiß stehen in ziemlichem Gegensatz.

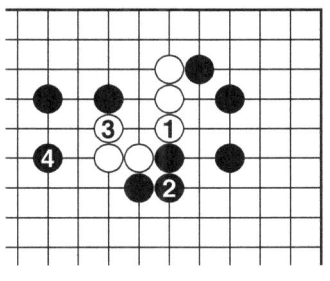

Abbildung 38

Abbildung 39 und 40 sind eine Art Assoziations-Aufgabe. Erweckt der Anblick des ersten Bildes mittlerweile schon die Vorstellung, Weiß mit dem Zug Schwarz 1 im zweiten Bild schlechte Form zu geben?

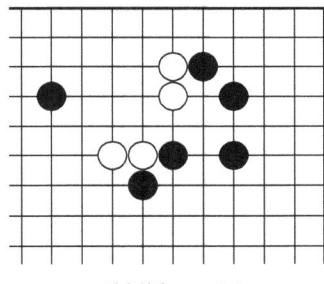

Abbildung 39

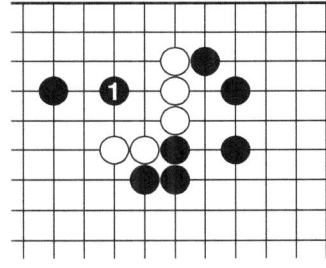

Abbildung 40

Abbildung 41: Schwarz hat auf 1 angelegt und auf 3 gestreckt. Wo sollte Weiß als Nächstes spielen?

Abbildung 42: Weiß 1, analog zum Joseki, ist nicht richtig. Schwarz spielt 2, und wenn Weiß jetzt durch die Lücke stößt, dann fährt Schwarz enorm viel Gebiet ein. So etwas tun Amateure mit Weiß häufig.

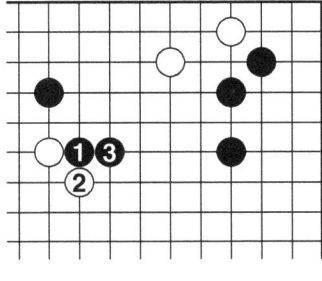

Abbildung 41

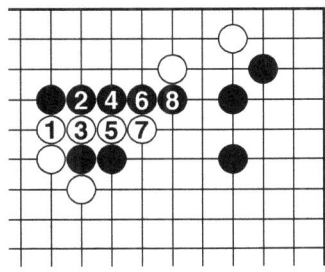

Abbildung 42

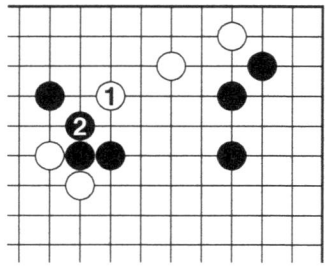

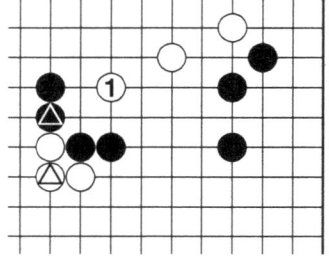

Abbildung 43   Abbildung 44

Abbildung 43: Dieser Zug ist korrekt. Dem Schwarzen ist klar, dass der Zug auf 2 schlechte Form macht, aber er kann es nicht ändern. Lässt er ihn weg, wird er geschnitten. Nun steht Weiß sicher in guter Form und Schwarz treibt in schlechter Form dahin. Die Vorstellung, die hier erweckt werden soll, ist …

Abbildung 44: …Weiß 1 mit Ergänzung der markierten Steine.

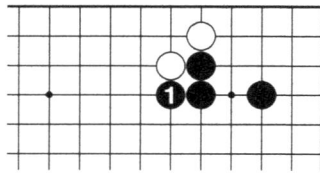

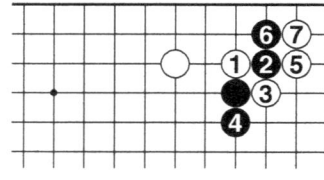

Abbildung 45   Abbildung 46

Abbildung 45: Der Zug Schwarz 1 hier macht kein leeres Dreieck. Er gibt gute dicke Form. Vergewissern Sie sich, dass Sie den Unterschied deutlich verstehen.

Abbildung 46: Der weiße Kreuzschnitt mit 1 und 3 ist der Fluch des schwächeren Spielers. Schwarz 4 folgt der Redensart „Nach einem Kreuzschnitt streck dich", doch Weiß bricht mit 5 und 7 dreist einen Streit vom Zaun.

Abbildung 47: Da er ja kein Hasenfuß ist, teilt Schwarz erst einmal rechts und links mit 1 bis 5 aus. „Napoleon und ich haben das Wort ‚Opfer' aus unserem Wortschatz gestrichen", proklamiert er, als er Schwarz 7 aufs Brett knallt. Doch das ist nicht der richtige Zeitpunkt, Napoleon zu zitieren. Schwarz ist nach der Überraschung Weiß 8 hilflos.

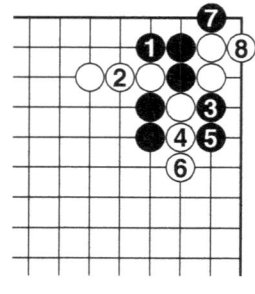

Abbildung 47

Abbildung 48: Schwarz 1 bis 7 bilden eine schöne Opfersequenz, die zu erlernen sich lohnt. Schwarz 7 ist ihre Krönung, ein atemberaubend schöner Zug.

Abbildung 49: Nach Weiß 1 und Schwarz 2 sieht das Joseki eine Ausdehnung mit Weiß 3 auf A vor, doch wir können den Fall nicht ausschließen, dass er diesen Zug weglässt. Jetzt ist Schwarz 4 ein starker Zangenangriff.

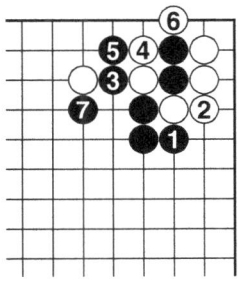

Abbildung 48

Abbildung 50: Eine weiße Antwort ist der diagonale Anleger auf 1. Wo soll Schwarz jetzt spielen?

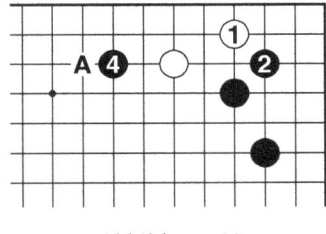

Abbildung 49   *Abbildung 50*

Abbildung 51: Schwarz 1 ist korrekt. Wie kann derart schlechte Form korrekt sein?

Abbildung 52: Falls Schwarz mit 1 angreift, wird Weiß flugs mit 2 und 4 gute Form erreichen. Schwarz 1 in der vorigen Abbildung ist ein „guter Zug in schlechter Form" und wurde nur gespielt, um das zu verhindern.

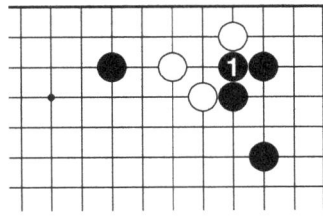

Abbildung 51   *Abbildung 52*

Kapitel IX

Genaue und Ungenaue Züge

Genaue und ungenaue Züge

Ein Philosoph der Meiji-Ära sagt einmal: „Wissen ohne Liebe ist ein hohles Echo. Nicht der ist ein Heiliger, der von Vieh und Acker predigt, sondern der Bauer, der sie liebt." Wenn wir Berufsspieler das Spiel lieben, dann können wir unserem Wissen zu wahrem Leben verhelfen und vielleicht sogar andere begeistern. Dies will ich nicht vergessen, wenn wir jetzt fortfahren.

Abbildung 1: Kurz nachdem ich im Herbst 1949 Profi wurde, sah ich eine Partie zweier Topspieler, in der Weiß sich mit 1 der rechten oberen Ecke annäherte. Die Antwort seines Gegners werde ich niemals vergessen. Er nahm sich Zeit zum Nachdenken, also überlegte ich mit. Würde er auf 2 anlegen oder den solideren Zug auf A spielen? Ich war sicher, dass es einer dieser zwei Züge werden würde, aber ich hatte mich geirrt. Der Leser mag sich selbst einmal fragen, wo er Schwarz 2 gespielt hätte. Dieses Problem könnte gerade für Anfänger kinderleicht sein.

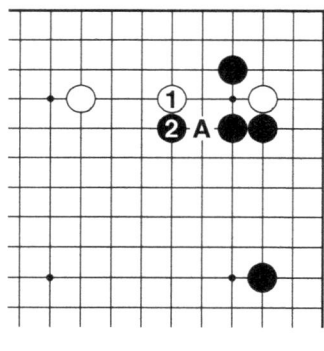

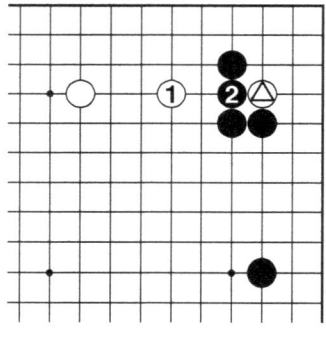

Abbildung 1   *Abbildung 2*

Abbildung 2: Schwarz deckte fest auf 1. Das war der Zug, der den markierten weißen Stein am sichersten bewegungsunfähig machte, doch damals brummelte ich in mich hinein. „Was für lustlose Profis es auf dieser Welt gibt! Wie kann irgend jemand erwarten, eine hart umkämpfte Partie mit einem so schwerfälligen Zug wie 1 zu gewinnen? Das will ein Top-Profi sein?"

Wenige Jahre später kam praktisch dieselbe Position in einer anderen Partie vor, bei der ich zuschaute, und ein anderer Profi spielte dieselbe Verbindung auf Schwarz 1. Jetzt dämmerte mir, dass dies genau diese Sorte stiller, schöner Züge ist, die Berufsspieler so sehr lieben. Schwarz 1 war der genaue Zug. Solide und sicher wie er war, gab es keine Möglichkeit, dass er sich später als falsch herausstellt. Jetzt konnte Schwarz bis zum Äußersten gehen, wenn er gegen die dünne weiße Position am Rand kämpfen wollte. Man muss den ersten Schritt vor dem zweiten tun, und Schwarz 1 war so ein erster Schritt. Innerlich wurde ich rot, ich erinnerte mich an die dummen Gedanken, die mir vorher durch den Kopf gingen, als ich den tatsächlichen Wert von Schwarz 1 noch nicht erkannt hatte.

Um zu sehen, wie viel Gespür Sie dafür haben, was einen „genauen Zug" ausmacht, versuchen Sie sich einmal an den folgenden zehn Problemen. Bearbeiten Sie sie wie einen Test; schreiben Sie Ihre Antworten auf ein Blatt Papier, bevor Sie die Lösungen (ab Seite 152) anschauen. Die Antwort zu jedem Problem ist ein einziger Zug. Denken Sie daran, dass es ein genauer Zug sein soll und kein unausgereifter Behelf.

Problem 1
Abbildung 3: Schwarz am Zug. Welcher ist der genaue Zug: A, B, C oder D?

Bei diesen zehn Problemen betrachten wir eine Ecke in der Eröffnung und fragen nicht nach dem Mittel- oder Endspiel.

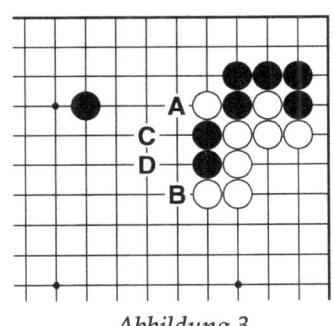

Abbildung 3

Problem 2
Abbildung 4: Schwarz 1 bis Weiß 10 sind ein Joseki. Wo soll Schwarz mit 11 spielen?
Abbildung 5: Wählen Sie zwischen A, B, C und D.

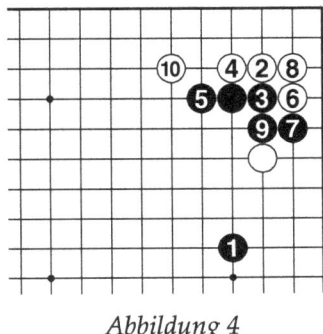

Abbildung 4

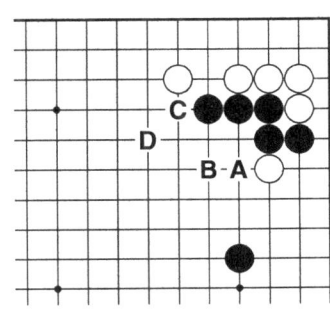

Abbildung 5

Problem 3

Abbildung 6: Weiß 1 ist ein üblicher Testzug beim schwarzen Shimari. Schwarz 2 betont den Außeneinfluss. Die Frage ist, was Schwarz tun soll, wenn Weiß jetzt fernbleibt. Soll er Weiß 1 mit A oder B bändigen oder eine weite Ausdehnung auf C oder D spielen? Die Lösung ist einer der vier Züge.

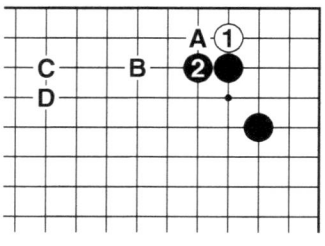

Abbildung 6

Problem 4

Abbildung 7: Dies ist eines der Josekis, die mit einem hohen Kakari beginnen. Die Frage folgt nach dem weißen Hane auf 14.

Abbildung 8: Schwarz am Zug: Wählen Sie zwischen den Zügen A bis E.

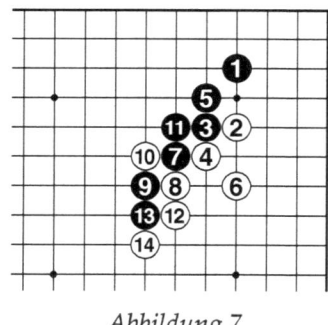

Abbildung 7

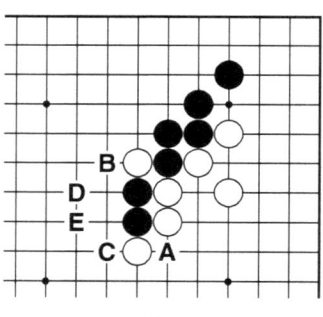

Abbildung 8

Problem 5

Abbildung 9: Wie soll Schwarz das weiße Nozoki beantworten: Sollte er mit A oder B das Eckgebiet beanspruchen, fest auf C verbinden oder mit D Widerstand leisten?

Problem 6

Abbildung 10: Schwarz am Zug. Welcher Zug A bis D ist korrekt?

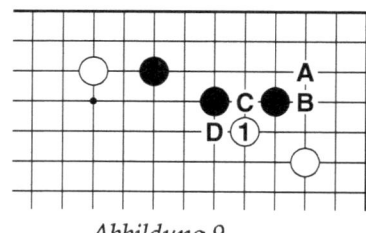

Abbildung 9

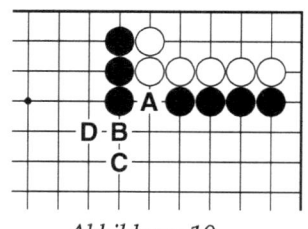

Abbildung 10

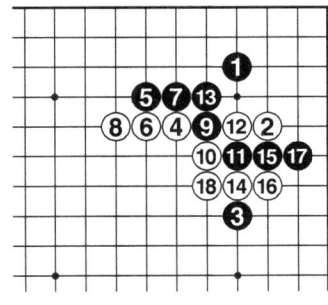

Abbildung 11

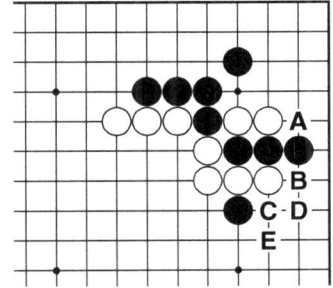

Abbildung 12

Problem 7

Abbildung 11: Schwarz 1 bis Weiß 18 sind eines der Josekis nach dem hohen Zwei-Punkte-Klemmzug. Wo soll Schwarz mit 19 spielen?

Abbildung 12: Soll er auf A Nachhand nehmen, um die zwei weißen Steine sauber zu fangen, oder soll er mit Schwarz B, Weiß C, Schwarz D, Weiß E herauskriechen und Vorhand nehmen, um woanders weiterzuspielen?

Problem 8
Abbildung 13: Schwarz am Zug: A, B oder C?

Problem 9
Abbildung 14: Schwarz am Zug. Die Stellung birgt für ihn ungünstiges Potenzial, wenn er den markierten weißen Stein nicht bändigt. Soll er auf A, B, C oder D spielen?

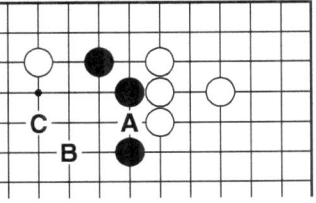

Abbildung 13

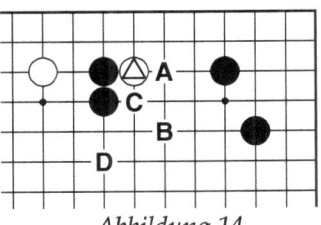

Abbildung 14

Problem 10
Abbildung 15: Schwarz am Zug. Ihre Chance beträgt eins zu vier.

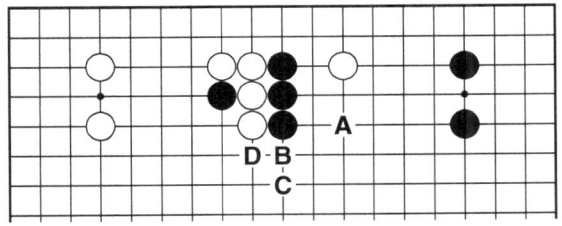

Abbildung 15

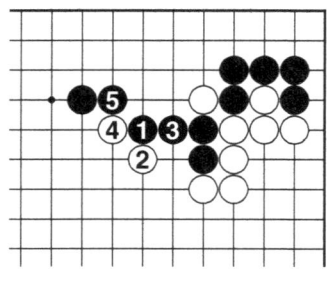

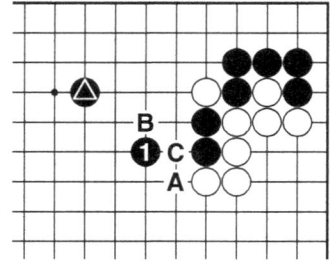

Abbildung 16   Abbildung 17

Lösung zu Problem 1

Abbildung 16: Der Zug Schwarz 1 mag so aussehen, als ob er schöne ausbalancierte Form macht, doch das täuscht. Nennen wir ihn einen ungenauen Zug. Zum Beispiel kann Weiß jetzt den schwarzen Außeneinfluss durch die Kikashis 2 und 4 stark einschränken.

Abbildung 17: Schwarz 1 steht nicht im Gleichgewicht mit dem markierten Stein und Weiß hat ein Anlege-Tesuji auf B. Schwarz 1 auf A wäre der schlechteste Zug – schlicht vermessen. Weiß würde auf C schneiden.

Abbildung 18: Der genaue Zug ist, den weißen Stein mit 1 zu packen.

Lösung zu Problem 2

Abbildung 19: Schwarz 1 ist korrekt. Nach diesem rigorosen Niederdrücken kann Schwarz B anvisieren oder einen Anleger auf C. Einen Augenblick – Schwarz A wäre auch ein genauer Zug. Auf die Schnelle kann ich nicht entscheiden, welcher Zug besser ist.

Schwarz D und E gehen beide schief, wenn Weiß danach auf C spielt. Insbesondere müssen die Leser gewarnt werden, die versucht sind, den Zug auf E zu wählen. Man möchte ihn

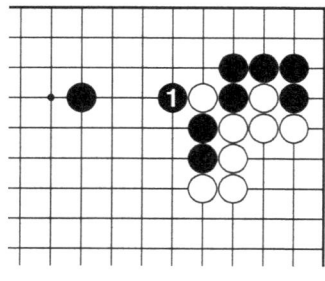

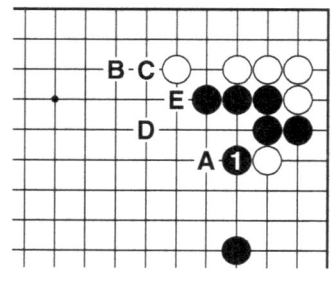

Abbildung 18   Abbildung 19

vielleicht gern spielen, weil er Vorhand ist, doch das ändert nichts daran, dass er Schwarz einen Nachteil bringt. Jeder, den es juckt, auf E zu spielen, sollte sich an diese Warnung erinnern.

Lösung zu Problem 3

Abbildung 20: Schwarz 1 ist der genaue Zug. Danach kann Schwarz am oberen Rand nach Herzenslust kämpfen und hat dabei den Rücken frei. Schwarz 1 ist ein „dicker" Zug.

Schwarz A wäre nur halbgar und ließe ungünstiges Potenzial in der Ecke.

Lösung zu Problem 4
Der korrekte Zug war B.

Lösung zu Problem 5
Der korrekte Zug war C.

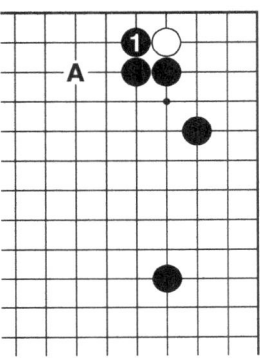

Abbildung 20

Lösung zu Problem 6

Abbildung 21: Dies ist der genaue Zug. Alle anderen sind ungenau.

Lösung zu Problem 7

Abbildung 22: Schwarz 1 ist der genaue Zug. Schwarz würde nicht mit A, Weiß B, Schwarz C, Weiß D Vorhand nehmen, es sei denn es gäbe einen außerordentlich guten Zug woanders auf dem Brett. Denn der Nachteil, auf der Linie der Niederlage (der zweiten) dahinzukriechen, während die weiße Mauer immer mächtiger wird, ist gewaltig.

Durch den genauen Zug bleibt die weiße Position „unten offen" und Schwarz kann sich für die Zukunft einen Zug auf E vornehmen. Auf keinen Fall will er die weiße Mauer noch dicker machen.

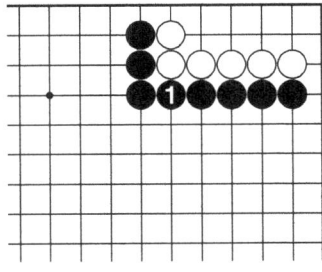

Abbildung 21

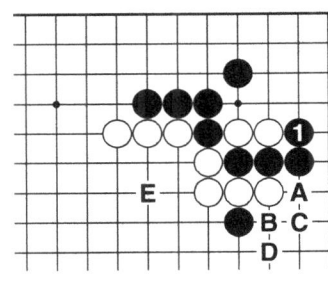

Abbildung 22

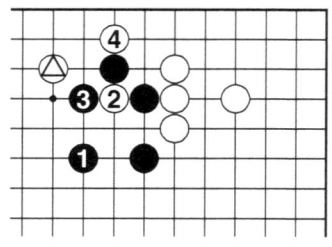

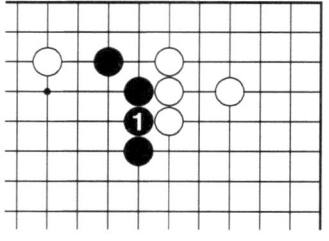

Abbildung 23   Abbildung 24

Lösung zu Problem 8

Abbildung 23: Schwarz 1 macht elegante, leichte Form. Doch wenn die Zeit gekommen ist, den markierten Stein anzugreifen, ist Schwarz durch die weiße Verbindungs-Kombination 2 und 4 behindert.

Abbildung 24: Schwarz 1 sieht fantasielos aus, ist aber der genaue Zug. Die anderen Möglichkeiten kommen nicht in Frage.

Lösung zu Problem 9

Abbildung 25: Schwarz 1 ist der genaue Zug. Ohne ihn kann Weiß mit der Vorhandsequenz A, Schwarz B, Weiß C rechnen und entsprechende Pläne schmieden.

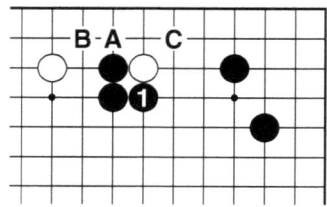

Abbildung 25

Lösung zu Problem 10

Abbildung 26: Schwarz 1 ist der genaue Zug. Tatsächlich könnte Schwarz A ebenfalls gut sein, falls die Steine auf dem restlichen Brett die richtige Anordnung haben, doch dann könnte Weiß nach B hinausspringen. Schwarz 1 auf C wäre zu dünn, Schwarz D führt zur Katastrophe, wenn Weiß auf A schneidet.

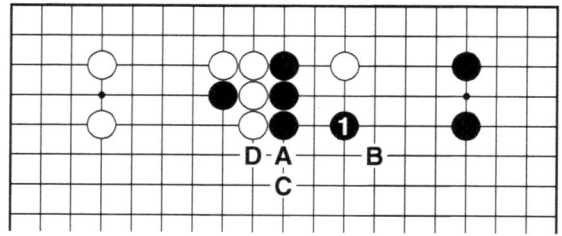

Abbildung 26

Es gibt eine untrennbare Verbindung zwischen genauen Zügen und Professionalität. Dass er den genauen Zug schätzt, ist ein Teil der Grundsatztreue des Berufsspielers. Doch es kommt auch vor, dass es die Partiesituation nicht erlaubt, auf dem korrekten Punkt zu verteidigen – wenn man alle Register ziehen muss, um überhaupt eine Siegchance zu haben, und nicht vor unsauberen oder amateurhaften Zügen zurückschrecken kann. Auch wer davon berauscht sein mag, genaues Spiel gelernt zu haben und ein bisschen weniger amateurhaft geworden zu sein, der möge nicht so unklug sein und das Gesetz aufstellen, dass genaue Züge immer gut und ungenaue immer schlecht wären.

Schlussendlich kann man sich nur auf die eigene Stärke und Erfahrung stützen, um mit bestimmten Positionen zurechtzukommen, doch das soll nicht heißen, dass genaue und ungenaue Züge in einen Topf zu werfen wären. Amateure mittleren und hohen Grades, die mit wachsender Spielstärke zunehmend versuchen, mehr aus ihren Zügen zu machen (ein Zeichen ihrer erwachenden Fähigkeiten) tun sich zunehmend schwer, den genauen Zug zu spielen. Sie sollten sich an die genauen Züge früherer Tage erinnern, sie von Neuem anschauen und ihren wahren Wert würdigen.

Die zehn Probleme dieses Kapitels sollten den Unterschied zwischen genauem und ungenauem Spiel illustrieren und legten den Schwerpunkt auf den Fall, in dem der genaue Zug der Beste war. Ich hoffe, dass der Leser nun eine ausreichende Vorstellung davon hat, was ein genauer Zug ist.

KAPITEL X

TESUJI

Das Wesen von Tesujis

Man hört oft Bemerkungen wie diese: „Dieser Spieler wird in naher Zukunft stärker werden, weil er ein gutes Gespür für Tesuji hat." Nur was ist ein Tesuji?

Tesuji mit Technik gleichzusetzen ist weder ganz richtig noch ganz falsch. Wahr ist: Jedem, der Tesujis gut beherrscht, winkt eine strahlende Zukunft. Deshalb wird es nicht ausreichen, einfach nur die Lehre von den Tesujis oberflächlich zu überfliegen, und dementsprechend wird eine erkleckliche Anzahl Buchseiten nötig sein, um dem Leser nur wenige charakteristische Gattungen vorzustellen. Wollte man dem Thema jedoch wirklich gerecht werden, dann gäbe es genügend Material für ein eigenständiges Buch und mehr. Auf diesem engen Raum werde ich mein Bestes tun, kurz und prägnant zu sein und das Wesentliche hervorzuheben.

Die Mausefalle (snap-back)

Auf die Frage, was eine Mausefalle sei, gab ihr jemand den Namen „Tesuji der schimmernden Morgenröte". Das stimmt. Sie ist ein Tesuji. Trotzdem neigt man ab einer gewissen Spielstärke dazu, die Mausefalle nur noch als einen grundlegenden technischen Begriff zu betrachten und ihre Bedeutsamkeit zu übersehen. Beginnen wir auf die gewohnte Weise mit der neuerlichen Betrachtung dieses Tesujis, das jeder kennt.

Abbildung 1: Weiß 1 bis Schwarz 14 sind eine wohlbekannte Zugfolge, bei der Weiß das schwarze Ogeima Shimari invadiert. Schwarz 14 ist der genaue Zug, er fängt den weißen Stein sicher und vervollständigt die schwarze Außenwand. Zuweilen jedoch lässt die Partie Schwarz nicht die Muße, den genauen Zug zu spielen. Das ist ein recht alltägliches Vorkommnis. Was kann dann passieren?

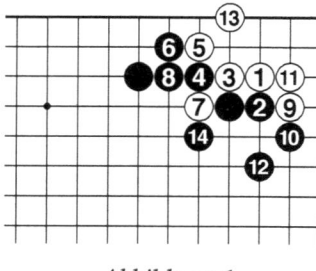
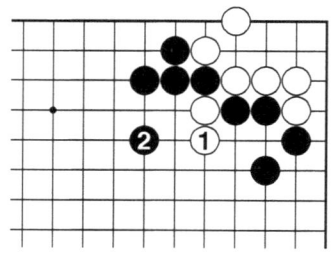

Abbildung 1   *Abbildung 2*

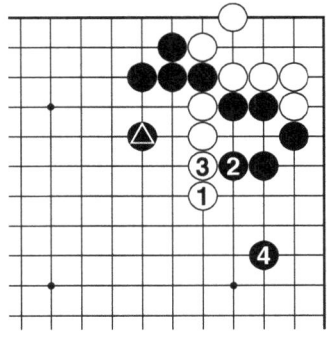

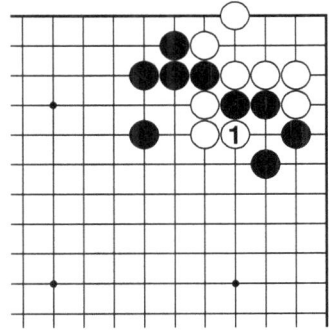

Abbildung 3   Abbildung 4

Abbildung 2: Weiß wird naturgemäß mit 1 aktiv, und aufgrund der Form sieht Schwarz 2 ebenso natürlich aus. Vergleichen Sie dies mit einem weißen Zug auf 2. In Wirklichkeit ist es ein großer Fehler, die Weißen mit Schwarz 2 zu jagen, doch das ist keinem der beiden Spieler klar.

Abbildung 3: Es ist fast eine Reflexhandlung, nach 1 hinauszuspringen, doch Schwarz 2 und 4 eilen Weiß um Längen voraus. Selbst der größte Schmeichler könnte nicht behaupten, dass Schwarz für seinen markierten Fehler bestraft worden wäre. Weiß hätte sich diese Form ein wenig genauer ansehen müssen.

Abbildung 4: Manchen wird als Erstes Weiß 1 in den Sinn kommen. All jenen kann versichert werden, dass sie ein dürftiges Gespür für Tesuji haben und dieses Kapitel mit besonderer Aufmerksamkeit studieren müssen. Doch ein mangelhafter Sinn für Tesuji ist kein unheilbarer Erbfehler. Versuchen Sie, dieses Kapitel langsam durchzugehen und schauen Sie, ob Sie dann nicht ein paar Leute mit ihrem verfeinerten Spielstil überraschen können.

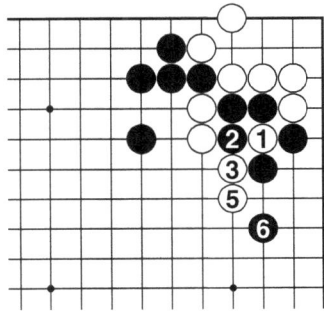

Abbildung 5 (4 deckt)

Abbildung 5: Wer sofort auf die Idee kommt, Weiß 1 und 3 zu spielen und Schwarz zu einem Klumpen zusammenzuquetschen, hat zwar mehr Sinn für Tesuji, jedoch sollte man vorausschauen, bevor man diese Sequenz anfängt. Sie endet praktisch genau so wie Abbildung 3. Sogar dieses Tesuji kann mitunter ein Zeichen von Nachlässigkeit sein.

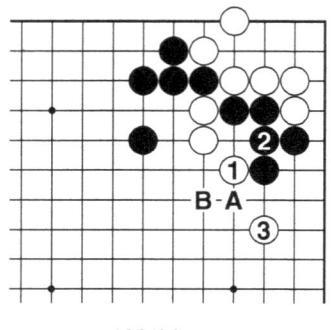

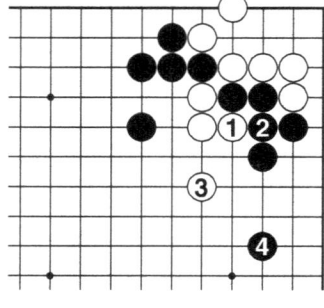

Abbildung 6   Abbildung 7

Abbildung 6: Der beste Zug ist der Diagonalanleger mit Weiß 1, der eine Mausefalle androht. Verbindet Schwarz auf 2, dann fängt Weiß ihn geschickt mit 3 ein. Schwarz ist verloren. Setzt er mit A fort, dann hält Weiß ihn mit B auf.

Und was auch immer er versucht, er kann der Tragik, gefangen zu werden, nicht entgehen, zumindest nicht ohne dass ihm ein schwerer Fehler von Weiß zu Hilfe kommt.

Abbildung 7: Es ist verblüffend, wie riesig der Unterschied ist, wenn man Weiß 1 nochmals auf den „Trottel-Punkt" zurückschiebt. Vergleichen Sie Abbildung 6 und 7, untersuchen Sie den Unterschied, wachen Sie auf und korrigieren Sie solche Fehler in Ihren eigenen Partien. Sorgen Sie dafür, dass Ihre Kollegen, die Sie als hoffnungslosen Fall angesehen haben, ihre Meinung ändern.

Abbildung 8: Zurück zum Anfang: Wenn Weiß auf 1 gespielt hat, muss Schwarz sich unbedingt mit 2 ausrichten. Des Gegners Punkt ist dein eigener. Ein Amateur hielte Schwarz 2 für fantasielos und ineffizient, doch diejenigen, die immer effizient spielen wollen, setzen ihre Steine so weit wie möglich auseinander. Unter anderem deshalb finden sie so viele Schlüsselpunkte nicht.

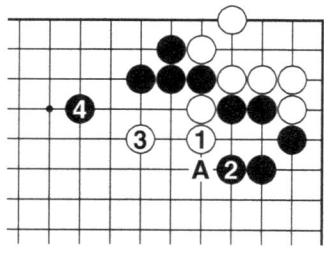

Abbildung 8   Abbildung 9

Zuweilen ist Schwarz 2 auf A ein starker Zug, doch wenn Schwarz hier auf A spielt, was soll er nach Weiß 2 tun? Nach Weiß 3 hängt es von den Rahmenbedingungen ab, welchen Verlauf der Kampf nimmt, aber die Züge bis 3 sind zwingend.

Diese Form kommt nicht nur hier vor. Sie taucht auch in einem 3-4-Punkt-Joseki auf.

Abbildung 9: Weiß 11 ist wieder derselbe Zug. Diese Form ist auch im Mittel- und im Endspiel zu finden und auch nicht nur in der Ecke.

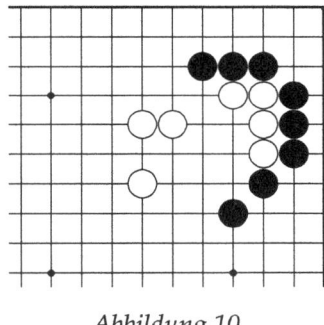

Abbildung 10 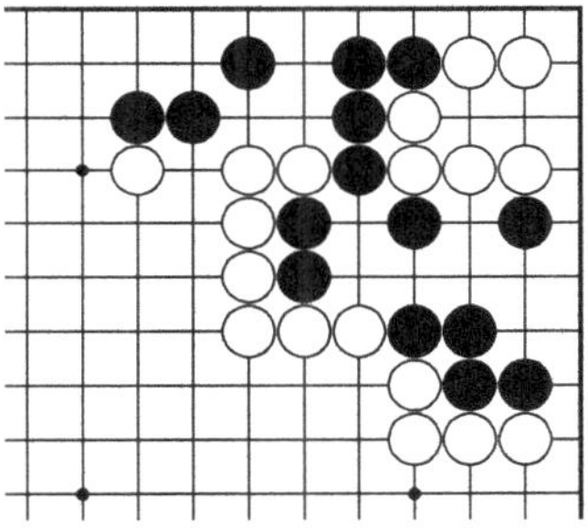   *Abbildung 11*

Problem 1

Abbildung 10: Schwarz am Zug fängt die vier weißen Steine. Als Problem vorgelegt, ist das überhaupt nicht schwer. Ich wage zu behaupten, dass jeder die Lösung schnell gefunden hat. Aber wäre es in einer tatsächlichen Partie genauso einfach? Es ist befremdend, wie viele Spieler in der Partie an etwas scheitern, was sie in Problemform durchaus lösen können.

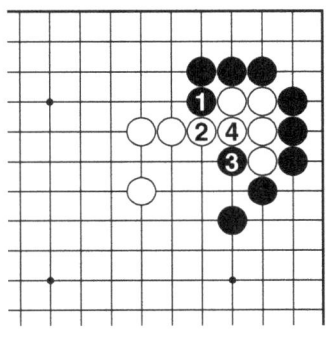

Abbildung 12

Problem 2

Abbildung 11: Weiß am Zug trennt Schwarz und fängt mehrere Steine am rechten Rand.

Lösung zu Problem 1

Abbildung 12 (Fehler): Ist 1 alles, was dem Schwarzen einfällt? Strengen Sie sich noch einmal an.

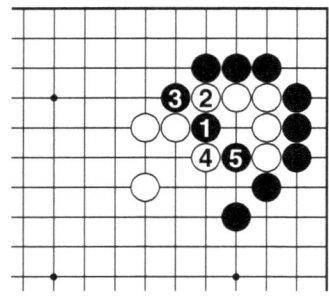

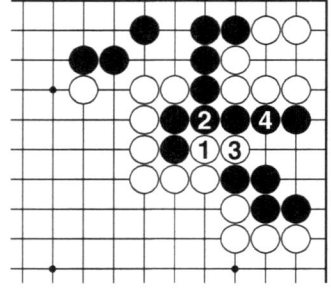

Abbildung 13   Abbildung 14

Abbildung 13 (korrekt): Wenn Schwarz nach 1 vordringt, dann hat er eine wunderbare Mausefalle. Wo Weiß den Zug 2 auch hinschiebt, Schwarz wird fangen. Prüfen Sie es nach.

Abbildung 14 (Fehler): Weiß spielt 1 und 3 und erreicht nichts. Er kann 3 auf 4 setzen, doch für ein Tesuji ist das eine schwache Entschuldigung.

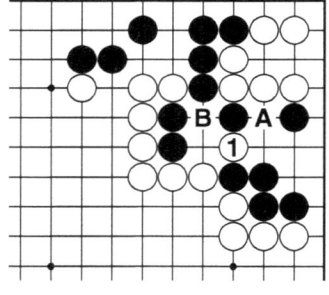

Abbildung 15 (korrekt): Weiß 1 ist das Tesuji. Es droht A und B (die Mausefalle), und Schwarz kann nicht beides verteidigen. Ausgezeichnet!

Abbildung 15

Die Lehre aus diesen zwei Problemen ist: Tesujis entstehen nicht, indem man sich mühselig vorankämpft und einen Stein vor den anderen setzt.

Nötig ist vielmehr die Fähigkeit, Tesujis auf Punkten wie Schwarz 1 und Weiß 1 in Abbildung 13 und 15 zu wittern, und außerdem die Kühnheit, auf diese vorerst gefährlich wirkenden Posten vorzudringen. Natürlich genügt es nicht, den ersten Zug ausfindig zu machen – Sie müssen die Fortsetzung auslesen – aber Sie sollen so weit kommen, dass Ihnen der erste Zug blitzartig in den Sinn kommt. Andernfalls wird Ihr Spiel immer simpel und ohne Raffinesse bleiben.

Wie kann man lernen, Tesujis so auf Anhieb zu erkennen? Der einzige Weg ist, sich in die Literatur zu diesem Thema zu vertiefen. Studieren Sie weiter, bis es sitzt. Halten Sie weiter Ausschau nach Tesujis, und mit der Zeit werden Ihnen sogar die genialsten in Fleisch und Blut übergehen.

Aber lassen Sie Ihre Tesujis nicht vorausgaloppieren! Wenn Sie die Fortsetzung nicht auslesen, dann könnte es sein, dass keine existiert. Wenn Ihnen das widerfährt, dann tun Sie möglicherweise besser daran, wieder zu den einfachen Zügen zurückzukehren, die Sie verstanden haben. Ein Tesuji beherrschen Sie dann wirklich, wenn Sie es sofort erkennen und die Fortsetzung auslesen können. Oberflächliche Nachahmung funktioniert nicht.

Kommen wir nun zu weiteren Mausefallen-Problemen.

Problem 3
Abbildung 16: Schwarz setzt ins weiße Gebiet. Wenn Sie bei diesem Problem nicht weiter kommen, dann helfe Ihnen der Himmel bei den anderen.

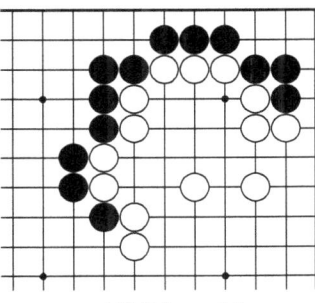

Abbildung 16

Problem 4
Abbildung 17: Schwarz zieht und tötet Weiß. Ein kurzer Blick sollte genügen.

Problem 5
Abbildung 18: Schwarz zieht und tötet Weiß. Er hat einen überraschenden Zug, um die ganze Gruppe zu töten, doch vielleicht ist „überraschend" auch übertrieben. Das Problem ist so schwierig nicht.

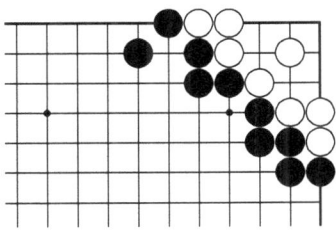

Abbildung 17

Problem 6
Abbildung 19: Schwarz zieht und fängt die acht weißen Steine links. Wenn Sie das vorige Problem gelöst haben, dann wird dieses Sie nicht aufhalten.

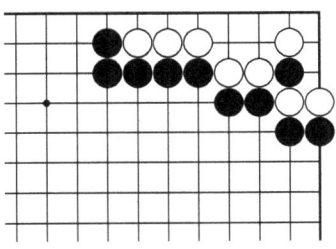

Abbildung 18

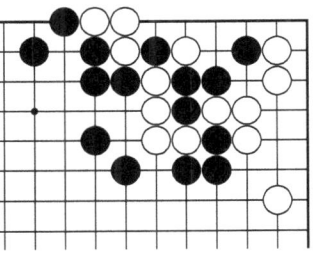

Abbildung 19

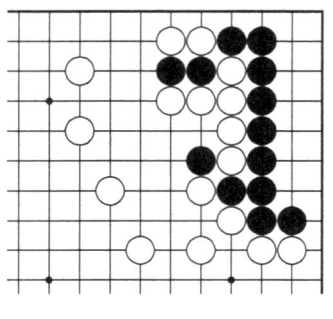

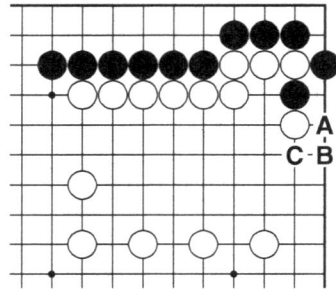

Abbildung 20   *Abbildung 21*

Problem 7

Abbildung 20: Schwarz am Zug. Es gibt einiges im weißen Gebiet anzurichten. Es ist auch nichts Schwieriges dabei. Dieses Problem könnte man sogar als leicht bezeichnen.

Problem 8

Abbildung 21: Schwarz zieht. Er hat einen starken Endspielzug. Die Antwort bringt ein Ko mit sich, allerdings nicht Schwarz A, Weiß B, Schwarz C. Wenn Schwarz auf A spielt, antwortet Weiß mit C.

Lösung zu Problem 3

Abbildung 22: Wenn Weiß auf Schwarz 5 mit A antwortet, dann hat Schwarz eine Mausefalle auf B. Spielt Weiß stattdessen auf C, dann kann er nach Schwarz A nicht mehr verbinden.

Lösung zu Problem 4

Abbildung 23: Schwarz 1 und 3 erzeugen die tote Form des Viererwinkels in der Ecke. Verwechseln Sie das nicht mit einem Seki. Schwarz kann nach 4 fernbleiben, Weiß ist trotzdem tot.

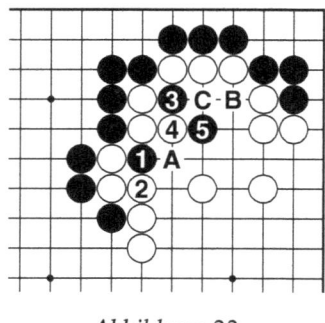

Abbildung 22 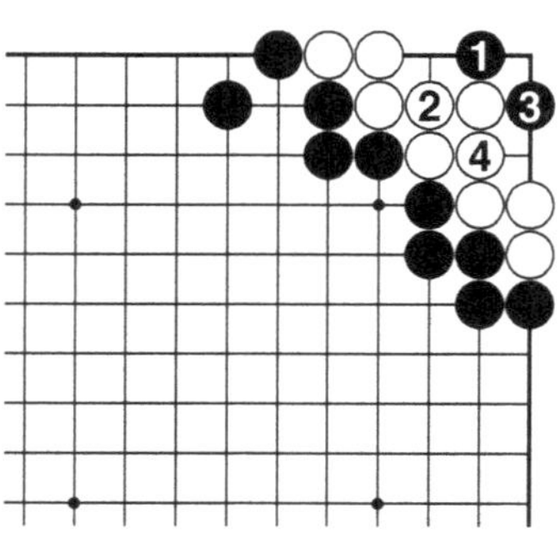   *Abbildung 23*

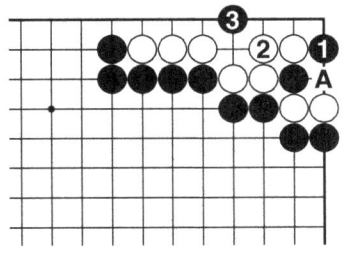

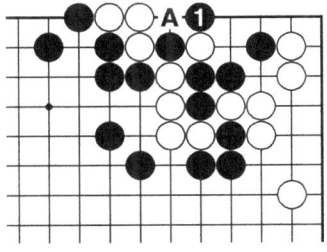

Abbildung 24   Abbildung 25

Lösung zu Problem 5

Abbildung 24: Schwarz dringt auf 1 vor. Verbindet Weiß auf 2, dann tötet Schwarz 3. Wenn Schwarz voreilig mit 1 auf A spielt, dann setzt Weiß auf 1 und lebt.

Lösung zu Problem 6

Abbildung 25: Schwarz 1 ist der gesuchte Zug, mehr gibt es nicht zu sagen. Trotz allem ist dieses Tesuji anscheinend in der Praxis schwer zu finden. Die meisten Amateure würden Schwarz A spielen.

Lösung zu Problem 7

Abbildung 26: Schwarz 1 bis 9 sind eine Katastrophe für Weiß. Er sollte 2 auf 5 spielen, oder 4 auf A mit anschließendem Ko-Kampf. Doch beide Ergebnisse sind immer noch ein Erfolg für Schwarz.

Lösung zu Problem 8

Abbildung 27: Die „Klammer" Schwarz 1 ist korrekt. Weiß 2 und Schwarz 3 erzeugen ein Ko. Jeder macht zwei- oder dreimal den Fehler, Weiß 2 auf 3 zu spielen, gefolgt von Schwarz A, Weiß 2, Schwarz B und einer Mausefalle.

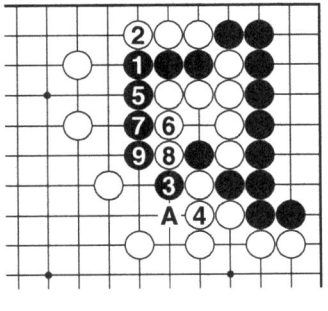

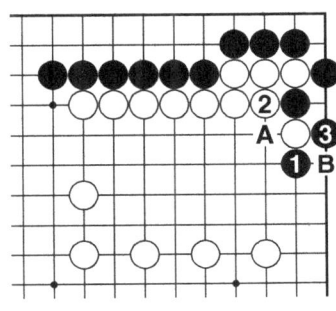

Abbildung 26   Abbildung 27

Freiheitsnot (Damezumari)

Auf Japanisch wird es oft das „Ton-Ton"- oder das „Bata-Bata"-Tesuji genannt. Anfänger lernen es schnell, doch das ist noch lange keine Entschuldigung dafür, dass Fortgeschrittene es gering schätzen. Es bietet einige anspruchsvolle Anwendungsmöglichkeiten, und sogar starke Spieler könnten es für sinnvoll erachten, diesen Abschnitt zu lesen.

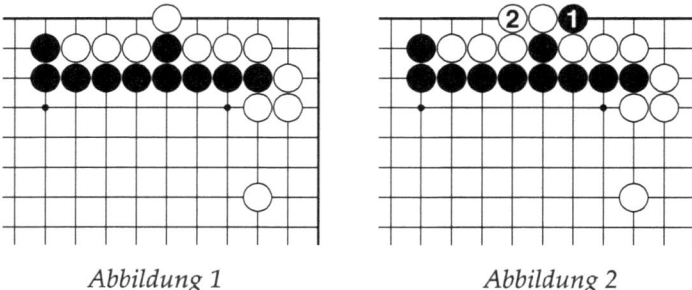

Abbildung 1   *Abbildung 2*

Abbildung 1: Schwarz am Zug – kann er die drei weißen Steine fangen? Dieses Problem ist das Elementarste vom Elementaren, und doch kann Nachlässigkeit zum Misserfolg führen. Es gibt keinen Ersatz für Sorgfalt.

Abbildung 2: Schwarz macht einen Einwurf auf 1 und Weiß verbindet auf 2. Der Spieler mit Schwarz schreit auf, doch es ist zu spät. Jetzt beginnt die Streiterei: „Ich will ihn zurücknehmen." „Zurücknehmen? Machst du Witze?" Schuld hat immer die Seite, die ihren Zug zurücknehmen will.

Wie kommt es, dass Spieler so achtlose Fehler wie Schwarz 1 machen, die doch so leicht zu vermeiden sind? Sie werden zu selbstsicher – „Was soll ich da schon falsch machen?" Doch hier lauern unerwartete Fallstricke. Sie fällen spontane Urteile – „Einwerfen mit Schwarz 1 und Weiß ist gefangen." Sie machen sich nicht die Mühe, sorgfältig nachzudenken. Das Sprichwort sagt: Ein Löwe gibt alles, auch wenn er ein Kaninchen jagt.

Abbildung 3: Schwarz wirft erst auf 1 ein, dann auf 3, dann streckt er geduldig auf 5 herunter und Weiß ist gefangen. Das ist die korrekte Lösung. Für Anfänger als Hinweis: Weiß kann wegen Schwarz A nicht verbinden.

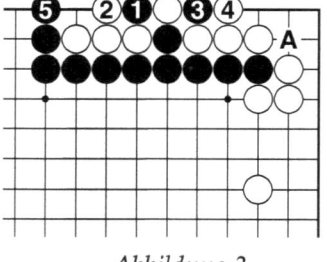

Abbildung 3

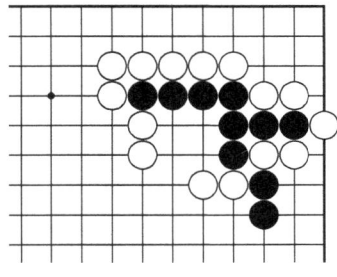

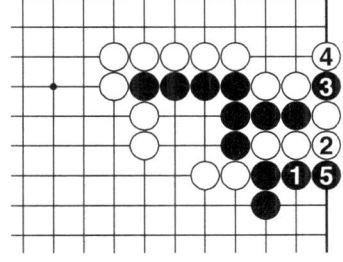

| Abbildung 4 | Abbildung 5 (6 deckt) |

Abbildung 4: Schwarz soll seine Steine retten, indem er die weißen fängt. Er ist komplett hinter den weißen Linien eingeschlossen, aber noch ist es zu früh, die Hoffnung aufzugeben. Er hat ein Freiheitsnot-Tesuji.

Abbildung 5: Das geht daneben: Schwarz hat überhaupt nicht gelesen.

Abbildung 6 (korrekt): Schwarz spielt 1 bis 9 und gibt oberhalb von 6 Atari, falls Weiß verbindet. Wenn man den Verbindungszug und das Atari mitzählt, dann räumt Schwarz in elf Zügen alles komplett ab. Nur elf Züge – haben Sie sie im Vorhinein auslesen können? Falls nicht, dann können Sie sich den Zug Schwarz 1 genauso gut sparen. Geben Sie nicht auf – Lesen Sie!

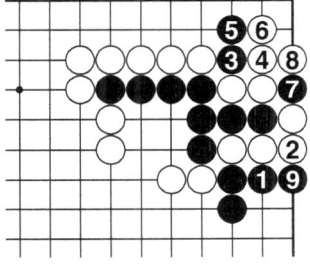

Abbildung 6

„Wie, ich soll elf Züge vorauslesen? Wie soll ich –" Der Sprecher ist 15-Kyu. Ein 15-Kyu? Sogar ein 20-Kyu kann das. Ein Anfänger, der gerade das Spiel gelernt hat, kann in einer Treppe 30 oder 40 Züge vorauslesen. Die obige Sequenz ist in etwa so unverzweigt, wie sie nur sein kann – genau die richtige Übung. Lesen Sie, sie liest sich nicht von allein. Lesen Sie sie aus, visualisieren Sie die Lösung und machen Sie die beglückende Erfahrung, dass Sie elf Züge voraussehen können. Das erworbene Selbstvertrauen wird Sie nach vorn treiben.

Sie haben die Lösung schon gesehen, doch gehen Sie zurück zu Abbildung 4 und üben Sie das Lesen dieser elf Züge nochmals. Wenn Sie sie vor sich sehen können, dann versuchen Sie, die folgenden Probleme auf die gleiche Weise auszulesen. Finden Sie selbst eine Antwort, bevor Sie die Lösungsdiagramme anschauen.

Weiterführende Probleme

Diesmal habe ich einige besonders schwierige Probleme zusammengestellt, verzwickte Probleme. Für manche meiner Leser mögen sie zu schwer sein.

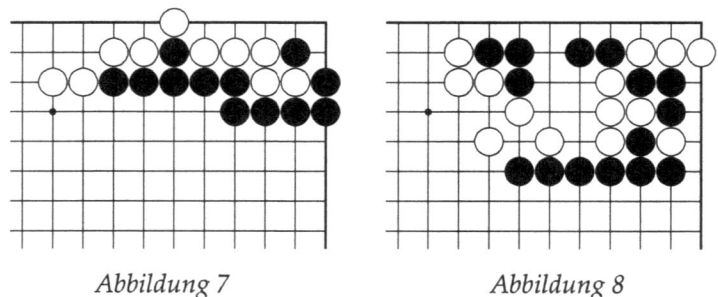

Abbildung 7   Abbildung 8

Problem 1
Abbildung 7: Schwarz am Zug. Kann er die fünf weißen Steine fangen?

Problem 2
Abbildung 8: Schwarz am Zug fängt nicht nur die drei weißen Steine in der Ecke, sondern vier weitere in der Mitte.

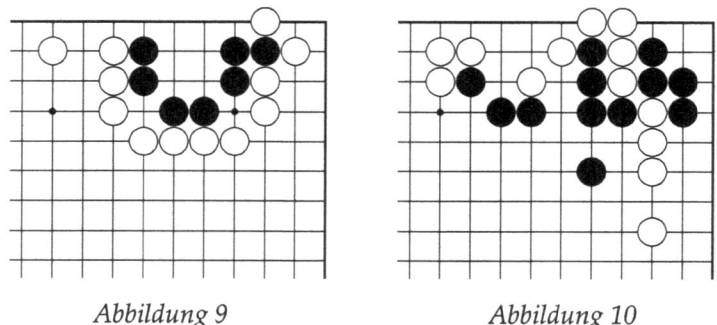

Abbildung 9   Abbildung 10

Problem 3
Abbildung 9: Schwarz zieht und lebt.

Problem 4
Abbildung 10: Kann Schwarz die vier weißen Steine fangen?

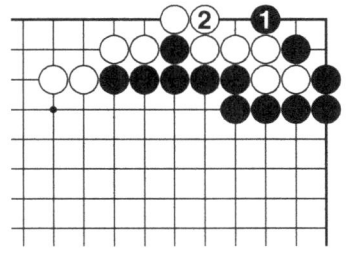

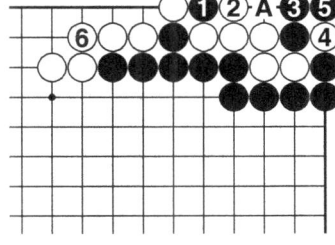

Abbildung 11   *Abbildung 12*

Lösung zu Problem 1

Abbildung 11: Das schwarze Hane auf 1 ist falsch. Weiß verbindet mit 2 und es ist vorbei; Schwarz kann nichts mehr ausrichten.

Abbildung 12: Also muss Schwarz mit dem Einwurf auf 1 beginnen. Sie können keine Fische fangen, wenn Sie ihnen keinen Köder anbieten. Schwarz 1 ist der Köder und Weiß schnappt ihn sich naturgemäß mit 2. Das Schöne an Go-Steinen ist, dass sie sich im Gegensatz zu Fischen nicht einfach dadurch retten können, dass sie den Köder verweigern. Ähnlich wiederum sind sie den Fischen darin, dass man sie mit dem falschen Köder überhaupt nicht fangen kann.

Als Nächstes streckt Schwarz systematisch zum Brettrand herunter. Er erwartet, dass Weiß mit 4 auf 6 verbindet, worauf Schwarz A ihn durch Freiheitsnot fangen würde, doch er hat zu schnell gedacht. Weiß kontert mit 4, und nach 5 und 6 erkennt Schwarz mit Schrecken, dass er derjenige ist, der mangels Freiheiten gefangen würde.

Das wird nicht funktionieren, doch Schwarz hat für 3 einen viel besseren Zug. Es gibt nicht viele Möglichkeiten, darum sollten Sie ihn ohne Weiteres sehen, doch vielleicht haben Sie ja einen blinden Fleck.

Abbildung 13 (korrekt): Auch wenn sie schwer zu entdecken sein mag, Schwarz 3 ist die Lösung. Weiß verbindet auf 4 und Schwarz 5 beginnt ein Ko. „Ein Ko? Soll das heißen, Schwarz kann Weiß nicht bedingungslos fangen?" Wenn ja, dann wüsste ich gern wie.

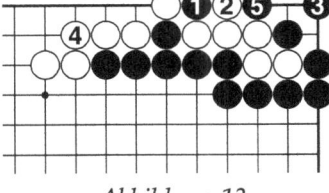

Abbildung 13

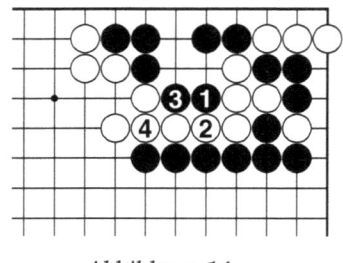

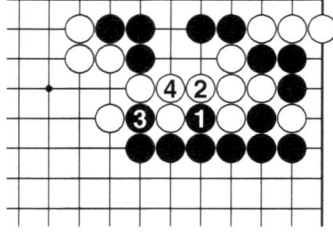

Abbildung 14   Abbildung 15

Lösung zu Problem 2

Abbildung 14: Die Züge 1 und 3 bringen Schwarz nicht weiter. Dieser Mangel an Voraussicht kommt strafbarer Fahrlässigkeit gleich. Schwarz muss daran arbeiten, sonst wird er nie besser werden.

Abbildung 15: Dies ist das Gleiche wie in der vorigen Abbildung. „Sehen Sie, ich bin nunmal ein schlechter Spieler. Lernen ist doch eine ziemlich gefährliche Sache, oder? Tesujis haben in meinem Spiel keinen Platz." Wenn Sie das glauben, dann werden Sie niemals stärker werden.

Abbildung 16 (korrekt): Das Aha-Erlebnis kommt mit Schwarz 1, einer Version des „Klammer"-Tesujis. Die Fortsetzung bis zum Fangen der weißen Steine muss noch ausgelesen werden. Doch allein die Fähigkeit, sich einen so schlauen Zug wie 1 auszudenken, sollte Sie stolz machen. Diese Situation kommt ab und an in der Partiepraxis vor. Bisweilen lohnt es sich, plumpe Züge wie in Abbildung 14 und 15 sein zu lassen und sich elegantere wie diesen auszudenken. Was ist ein Tesuji? Schwarz 1 gibt die Antwort.

Abbildung 17: Wie sieht es nun mit der Fortsetzung aus? Weiß 2 und so fort sind erzwungen. Dem Gegner mit Schwarz 5 zwei Steine zu überlassen, unterscheidet den Experten vom Anfänger.

Abbildung 18 (nächste Seite): In der Folge nimmt Schwarz mit 1 und 3 das ganze Paket mit.

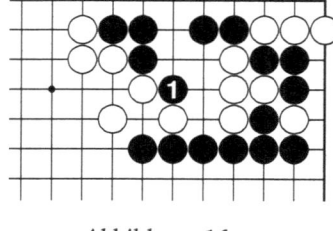

Abbildung 16 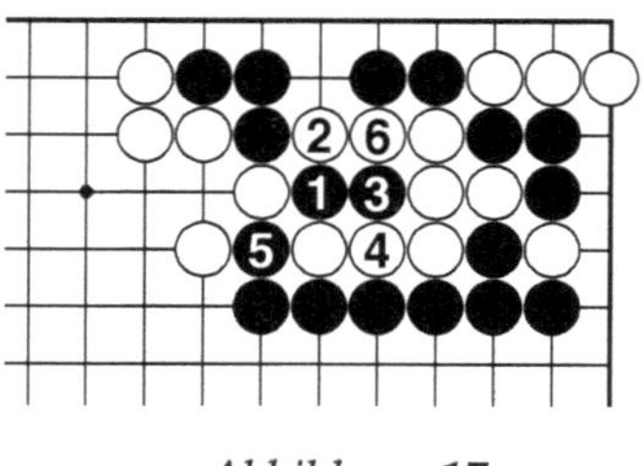   Abbildung 17

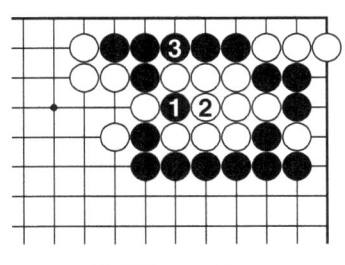
Abbildung 18

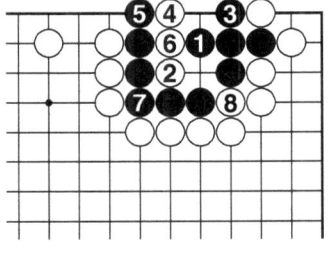
Abbildung 19

Lösung zu Problem 3

Abbildung 19: Schwarz 1 ist ein Fehlschlag. Das Ergebnis bis Weiß 8 mag zwar wie ein Seki aussehen, doch Schwarz ist tot.

Abbildung 20: Schwarz 1 hier ist der richtige Anfang, doch die Fortsetzung ist die falsche. Schwarz stirbt durch oberflächliches Lesen.

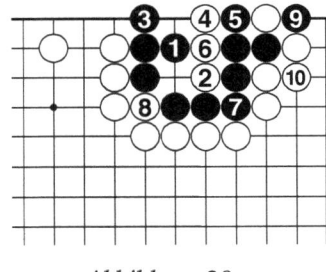
Abbildung 20

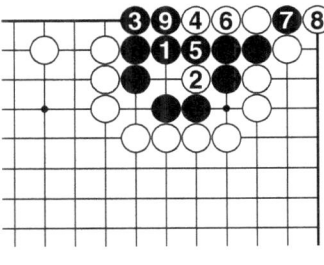
Abbildung 21

Abbildung 21 (korrekt): Diese Zugfolge weicht bei Schwarz 5 von der vorigen ab. Um einen Fehlschlag zu vermeiden, muss Schwarz das Dogma fallen lassen, dass er Weiß nicht verbinden lassen dürfe, und auf die Idee umsteigen, ihn mit 6 verbinden zu lassen und dann mit dem nächsten Zug zu erwischen. Schwarz 7 legt den Köder aus, und schon ist Weiß gefangen. Durch das Schlagen dreier Steine bekommt Schwarz sein zweites Auge.

Abbildung 22: Diese Variante läuft auf das Gleiche hinaus.

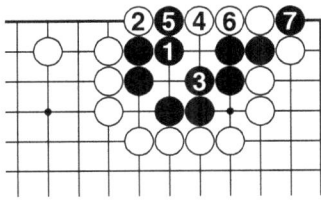
Abbildung 22

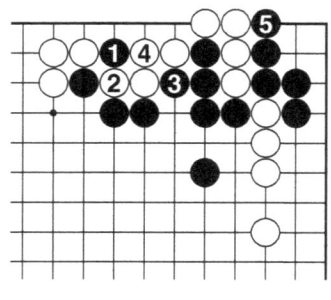

Abbildung 23

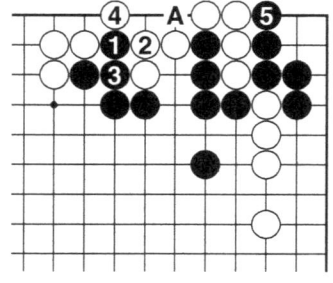

Abbildung 24

Lösung zu Problem 4

Abbildung 23: Schwarz fällt mit dem Hane auf 1 über seinen Gegner her. Weiß 2 führt das schnelle Ende mit Schwarz 5 herbei.

Abbildung 24: Mit dem Zug auf 2 hier verliert Weiß ebenfalls. Beachten Sie, dass Schwarz mit 5 nicht auf A spielt. Das wäre ein tragischer Ausrutscher.

Abbildung 25: Dieser Versuch mit Weiß 2 endet ebenfalls in Freiheitsnot. Hier dachte ich, dass Schwarz gewonnen hätte, doch –

Abbildung 26: Weiß kann sich durch Verbinden auf 2 retten. Spielt Schwarz mit 3 auf 4, dann verbindet Weiß mit A. Die Lösung ist, dass Schwarz die Weißen nicht fangen kann. Verzeihen Sie mir den Schnitzer.

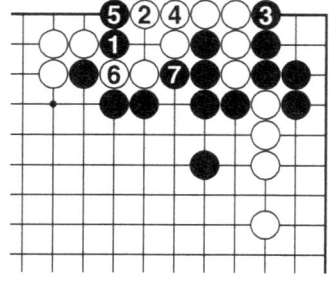

Abbildung 25

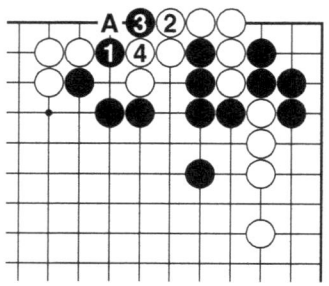

Abbildung 26

Die Wendeltreppe (Shibori)

Die Aufmerksamkeit eines Babys kann man ablenken, wenn man einen rotierenden Gegenstand vor seine Augen hält. Denselben Trick zur Niederwerfung eines Gegners zu nutzen, ist ein Vergnügen im Go, das auch ein Anfänger genießen kann. Hier ist ein Beispiel für diese Technik, erlernen Sie das Übrige aus den Problemen. Haben Sie das erste gelöst, dann folgen die anderen ohne Mühe auf die gleiche Weise.

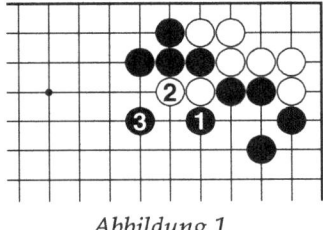

Abbildung 1　　　　　　*Abbildung 2*

Abbildung 1: Weiß ist nach Schwarz 1 und 3 gefangen. Beweis?

Abbildung 2: Weiß versucht nach dem Atari auf 1, mit 3 zu entkommen, doch das ist die Gelegenheit, auf die Schwarz gewartet hat. Das Zusammendrücken mit Schwarz 4 ist das Geheimnis der Wendeltreppe, und Schwarz 6 verhaftet den Möchtegern-Ausreißer.

Wie das Freiheitsnot-Tesuji hat auch dieses seinen Preis: Falls Schwarz nicht bereit ist, sich von einem Stein als Köder zu trennen, dann entkommt der große Fisch.

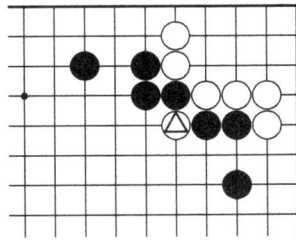

Abbildung 3

Problem 1
Abbildung 3: Schwarz am Zug fängt den markierten Schnittstein. Hinweis: Dies ist eine direkte Anwendung des Beispiels.

Problem 2
Abbildung 4: Weiß am Zug. Seine drei umzingelten Steine scheinen sich nicht retten zu können, doch eine genaue Untersuchung sollte eine Schwachstelle in der schwarzen Position aufdecken.

Abbildung 4

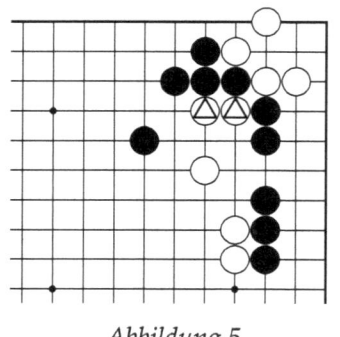

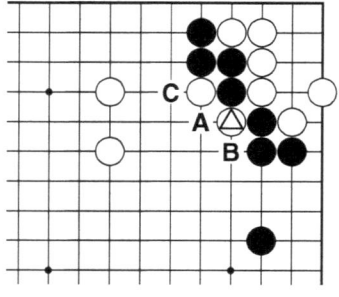

Abbildung 5   Abbildung 6

Problem 3

Abbildung 5: Schwarz am Zug fängt die markierten Schnittsteine. Wer sich plagt und sich durchkämpfen will, wird nur stecken bleiben, doch mit dem Tesuji wird dieses Problem einfach.

Problem 4

Abbildung 6: Schwarz am Zug fängt den markierten Stein. Bei Kämpfen dieser Art verliert man schnell den Überblick, welche Steine wichtig und welche unwichtig sind. Der markierte Stein schneidet die schwarze Position entzwei, also ist er der wichtige Stein, der zur Sicherheit gefangen werden muss. Geben Sie sich nicht mit Schwarz A, Weiß B, Schwarz C zufrieden.

Problem 5

Abbildung 7: Schwarz am Zug fängt die drei markierten Steine.

Problem 6

Abbildung 8: Schwarz am Zug. Sein Ziel ist erreicht, wenn er all seine Streitkräfte zusammenführen kann. Am Anfang ist schwer zu erkennen, worauf man sich hier konzentrieren muss, lesen Sie deshalb die Sequenz bedächtig und sicher aus.

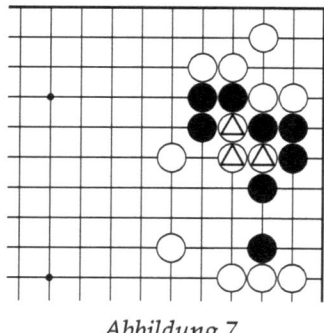

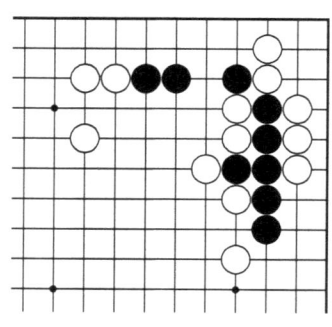

Abbildung 7   Abbildung 8

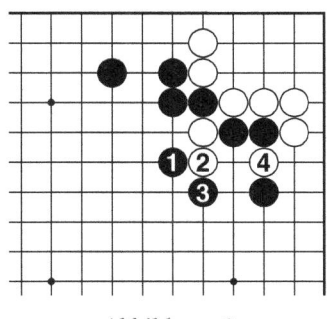

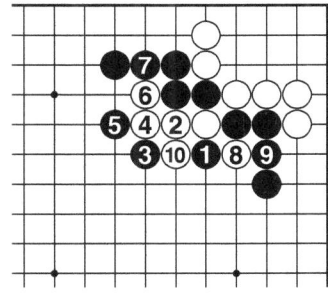

Abbildung 9   Abbildung 10

Lösung zu Problem 1

Abbildung 9: Der schwarze Eindämmungsversuch mit 1 schlägt schnell fehl. Weiß 2, Schwarz 3, Weiß 4, und Schwarz ist gefangen.

Abbildung 10 (korrekt): Die richtige Sequenz kombiniert Netz und Treppe, die beiden grundlegenden Techniken zum Fangen von Steinen, zu einem leichten Siegeszug. (Mit 3 auf 4 eine gewöhnliche Treppe zu spielen ist nicht so gut, selbst wenn die Treppe läuft. Weiß sollte an Ort und Stelle gefangen werden.) Im Anschluss an Weiß 10 –

Abbildung 11: – wird die Aufgabe mit Schwarz 1 und 3 zu Ende gebracht.

Probieren Sie diese Fangtechnik in Ihren eigenen Partien aus und Sie werden doppelt so viel Spaß haben.

Lösung zu Problem 2

Abbildung 12: Zufällig ausgewählte Züge wie 1, die nur wie ein Tesuji aussehen, führen nicht weiter. Nach Schwarz 6 ist Weiß gescheitert.

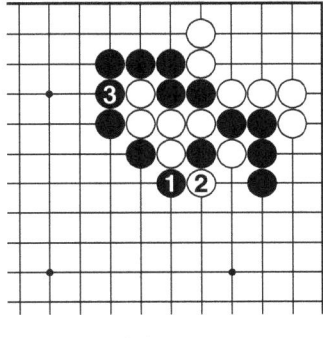

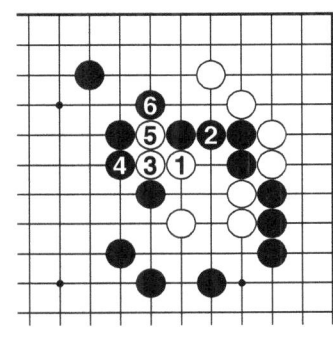

Abbildung 11   Abbildung 12

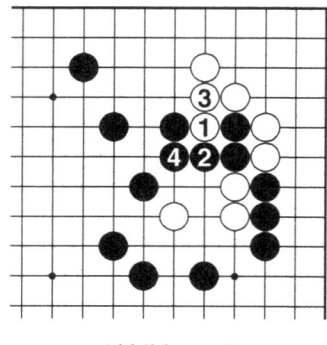
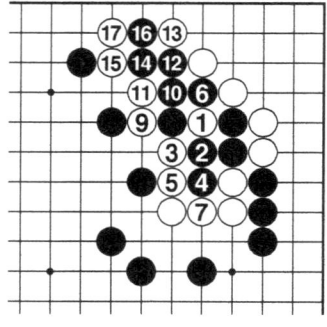

Abbildung 13   Abbildung 14 (8 deckt)

Abbildung 13: Weiß hat mit 1 den richtigen Punkt gefunden, doch er wäre mit Blindheit geschlagen, wenn er jetzt mit 3 wegen des Ataris verbinden würde.

Abbildung 14 (korrekt): Weiß schneidet mit 1 und 3 und schiebt sich mit der gezeigten erzwungenen Sequenz nach draußen, eine ausgezeichnete Flucht. Versuchen Sie, zumindest einmal eine solche Zugfolge von Anfang bis Ende auszulesen. Spüren Sie die Zufriedenheit und die Freude daran. Freude = Selbstvertrauen = Fortschritt.

Lösung zu Problem 3

Abbildung 15 (korrekt): Schwarz 1 ist der einzige Punkt für den Angriff. Das Problem besteht im Auslesen der Fortsetzung, doch Weiß 2 macht die Sache einfach. Jeder sollte das Bild der „drei Kraniche im Nest" kennen, das bis Schwarz 7 entsteht.

Abbildung 16: Interessant wird es, wenn Weiß auf 2 hier spielt. Mit 3 bis 8 drückt Schwarz ihn zu einem Klumpen zusammen. Doch wenn er zum Verbinden auf 9 zurückkommt, weil die Treppe nicht läuft, dann entkommt Weiß mit 10. Schwarz muss noch hartnäckiger spielen.

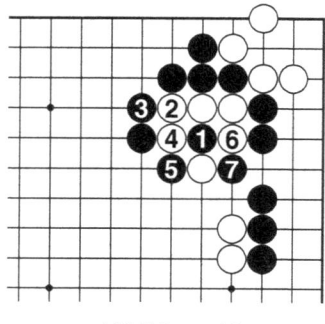
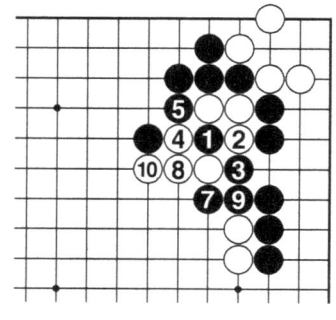

Abbildung 15   Abbildung 16 (6 deckt)

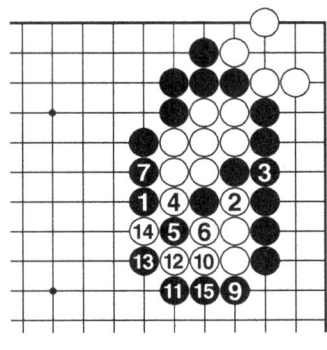

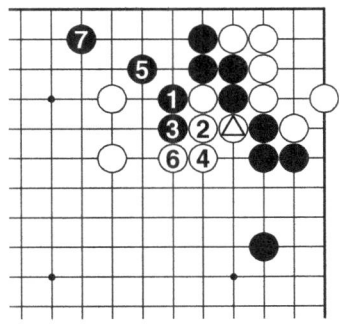

Abbildung 17 (8 deckt)   Abbildung 18

Abbildung 17: Er schließt Weiß fest mit dem Netz auf 1 ein und wirbelt ihn bis 15 im Kreis herum. Die Freude ist kaum auszuhalten. Die ganze Zugfolge umfasst 23 Züge, ist aber unverzweigt. Gehen Sie zurück zur Problemstellung und üben Sie das Auslesen nochmals.

Lösung zu Problem 4

Abbildung 18: Grundsätzlich ist es eine gute Idee, den wichtigen Stein schwer zu machen, indem man Weiß dazu zwingt, ihn mit dem wertlosen Stein zu verbinden. Doch hier gibt es einen Weg, den (markierten) wichtigen Stein sogar zu fangen, so dass alles andere nicht genügt.

Abbildung 19: Schwarz macht einen Fehler, wenn er versucht, Weiß in einer Treppe zu jagen. Aufgepasst, die Treppe ist defekt! Sogar ein Anfänger sieht, dass die schwarze Stellung zerbröselt, wenn er so weiterspielt.

Abbildung 20 (korrekt): Schwarz spielt 1 und 3 und fängt Weiß in einer Wendeltreppe. Lesen Sie sorgfältig bis Schwarz 21. Es genügt nicht, sich nur irgendwie durch diese Zugfolge durchzuwursteln.

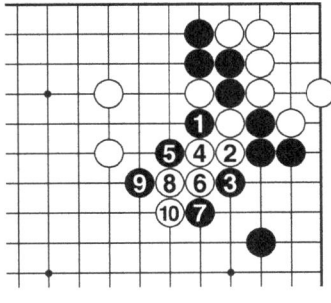

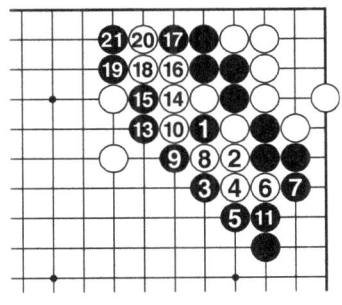

Abbildung 19   Abbildung 20 (12 deckt)

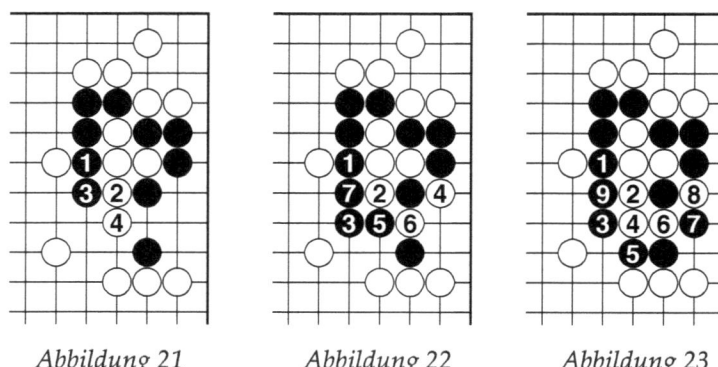

| Abbildung 21 | Abbildung 22 | Abbildung 23 |

Lösung zu Problem 5

Abbildung 21: Es ist zu spät, innezuhalten und nachzudenken, wenn Schwarz 1 und 3 gespielt sind. Die meisten Spieler würden so weit kommen und dann das Jammern anfangen. Warum lernen sie nicht vorauszudenken?

Abbildung 22 (korrekt): Wenn Weiß die Züge Schwarz 1 und 3 mit 4 beantwortet, dann kann Schwarz mit 5 und 7 zusammendrücken und fangen.

Abbildung 23: Falls Weiß mit 4 herausläuft, dann wird er mit Schwarz 5 bis 9 in einem Riesen-Kranichnest gefangen.

Das Wendeltreppen-Tesuji nimmt die gegnerischen Steine, rollt sie zu einem Bündel zusammen und quetscht das Leben aus ihnen heraus. Können Sie das erkennen?

Lösung zu Problem 6

Abbildung 24: Schwarz muss auf 1 schneiden, doch wenn er mit 3 zu früh ansetzt, dann hat er keinen Erfolg. Er absolviert lediglich eine Wendeltreppen-Übung. Seine Gruppe am oberen Rand ist mausetot.

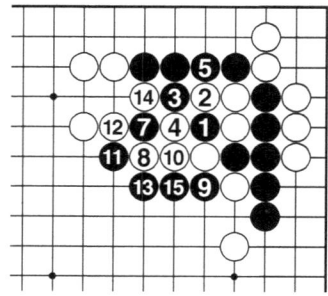

Abbildung 24 (6 und 16 decken)

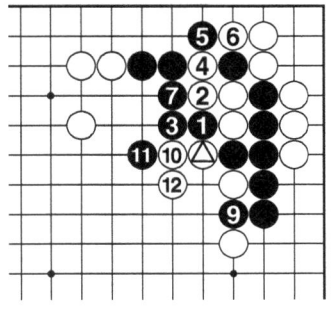

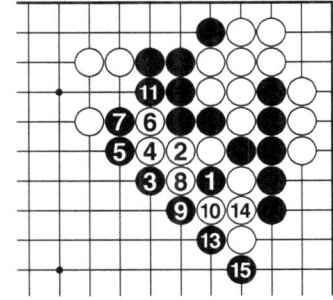

Abbildung 25 (8 deckt)   *Abbildung 26 (12 deckt)*

Abbildung 25: Schwarz spielt erst 1 und 3 und drückt dann mit 5 und 7 zu – das war der erste Streich. Mit Blick auf den markierten Stein spielt er auf 9, doch Weiß entkommt mit 10 und 12. Der zweite Streich ging daneben.

Abbildung 26 (korrekt): Schwarz 1 und 3 sind das Wendeltreppen-Tesuji und schauen Sie, wie Schwarz die Weißen jetzt weiterjagt. Haben Sie vom Ausgangsdiagramm bis hierher gelesen? All diesen Problemen lag dasselbe Prinzip zugrunde, die Lösung war nur eine Frage der Lesefähigkeit.

Das Tesuji des Vitalen Punkts (Oki)

Abbildung 1: Schwarz am Zug tötet. Es ist nicht leicht zu glauben, dass eine solche Gruppe mit sieben oder acht Gebietspunkten sterben könnte, doch so etwas kann passieren. Ohne Gespür für Tesuji wüsste Schwarz nicht, wo anfangen. Doch wenn er das Tesuji des Vitalen Punkts kennt, dann kann er Weiß mit einem Streich in die Knie zwingen.

Dies ist ein einfaches Problem. Wenn es den Leser verwirrt, dann zeigt das nur, dass er das Tesuji des Vitalen Punkts nicht verstanden hat.

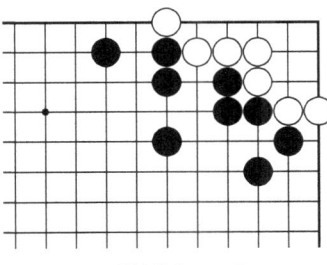

Abbildung 1

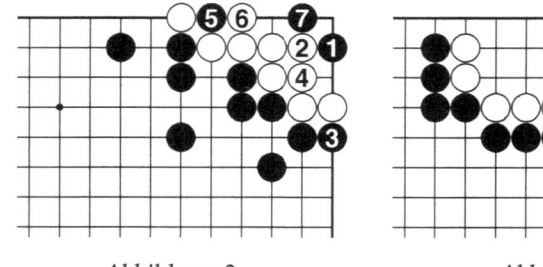

Abbildung 2   Abbildung 3

Abbildung 2: Schwarz 1 ist das Tesuji des Vitalen Punkts. Durch andere Züge ist Weiß nicht zu töten. Das Ergebnis nach Schwarz 7 ist ein toter Viererwinkel in der Ecke. Spielt Weiß mit 2 auf 4, dann erreicht Schwarz 5, Weiß 6, Schwarz 7 dasselbe. Hat Schwarz erst auf 1 gespielt, dann hat Weiß keine Verteidigung.

Abbildung 3: Schwarz am Zug. Zugegeben, diesmal ist die weiße Gruppe einfach zu groß zum Sterben. Doch viele Amateure würden Folgendes tun.

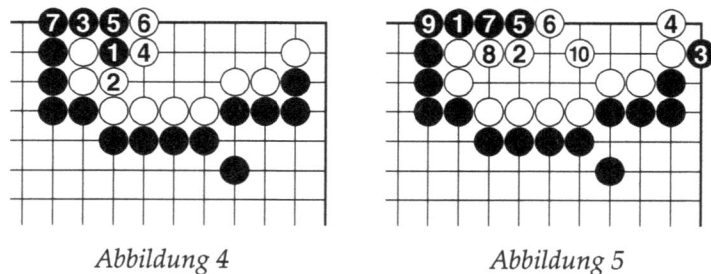

Abbildung 4   Abbildung 5

Abbildung 4: Sie klammern mit 1; sehen sie das Schneiden auf 2 und das Verbinden mit 3 als Miai an, oder glauben Sie, Schwarz 1 sei ein Endspiel-Tesuji? Dieser Zug ist Nachhand für Schwarz und hat nicht viel von einem Tesuji.

Abbildung 5: Das Hane auf 1 ist das bessere Endspiel und Schwarz endet nun in Vorhand. Doch er sollte enttäuscht sein, nicht mehr erreicht zu haben.

Abbildung 6: Ein starker Spieler mag sich sagen: „Weiß kann nicht sterben, aber ich spiele mit 1 auf den Vitalen Punkt und sehe, was passiert." Der weißen Gruppe geht plötzlich ein Frösteln durch die Eingeweide.

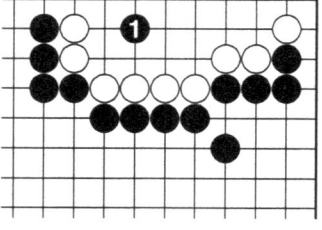

Abbildung 6

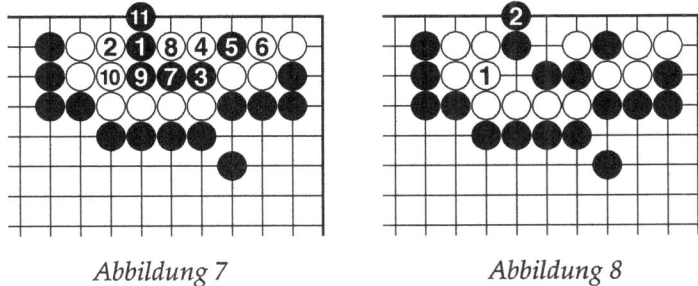

Abbildung 7   Abbildung 8

Abbildung 7: Weiß 2 ist die übliche Antwort, doch Schwarz hat die cleveren Züge 3 und 5 ausgelesen. Weiß kann nach Schwarz 11 von keiner Seite Atari geben und verliert acht Steine.

Abbildung 8: Deshalb versucht er, einfach auf 1 zu verbinden, doch das Ergebnis ist dasselbe wie nach Weiß 8 in Abbildung 7.

Abbildung 9: Nehmen wir an, dass Weiß mit 2 eine andere Antwort spielt. Es schmerzt, mit Weiß 4 so nachgeben zu müssen, doch sogar dieser Zug könnte überzogen sein. Nach 7 bekommt Schwarz mindestens ein Seki.

Weiß mag andere Antwortmöglichkeiten haben, aber Schwarz 1 starrt unheilvoll auf den Vitalen Punkt in seinem Gebiet. Wenn Sie diesen grundlegenden Zug einmal beherrschen, dann werden Sie erfreut sein, wie oft er angewendet werden kann.

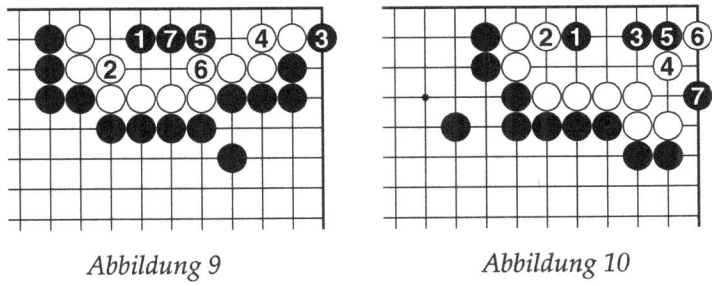

Abbildung 9   Abbildung 10

Abbildung 10: In früheren Zeiten hatten Sie dem Weißen große Flächen wie diese als Gebiet zugestanden, doch jetzt kennen Sie das Tesuji des Vitalen Punkts, stürzen sich hinein und randalieren mit 1 und 3 darin herum. Erfolgreich oder nicht, Ihr Gegner wird finster dreinblicken und sich fragen, wo Sie solche Züge gelernt haben.

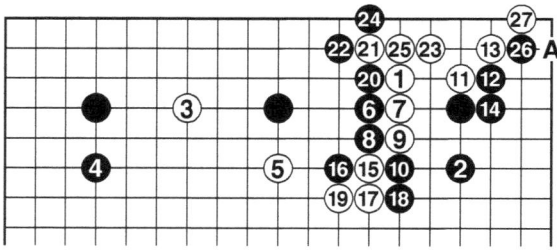

Abbildung 11

Abbildung 11: Nach der Vorgabe-Standarderöffnung mit 1, 3 und 5 geht das Joseki mit Schwarz 6 bis Weiß 27 weiter. Streckt Schwarz nun mit A zum Rand, so lebt Weiß ohne Probleme. Das würden die meisten Spieler tun, doch hier gibt es einen Zug, der Weiß gehörig ärgern wird. Finden Sie Schwarz 28 und können Sie die Fortsetzung auslesen?

Abbildung 12: Schwarz 1 auf den Vitalen Punkt am Rand ist ein erstaunlicher Zug. Weiß muss auf 2 antworten. Jetzt mag er glauben, dass er entweder mit A oder mit B leben kann, doch Schwarz spielt 3. Lassen wir ihn lachen und sehen wir, wer zuletzt lacht.

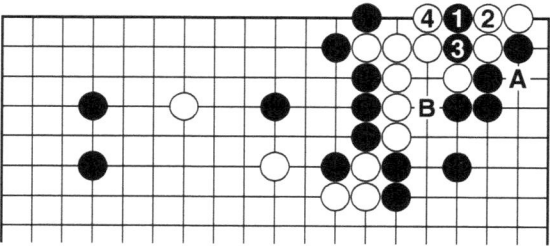

Abbildung 12

Abbildung 13: In der Folge wirft Schwarz auf 1 wieder ein und wenn Weiß mit 2 schlägt, dann stirbt nach 7 seine ganze Gruppe. Wer lacht jetzt?

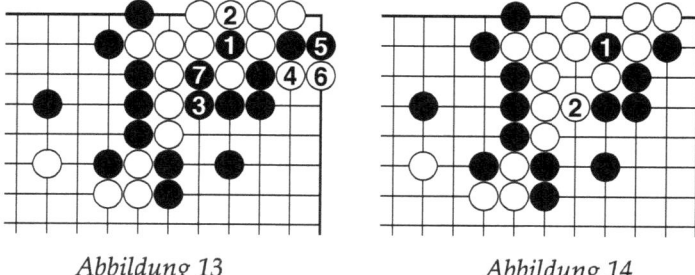

Abbildung 13   *Abbildung 14*

Abbildung 14: Korrekt ist, Weiß auf 2 hier zu spielen und die Angelegenheit in einem Ko auszukämpfen. Doch das Ko ist völlig einseitig zugunsten des Schwarzen. Er wird seinem Gegner mit Vergnügen zwei Züge nach Wunsch hintereinander gewähren. Weiß ist bestürzt, er hätte sich nie träumen lassen, dass Schwarz solch einen starken Zug verfügbar hat.

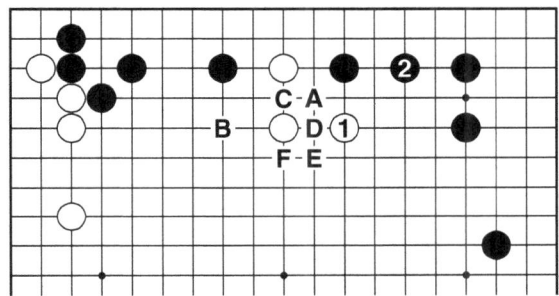

Abbildung 15

Abbildung 15: Hier ist die Eröffnung einer Gleichaufpartie. Schwarz beantwortet den weißen Schwenk nach 1 niedrig, da er das Nozoki auf A und den folgenden Schnitt im Auge hat. Spielt Weiß beispielsweise auf B, so späht Schwarz mit A sofort in die Lücken. Es folgt Weiß C, Schwarz D, Weiß E, Schwarz F, und Schwarz hat einen vorteilhaften Kampf.

Abbildung 16: Für Weiß ist es nicht sonderlich attraktiv, auf 1 zu verteidigen, denn Schwarz kann 2 gegen 3 abtauschen und dann woanders Vorhand nehmen.

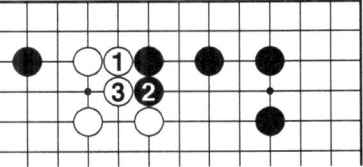

Abbildung 16

Abbildung 17: Weiß 1 hier ist auch nicht verlockend, aus dem gleichen Grund. Nun, wo soll Weiß mit 1 spielen?

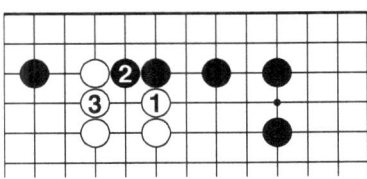

Abbildung 17

Abbildung 18: Der weiße Zug auf 1 ist ein schlauer Test, um zu sehen, wie Schwarz antwortet. Spielt er auf 2, so kann Weiß einen schwarzen Zug auf A mit 3 in Vorhand verhindern.

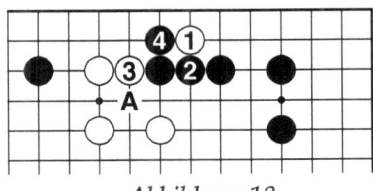

Abbildung 18

Abbildung 19: Spielt Schwarz 2 hier, so kann Weiß seinen Schwachpunkt auf A wiederum in Vorhand mit 3 verteidigen. Weiß 1 ist ein Opfer.

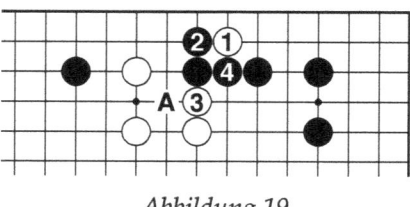

Abbildung 19

Der weiße Zug auf 1 ist nicht immer gut. Manchmal bringt er einen Vorteil, manchmal nicht. Die Situation ist ähnlich der im Baseball, dass man einen Läufer auf der ersten Base hat und ein Out, und der Batter ist unsicher, ob er ihn opfern und den zweiten Fehler verursachen soll oder doch besser mit vollem Risiko durchzieht.

Abbildung 20: Weiß versucht statt dem Zug auf 3 in Abbildung 18 nicht, seinen Opferstein zu retten, denn dies wäre das Ergebnis. Schwarz erlangt hier einen bedeutenden Vorteil.

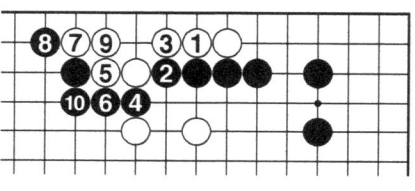

Abbildung 20

Problem 1

Abbildung 21: Schwarz am Zug – Wie können die Steine in der Ecke zum Leben kommen? Das Atari auf A oder B überlassen wir am besten den Anfängern. Schwarz C ist besser, doch es folgt Weiß D, Schwarz E, Weiß A und Schwarz stirbt.

Problem 2

Abbildung 22: Schwarz zieht und lebt. Schwarz A oder B wird nicht ausreichen.

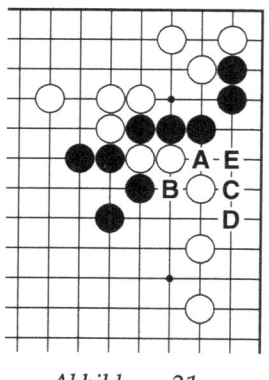

Abbildung 21

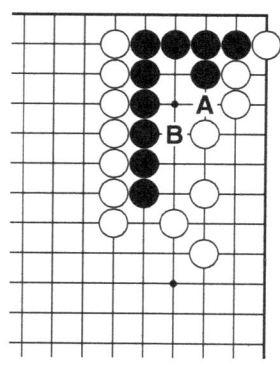

Abbildung 22

Problem 3

Abbildung 23: Schwarz zieht und lebt in der Ecke. Seine L-Form genügt nicht für zwei Augen, deshalb muss er eine Schwachstelle bei den weißen Steinen finden, die seine Gruppe umschließen. Atari auf A oder B wird nicht funktionieren. Schwarz C sieht irgendwie nach Tesuji aus, doch Schwarz hat einen viel stärkeren Zug.

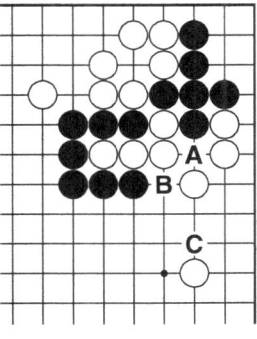

Abbildung 23

Lösung zu Problem 1

Abbildung 24: Schwarz 1 ist das Tesuji des Vitalen Punkts. Weiß 2 ist die stärkste Antwort und Schwarz hat keine Zeit, um mit 7 auf A zu verbinden.

Lösung zu Problem 2

Abbildung 25: Schwarz 1 ist das Tesuji des Vitalen Punkts. Weiß 2 ist eine Möglichkeit, Widerstand zu leisten, doch Schwarz opfert geschickt drei Steine für ein Vorhandauge und lebt danach mit 11.

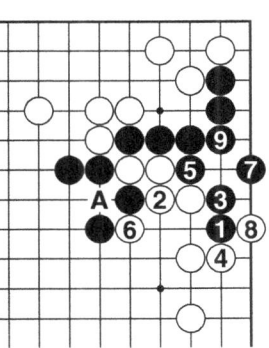

Abbildung 24

Lösung zu Problem 3

Abbildung 26: Schwarz 1 ist das Tesuji des Vitalen Punkts. Weiß 2 leistet Widerstand, doch Schwarz 3 und 5 nehmen die ganze Gruppe gefangen. Spielt Weiß mit 2 woanders, dann hat Schwarz keine Mühe.

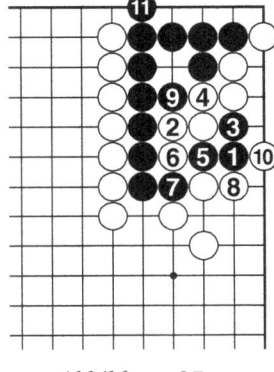

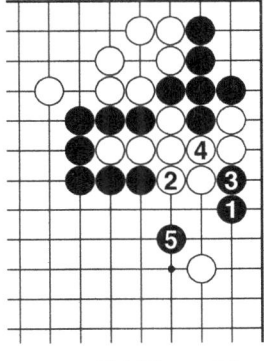

Abbildung 25

Abbildung 26

Der Anleger (Tsuke)

Ein Anleger ist ein Zug, der zwar einen gegnerischen Stein berührt, aber keinen der eigenen. Anlege-Tesujis haben die Besonderheit, dass sie sich in der Spielpraxis sofort nützlich machen.

Abbildung 1: Schwarz 1 bis 11 bilden ein wohl bekanntes Joseki; die Frage ist, wie es weitergeht. Es gibt so gut wie keine Bücher über die Fortsetzung nach einem Joseki, somit spielt jeder sein eigenes Spiel, jedoch –

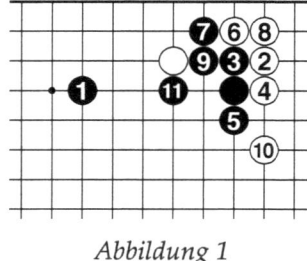

Abbildung 1

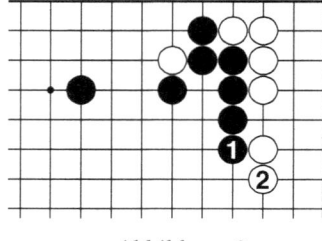

Abbildung 2

Abbildung 2: Halt! So viele Spieler schieben mit Schwarz 1, nur weil es Vorhand ist. Wie einfältig kann man nur sein? Die meisten von ihnen halten niemals inne, um einmal Gewinn und Verlust zu betrachten. Unterbewusstes Verlangen ergreift sie und sie schieben mit 1, bevor sie merken, was sie tun. Die Schwächen des Austauschs von 1 für 2 sind folgende:

1. Weiß läuft vor Schwarz her;
2. Weiß wird gestärkt;
3. Schwarz nimmt sich selbst gute Möglichkeiten für später.

Jeder, der im Go stärker werden will, sollte lieber seinen niederen Regungen Einhalt gebieten, die ihn Züge wie 1 spielen lassen. Rundheraus gesagt: „Lassen Sie es bleiben!"

Abbildung 3: Falls Schwarz eine Mauer nach außen bekommen will, dann sollte er mit 1 in die vordere Position springen und sich lieber von Weiß schieben lassen als umgekehrt. Unter dem Aspekt des Ringens um den Vorsprung ist Schwarz 1 ein guter Zug.

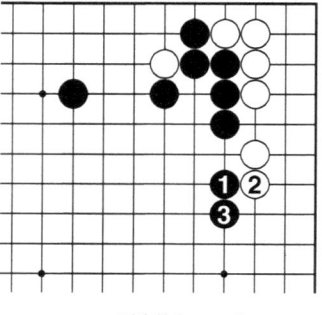

Abbildung 3

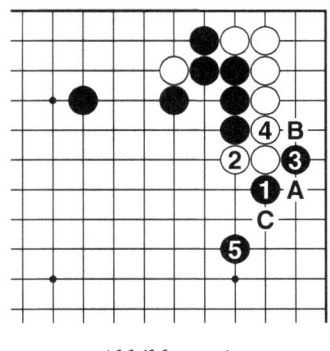

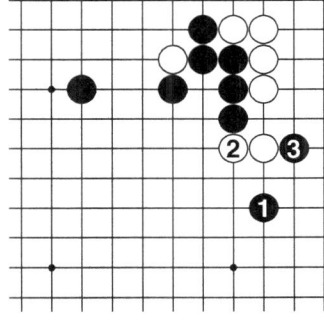

Abbildung 4   Abbildung 5

Abbildung 4: Hat Schwarz bereits eine gefestigte Stellung am oberen Rand, so kann er den rechten Rand mit dem Anlege-Tesuji auf 1 bestürmen. Falls Weiß mit 2 nach außen drückt, dann biegt Schwarz mit 3 darunter um. Schwarz 5 verschafft ihm schnell eine brauchbare Stellung.

Spielt Weiß 2 auf A, dann ist Schwarz mit 4, Weiß B, Schwarz 2, Weiß 3, Schwarz C mehr als zufrieden.

Abbildung 5: Schwarz kann sich auch mit 1 im Ein-Punkt-Abstand annähern. Spielt Weiß auf 2, so hat Schwarz einen schönen Anleger auf 3. Verstehen Sie, warum das funktioniert?

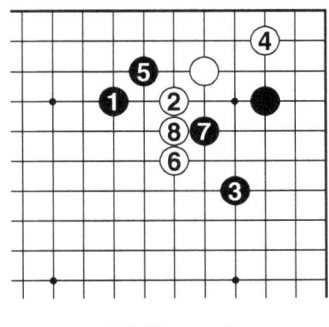

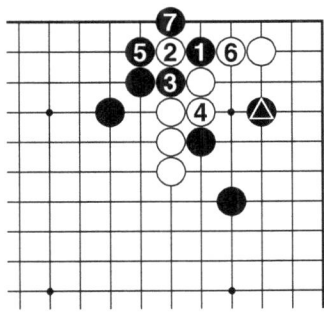

Abbildung 6   Abbildung 7

Abbildung 6: Die Züge Schwarz 1 bis Weiß 8 kommen zuweilen in Gleichaufpartien vor. Die Frage betrifft den nächsten Zug von Schwarz.

Abbildung 7: Weiß hat keine Antwort auf das Anlege-Tesuji auf 1. Wehrt er sich mit 2, so muss er anschließend auf 4 nachgeben. Nach 7 steht der markierte schwarze Stein mitten auf seinem Vitalen Punkt, ein sehr gutes Ergebnis für Schwarz.

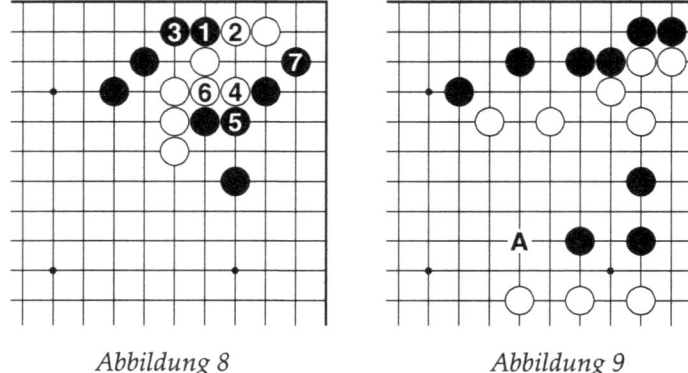

| Abbildung 8 | Abbildung 9 |

Abbildung 8: Spielt Weiß auf 2 wie hier, so zieht Schwarz mit 3 zurück. Die Steine Weiß 4 und 6 besetzen lediglich Niemandsland, während die schwarzen Steine auf ideale Weise Angriff und Verteidigung verbinden. Ein guter Zug führt zum nächsten. Schwarz 1 und der Rest summieren sich zu einem großen Erfolg.

Abbildung 9: Schwarz am Zug. Wie soll er sich in dem Kampf auf der rechten Seite verhalten? Normalerweise würde er auf A hinausspringen, doch ein bisschen Nahkampf würde ihm ebenfalls gut tun.

Abbildung 10: Wie wäre es mit dem Nozoki auf 1? Weiß antwortet mit 2, und sein Gegen-Nozoki auf 4 macht Schwarz 3 zu einem gründlich missratenen Zug. Da Schwarz mit 5 Nachhand nehmen muss, steuert er am rechten Rand auf eine Krise zu.

Abbildung 11: Der Anleger auf Schwarz 1 ist ein unternehmendes Tesuji. Erwidert Weiß mit A, so kann Schwarz mit B, Weiß C, Schwarz D in Vorhand schneiden. Weiß kann also nicht auf A

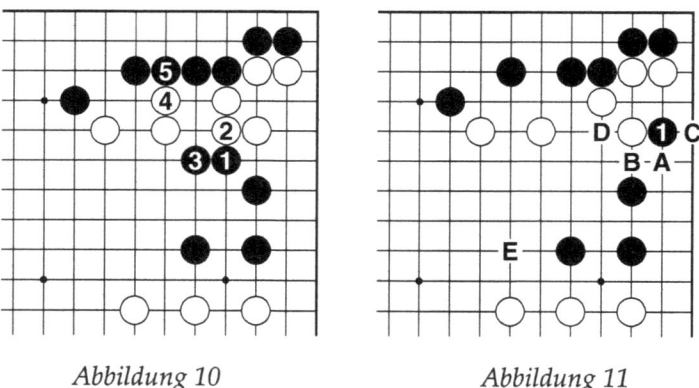

| Abbildung 10 | Abbildung 11 |

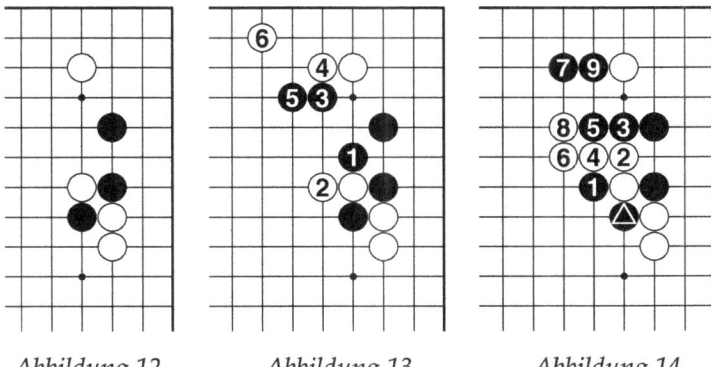

| Abbildung 12 | Abbildung 13 | Abbildung 14 |

spielen und hat damit seine Basis verloren, während Schwarz jetzt praktisch sicher ist.

Wenn sich Schwarz des Anlege-Tesujis bewusst ist und vorhat, es als Nächstes auszuführen, dann ist es genauso gut, mit 1 erst auf E zu spielen.

Abbildung 12: Schwarz am Zug – Wie kann er gute Form machen? Wer dies sofort als Joseki-Variante zum Zwei-Punkte-Klemmzug erkennt, hat seine Hausaufgaben gemacht.

Abbildung 13: Die erste Versuchung für Schwarz ist, mit dem Atari auf 1 in Vorhand zu verbinden, doch danach hat er keine gute Fortsetzung. Schwarz 1 ist das, was man einen plumpen, undurchdachten Zug nennt.

Abbildung 14: Normalerweise ist Tesuji, mit Schwarz 1 das andere Atari zu geben. Ein solcher Zug mag schwer fallen, da er Schwarz 1 und den markierten Stein in einer gefährlichen Lage belässt, wie die Abbildung zeigt. Doch man muss lernen, diese zwei Steine als ein Opfer zu betrachten, mit dessen Hilfe Schwarz sich auf 3 und 5 selbst nach draußen treibt. Diese Denkweise ist unerlässlich. Das Ergebnis bis Schwarz 9 in Abbildung 14 ist unschätzbar besser als Abbildung 13. Schwarz kann jedoch noch besser spielen.

Abbildung 15: Schwarz 1 ist das Anlege-Tesuji, ein fantasievoller Einfall, der darauf beruht, dass Schwarz die Sequenz nach dem Zug Schwarz 3 vorhersieht. Leistet Weiß mit 2 Widerstand, so bringen Schwarz 3 bis 9 ein hervorragendes Ergebnis für Schwarz.

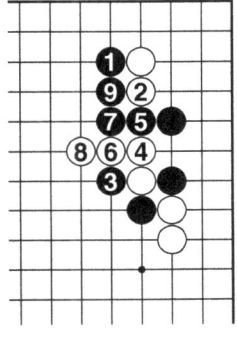

Abbildung 15

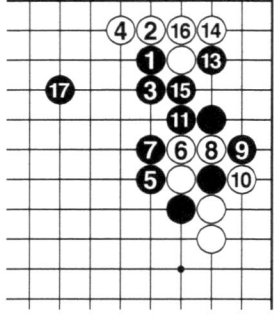

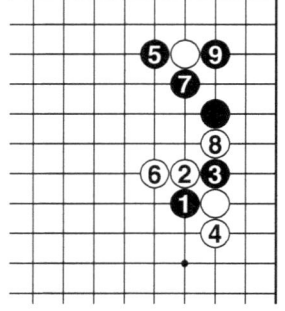

Abbildung 16 (12 deckt)　　　　　*Abbildung 17*

Abbildung 16: Spielt Weiß Hane auf 2, dann quetscht Schwarz mit 5 und so fort die Freiheiten heraus und bekommt wieder ein überlegenes Ergebnis.

Abbildung 17: Hier ist die Sequenz zu ihrem Anfang zurückverfolgt. Weiß lässt sich nun durch das Tesuji auf 5 nicht verleiten und streckt auf 6 heraus, doch Schwarz ist mit dem Gewinn der großen Ecke zufrieden. Jeder hat die Pläne des Anderen durchkreuzt.

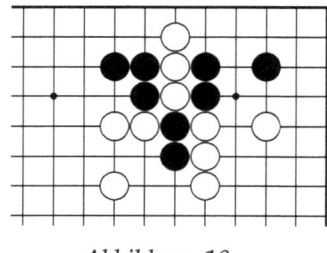

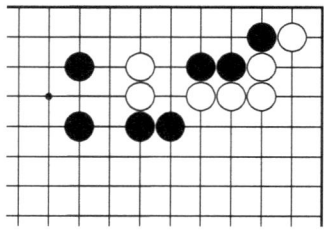

Abbildung 18　　　　　　　*Abbildung 19*

Problem 1

Abbildung 18: Schwarz am Zug. Er kann die drei weißen Steine nicht fangen, doch zumindest kann er seine beiden Gruppen links und rechts verbinden.

Problem 2

Abbildung 19: Schwarz am Zug. Kann er seine drei Steine retten, obwohl sie scheinbar völlig umzingelt sind?

Problem 3

Abbildung 20 (nächste Seite): Schwarz zieht und invadiert das weiße Shimari.

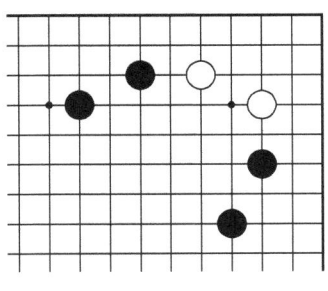

Abbildung 20

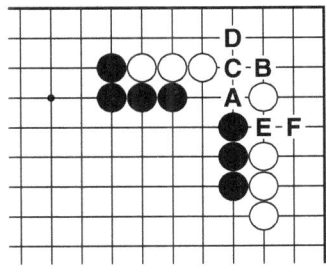

Abbildung 21

Problem 4

Abbildung 21: Schwarz am Zug. Wie kann er das weiße Gebiet invadieren? Schwarz A, Weiß B, Schwarz C, Weiß D, Schwarz E, Weiß F sind nicht die Lösung.

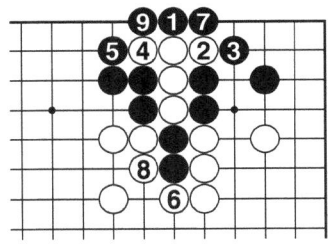

Abbildung 22

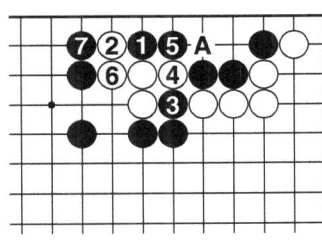

Abbildung 23

Lösung zu Problem 1

Abbildung 22: Schwarz 1 ist ein Anleger „auf die Nase". Weiß kann höchstens 2 und 4 spielen.

Lösung zu Problem 2

Abbildung 23: Schwarz legt wieder auf der Nase an und entkommt aus dem gegnerischen Gebiet. Spielt Weiß mit 2 auf 5, so folgt Schwarz 4, Weiß 3, Schwarz A.

Lösung zu Problem 3

Abbildung 24: Schwarz legt auf 1 an und nach der Zugfolge bis 15 steht Weiß erschüttert und ohne Augen da. Dieses Bild kann ohne Weiteres in der Partiepraxis vorkommen.

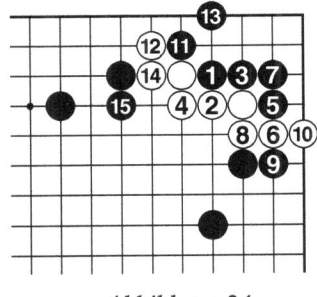

Abbildung 24

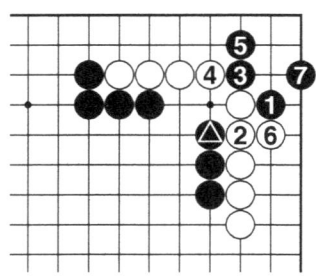

Lösung zu Problem 4

Abbildung 25: Schwarz 1 ist ein schönes und seltenes Anlege-Tesuji. Es gibt einige Varianten, doch Schwarz kann immer entweder vom markierten Stein aus durchbrechen oder in der Ecke leben.

Abbildung 25

Unter den Steinen (Ishi no shita)

Die erhabenste Form der Opfertechnik besteht darin, wieder in den Raum zu setzen, aus dem die geopferten Steine entfernt worden sind (Spiel „unter den Steinen"). Abgesehen von der praktischen Anwendung wäre der Autor erfreut, wenn der Leser dieses Tesuji einfach nur unterhaltsam findet, als Beispiel dafür, welch seltsame Dinge auf dem Go-Brett möglich sind. Hier folgen nur einige wenige Beispiele zur Ansicht.

Abbildung 1: Schwarz zieht und lebt. Schwarz A würde durch Weiß B widerlegt.

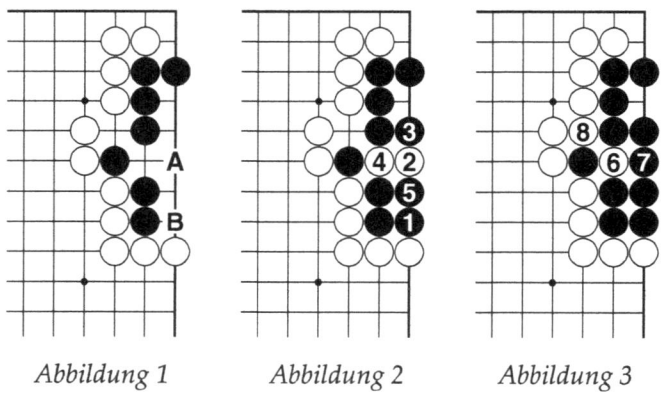

Abbildung 1   *Abbildung 2*   *Abbildung 3*

Abbildung 2: Der Zug Schwarz 1 ist die Lösung, obwohl er sinnlos aussieht. Es folgen Weiß 2 und 4. Nachdem er diese zwei Steine geopfert hat, kann Weiß darunter weiterspielen.

Abbildung 3: Weiß 6, Schwarz 7, Weiß 8 und Schwarz ist tot. Das ist nicht schwer auszulesen. Doch witzigerweise ist es falsch.

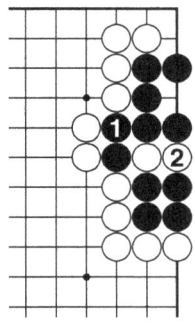

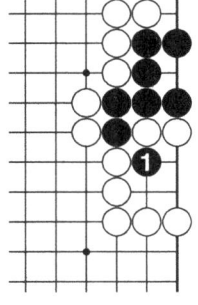

Abbildung 4   *Abbildung 5*

Abbildung 4: Schwarz 7 in der vorigen Abbildung sah natürlich aus, doch Schwarz hatte mit 1 hier einen besseren Zug zur Verfügung. Weiß spielt auf 2 und schlägt vier Steine, doch damit ist die Angelegenheit nicht unbedingt erledigt. Denken Sie darüber hinaus.

Abbildung 5: Die Stellung sieht nun aus wie hier gezeigt und Schwarz lebt, indem er auf 1 schneidet. Züge wie dieser sind schwer zu sehen, weil es Schwierigkeiten macht, die Form des Leerraums zu visualisieren, der nach dem Herausnehmen der Gefangenen entsteht.

Abbildung 6: Schwarz am Zug tötet.

Abbildung 7: Schwarz 1 ist korrekt. Weiß 2 und so fort leisten den stärksten Widerstand, doch Schwarz 7 ebnet den Weg für ein Tesuji unter den Steinen. Kommen Sie nicht voreilig zu dem Schluss,

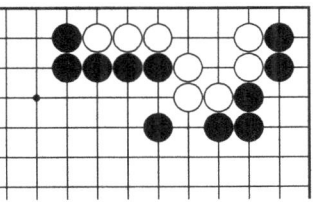

Abbildung 6

dass Weiß am Leben sei, nur weil er vier in einer Reihe gefangen hat. Schwarz schneidet auf dem Punkt 5 und Weiß stirbt.

Abbildung 8: Schwarz am Zug tötet. Weiß 1 ist ein listiger Zug, doch Schwarz kann trotzdem töten, wenn er sorgfältig liest.

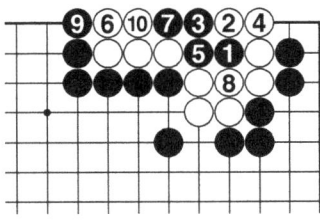

Abbildung 7   *Abbildung 8*

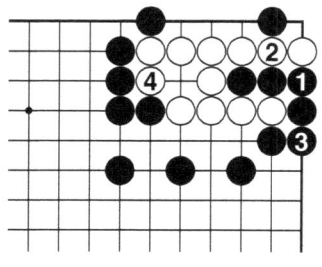

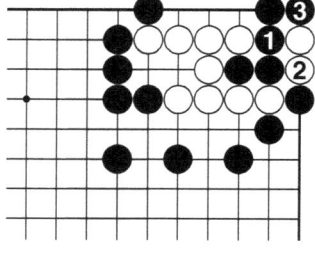

Abbildung 9 | *Abbildung 10*

Abbildung 9: Glaubt Schwarz, dass er durch Verbinden auf 1 töten kann? Weiß lebt problemlos mit 2 und 4.

Abbildung 10: Damit bleibt nur Schwarz 1 wie hier. Hoffentlich spielt Schwarz diesen Zug nicht, weil er keine Wahl hat, sondern weil er die Fortsetzung bis zum Ende ausgelesen hat. Schwarz 1 ist die Lösung. Schwarz 3 schlägt zwei Steine.

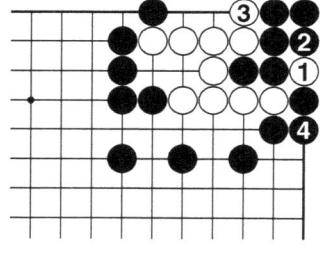

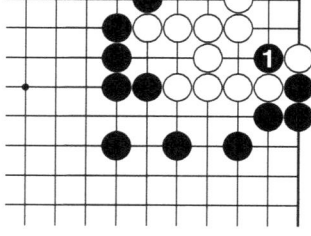

Abbildung 11 (5 schlägt) | *Abbildung 12*

Abbildung 11: Weiß taucht mit 5 wieder auf 1 ein und nimmt freudig sechs schwarze Steine vom Brett. Scheinbar hat er einen großen Erfolg erzielt.

Abbildung 12: Schwarz jedoch schneidet mit 1 unter den Steinen und Weiß kann keine zwei Augen bilden. Der Freudenschrei in der vorigen Abbildung war sein Schwanengesang.

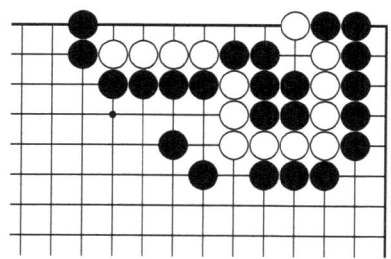

Abbildung 13: Schwarz am Zug tötet (Ein Kageyama-Original). Weiß hat eine gute Verteidigung in petto, sodass Schwarz nicht einfach irgendwo beginnen kann.

Abbildung 13

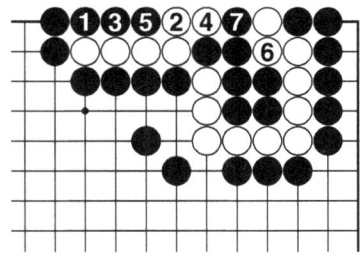

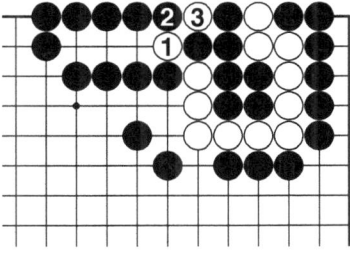

Abbildung 14   Abbildung 15

Abbildung 14: Schwarz 1 hier schlägt fehl. Schwarz gewinnt zwar den Wettlauf und fegt sechs weiße Steine vom Brett, doch...

Abbildung 15: Weiß schneidet wieder auf 1 in den Leerraum hinein und fängt sieben schwarze Steine, wonach die Stellung in der nächsten Abbildung entsteht.

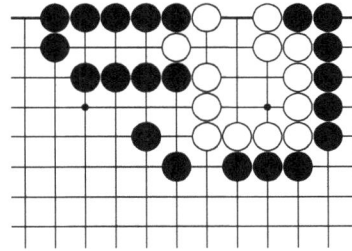

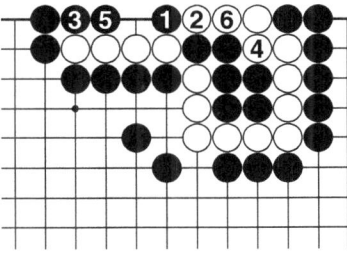

Abbildung 16   Abbildung 17

Abbildung 16: Mit dieser Form kann Weiß nicht sterben. Weiß lebt, doch das ist nicht die Lösung des Problems. All das Schlagen und Zurückschlagen könnte ein wenig verwirrend werden, deshalb wollte ich diese falsche Variante erst einmal aus dem Weg räumen.

Abbildung 17: Schwarz 1 ist korrekt. Diesmal gewinnt Weiß das anfängliche Gefecht und schlägt sechs schwarze Steine, doch im entstandenen Leerraum –

Abbildung 18: Aufgepasst, hier nicht. Gut Ding will Weile haben. Weiß lebt mit 2 und gibt Schwarz nur Kleingeld im Wert von vier Steinen heraus.

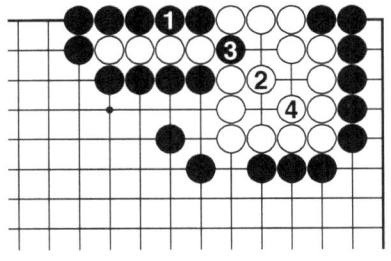

Abbildung 18

Abbildung 19: Schon besser.
Jetzt ist Weiß tot.

Abbildung 20: Schwarz am
Zug – Was ist das Ergebnis?
Schwarz würde Weiß gern
töten, doch das wird nicht
leicht werden. Der markierte
Stein sitzt auf einem neural-
gischen Punkt.

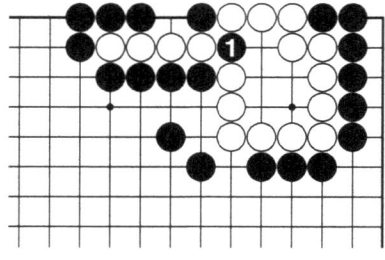

Abbildung 19

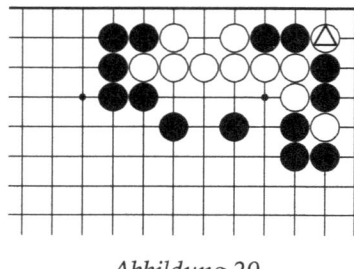

Abbildung 20

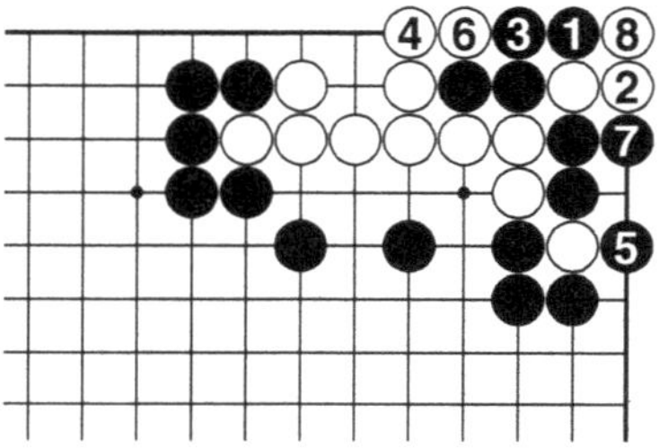

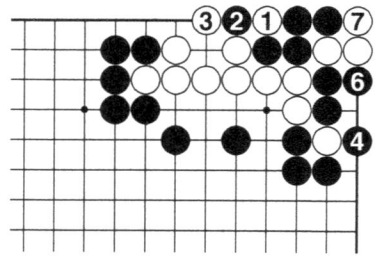

*Abbildung 21 (9 schneidet
unter den Steinen)*

Abbildung 21: Schwarz 1 und 3 zielen auf ein Tesuji unter den
Steinen. Weiß 4 sieht natürlich aus, ist aber ein Fehler. Schwarz
schneidet nach 8 wieder zurück und Weiß stirbt.

Abbildung 22: Weiß sollte auf 1 einwerfen. Falls Schwarz ihm
das Ko überlässt, um unter den Steinen zu spielen, dann ist (im
Gegensatz zu Abbildung 21) das Ergebnis –

Abbildung 23: Weiß lebt. Demnach wird Schwarz das Ko aus-
kämpfen, und das ist die korrekte Lösung.

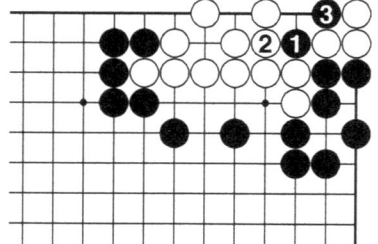

Abbildung 22 (5: Ko)

Abbildung 23

Kapitel XI

Hinweise für das Endspiel

Hinweise für das Endspiel

Wir nähern uns nun dem Ende unseres Buchs. Das Thema ist das
Endspiel, das immer ganz gern ans Ende geschoben wurde und
dann unter den Tisch fiel. Endspielstärke war etwas, das man
auf selbstverständliche Weise erwarb, ohne spezielles Studium.
Wenn ich mir allerdings ansehe, welche Bedeutung das Endspiel
für den Partieausgang hat, dann frage ich mich, ob man es
wirklich so kurz abhandeln sollte. Zumindest sollte man den
Wert häufig auftretender Endspielzüge kennen lernen, und was
noch wichtiger ist, den Wert von Vorhand und Nachhand.

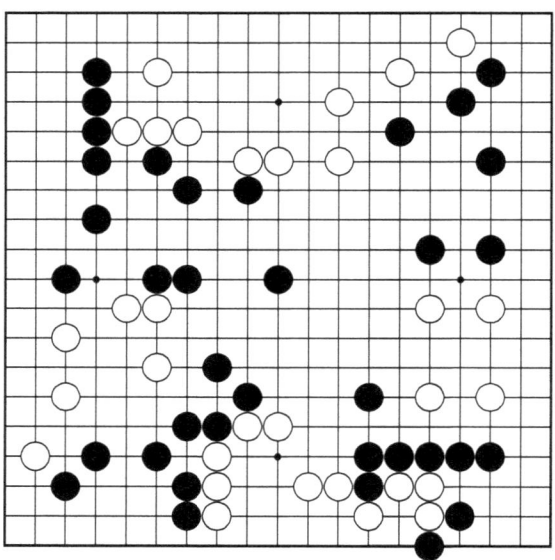

Abbildung 1

Abbildung 1: In dieser Fünf-Steine-Partie sind alle schwarzen
und weißen Gruppen stabilisiert und das Endspiel wird jetzt
beginnen. Dicke und dünne Positionen sind in etwa gleich
verteilt, so dass es nur noch um die Gebietspunkte geht. Schwarz
scheint ungefähr siebzig Punkte zu haben und Weiß etwa
fünfzig. Schwarz liegt klar in Führung, doch wenn man das
Fünf-Steine-Handicap in Betracht zieht, dann könnte man sagen,
dass Weiß in Schlagdistanz gekommen ist. Vielleicht genügt die
Feststellung, dass Weiß einfach stärker spielt, aber könnte es
nicht auch Ihnen passieren, dass sie dieselben trostlosen Züge
spielen wie Schwarz in der nächsten Abbildung, ohne jemals zu
erkennen, welche davon falsch sind?

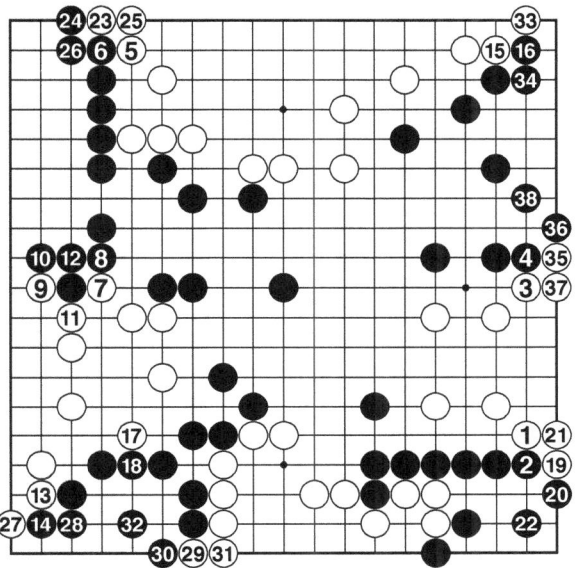

Abbildung 2

Abbildung 2: Zählen wir nach der Zugfolge Weiß 1 bis Schwarz 38 nochmals, wie die Partie steht. Kaum zu glauben, jetzt hat Schwarz etwa sechzig Punkte und Weiß siebzig. Schwarz hat dreißig Punkte verloren und damit auch die Führung abgegeben.

Das Tragische ist, dass Schwarz sich seiner Fehler überhaupt nicht bewusst ist. Schwarz 2 mag unvermeidbar gewesen sein – wenn er Weiß hier hineinspringen ließe, dann würde seine Gruppe ihren Augenraum verlieren und schwach werden. Aber was war der Sinn der schwarzen Züge auf 4, 6, 14 und 16? Schwarz hat sich zum Gehilfen seines Gegners machen lassen.

Abbildung 3 (nächste Seite): So sollte Schwarz spielen. Wenn Weiß den Diagonalzug auf 3 macht, dann tut Schwarz mit 4 in der oberen linken Ecke das Gleiche. Wenn Weiß auf 5 hineinspringt, dann erwidert Schwarz genauso auf 6 – wie du mir, so ich dir.

So sollte Schwarz spielen, doch nachdem Weiß auf 3 gesetzt hat, will Schwarz das Gebiet, das er oben rechts so sorgsam umschlossen hat, nicht hergeben. Er glaubt, dass er Weiß 5 nicht zulassen dürfe, und verteidigt. Und weil er verteidigt, darf Weiß den Diagonalzug auf 4 spielen.

Schwarz beschwert sich: „Sobald das Endspiel anfängt, behält Weiß immer die Vorhand, und ich bekomme gar keine Gelegenheit, etwas zu unternehmen."

Hat der Leser die gleiche Beanstandung zu machen? Man sagt,

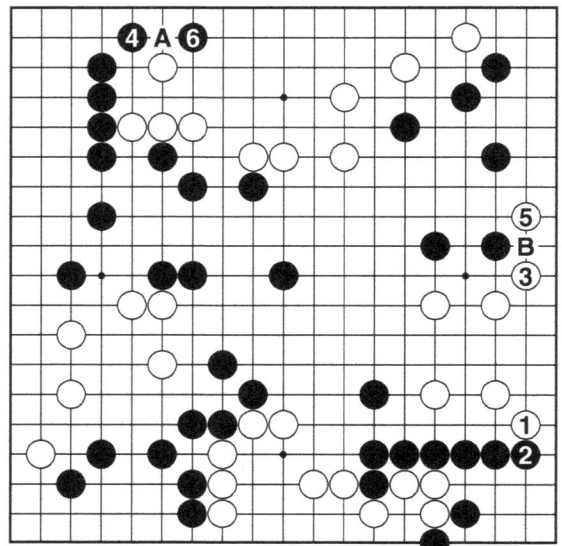

Abbildung 3

„starke Spieler sind flexibel". Diejenigen, die starke Spieler sein wollen, sollten begreifen, wie Schwarz mit 4 und 6 in Abbildung 3 flexibel den Schauplatz wechselt.

Falls Weiß mit 5 auf A spielen sollte, dann kann Schwarz auf B setzen und hat somit den Vorhandzug links oben genauso bekommen – ziemlich schlau gemacht.

Aus ähnlichen Gründen steht es nicht an, die Züge Weiß 13 und 15 in Abbildung 2 mit 14 und 16 zu beantworten. Das geschah nur, weil Schwarz ausschließlich den Teil des Bretts betrachtet hat, in dem Weiß seinen letzten Stein spielte. Er sollte lernen, das ganze Brett im Blick zu haben und ein Fernbleiben zu erwägen, sofern das nicht zu einschneidende Folgen hat.

Abbildung 4: Ob Weiß in Vorhand auf 1 spielt oder –

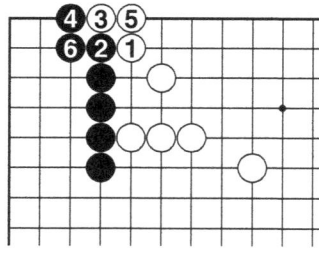

Abbildung 4

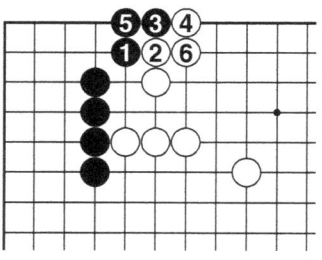

Abbildung 5

Abbildung 5: Ob Schwarz in Vorhand auf 1 spielt, ist im Endspiel keine unbedeutende Frage. Der Unterschied dieser beiden Varianten beträgt sechs Punkte. Wenn Schwarz in fünf solchen vergleichbaren Situationen jedes Mal antwortet, dann verliert er 6 × 5 = 30 Punkte.

Möglicherweise ist das alles bekannt, doch die Wettkampf-psychologie funktioniert so: Wenn man sich einmal in Führung sieht, wird man ängstlich und spielt auf Sicherheit. So holt der Gegner auf. Man verteidigt und verteidigt, und als Nächstes stellt man fest, dass die Führung verspielt ist, so wie es in Abbildung 2 geschehen ist und wie es auf den Go-Brettern der Welt häufig geschieht.

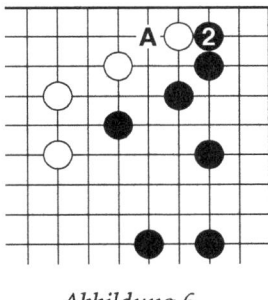 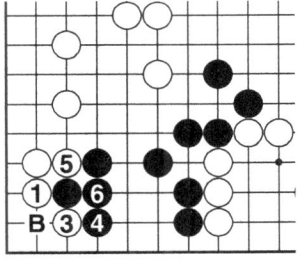

Abbildung 6   *Abbildung 7*

Abbildung 6: Die rechte obere Ecke.

Abbildung 7: Die linke untere Ecke. Wen man diese beiden Positionen zusammen betrachtet, dann ist Schwarz 2 in Abbildung 6 als Antwort auf Weiß 1 in Abbildung 7 korrekt. Weiß 1 und Schwarz 2 sind die Schlüsselpunkte, und Schwarz verliert sie beide an seinen Gegner, wenn er nach Weiß 1 verteidigt. „Geh du deinen Weg und ich gehe den meinen", sollte seine Philosophie sein.

Angenommen, Weiß würde Schwarz 2 auf A beantworten. Dann könnte Schwarz wiederum gegen Weiß 1 links unten verteidigen. Weiß wäre niemals so töricht, das zuzulassen. Nun denn, Schwarz sollte begreifen, dass es genauso töricht ist, Weiß 1 auf B zu beantworten.

Weiß 3 jedoch muss mit Schwarz 4 beantwortet werden. Wenn Schwarz diesen Zug ignorierte, dann würde seine ganze Gruppe ohne Basis dahintreiben. Nach Schwarz 6 sind die Punkte A und B Miai. Zu verteidigen, wo es nötig ist, ist genauso wichtig wie es zu unterlassen, wo es nicht nötig ist.

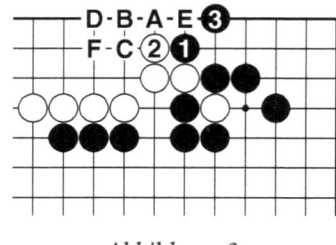

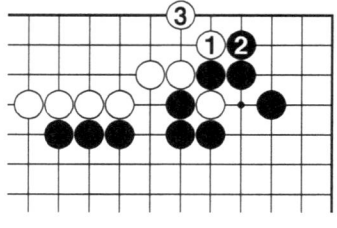

Abbildung 8   Abbildung 9

Abbildung 8: Hane und Verbindung wie Schwarz 1 und 3 sind im Endspiel oft Schlüsselpunkte. Wenn Schwarz später Hane auf A spielt, dann kann Weiß nicht auf B blocken, ohne Schwarz C und ein Ko zu riskieren. Normalerweise muss er nachgeben und Schwarz A mit C beantworten, worauf Schwarz B, Weiß D, Schwarz E und Weiß F folgen.

Abbildung 9: Das Gleiche gilt für Weiß 1 und 3. Der Unterschied zwischen diesen beiden Varianten beträgt vierzehn Punkte, was recht groß ist. Man berechnet solche Differenzen, indem man die Anzahl der Punkte bestimmt, um die das Gebiet größer oder kleiner wird. Profis ignorieren die scheinbar großen Situationen im Brettzentrum und pflücken stattdessen am Rand, gerade weil hier für gewöhnlich die größten Züge zu finden sind. Schwarz 1 in Abbildung 10 ist beispielsweise zwölf Punkte wert. Schwarz 1 in Abbildung 8 ist größer.

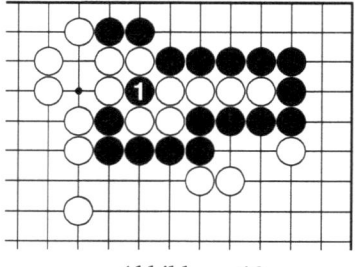

Abbildung 10

Die Abbildungen 8, 9 und 10 zeigten Züge, die für beide Seiten Nachhand sind, doch Vorhandzüge kommen im Endspiel zuerst an die Reihe. Das könnten traurige Nachrichten für diejenigen sein, die gierig darauf sind, Steine zu fangen wie mit Schwarz 1 in Abbildung 10.

Abbildung 11 (Vier Punkte in doppelter Vorhand): Das Hane und Verbinden am Rand mit 1 und 3 sind Züge, die man ganz gerne sogar schon im Mittelspiel machen möchte. Sofern der weiße Zug auf 4 groß genug ist, dass er nicht weggelassen werden kann, behält Schwarz die Vorhand.

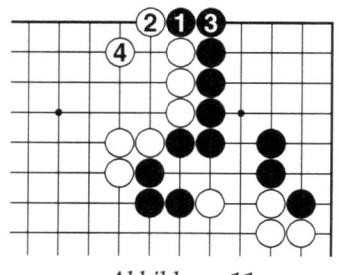

Abbildung 11

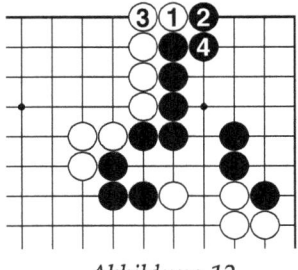

Abbildung 12

Abbildung 12: Wenn Weiß als Erster zu 1 und 3 kommt und Schwarz 4 nicht vermeidbar ist, dann behält Weiß die Vorhand. Das bedeutet, dass beide Seiten hier in Vorhand spielen können, und der Unterschied beträgt vier Punkte. Es ist eine wichtige Frage, wer hier zuerst spielen darf. Vier Punkte scheinen nicht so viel zu sein, doch wenn Sie sich erinnern, dass das fast die Komi in einer Gleichaufpartie ausmacht, dann dürften Sie verstehen, warum Berufsspieler diesen Punkten so viel Bedeutung beimessen.

Die Schwierigkeit ist, den richtigen Zeitpunkt zu finden. Im Mittelspiel ist Schwarz (bzw. Weiß in Abbildung 11) nicht gezwungen, mit 2 zu antworten. Im Endspiel jedoch sollten sich beide darum balgen, hier als Erster umbiegen zu dürfen.

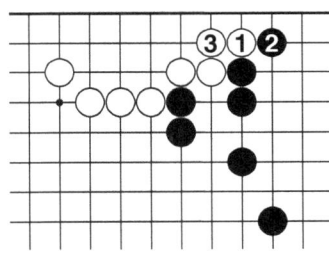

Abbildung 13

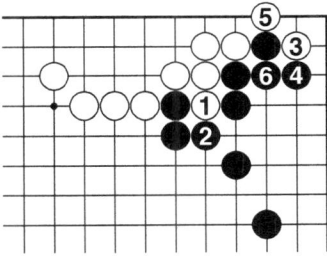

Abbildung 14

Abbildung 13: Weiß 1 und 3, wiederum Hane und Verbindung, sind Nachhand, doch sie bergen ein weiteres Tesuji.

Abbildung 14: Das versteckte Tesuji ist die Klammer mit Weiß 3. Schwarz 4 auf 5 würde in eine Katastrophe führen, wenn Weiß

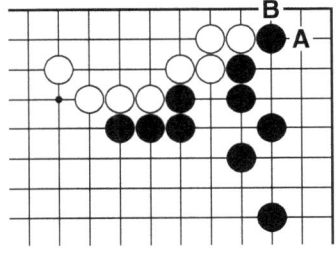

Abbildung 15

auf 6 schneidet. Deshalb muss Schwarz auf 4 und 6 spielen. Weiß behält die Vorhand. Eine der regelmäßig auftretenden Fragen im Endspiel ist die, ob Klammerzüge wie dieser funktionieren oder nicht.

Abbildung 15: Hier würde Weiß A misslingen (Schwarz antwortet auf B).

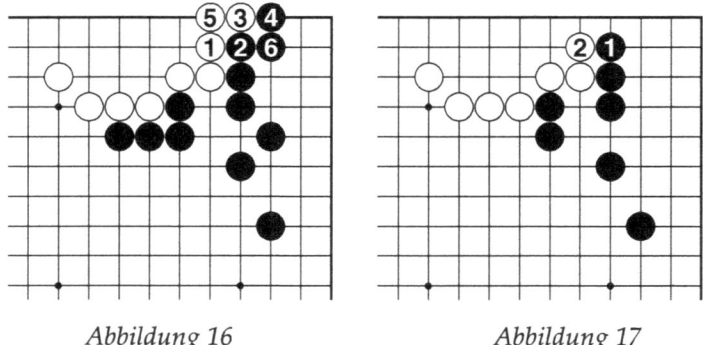

| Abbildung 16 | Abbildung 17 |

Abbildung 16: In solchen Fällen sollte Weiß in Vorhand 1 bis 6 spielen.

Abbildung 17: Aus der Sicht von Schwarz ist das Herabsteigen auf 1 korrekt, auch wenn es Nachhand ist. Wenn Weiß mit 2 antwortet, dann hat Schwarz das gegnerische Umbiegen und Verbinden in Vorhand verhindert. Wenn Weiß jedoch Schwarz 1 ignoriert, dann steht Schwarz die nächste Sequenz offen.

Abbildung 18: Schwarz kann den Affensprung für neun Punkte in Vorhand spielen. Das ist groß.

Abbildung 19: Weiß wird im frühen Endspiel oft auf 1 anlegen und mit 3 zurückziehen. Diese Züge sind gut geeignet, um seine Stellung am Rand zu stärken; außerdem darf er sich darauf freuen, später auf A zu klammern. Weiß kann A, Schwarz B, Weiß C, Schwarz D in Vorhand spielen. Wenn er möchte, kann er E und so weiter folgen lassen, während Schwarz zusehen muss, wie sein Gebiet sehr schnell schwindet. Spielt Schwarz 4 auf F, um das zu verhindern, so sind Weiß 1 und 3 Vorhand geworden.

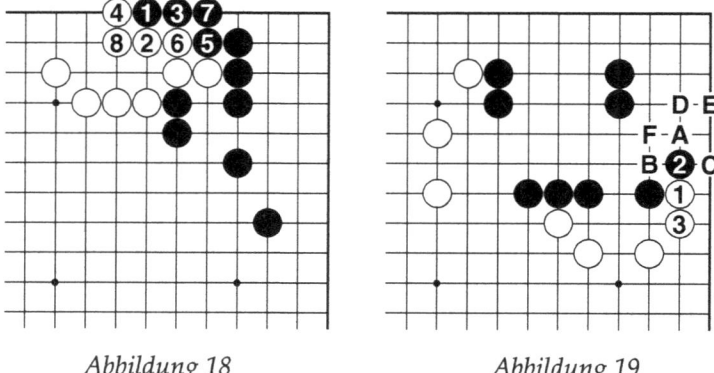

| Abbildung 18 | Abbildung 19 |

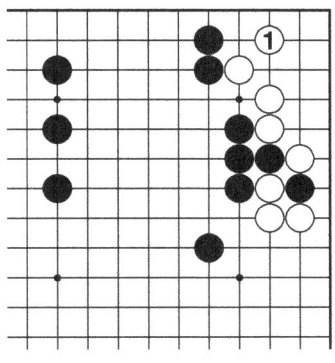
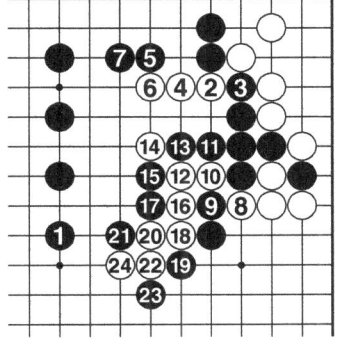

Abbildung 20 *Abbildung 21*

Abbildung 20: Hier ist eine letzte Endspielposition. Weiß 1 wurde natürlich einerseits gespielt, um zu verhindern, dass Schwarz genau dort hineinspringt.

Abbildung 21: Doch Weiß hat auch die Sequenz 2 und so fort im Sinn, durch die eine schwarze Ausdehnung auf 1 bedeutungslos wird. Falls die Treppe nicht für ihn läuft, kann Weiß erst einen Treppenbrecher spielen und dann 2.

Abbildung 22: Schwarz 1 sieht nicht berauschend aus, ist aber der genaue Zug und droht darüber hinaus eine überraschende Eckinvasion. Dicke und dünne Position sind auch im Endspiel bedeutsam, wie durch die Züge Schwarz 1 in dieser und in der letzten Abbildung veranschaulicht wird. Der ideale Zug ist ein dicker Vorhandzug, der obendrein auch noch vom absoluten Wert her groß ist.

Abbildung 23: Die meisten Spieler würden mit Schwarz wahrscheinlich die Sequenz 1 bis 8 spielen, was weder besonders ungeschickt noch besonders kunstvoll ist.

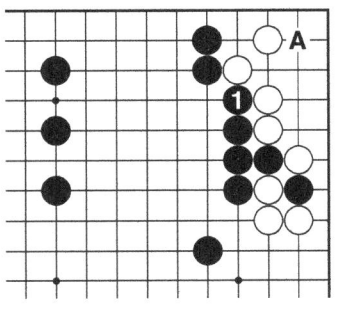
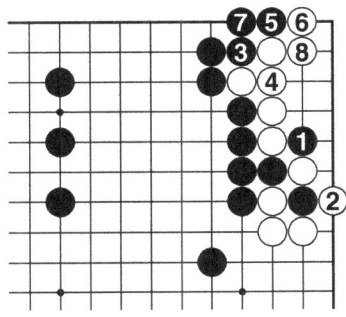

Abbildung 22 *Abbildung 23*

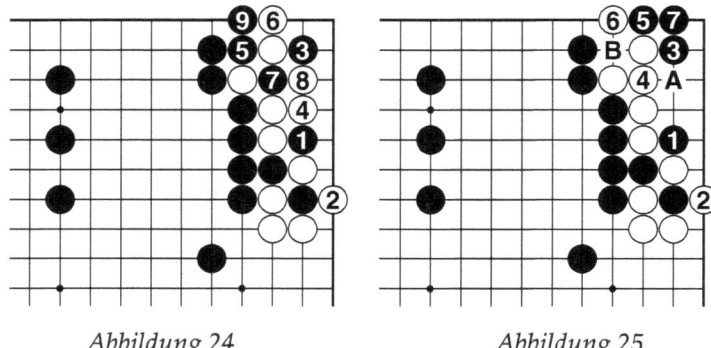

Abbildung 24   Abbildung 25

Abbildung 24: Der gekonnte Zug ist der Anleger auf 3, voraus-
gesetzt, er ist durch Auslesen der Fortsetzungen abgesichert.
Falls Weiß mit 4 und so fort Widerstand leistet, so bekommt
Schwarz ein schmerzloses Ko und einige Punkte.

Abbildung 25: Verbindet Weiß mit 4, dann fehlt ihm eine gute
Antwort auf Schwarz 5 und 7. Spielt er stattdessen 4 auf 5 oder 7,
so verliert er nach Schwarz A. Wenn er aber mit 4 auf A spielt,
dann erzielt Schwarz mit B entweder die Verbindung oder ein
Ko, was er beides begrüßen wird. Schwarz 3 ist ein wunderschön
eingefädeltes Tesuji.

Anhang

Partiekommentar: Sieg über den Meijin

Weiß:	Rin Kaiho, Meijin
Schwarz:	Kageyama Toshiro, 6-Dan
Komi:	4,5 Punkte

Pokal des Premierministers, Halbfinale

Erfahrungen wie diese machen es unmöglich, das Go-Spielen aufzugeben. Es war im Jahr 1965 (ich muss nun ein wenig in die Vergangenheit eintauchen). Ich war im Pokalturnier des Premierministers (auch „Kodansha-Turnier" genannt) bis ins Halbfinale vorgedrungen, und in der Halbfinalpartie schaffte ich den Überraschungserfolg meines Lebens, indem ich den amtierenden Meijin, Rin Kaiho, bezwang. Selbst heute noch berauscht mich die Erinnerung daran so sehr, dass mir der Gedanke peinlich ist, wie dieser Partiekommentar wohl klingen mag, doch es ist mir einerlei. Diese Partie ist eins meiner Meisterstücke. Lesen Sie unbedingt weiter!

In den Tagen vor dieser Partie wurde ich mehrfach nach meiner mentalen Einstellung gefragt. Ich konnte nur wahrheitsgemäß antworten, dass der Sieger meines Erachtens außer Frage stand; ich würde nur versuchen, nicht allzu schmachvoll zu verlieren. Allerdings hatte ich noch nicht alle Hoffnung fahren lassen. Ich hatte mit Schwarz ziemlich gute Ergebnisse mit einer kompromisslosen „Entkommen-oder-Sterben"-Strategie erzielt, so dass ich dachte, wenn ich Schwarz ziehe, möglicherweise –

Doch ich konnte dem Meijin nicht das Wasser reichen, was Fertigkeiten, Stehvermögen oder Kampfgeist anging. Ebenbürtig war ich ihm nur beim Erraten von Gerade oder Ungerade zur Entscheidung, wer mit Schwarz und wer mit Weiß spielt. Deshalb entschloss ich mich, alles auf diese Karte zu setzen, und verbrachte Tage und Nächte mit dem fieberhaften Training von Eröffnungen mit den schwarzen Steinen. Das war meine einzige Chance. Ich hatte mich mit der Niederlage abgefunden, falls ich Weiß bekommen sollte.

Der Meijin griff eine Hand voll Steine und ich riet „gerade". Ich kann wohl kaum meine Gefühle beschreiben, als ich sah, dass ich richtig geraten hatte und die schwarzen Steine bekam, doch ich erinnere mich, dass ich bei bester Stimmung dachte: „Nun gut, Meister Rin, sieh dich vor!"

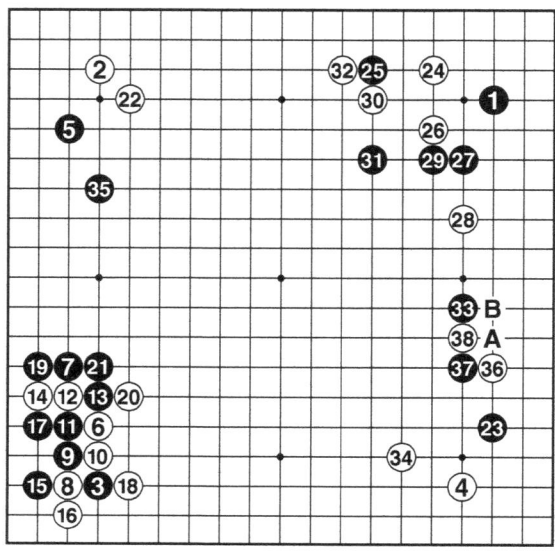

Figur 1 *(1 - 38)*

Es wäre jedoch ein Fehler gewesen, den Meijin zu warnen, indem ich ihn meinen inneren Zustand erkennen ließ. Ich tat so, als ob ich die Partie als eine Gleichauf-Lehrpartie ansähe, die er mir gewährte. Ich spielte rasch, ohne mir Bedenkzeit zu nehmen, wie in einer Blitzpartie. Diese zur Schau gestellte Teilnahmslosigkeit – wozu nachdenken, wenn ich ohnehin verliere? – diente dazu, meinen Gegner in Sicherheit zu wiegen und ihn in die Falle zu locken, in der ihn ein rascher Nackenschlag ereilen sollte. Ich frage mich, wie mein Verhalten (am Brett) vom jungen Meijin beurteilt wurde. Ich habe keine Ahnung, doch auf dem Brett selbst spielte ich nach der Devise „volle Kraft voraus".

Zweimal, mit 5 und mit 23, spielte ich Kakari gegen eine gegnerische Ecke, statt meine eigene abzuschließen. Zweimal, mit 7 und mit 25, machte ich Ein-Punkt-Klemmzüge – einen kompromisslosen Zug nach dem anderen.

Schwarz 31 war meine eigene Neuerung. Sie passte insbesondere in dieser Eröffnung, da sie mir den idealen Zug auf 33 am rechten Rand ermöglichte. Meine Recherchen wurden reich belohnt, die Eröffnung entwickelte sich ganz nach Plan. Heute war mein Glückstag.

Hätte ich nach 34 innegehalten, um den rechten Rand zu verteidigen, dann wäre ich vielleicht in Rückstand geraten. Meine Hand flog zu Schwarz 35 in der linken oberen Ecke.

Ich war vorbereitet und risikofreudig. Ich wollte die Initiative behalten, koste es, was es wolle. Ich glaubte, dies wäre meine einzige Chance. Würde es klappen?

Weiß kam auf 36 hereingestürmt. Nun gut, was ist schon eine Invasion? Wie kann man Go spielen, wenn man sich vor Invasionen fürchtet? Schwarz 37 war die automatische Antwort. Nachdenken konnte ich später.

Der Zug Weiß 38 war ein Fehler des Meijin. Er spielte ihn zweifellos, weil er sich auf die Treppe verließ, die in Figur 2 zu sehen ist. Doch Weiß 38 hätte auf A strecken sollen, gefolgt von Schwarz 38 und einer weiteren weißen Ausdehnung auf B, wie die Analyse hinterher zeigte.

Weiß 46 war ein schlauer Zug, da er die Treppe mit 48 ermöglicht. Es wäre nun normal gewesen, mit Schwarz 47 den Stein Weiß 42 einzufangen und sich mit einem Tausch zufrieden zu geben, doch Weiß 47 konnte ich nicht zulassen, das wäre einfach zu gut gewesen. Und außerdem wurde Weiß 46 durch meine Verbindung auf 47 eindeutig zu einem lokal schlechten Zug der Sorte „plumpes Nozoki". Wenn Weiß sich also mit diesem Nachteil belasten wollte, so war ich gar nicht so unglücklich, ihm die gewünschte Treppe mit 48 zu geben.

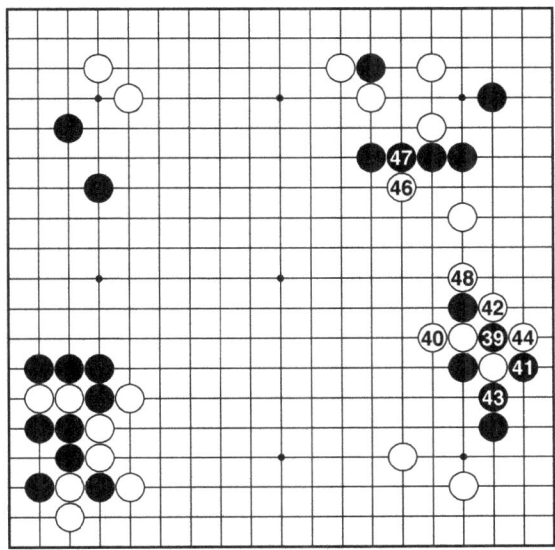

Figur 2 (39 - 48)
45 deckt

Schwarz 49 musste sein, um meine eigene Gruppe zu stabilisieren und um die weiße anzugreifen. Da Weiß mit 50 solide verteidigte, hatte ich Vorhand und blieb in Führung, indem ich mit 51 Gebiet nahm.

Weiß konnte es nicht vermeiden, auf 52 zu verteidigen. Wenn er es unterließe, dann würde Schwarz 52 sehr schmerzen. Somit bekam ich mit Schwarz 53 den letzten großen Punkt in der Eröffnung und machte Druck auf die weiße Eckgruppe.

Was man auch immer sagen kann, es gibt keinen Zweifel daran, dass die Eröffnung ein Erfolg für Schwarz gewesen ist. Sogar mein alter Lehrmeister Yasunaga, der gemeinhin bei Eröffnungen so kritisch ist, hatte an meiner Spielweise in dieser Partie nichts auszusetzen, als ich sie ihm später zeigte.

Bei Schwarz 63 war ich versucht, auf 70 hineinzulaufen, doch nach dem weißen Anleger auf 72 und meinem Strecken auf den Punkt rechts von 70 befürchtete ich, Weiß könnte etwas abschneiden. Was denn abschneiden? Der Meijin und ich gingen nach der Partie die Varianten durch, doch je länger wir suchten, umso schwerer fiel es uns, eine gute Fortsetzung für Weiß zu finden. Tatsächlich war unser Ergebnis: Wäre Schwarz auf diese Weise in die Ecke gelaufen, dann hätte das Weiß in ernsthafte Schwierigkeiten gebracht. Meine Befürchtungen waren grundlos gewesen. Es war meine Amateurhaftigkeit, die hier durchschimmerte.

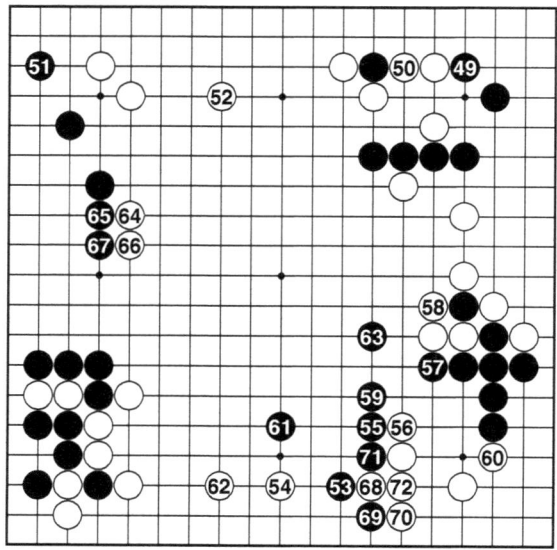

Figur 3 (49 - 72)

Weiß 64 und 66 waren zwei unverblümte Kikashis. Ein Amateur würde sie nur widerwillig spielen, doch ein tieferes Eindringen würde einen übermächtigen Angriff heraufbeschwören. Wenn man jedoch gar nichts tut, dann könnte Schwarz sich großräumig auf den Punkt zwei Linien rechts von 64 ausdehnen, wonach kein Kikashi mehr möglich wäre.

Schwarz 73 nahm Gebiet und griff an, was Weiß auf 74 in die Brettmitte hinausschickte. Daraufhin blockierte Schwarz 75 seine Verbindung oben links. Alles lief nach Wunsch. Bisher hatte ich meiner Strategie gemäß so gehandelt, als ob ich mir keine Gewinnchance ausrechnen würde, und jeden Zug so schnell wie möglich gespielt. Nun, mit einem solchen Vorsprung beschloss ich, doch hinreichend Gewinnchancen zu haben, richtete mich auf und spielte ab Schwarz 77 ernsthaft und bedächtig.

Yasunaga meinte: „Schwarz 77 war Nachhand; das ist zu langsam. Stattdessen hättest du links von 78 Nozoki spielen können. Wenn Weiß verbindet, kannst du ihn in der Brettmitte stoppen. Ein Anleger auf dem Brettmittelpunkt, links von 76, sieht spielbar aus." Yasunagas Kritiken sind ausnahmslos scharfsinnig und enthalten viel nützliche Information.

Weiß 80 ist ein Zeichen für das Selbstvertrauen des Meijin. Sogar nach der konservativsten Schätzung war ich mit gut zehn Punkten auf dem Brett in Führung. Dachte er wirklich,

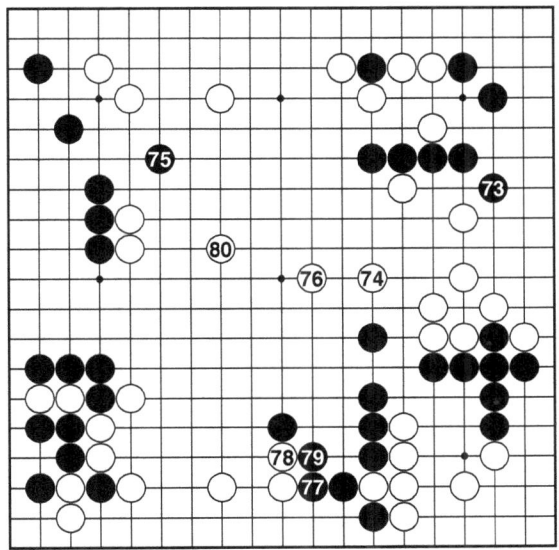

Figur 4 (73 - 80)

er könnte mich mit einem so langsamen Zug überholen? Seine augenfällige Überzeugung, er könnte es, ließ mich nun an der Sicherheit meines Vorsprungs zweifeln. Ich begann mich so zu fühlen wie der schwächere Spieler in einer Vier- oder Fünf-Steine-Vorgabepartie. Ich geriet in den Einfluss der Aura des Meijin. Sein auch so schon großer Körper schien vor meinen Augen noch zu wachsen. Das war gefährlich.

Bei Schwarz 83 wäre es die gewöhnliche Idee gewesen, den Diagonalzug auf A zu spielen und in ein einfaches Hane-und-Verbindung-Endspiel überzuleiten, meine Spezialität. Aber das ist nichts, was man gegen den Meijin spielt. Entschlossen, meinen Mut zu zeigen und mich nicht einfach davonzumachen, spielte ich den Kreuzschnitt mit Schwarz 83 und 85.

Hätte Weiß 86 auf B gespielt, dann wäre nach Schwarz C, Weiß 90 und Schwarz D ein Ko entstanden. Wir untersuchten diese Variante ebenfalls nach der Partie, konnten aber keine gute Fortsetzung für Weiß finden.

Ich hatte die (wie ich dachte) gute Ko-Drohung Schwarz 95 vorbereitet, doch Weiß 96 gab mir einen heftigen Stich. Selbst heute noch jagt es mir einen Schauer über den Rücken. Schon ging es los, ich brachte mich selbst in Schwierigkeiten. Ich wollte zuviel. Hätte ich verloren, dann wäre Schwarz 95 der Verlustzug gewesen.

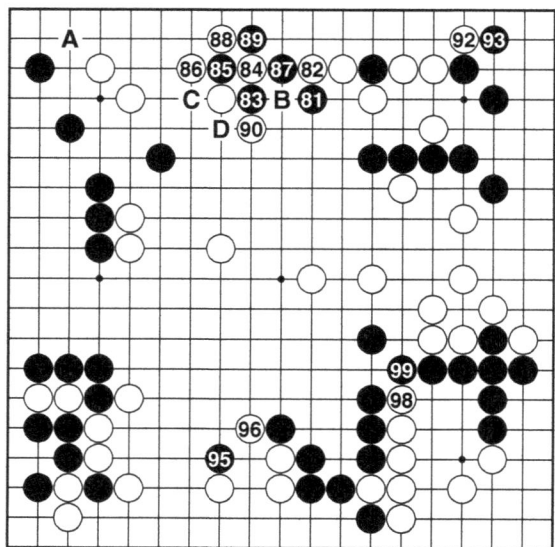

Figur 5 (81 - 100)
Ko: 91, 94, 97, 100

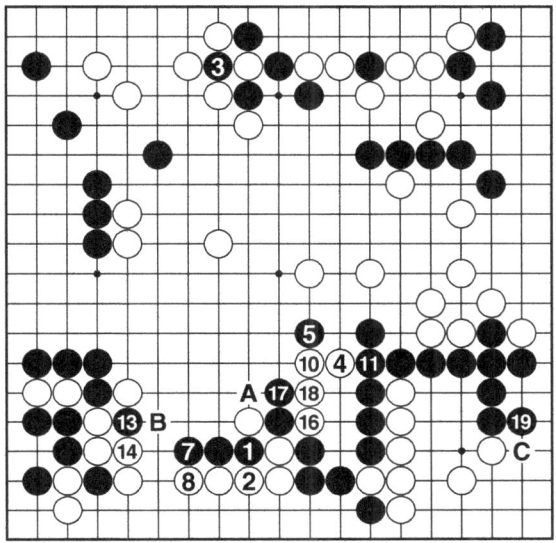

Figur 6 (101 - 120)
Ko: 6, 9, 12, 20

Ich dachte lange nach, bevor ich Schwarz 5 und 9 spielte. Ich spürte immer noch den Stich, den mir Weiß 96 versetzt hatte. Bei 9 erwog ich Schwarz A, wonach Weiß das Ko beendet, und dann Schwarz 13, Weiß 14 und Schwarz B. Der Austausch 4 für 5 wäre dann ein großes Geschenk von Weiß geworden. Diese Variante sah verführerisch aus, doch als ich zählte, sah ich, dass mein Vorsprung dahin gewesen wäre – und die Partie wahrscheinlich verloren. Also musste ich das Ko zurückschlagen und zulassen, dass Weiß 10 mich zum Verbinden auf 11 zwingt.

In diesem Moment begann mein Mut zu sinken. Mir gingen die Ko-Drohungen aus, und je öfter ich am unteren Rand spielte, umso mehr schienen meine Verluste dort anzuwachsen. Das war es also mit meiner „Glanzpartie", dachte ich. Alles was ich erkennen konnte, war: Wenn ich Weiß das Ko am oberen Rand gewinnen lasse, ist die Partie vorbei. Also legte ich all meine Energie in diesen Ko-Kampf. Die Erinnerung daran erfreut mich heute.

Der weiße Schnitt auf 16 stellte das Leben meiner ganzen großen Gruppe unten rechts in Frage. Doch mit 20 das Ko zu schlagen, war ein ungewöhnlicher Fehler des Meijin. Nach dem Blocken auf C hätte er eine vielversprechende Partie gehabt. Doch sogar ein Meijin ist menschlich genug, durch übermäßiges

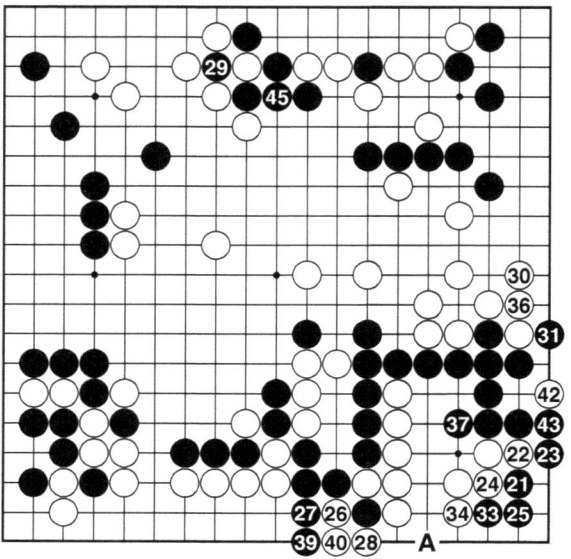

Figur 7 *(121 - 145)*
Ko: 32, 35, 38, 41, 44

Selbstvertrauen zu patzen. Konnte ich seinen Schnitzer bestrafen? Tatsächlich: Mit Schwarz 21 und 25 bekam ich ein Auge und reduzierte gleichzeitig sein Gebiet. Nachdem meine Stellung am unteren Rand in Stücke geschnitten war, hatte ich meine Verluste auf einen Schlag wieder wettgemacht. Mit einem ansehnlichen Gewinn in der rechten unteren Ecke nahm ich den Ko-Kampf mit Schwarz 29 wieder auf. Mit Schwarz 31 und 37 gab ich keinen Millimeter nach. Ein schwacher Zug, und –

Wir führten den Ko-Kampf erbittert bis Weiß 44 weiter, doch dann musste er zu Ende gehen. Beginnend mit Schwarz A hatte ich noch drei Ko-Drohungen gegen die weiße Gruppe, doch Weiß hatte ebenfalls drei gegen die meine. Nachdem sie gespielt waren, hätte ich meine Ko-Drohungen woanders suchen müssen, doch sah kein Punkt auf dem Brett wirklich überzeugend aus. Ich stand nun am Rande der Niederlage. Mein letzter Ausweg war, mit Schwarz 45 zu verbinden. Das war beschämend, aber nicht zu vermeiden, denn wenn Weiß hier schlagen könnte, wäre die Partie vorbei. Für gewöhnlich verliert man, wenn man solche Züge spielen muss, doch hier hatte ich Glück, denn Schwarz 45 funktionierte ziemlich gut.

Ich hatte gedacht, dass das Trennen mit 46 für Weiß nicht spielbar wäre, aber schon lag es auf dem Brett. Vielleicht begann

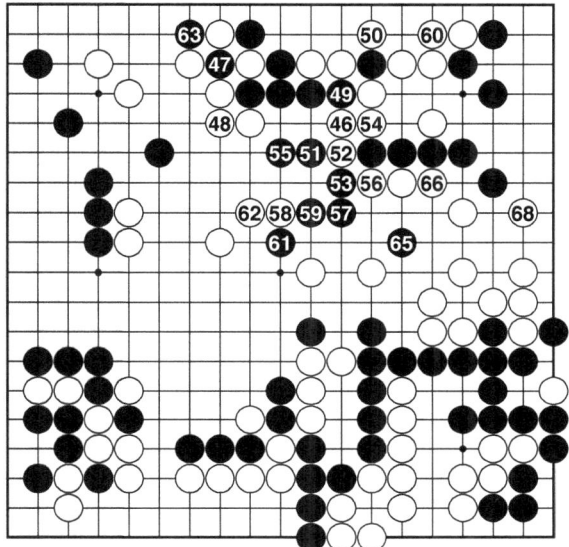

Figur 8 *(146 - 168)*
Ko: 64, 67

er jetzt zu verzweifeln. Den Austausch 49 für 50 hätte ich gern vermieden, da ich das Potenzial meines gefangenen Steins opfern musste, doch ich konnte sonst keinen Weg finden, um mich zu retten, so sehr ich auch suchte.

Auch wenn Weiß 60 weggelassen hätte, wäre seine Gruppe nicht gestorben. Er wollte nicht, dass ich auf 63 schneide, ein Ko beginne und dann Züge gegen seine Gruppe oben rechts als Ko-Drohungen nutze. Deshalb spielte er 60 nicht etwa auf 61, doch ich eröffnete ohnehin das Ko unerschrocken mit 63.

Hätte Weiß das Ko nach Schwarz 65 gedeckt, dann hätte Schwarz 66 mir genügend Sicherheit gegeben, die Partie zu gewinnen. Das zeigt, wie weit sich die Waage zu meinen Gunsten geneigt hatte.

Ich investierte in Schwarz 69 mehr Zeit als in jeden anderen Zug dieser Partie. Ich glaubte nicht, dass meine Ecke oben rechts sterben könnte, wenn ich fernbliebe. Doch mein Gegner war der amtierende Meijin! Weiß 68 war seine Ko-Drohung, und ich beabsichtigte, sie zu ignorieren. Wenn meine Gruppe lebte, würde ich sicher gewinnen, doch wenn sie starb, würde ich sicher verlieren. Hier war der Scheideweg von Sieg und Niederlage. Sollte der Meijin eine ungenügende Ko-Drohung spielen? Oder war hier ein Donnerschlag verborgen, der meine

Lesekünste übertraf und nur darauf wartete, mich vom Gipfel der Glückseligkeit in die Tiefen der Verzweiflung zu schleudern?

Wenn ich jedoch Weiß 68 beantwortete, dann würden noch mehr derartige Ko-Drohungen folgen. Weiß hätte allein in dieser Ecke noch mindestens sieben oder acht, das waren zu viele. Alles was ich tun konnte, war lesen und nochmals lesen, um den Status der Ecke oben rechts zu bestimmen. Weiß am Zug, Schwarz lebt. Ich prüfte jede Möglichkeit, ob Tesuji oder nicht. Es war alles in Ordnung. Keine absonderlichen Überraschungen lauerten mir auf. Ich hatte alles ausgelesen. Meine Gruppe konnte nicht bedingungslos sterben – ich war mir absolut sicher.

Doch jetzt kamen mir die Zweifel und die Qualen, die ich durchlebt hatte, ein wenig töricht vor. Wovor hatte ich mich denn gefürchtet? Es war einfach ein Leben-und-Tod-Problem gewesen, das war alles. Mein Gegner stieg gar nicht darauf ein. Schwarz 69 war gespielt und die Partie entschieden. Ich war auf dem Weg ins Finale gegen Otake Hideo. (Leider wiederholte sich das Wunder nicht, Otake gewann.)

Ich hatte mich nicht getäuscht. Die Ecke lebte in Ko, doch ich hatte genügend lokale Ko-Drohungen, womit das Ergebnis feststand. Mein Vorsprung war so groß, dass auch der beharrliche Rin Kaiho zu einer frühzeitigen Aufgabe gezwungen war.

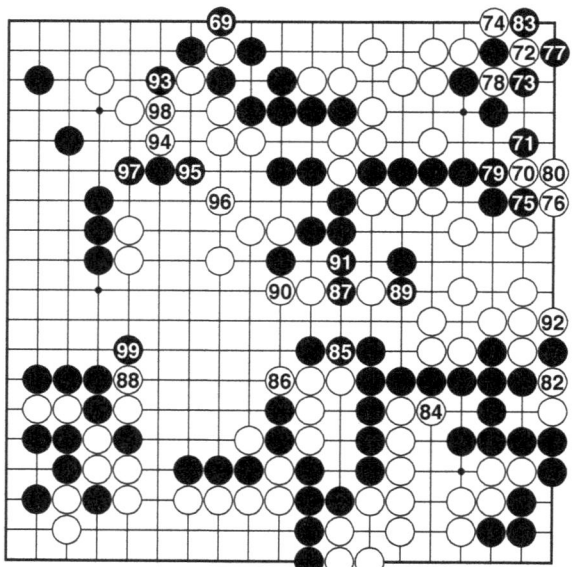

Figur 9 *(169 - 199)*
Ko: 81

Unmittelbar darauf begann er, mir seine Gedanken über die Partie mitzuteilen. Zu diesem Zeitpunkt war er 23 Jahre alt, und es war lächerlich für den Meijin, gegen einen so schwachen Spieler wie mich zu verlieren. Es wäre entschuldbar gewesen, wenn er den Raum verlassen hätte, doch er blieb unbeirrt sitzen und erörterte einzig die Vor- und Nachteile verschiedener Züge. Es gibt nicht viele, die dieses Verhalten an den Tag gelegt hätten. Man spürte die unergründlich tiefe Reife dieses jungen Mannes.

Folgende Züge weggelassen. Schwarz gewinnt durch Aufgabe.

Glossar

Aji	(Wörtlich: „Geschmack") Bezeichnet die Möglichkeiten, die in einer Stellung vorhanden sind. Bei der Nutzung dieser Möglichkeiten kommt es meist auf den richtigen Zeitpunkt an.
Boshi	„Kappe", ein Zug auf den Punkt, der zwei Linien näher zur Brettmitte liegt als ein gegnerischer Stein.
Dan	Meistergrad. Man unterscheidet Amateur- und Profi-Meistergrade.
Fuseki	Eröffnung einer Partie.
Hane	Diagonalzug, der um einen gegnerischen Stein oder eine gegnerische Kette umbiegt.
Joseki	Eine lokale Sequenz, die aus optimalen Zügen beider Parteien besteht und ein ausgeglichenes Ergebnis liefert. Die meisten Josekis betreffen die ersten Züge in einer Ecke.
Kakari	Eckangriff durch Annähern an einen gegnerischen Stein, der die Ecke vorläufig besetzt hält.
Kansai Kiin	Vereinigung professioneller Go-Spieler in Japan, die aus einer Abspaltung vom Nihon Kiin hervorging.
Keima	Kleiner Rösselsprung bzw. der Zug, der diese Form bezogen auf einen eigenen Stein herstellt.
Kikashi	Spezieller Vorhandzug, der im Verhältnis zur gegnerischen Antwort einen lokalen Vorteil bringt. Typischerweise werden Kikashi-Steine abseits vom aktuellen Partiethema gespielt und werden dann leicht behandelt, also im Zweifel wieder aufgegeben.
Ko	Stellung, in der wiederholendes Schlagen eines einzelnen Steines theoretisch möglich wäre. Die Ko-Regel verbietet es daher, in einem Ko sofort zurückzuschlagen.
Komi	Anzahl von Punkten, die bei einer Gleichaufpartie der Spieler mit den weißen Steinen zum Ausgleich dafür erhält, dass Schwarz die Partie eröffnet. Bis 2002 betrug das Komi fünf, heutzutage sechs oder sieben Punkte.
Komoku	Der 3-4-Punkt in der Ecke, beliebtester Eröffnungszug bis in die erste Hälfte des 20. Jahrhunderts.
Kosumi	Diagonalzug in Relation zu einem der eigenen Steine.
Kosumi-Tsuke	Diagonalzug, der einen gegnerischen Stein berührt.
Kyu	Schülergrad. Im Gegensatz zur Dan-Rangordnung ist der 1. Kyu der stärkste, eine Stufe unter dem Shodan.
Moyo	Gebietsanlage, die noch nicht als sicheres Gebiet angesehen werden kann.

Meijin	1. In der Edo-Periode wurde dieser Titel dem derzeitig stärksten Spieler verliehen. 2. seit 1961 einer der sieben großen Titel in Japan. Der Meijin ist der Titel mit dem zweithöchsten Prestige und Preisgeld nach dem Kisei.
Nihon Kiin	Größte Vereinigung professioneller Go-Spieler in Japan.
Nozoki	„Spähzug" (engl. „Peep"), ein Kikashi, das auf eine Lücke in der gegnerischen Position zielt.
Ogeima	Großer Rösselsprung bzw. der Zug, der diese Form bezogen auf einen eigenen Stein herstellt.
Oteai	Einstufungsturnier der Profis, die im Nihon Kiin bzw. Kansai Kiin organisiert sind.
Ponnuki	Form, die entsteht, wenn ein einzelner Stein durch das Besetzen seiner vier Freiheiten geschlagen wurde.
San-ren-sei	Erstrebenswerte Eröffnungsposition an einem Rand des Bretts mit drei eigenen Steinen auf den Vorgabepunkten.
Seki	Position, in der zwei eingeschlossene Gruppen verschiedener Farbe gemeinsam ohne zwei Augen leben, weil sie sich nicht gegenseitig angreifen können; lokales Patt.
Sensei	Meister, Lehrer. Höfliche Form der Anrede gegenüber einem älteren bzw. sozial höher Stehenden, beim Go auch Anrede von Profis.
Shimari	Eckeinschluss durch zwei Steine derselben Farbe.
Shodan	Erster Dan, niedrigster Meistergrad.
Taisha	Ein bestimmtes Eckabspiel (Joseki), das viele komplizierte und gefährliche Varianten aufweist.
Tengen	„Mitte des Himmels", der Mittelpunkt des Bretts.
tenuki	„Anderswo", fernbleiben: ein Zug abseits des lokalen Themas. Der Name wird insbesondere dann gewählt, wenn eine lokale Antwort zu erwarten war.
Tesuji	Ein technisch guter, oft überraschender Zug, der in einer lokalen Situation das Optimum darstellt, um ein bestimmtes Ziel (Verbinden, Fangen, Leben etc.) zu erreichen.
Tsuke-Nobi-Joseki	(Anlegen und Strecken) Ein bestimmtes Eckabspiel nach einem niedrigen Kakari auf einen 4-4-Stein, bei dem die ersten Züge ein Anlegen und dann ein Strecken nach oben darstellen.
Tsume-Go	Problem-Go.

DIE KUNST DES ANGRIFFS

Strategie und Taktik im Go

Große Gruppen jagen und sie dann erlegen – das ist eine der großen Freuden des Go-Spiels. Es ist das Privileg eines jeden Amateurs, der zu seinem Vergnügen Go spielt, seinen eigenen Stil des Angreifens zu entwickeln und so gibt es zahlreiche Beispiele von Spielern, die mit viel Eifer und Energie kleine wertlose Gruppen angreifen und jagen, um dann plötzlich festzustellen, dass der Gegner sie mit einer dicken Wand eingeschlossen hat oder ihre ausgefeilten Attacken ihr Ziel verfehlten und sie am Ende nicht genug Gebiet gesichert haben.

Es gibt viele Go-Bücher über Joseki und Tesuji, aber nur wenige, die die Grundprinzipien des richtigen Angreifens erklären. Dies ist ein unzumutbarer Zustand für Spieler, die wissen wollen, wie man richtig angreift.

Darum, sagt Kato Masao, hat er dieses Buch geschrieben.

Kato Masao war bekannt und gefürchtet für seine kämpferische und überaus aggressive Spielweise, die ihm den Spitznamen „Der Killer" einbrachte. Katos Bilanz als Profi-Spieler weist das außerordentliche Ergebnis von 1253 Siegen zu 664 Niederlagen aus.

KATO MASAO 9-DAN

BRETT UND STEIN
VERLAG
ISBN 978-3-940563-06-4